SACHMET  2

ZWEITER TEIL

BLUTMOND

ROMAN
KATHARINA REMY

Ägypten lebt in Wohlstand und Frieden unter der Herrschaft von Pharao Amenhotep und seiner Gemahlin Teje. Doch der Kampf der großen Göttinnen Isis und Sachmet über die Herrschaft der Seelen der Hohepriesterin Sahu-Re beginnt erst.

Eine unheimliche Himmelserscheinung bedroht das *Schwarze Land*. Bent, von Visionen geplagt, fürchtet, Sachmet wolle ein zweites Mal die Menschheit vernichten.

1389 v. Chr.:
Uaset, Kemet
Bent, äußerlich geheilt, innerlich zerrissen, versucht ihrer grausamen Vergangenheit zu entfliehen, nimmt daher das Amt der Hohepriesterin im Tempel der Isis an. Doch das Studium der geheimen Schriften und das Lernen der Heilkunst sind nicht ihr alleiniges Bestreben. Fieberhaft versucht sie aus den Mysterien der Isis *Heka Achu* zu lernen – das Zaubern!

Wird es ihr gelingen, das Grab ihres Kindes und ihrer Freundinnen zu finden? Wird sie es schaffen, ihr Haus aus Trümmern auferstehen zu lassen? Denn eines Tages steht sie abermals ihrem Peiniger Amenhotep Hapu gegenüber!

Und was sie einst der furchterregenden Sachmet geschworen hatte, nimmt unverhofft eine blutige und grausame Wendung.

Die Autorin:
Ich bin im Saarland (Deutschland) geboren, lebe in der Nähe von Saarbrücken und bin verheiratet. Reisen - nicht nur nach Ägypten - sind unsere Passion.

Das Land am Nil ist seit Jahrzehnten das Reich meiner Leidenschaften und Träume. Um diese versunkene Kultur, den Glanz der Pharaonen in all ihrer Pracht vor meinen Augen erstehen zu lassen, begann ich mit dem Schreiben. Die Lebens- und Denkweise der alten Ägypter, ihr unerschütterlicher Glaube an die Götter und an *Maat*, die alles im Gleichgewicht hält, ist das, was mich inspiriert und all meinen bereits erschienenen Romanen Leben einhaucht.

Der Schreiber errichtet keine Pyramiden aus Erz
und keine Denksteine aus Eisen.
Aber all seine Werke sind ihm als Kinder gegeben!
Ein Buch ist strahlender als steinerne Bauwerke und feste Mauern,
es schafft Bauwerke in den Herzen der Menschen.

Bibliographische Information der Deutschen Nationalbibliothek
Die Deutsche Nationalbibliothek verzeichnet diese Publikation in der Deutschen
Nationalbibliographie; detaillierte bibliographische Daten sind im Internet über

http://dnb.d-nb.de abrufbar.

Impressum

Sachmet Blutmond
Band 2
3. Auflage Mai 2022

ISBN 9783748146889
Titel: Copyright © Katharina Remy
http://www.amhorizontdersonne.de
Titelbild und Umschlaggestaltung:
Copyright © Katharina Remy und Elke Bassler
Illustrationen:
Copyright © Elke Bassler
Herstellung und Verlag: BoD - Books on Demand, Norderstedt

DIE GROSSE UND MÄCHTIGE
HERRSCHERIN ALLER GÖTTER,
DEREN NAMEN
DIE GÖTTINNEN PREISEN
BIN ICH.
ICH ALLEIN BIN
DIE WOHLTÄTIGE ZAUBERIN,
DIE DEN DÄMON DURCH DIE
WORTE MEINER LIPPEN VERTREIBT.

KEMET, UASET

1389 v. Chr.
In der Jahreszeit des Schemu, im Monat Pa en Chonsu

„Ich heiße Kara!"

Bent erwachte wie aus einem Alptraum, als die junge, ziemlich verheult aussehende Frau eintrat und sich vorstellte. Bent räumte den Teller mit dem Wasser beiseite, worin sie seit dem Sonnenaufgang wie ein Geist gestarrt hatte. Diese Augen! Waren das ihre? Je länger sie sich angeschaut hatte, um so heller waren sie geworden. Unheimlich, bleich, wie die Augen von Blinden, ohne Leben und Feuer. Und wie ein Schleier – genau wie jener, den sie sich vors Gesicht gelegt hatte, wenn sie sich unerkannt in der Stadt bewegen wollte – wie ein Schleier, den man sich von den Augen hebt, lichtete sich mit der aufgehenden Sonne ihr Geist. Schmerzlich kam ihr zu Bewußtsein, wer sie war. Beinahe alles kam ihr in den Sinn. Ihr Leben und was noch viel schlimmer war: ihr Sterben!

Die schrecklichen Erlebnisse der vergangenen Nacht waren doch niemals ein Traum gewesen? Sowas Grauenvolles träumte man doch nicht? Sie selbst sterbend am Boden. Dazu diese gewaltige Löwin hier in diesem Raum, die während eines grausamem Kampfes mit Iaret im Blutrausch deren Kehle durchbissen hatte; schließlich diese funkelnde Göttin, die die rasende Löwin vertreiben konnte.

Geistesabwesend wischte Bent das verschüttete Wasser von der Tischplatte, rückte den Stuhl zurecht, schaute die Besucherin an. Irgendwo in den Tiefen ihres Bewußtseins war sie sich sicher, diese junge Frau schon einmal gesehen zu haben. Doch wo und wann?

„Ich soll dir das hier geben!" Kara hielt ihr zitternd einen dicken, klimpernden Schlüsselbund und eine Schriftrolle hin. Bent griff gedankenverloren danach. „Iaret hat mir gesagt, daß ich dir das geben soll. Sie hat gesagt, wenn sie heute nicht mehr hier sei, wärest du die Oberste unseres Hauses. Sie ist nicht mehr hier. Sie verstarb letzte Nacht." Kara hob den Ärmel ihres Kleides und wischte sich damit kräftig über die laufende Nase und den Tränen auf ihren Wangen.

„Tot?" Bent räusperte sich mehrmals; diese Stimme drang doch nicht aus ihrer Kehle? Rauh, hart, wie wenn sie gestern den ganzen Tag verschwitzt und erhitzt in einem zugigen Korridor gestanden wäre.

„Sie war aber hier!" Wieder dieses Krächzen. Tief und dumpf aus den Tiefen ihrer selbst, unheilvoll und böse klingend. Mißmutig, voller Angst, geschockt von dem in der Nacht erlebten schaute sie der Besucherin ins Gesicht. Diese schien ebensolche Angst zu empfinden. Scheu, bebend, zögernd stand Kara ihr am Tisch gegenüber.

„Ich habe Funken gesehen", erklärte Kara mit bebender Stimme. „Und Iaret verschwand…" Abermals schneuzte sie sich heftig in den Ärmel. Und da sie sich offensichtlich in ihrer Trauer Asche aufs Haupt gestreut hatte, staubte sie auch ein wenig. „Da ist eine kleine Luke in der Tür. Ich habe das alles mit eigenen Augen gesehen. Aber… es… ich will es gar nicht wissen, und… Iaret hat gesagt, alles käme ins rechte Gleichgewicht. Also bist du ab heute hier verantwortlich… ich will und werde das nicht anzweifeln. Aber du wirst verstehen, daß ich für den Moment…" Ihr versagte die zitternde Stimme.

Bent beugte sich wütend über den Tisch: „Ich kann das nicht!" Fauchend klang das, wütend und unbeherrscht.

„Aber du wirst doch schon mal ein Haus geführt haben?" Fast meinte Bent, kaltes Entsetzen in Karas Stimme zu hören. „Du bist eine erwachsene Frau, hattest bestimmt Mann und Kinder…" Ängstlich wich sie rückwärts zur Tür.

„Schweig!" Bent fauchte wie eine in die Enge getriebene Katze. „Ich habe weder Mann noch Kinder!"

Ich hatte ein Haus, schoß es ihr durch den Kopf, ich hatte ein Kind, ich hatte einen Mann… *Kurru*, nein! Nein, ein anderer? *Parser*? Wer bin ich? *Amenhotep Hapu*? Oh, dieser Name flößte ihr Furcht ein, niemals gehörte diese Person ihrem Leben an. *Nefertem*? Wie Schwälbchen im Spätsommer schwirrten wirre Gedankenfetzen in ihrem Kopf umher. Nefertem! Ja, das hörte sich richtig an. *Idris*? Ach, würden sich doch nur ihre Gedanken ordnen!

„Was ist das hier für ein Haus? Was für eine Wirtschaft?"

Kara wich weiter zur Tür zurück. Bent versuchte sich zu beherrschen. Diese Stimme! Oh, sie verstand! Davor hatte Kara Angst. Und bestimmt auch vor den bleichen, toten Augen. „Bitte!", versuchend, sich ein Flehen in die Stimme zu legen, trat sie hinter dem Tisch hervor.

„Ich… es ist, als hätte ich gestern zuviel Wein getrunken. Ich weiß nicht, wo ich bin, wer ich bin, warum ich hier bin. Und dann kommst du, und sagst, ich solle hier das Haus übernehmen!"

„Du bist im Tempel der Isis!" Einem abermaligen trompetenden Schneuzen folgte ein bedauernswerter Schluchzer.

Bent sank zurück auf den Stuhl. Beißend klar und schonungslos lichteten sich die Schatten der Vergangenheit. Lauter unsinnige Gedanken kamen ihr. Waren das ihre eigenen? Oder wurden sie ihr von grausamen, unheimlichen Dämonen der Unterwelt eingeflüstert? Sie glaubte, eine keifende, zänkische Stimme zu hören:

Hüte dich vor dem Tempel der Isis! Nichts als Zauberinnen sitzen in seinen Mauern, dazu gemacht, kleine, dumme Mädchen wie dich einzufangen und für ihre

Zwecke zu benutzen!"

„Seit wann?"

„Beinahe zwei Jahre!"

„Und wieso kann ich mich nicht daran erinnern?"

„Du warst sehr krank."

„Aber jetzt bin ich gesund? Und die Herrin dieses Hauses?", spottete Bent. „So, wie ich jetzt aussehe? Ich war verbrannt, entstellt, aber ich meine, mich zu erinnern, daß weder meine Augen so aussahen noch daß sich meine Stimme so schauderhaft anhörte. Als würden Raben krächzend um einen Kadaver fliegen..."

Ein leises *Mau* unterbrach sie. Sanft strich ein sandfarbenes Kätzchen mit grünen Augen um ihre Beine, rieb schnurrend sein Köpfchen an ihrer Wade.

„Das ist ja Iarets Katze!" Kara freute sich wirklich das Tier zu sehen. Bent hob es hoch, legte es sich wie einen Säugling in den Arm, drückte die *Miu* liebkosend an die Brust, kraulte das Kätzchen hinterm Ohr. „Ich hielt immer Katzen. Meist schwarze. Aber du bist wohl eine kleine Löwin?"

„Sie heißt Bast!" Kara zog den zweiten Stuhl bei, in den sich zögerlich setzte.

„Ach was? Nein, wirklich ein toller Name für eine Katze! Fürwahr!", schnaubte Bent spöttisch, „Fast so grotesk wie mein Name!" Das Kätzchen wand sich aus der Umarmung, setzte sich vor Bent auf die Tischplatte und stupste Bents Nase mit ihrer eigenen an. „Wir zwei verstehen uns!" Bent zwinkerte und streichelte dem Tierchen über den Rücken. Mit einem Satz hüpfte Bast vom Tisch auf das Bett, kuschelte sich in der Decke ein, schnurrte was das Zeug hielt.

Bent betrachtete die Räume: etwas düster, sehr altes Gemäuer. An den Säulen erkannte man verwitterte *Medu Netjer* [1], durch die Öffnungen unter der hohen Decke drang Licht. In dem anderen Raum ein in die Jahre gekommenes Bett, hier dieser massive Tisch an dem sie saß mit seinen zwei Stühlen, ein kleiner, zierlicher Eßtisch vor einem altersschwachen Sessel, ein Wasserkrug mitsamt Ständer und eine altmodische, rußige Lampe bildeten neben einer Truhe die gesamte Einrichtung.

Die Tür wurde aufgerissen, eine Frau hastete herein, hielt einen Moment inne, betrachtete mißbilligend die anscheinend in angenehmen Plausch vertieften Frauen am Tisch.

„Was quatschst du hier, Kara! Los, komm! Iaret bricht zu ihrer letzten Reise auf. Laß sie, sie ist eine arme, gefährliche Irre!"

„Iaret hat aber gesagt...", versuchte Kara einen Einwand, aber die andere unterbrach sie barsch:

---

[1] Gottesworte, Hieroglyphen

„Iaret ist tot und draußen stehen die Mumienmacher. Du bist Iaret einen würdevollen Abschied schuldig. Sieh gefälligst zu, daß du hier alles am Laufen hältst. Auf wen sollen wir uns nun verlassen, wenn nicht auf dich! Und jetzt komm!", sie packte Kara zornig am Arm, wollte sie vom Stuhl hochziehen, „Weg hier, die ist unberechenbar!"

„Laß mich los, Pesechet!" Kara zerrte ihren Arm aus Pesechets Umklammerung und, wütend geworden, ein weiteres Schriftstück aus ihrer Kleidertasche. Obwohl Bent Kara erst wenige Augenblicke bewußt kannte, Wut oder Widerstand hätte sie dieser jungen Frau niemals zugetraut. Die andere las derweil das Schreiben, stopfte es grob zurück in Karas Tasche, verließ, aschfahl geworden, wortlos den Raum und knallte die Tür hinter sich, daß es nur so schepperte.

Bent stand auf, trat um den Tisch herum, Kara kauerte sich auf dem Stuhl, die pure Angst im Gesicht. Anscheinend den letzten Mumm zusammenkratzend, erhob sie sich und machte Anstalten rückwärts den Raum zu verlassen. Bent war schneller und versperrte ihr den Fluchtweg. Wie ein Vögelchen in der Falle schaute sich Kara um. Von hier gab es kein anderes Entkommen als durch diese eine Tür. Bent schaute in das kleine liebe Gesicht der anderen, die gut einen Kopf kleiner als sie selbst war, zierlich, und Bents Meinung nach nicht unbedingt sehr helle. Flink und grausam wie eine Katze eine Maus fängt, drehte sie Kara einen Arm auf den Rücken, entwand ihr das Schriftstück, setzte sich wieder und begann zu lesen:

Wenn ich nach dieser Nacht nicht mehr bin, Kara, dann wirst du dafür sorgen, daß Bent, Die Tochter der Löwin, Die Tochter der Blüten, jene Bent, die wir hier im Hause gesund gepflegt haben, als meine Nachfolgerin meinen Posten einnimmt. Mit allen Pflichten die mit diesem Posten verbunden sind. Uneingeschränkt und unwiderruflich. Sie wird ab heute Sahu-Re genannt! Lehrt sie alles was sie wissen muß. Ich will daß du sie liebst, wie du mich geliebt hast; daß du ihr treu zur Seite stehst wie mir. Das ist keine Bitte, Kara, das ist mein Wille und Der Großen Mutter, unser aller geliebten Göttin Isis' Gesetz.

Bent stopfte, wie eben Pesechet, das Schreiben zurück in Karas Tasche. Diese stand wie angewurzelt mitten im Raum.

„Ich habe keine andere Wahl, oder?", fragte Bent nun kleinlaut.

Kara schüttelte den Kopf: „Wohl nicht!"

„Wieso bin ich eine Irre?"

„Ich sagte doch, du warst sehr krank.“

„Das ist ein weiterer Alptraum!“, stöhnte Bent und ließ den Kopf in die auf dem Tisch verschränkten Arme sinken. „Ich wollte, ich gäbe endlich wach!“, brüllte sie unbeherrscht, stand hastig auf, daß der Stuhl polternd hintenüberkippte, trat wütend gegen den Bettpfosten, riß das Laken vom Bett, die Katze flüchtete fauchend. Sich gänzlich in das Leintuch einwickelnd, hob sie den Stuhl hoch und setzte sich, einer eingewickelten Mumie gleich, wieder an den Tisch.

„Iaret war gut zu mir“, flüsterte sie nun. „Euer Verlust tut mir leid!“

Kara trat einen vorsichtigen Schritt näher, schniefend, mit laufender Nase, die Augen rot vom Weinen, aber in ihr wohnte wohl ein sonniges Gemüt, das unerschütterlich an alles Gute in der Welt glaubte.

„Das ist Iarets Gemach“, bemerkte sie nun zögerlich. „Du solltest nicht an ihr Bett treten. Sie war mir wie eine Mutter. Und jetzt du hast ihre Augen…“ Heftiges Schluchzen, gefolgt von hingebungsvollem Schneuzen. Die Ärmel von Karas Kleid mußten einiges aushalten.

„Iaret hat sehr schlicht gewohnt.“ Kara putzte sich ein letztes Mal die Nase. „Ihr war jeglicher Pomp zuwider. Wir haben einen Kellerraum, dort stehen viele ungenutzte Möbel. Jede von uns kann sich dort was aussuchen und nehmen, was ihr gefällt. Wenn du dich neu einrichten möchtest.“

Bent wachte aus ihrer eigenen Sorgenwelt auf: „Später! Du sagst, ich soll hier…“ Wie drückte man das aus?

Herrschen?

Regieren?

Die Wirtschaft übernehmen?

Vorbeten?

Vorbild sein?

„Ich hatte ein Haus“, fuhr sie fort, „und ich weiß, wie man eins führt. Es war nicht groß, aber dennoch dürfte es kein Problem werden. Sag mir, wieviele hier wohnen, wer wann für – ich denke es ist bald Zeit für das erste Mahl – das Essen verantwortlich ist. Ich denke nicht, daß ich selbst kochen muß. Oder? Oh, ihr Götter, steh doch nicht dermaßen entgeistert da an der Tür, setz dich hin und hilf mir!“

„Du mußt doch nicht kochen!“, empörte sich Kara ungläubig. „Du mußt dich hier um die Buchführung kümmern, du mußt dich hier um die Apotheke kümmern, du mußt eine Heilerin werden, du mußt…“

Ich führte ein Hurenhaus! brüllte es in Bents Kopf. Diese neuerliche Erkenntnis über sich selbst brachte sie kurzzeitig aus der Fassung.

„Frau!“, blaffte sie Kara an und fuhr wütend von dem Stuhl hoch. „Ich habe doch keine Ahnung von Heilkunst! Bist du denn von Sinnen? Buchhalterei, ja, das kann ich! Stopfen und flicken und Wäsche waschen kann ich, und auch kochen zur Not. Aber was, bei allen gütigen Göttern, ist Apotheke?"

Als hätte Kara diesen abermaligen Wutausbruch nicht gehört, fügte die kleinlaut hinzu: „...du mußt Isis huldigen!"

Ich bin eine Hure, Kara!

Bent biß sich so heftig auf die Zunge, daß ihr die Tränen kamen. Fluchend leckte sie einen Finger ab, schmierte das bißchen Blut und Spucke an ihr Kleid, goß sich den Becher voll Wasser, nahm einen großen Schluck, spülte damit die schmerzende Zunge. Wie ein dummer, klebriger Gassenjunge zog sie ordentlich hoch und spie die ganze ekelhafte Brühe einfach auf den Boden.

Eine feine Dame, Herrin liebe, seid ihr aber nicht. Niemals nicht würde Dame so etwas auch nur denken, geschweige denn tun! Weißt du was Kurru? Du kannst mich...

„Wie soll *ich* denn der großen Mutter huldigen?", blaffte sie laut, „Seid ihr... Ach...", keifte sie abfällig und schlug sich gegen die Stirn, „ihr habt doch nicht alle Latten am Zaun!"

„Iaret hat gesagt..." Schon wieder hingen dicke Tränen in Karas Wimpern, verzagt ließ sie die Schultern fallen und hauchte: „... Ich weiß es nicht!"

Schweigend saßen sie sich gegenüber, jede grüblerisch in ihre Gedanken versunken. Kara leise vor sich hin schniefend, Bent an die vergangene Nacht denkend.

Diese Stimme! Diese sanfte Stimme, kurz vor dem Morgengrauen, in ihrem Kopf! Sanft, gütig, eindringlich! Je heller die Sonne stieg, um so deutlicher klang sie:

... Du kannst nicht davonlaufen! Nicht vor dir, nicht vor deinem zukünftigen Leben, erst recht nicht vor mir ...

... von nun an, bis ich dich wieder gehen lasse, bist du Sahu-Re ...

... Wenn du es wirklich willst, werde ich dich gehen lassen, Sahu-Re. Aber sei dir gewiß, daß dies den Tod mit sich bringt. Wenn du bleiben möchtest, dann erfülle die Aufgabe, mit der ich dich betraue. Ich werde über dich wachen, wie ich über Iaret und viele andere gewacht habe. Du brauchst dich nicht zu fürchten, Sahu-Re, denn ich bin Isis ...

Und ich bin eine vollkommen unberechenbare Irre!

Ich soll bleiben und eine Aufgabe erfüllen? Oder gehen und daran sterben! Bent schauderte, blickte sich abermals in der Kammer um. Die vergangene Zeit, welche sie hier im Haus verbrachte, stand auf einmal vor ihrem geistigen Auge. Die Pflege, welche ihr zuteil wurde, die Liebe und der unerschütterliche Glauben an ihre Heilung. Bent versuchte die unguten Gedanken zu ordnen. Angenommen, sie sei tatsächlich irre und bildete sich die Drohung vom Gehen und Sterben bloß ein und sie ginge wirklich, wohin sollte sie gehen? Sie besaß weder Heimat, noch Familie, noch Freunde … Und wieso *Sahu-Re*? Was sollte dieser Name? *Sie, der Re nahe ist*? Warum sollte der Sonnengott, der König aller Existenz, der Allvater ihr zur Seite stehen?

Unvermittelt Karas Verzweiflung gewahr, faßte sie einen tapferen Entschluß:

„Welche Position hast du im Haus?" Karas Leid rührte irgendwie ihr Herz. Und, praktisch veranlagt, wie sie einmal war, suchte sie meist nach der sofortigen Lösung eines Problems. Hier fiel offensichtlich Arbeit an, und die mußte sie irgendwie bewältigen.

„Ich bin Iarets Stellvertreterin. War!"

„Also wärest du nachgerückt? Sitze *ich* jetzt auf *deinem* Posten?"

„Darüber haben wir nie geredet." Kara sank immer mehr in sich zusammen. „Doch darum geht es nicht!" Jetzt straffte sie sich, stand auf. „Hier leben an die dreißig Frauen, Priesterinnen und Heilerinnen. Dazu kommen ungefähr genauso viele Mägde." Anscheinend gefaßt, praktisch veranlagt wie Bent, ging sie die Sache nun richtig an. „Außerdem haben wir fünf Köchinnen und zwei hauptamtliche Wäscherinnen. Zudem pflegen wir acht alte Damen; unsere Vorgängerinnen, alles Priesterinnen."

„Das hört sich nicht allzu schlimm an und dürfte zu schaffen sein." In Bents heiserem, düsteren Gekrächze schwang Erleichterung. Kara machte große Augen.

„Und die Kranken und Schwangeren und die im Kindbett – im Augenblick haben wir einiges zu tun, es sind bestimmt vierzig bis fünfzig Leute."

„Wie bitte?" Bent glaubte, sich verhört zu haben. „Aber ich kann doch kein Haushaltsvorstand für an die hundertzwanzig Leute sein!"

„Wir wissen doch alle, was zu tun ist, jede hat ihre Aufgabe. Du mußt sie nicht beaufsichtigen. Wenn die Köchinnen und Wäscherinnen zusätzlich Frauen brauchen, stellen sie welche ein. Der Gärtner hat seine Leute unter sich und bestellt je nach Arbeit welche zusätzlich. Ebenso die Wächter und die Bootsleute. Die Bauern kümmert es auch nicht, wer hier gerade das Sagen hat."

„Aber das werden ja immer mehr. Bald arbeitet wohl die halbe Stadt hier! Und *was* ist Apotheke?"

„Da werden die Arzneien angerührt. Und die Pflanzen und Gifte für die Arzneien aufbewahrt. Im Keller. Du mußt diese Schlüssel gut verwahren! Niemand, außer den geweihten Priesterinnen, darf dort hinein. Alle anderen Heilerinnen, die Medizin brauchen, schreiben das abends auf und geben es einer von uns. Sie warten morgens darauf. Nur Pesechet, Uadja, Mesechnet, Iaret… äh… du und ich dürfen das herausgeben."

„Gift?" Bent schwirrte der Kopf, das war doch ein bißchen viel für den Anfang. Schon fluchte sie über sich selbst.

„Pesechet wird dir anfangs zur Seite stehen können, sie hat die meiste Ahnung."

„Die von eben?", höhnte Bent, „Die wird mir eher den Kopf abreißen oder mich vergiften, als mir zur Seite zu stehen! Die meiste Ahnung? Wenn das so ist, warum habt ihr nicht gleich *sie* genommen? Da! Werdet glücklich!"

Abermals kochte ihr hitziges Blut hoch, unbeherrscht raffte sie Schlüssel und Schriftstück zusammen, hielt es Kara vor die Nase. Doch der Blick auf ihre Hände erinnerte sie schmerzhaft an die vergangene Nacht: die schönen Hände einer jungen Frau. Schlank, glatt, gepflegte lange Fingernägel, ohne Schwielen vom vielen Arbeiten. Eine Zeitlang hatten ihre Hände nicht so ausgesehen. Denn bis gestern waren sie verkrümmt, verbrannt, entstellt und vernarbt. Häßlich! Und noch häßlicher ihr verbranntes Antlitz!

Kara stand unbewegt vor ihr, im Gesicht die offene Frage: Was ist nun? Wollen wir beginnen?

Bent strich mit der freien Hand über ihre Wangen, den Hals und über den Ausschnitt, fühlte glatte, saftige Haut. Wie neu geboren! Wie ein Geschenk! Wie früher, wenn sie in einem Anfall von verschwenderischem Überfluß in parfümierter Milch gebadet hatte.

„Oh, mein Kind! Mein schönes Haus! Mein Leben..." Traurig legte sie Schrift und Schlüssel zurück auf den Tisch.

„Iaret ist für *mich* gestorben! Und diese große Tat soll nicht umsonst gewesen sein! Und ich will kein zweites Mal sterben, Kara! Ich werde sehen, daß ich mich um alles kümmere. Ich nehme das Amt an! Ich bin Bent, und ich werde es richtig lernen!"

Sie kam sich fürchterlich verloren vor und sehnte sich nach einer Freundin, oder wenigstens nach einem freundlichen Wort. Doch jede, außer Kara, die ihr begegnete, machte entweder einen weiten Bogen um sie, flüchtete auf die andere Seite des Hofes oder täuschte plötzlich dringende, unaufschiebbare Tätigkeiten vor. Seit Tagen ging es schon so. Aber Bent war das bald vollkommen schnurz. Wenn sie nicht wollen, dann können sie mich …

Ein fürchterlicher Tag lag hinter ihr. Eine der Frauen, die sich ihr knapp und wenig zugänglich als Uadja vorstellte, ihr kurz und bündig klarmachte, sie sei ihre Lehrerin, schleppte sie in die Säle wo die Wäsche gewaschen wurde – in riesigen Kesseln auf loderndem Feuer, die mit Reisig und trockenen Kuhfladen geschürt wurden. Es herrschte eine dämonische Glut in diesen offenen Gewölben, unter dessen Decken Dunstschwaden schwebten, am Boden Berge von schmutziger Wäsche, Körbe voll nasser, gewaschener Stücke. Seile spannten sich kreuz und quer durch die Räume, behangen mit nassen Leinentüchern, dazwischen erkannte Bent schemenhaft die Umrisse der Wäscherinnen. Schattengleiche Ungetüme bewegten sich hinter den von der Sonne beleuchteten Tüchern, krummen Kreaturen gleich, der Duat entsprungen, wabernd, verwachsen, unheimlich, um sich im nächsten Moment zu jungen Mädchen zu wandeln, die fröhlich singend das nächste Tuch auf die Leinen hievten. Bent rann der Schweiß aus allen Poren, hielt vorsichtigen Abstand zu den lodernden Feuern, versuchte nicht in die gewaltigen, seifigen Pfützen am Boden zu treten.

Schon bewegte sich wieder eine der dämonischen Gestalten auf sie zu, kam hinter dem Leinen hervor. Doch die verwachsene krumme Erscheinung blieb. Ein kleines, rundliches, merkwürdiges Wesen mit kurzen Armen und Beinen trat auf sie zu, schüttelte ihr sehr freundlich und sehr heftig den Arm, unverständliches nuschelnd. Aus dem Gesicht, flach wie ein Pesem, blickten freundliche, aber seltsam geformte Augen, ganz so, als besäße die – war das eine Frau? Person, keine Lidfalte. Die Nase war ein wenig breit; der Mund, üppig und schön, die Zähne klein und dicht beieinander, lächelte unentwegt. Bent verstand kein Wort von dem Gesagten, bekam den Eindruck, dieses Wesen habe zuviel Zunge und Spucke im Mund. Letzteres in jedem Fall. Bent befreite ihren feuchten Arm aus der gutgemeinten Umklammerung.

„Dasch schaffscht du!", verstand Bent jetzt.

„Das ist Weredji!", blaffte Uadja. „Du wirst ihr heute hier helfen. Du mußt alles hier im Haus kennenlernen, warum nicht mit der Dreckwäsche anfangen! Weredji wird mit allem fertig, bekommt jeden Fleck aus dem Leinen, darin ist sie einmalig. Wenn sie mit dir fertig ist, bist du es auch!" Damit verschwand Uadja schleunigst aus der Glut und aus Bents Blickfeld. Weredji dagegen zog sie begeistert, als hätte sie eine Freundin fürs Leben gefunden, zu einem Haufen Dreckwäsche.

„Da, dasch durschgucken! Buht auf den Haufen, Scheische auf den Haufen."

„Buht?"

„Buht!" Weredji nickte entschlossen.

Bent brach heißer Schweiß aus, verstand kein Wort. Und jetzt hob diese … Wäscherin … den Rock! Oh, bitte, nicht! Bückte sich und wies mit dem Zeigefinger zwischen ihre Beine!

„Buht!"

„Blut?" Bent spürte regelrecht, wie ihr Gesicht grün anlief. Jetzt verstand sie auch das andere. Nein, bitte nicht nochmal eine so drastische Erklärung, laß den Rock unten, ich habe verstanden!

„Buht nur mit kaltem Wascher! Hopp!"

Am Ende dieser Marterung drückte ihr Weredji einen kleinen Kübel Asche in die wunde, wehe Hand. Auf Bents verständnislosen Blick und ihre wütende Frage, warum sie ihr nicht gleich noch all den anderen Dreck mitgeben wollte, antwortete sie:

„Allesch kriegt ihr nischt. Dasch langt für die Dschähne. Rescht brauchen die für Scheife. Ab! Gibsch Uadscha!"

Bent spuckte mißmutig auf den Boden vor ihrer Tür, an deren Rahmen sie müde gelehnt stand und in den, ins abendliche Sonnenlicht getauchten Innenhof starrte. Versuchend die dreckigen Leinentücher und das Rätsel des Aschekübels zu vergessen, ihren knurrenden Magen ignorierend, lauschte sie den Spatzen, die in dem wuchernden Blattwerk über ihr nisteten. Sie veranstalteten enormen Lärm. Bent schaute über den stillen Hof und entdeckte die helle Katze. Am Boden geduckt, mit peitschendem Schwanz.

„Wirst du wohl!", schimpfte sie flüsternd, „Verschwinde in der Küche, such dort nach Mäuschen, sch!" Die Katze verzog sich. Bent schaute in die Sträucher, die Spatzen gaben das Gekreisch auf. Das große Spalier lehnte sich an vier der vordersten dicken Säulen, überspannte den gesamten Hof. Das ganze Flechtwerk aus Blättern, Spalierholz, knorrigen, in sich verdrehten Stämmchen und dünnen Ästen spendete köstlichen Schatten. Früchte hingen an den Ästen, klein und grün. Ob man das essen kann? Sie pflückte eine der Beeren und probierte. Oh, diese pelzige, bittere, saure Heimsuchung in ihrem Mund war einfach ekelhaft! Abermals spuckte sie aus, rannte zu dem Wasserbecken in der Mitte des Hofes, schöpfte einige Handvoll Wasser in den Mund. Die blauen Lotosblüten nickten und schaukelten im aufgewühlten Naß als wollten sie Bent auslachen. Viel zu müde um wütend zu werden, ließ sie sich am Beckenrand nieder, zog den sowieso kurzen Rock über die Knie, tauchte die wunden Hände ins kühlende Wasser, strich sich über den Nacken und durchs Gesicht.

Sie wartete, daß eins der Küchenmädchen die Abendmahlzeit brachte. Da schien sie zu kommen, oder? Unter dem schattigen Säulengang bewegte sich etwas. Aber nein, es schlich nur eine alte, uralte Frau auf sie zu. Müde – was wohl ihrem Alter geschuldet war – schlurfend, gebeugt über einen knorrigen Stock und faltig wie in der Sonne verschrumpelte Salatblätter. Sie schenkte Bent ein zahnloses Lächeln, stellte ihren Korb ab, ließ sich umständlich und ächzend neben ihr nieder.

„Bist neu hier, Mädchen, hm?" Dabei tätschelte sie Bents Knie. „Hast gut daran getan, hierherzukommen, hm! Was fehlt dir denn?"

„Nichts!" Bent rutschte ein wenig weg, denn die Alte hatte dem Knoblauch ordentlich zugesprochen. „Ich wohne hier."

„Ah!" Das Großmütterchen rutschte nach und tätschelte ihr abermals das Knie. „Das ist gut! Junges Blut, das brauchen wir hier, hm! Wirst sehen, wie schön es hier ist. Nur gute Weiber sind hier."

Sehr schön ist es hier! Am besten gefallen mir die verschissenen Bettlaken, der beißende Qualm und die rußige Asche!

„Die wollen nichts mit mir zu tun haben!"

Bent verdröselte mißgelaunt einen losen Faden an ihrem schlichten Kleid und sagte das eher zu ihren Latschen als zu ihrer Sitznachbarin. Die kramte derweil in ihrem Korb, holte weiße, lange, leinerne Bänder hervor, legte die ordentlich glattstreifend auf einen Oberschenkel und begann mit dem Handballen darüberzustreifen. Alsbald wickelte sich das Band zu einer festen Rolle. Schon suchte sie die nächst Binde aus dem Korb, zog eine zweite nach, reichte sie Bent. Eigentlich war deren Bedarf an Wäsche für heute gründlich gedeckt.

„Viel kann ich nicht mehr tun um ihnen zu helfen", nuschelte die Alte. „Die Binden zusammenrollen oder ein paar kleine Wäschestücke zusammenlegen schaffe ich. Sie werden froh sein um eine weitere helfende, starke Hand, wo Iaret gegangen ist. Was fällt der eigentlich ein, hm? Stirbt einfach so, mir nichts, dir nichts. Und wir Alten liegen da und warten darauf! Hm! Ach, heilige Isis, was sind das für Zeiten?"

Bent gab keine Antwort. Wenn ihr auch allmählich ein gescheiter Gesprächspartner fehlte, so hatte sie gewiß nicht vor, das Gejammer irgendwelcher wandelnder Mumien anzuhören. Früher war alles viel besser, höhnte sie in ihrem Kopf. Damals herrschte Zucht und Ordnung! Zu meiner Zeit hätte es sowas nicht gegeben! Hör auf die Alten, sie wissen es besser!

„Hihi!", kicherte die Alte neben ihr, „Ich hör mich an wie meine Mutter. Die hat oft mit erhobenem Zeigefinger gedroht: *du* wirst noch an mich denken! Und wie oft habe ich nachher an sie gedacht", fügte sie traurig hinzu. Schon wieder tätschelte die faltige knochige Hand das rosige junge Knie:

„Lern schön, das wird nie zu deinem Schaden sein! Wer weiß, vielleicht kannst du irgendwann hier mal die Oberpriesterin werden? Wenn man fleißig ist, kann alles passieren, hm! Ich selbst strebte nie nach Höherem. Mir war meine Arbeit Erfüllung genug. Habe bestimmt tausend Kinderchen in die Welt geholfen und manch Leben gerettet. Sechzig Jahre bin ich nun schon hier, und ich habe keinen Tag bereut, hm!"

Bent schaute sie neugierig an. Sechzig Jahre? Haben die Götter diese Mumie vergessen? Wer wird denn so alt?

„Sechzig Jahre? Bist du... eine Isispriesterin?"

„Sechzig, hm!", nickte ihr Gegenüber bestätigend. „Ich war die Beste, wenn es darum ging, ein Kind zu holen. Doch guck", sie zeigte auf ihre trüben Augen und hielt ihre krummen, abgearbeiteten Hände hoch, „alles geht einmal vorbei. Jetzt ist die kleine Pesechet die Beste und ich gönne es ihr! Bete schön zu Isis, sie wird dir helfen, wenn du zweifelst. Und halte dich an Mesechnet. Von der kannst du viel lernen. Ah, da! Guck! Da haben wir schön zusammen den Korb geleert, hm, und du bist nicht mehr traurig! Und wenn du nochmal die Beeren da probierst", grinste sie wissend, Bent dabei die Wange streichelnd, "dann warte wenigstens, bis sie reif sind! Oder bis man sie zerquetscht und zu *Irep* gekeltert hat, hm!"

Bent machte große Augen. "*Das* ist Wein?"

"*Tju*! Und wir lassen die Trauben solange hängen, bis man richtig guten *Irep maa* draus machen kann. Richtig guter Wein für frohe Feste. Aber dafür müssen sie erst mal rot werden und fast ganz trocken."

"Dann hast du aber Rosinen! Die kenn ich! Hab sie immer am Markt gekauft."

"Ja, die haben wir dann auch."

"Was ist das?"

Bent betrachtete verzweifelt das Kraut, welches sie benennen sollte, schaute ihrer Lehrerin fragend ins Gesicht. Die stämmige alte Mesechnet duldete keine Unwissenheit.

"Bockshornklee?" Zischend zog sie den Atem zwischen den Zähnen durch, wußte nur zu genau: diese Antwort klang viel zu zögerlich, eher nach einer Frage anstatt einer Bestätigung und stellte Mesechnet gewiß nicht zufrieden.

"Wofür ist das?", blaffte die Lehrerin.

"Zum Essen? Nach Geburten? Zur Verdauung? Ach, ist das heiß hier! Ich wollte, ich hätte einen Schleier. Ich verbrenn mir ja die ganze Haut!"

"Was ißt man? Natürlich ist es hier heiß im Kräutergarten! Schleier? Hast du sonst keine Sorgen? Und allmählich wächst in mir die Befürchtung, daß du immer noch keine Ahnung hast."

"Die Samen!" Bent war sich sicher und diese Folter unter glühender Sonne würde jetzt hoffentlich ein Ende finden. Aber nein, Mesechnet führte sie weiter zum nächsten Strauch.

"Sodomsapfel?"

Mesechnet tippte ungeduldig mit dem Fuß auf die Erde, verdrehte die Augen, schaute genervt in den Himmel.

"Wie heißt die alte Frau, die die Binden zusammenlegt?"

"Was hat das mit deinem Unterricht zu tun?"

„Nichts, ich wollte ihren Namen wissen, ach, das ist *Tepenen*! Ja, ich bin sicher, das ist Kreuzkümmel!"

„Wofür? Sag mir ein Rezept! Sie heißt Tachut."

„Ein Heilmittel für den Bauch, wenn er krank ist …", Bent leierte das auswendig gelernte herunter, „ein vierundsechzigstel *Ro* [2] *Tepenen*, ein Achtel *Ro* Gänsefett und zwanzig *Ro Irtet* [3] werden gekocht, durch ein Tuch gepreßt und getrunken." Sie hoffte, daß das richtig war.

„Weiter!"

„*Das* ist der Sodomsapfel! *Was* machst du?"

Mesechnet pflückte wahllos Blätter, Stiele und Blüten von den Pflanzen.

„Mir scheint, daß du flunkerst. Denn du kennst die Pflanzen nicht, sondern du benennst sie nach ihrem Platz im Beet! Ich seh's an deinen Augen, du zählst die ab!"

Bent fühlte sich ertappt. Hatte sie je einmal frech weg behauptet, lernen mache solchen Spaß? Da hatte sie sich aber gewaltig geirrt!

Die dicke Lehrerin drückte ihr nun einen Grabstock in die Hand: „Grab das aus!"

„Was? Ja bin ich denn eine Bäuerin? Soll ich vielleicht auf der rohen Erde knien? Mich schmutzig machen? Ich glaube, du vergißt, wer ich bin!" Bent empörte sich gewaltig.

„Für den Augenblick bist du meine Schülerin! Du hast dich in den vergangenen Tagen nicht unbedingt mit Ruhm bekleckert! Wenn du das werden willst was du dir anmaßt, rate ich dir, aufmerksamer zu sein! Kommst hierher und meckerst wie ein altes Schaf! Du bist nur meine Schülerin! Alles andere mögen mir die Große Mutter Isis und die großen Götter verzeihen. Grab!"

Voller Trotz fühlte Bent wie die rote Glut der Wut in ihr hochkroch. Was fiel der dicken, alten Frau ein?

Mesechnet stupste sie unhöflich auf die Brust: „Was ist das? Hä? Was hast du da?" Fast gewalttätig schubsend trieb sie Bent weiter hinein in das große Beet. Bent verlor rückwärts taumelnd einen Schlappen, spürte, wie der Dreck sich in ihre gepflegten Füße und unter die Zehennägel grub. „Eine Tintenzeichnung? Der Name der *Mächtigen*? Hast du überhaupt eine Ahnung, was das bedeutet? Du brüstest dich mit dem Namen der größten Heilerin die unter den Göttern wandelt aber bist auch genauso dumm wie ein Schaf! Warum steht das da? Was weißt *du* schon von der *Mächtigen*?"

„Es ist ein Schwur!" Bent angelte umständlich mit dem Fuß nach dem Latschen.

---

[2] Ro: kleinstes Hohlmaß zu 1/320 Heqat (4,75 l) zum Abwiegen von Arzneien
[3] Milch

„Ein Schwur?" Mesechnets unglaublich höhnisches Lachen hallte durch den Garten, „Wofür?"

Bent kam sich mit einem Mal dumm und blöde vor. Nur der Trotz behielt die Oberhand.

„Ein Schwur, daß ich nie wieder lieben werde! Wenn Sachmet an meiner Seite stünde und mich stark macht! Und ich halte mich daran. Nie wieder habe ich einen Mann geliebt!"

Mesechnet lachte gehässig weiter, Bent fürchtete, bald hüpfe ihr der riesige Busen aus dem Ausschnitt. Als sich die bedrohlichen Massen wieder beruhigten und ihre eigentliche Position weit unter der Höhe des Magens einnahmen, verschränkte Mesechnet mühsam die Arme darüber, wiegte den Oberkörper hin und her.

„Hörst du dir eigentlich zu? Hörst du den Unsinn, den du da brabbelst? Wie kindisch ist das denn? Ich habe zehn Kinder und mein Mann ist auf und davon. Die Kinder haben sich in alle Winde zerstreut. Aber denkst du, ich schwöre der *Mächtigen* solch einen Quatsch? Nie wieder lieben! Pah! Was für ein Unsinn! Grab das aus!" Mesechnets Gesichtsausdruck ließ keine weitere Widerrede zu. Bent bückte sich, rammte voller Zorn wütend den Grabstock in die Erde. Nach ein paar Stößen war ihre Wut verraucht; interessiert stocherte sie nun in der Erde. Bei allen Göttern, was war denn das? Hat da jemand etwa ein Kind vergraben? Das Gewächs sah aus wie ein kleiner Körper mit Armen...

„Oh, was ist das?"

„Hol es heraus!"

Bent grub eifrig, kratzte die Erde ab und hob das Gewächs schließlich aus seinem dunklen, erdigen Gefängnis. Ein kleiner, dunkler Körper mit Armen und Beinen, anstelle eines Kopfes wucherte ein Blattbüschel.

„Mandragora", hauchte ihr die Lehrerin geheimnisvoll ins Ohr. „Damit kannst du zaubern! *Heka* [4] in seiner reinsten Form! Und Sachmet huldigen, damit ihr Name nicht unnütz auf deiner Brust zu lesen ist! Wenn du *Heka Achu* beherrschst, beherrscht du alles!"

„Zaubern?" Bent vergaß augenblicklich die Hitze, die Frechheiten, die sie eben erdulden mußte, den Dreck an Füßen, Knien, Kleid und Händen, versenkte ehrfürchtig die geheimnisvolle Wurzel in Mesechnets Korb. Diese war gerade dabei den Garten zu verlassen. Bent kam auf die Füße, hastete ihr nach.

„Sachmet heilt? Damit? Tachut hat gesagt, ich könne viel von dir lernen, bleib doch mal stehen!"

---

[4] Heka Achu: Heka, die Anrufung des Ka, zaubern als Tätigkeit, und Achu als die eigentliche die Macht des Zaubers

„Komm, wir wollen in den Schatten gehen. Im Schuppen ist ein Krug kühles Bier. Und wenn du mir alle Pflanzen richtig erklärst, erzähle ich dir bald von dem Geheimnis der mächtigen Mandragora. Tachut ist eine weise alte Seele. Hat sie dich in ihre knorrigen Finger gekriegt, hä? Jetzt bist du wach, wie ich sehe!"

Wie unter einem Bann folgte Bent ihrer Lehrmeisterin in den dämmrigen Schuppen. Mit dem Korb voller Grünzeug im Arm betrachtete sie die dicken Zwiebelstränge die von der Decke hingen, daneben hing ebensolch prächtiger Knoblauch. Die Kräuter die außerdem in dicken Bündeln von der Decke hingen, verbreiteten würzigen Wohlgeruch. Soviel hatte Bent schon gelernt, daß sie wußte, was da zum Trocknen hing: Würziger Sellerie, *Matet* genannt, daneben das aromatische *Imset* [5] ; die kräftige, frische Minze erkannte sie sofort an ihrem Duft. Darüber hinaus trockneten da außerdem Kümmel und Koriander. Sonnenstrahlen lugten wie weiße, glitzernde Bänder durch das Dach aus Palmwedeln, Staub tanzte in der Luft und aus den hinter dem Schuppen aufgestellten Bienenhäusern drang emsiges Brummen. Hier war es irgendwie magisch, ja fast mystisch. Der Duft der trocknenden Kräuter, das friedliche Bienengesumme, das Dämmerlicht, ja selbst die im tiefen Schatten vermuteten Rechen und Besen verbreiteten eine beinahe heilige Stimmung.

Mesechnet breitete alles aus dem Korb auf einem großen Tisch aus.

„Jetzt zeig mal, daß du Sachmet würdig bist. Mach ihr Ehre. Sag mir die Namen der Pflanzen, Mädchen und wofür sie gut sind. Wenn du unsicher bist, bitte mit deinem Herz Sachmet um Hilfe. Hier! Trink'n Schluck, es war wirklich viel zu heiß draußen!"

Bent trank einen durstigen Schluck von dem kühlen, sauren Bier, konzentrierte sich. Tatsächlich gelang es ihr, alles fehlerfrei zu erkennen. Doch bei diesen Blättern begann sie haltlos zu kichern.

„Was ist denn daran witzig?"

Unter albernen Gekicher hielt Bent einen schlauen Vortrag: „Ja, ja, mit diesem Zeug hat sich mancher schon geirrt. Von wegen, *du mögest den Mund jeder Scham probieren. Sei steif! Nicht schlaff! Sei kräftig, nicht schwach. Mögest du mit Hilfe von Seth deine Hoden stärken!"*

„Also bitte! Was soll denn das?" Mesechnet stieg glühende Schamesröte ins Gesicht.

„Zehn Kinder und nun zimperlich werden, hä?", foppte Bent, die sich zu kleinlicher Rache hinreißen ließ. Diese Lehrstunde im Kräutergarten würde sie so schnell nicht vergessen. „Das gibt man Männern, wenn es nicht mehr geht, das weiß doch jede. Du scheinbar nicht, weil deiner konnte wohl oft und lang! Was? Wie kann man zehn Kinder machen? Es gibt doch wahrlich genug

---

[5] Dill

Überzieher und Zäpfchen. Wahrscheinlich ist er auf und davon um sich eine Jüngere, Hübschere, Schlankere zu suchen!"

Mesechnet blieb vor soviel Frechheit und Respektlosigkeit einer Älteren gegenüber vor Verblüffung der Mund weit offenstehen.

„Aber soll ich dir mal was sagen? Dein heiliger gesegneter Lattich! Es wirkt nicht, alles bleibt schlaff! Wie eine zu weichgekochte Rübe!" Bent kicherte bei der Erinnerung an manch unglückseligen, hoffnungsvoll begonnenen Abend. Der Lattich fand oft reißenden Absatz. Naja, immerhin wurden die Kerle wenigstens satt …

„Meines Erachtens kann man mit dem *Abu* nichts weiter anfangen außer daß man ihn mit Granatapfelkernen garniert, Knoblauch zugibt, gerne auch eine kleingehackte Zwiebel, ihn mit Öl und saurem Wein übergießt und als Salat serviert. Ein Stück frisches Brot schmeckt da gut dazu."

„*Überzieher? Salat?* Den guten Lattich?" Mesechnet fand anscheinend ihre Fassung wieder. Empört raffte sie den Lattich an sich, drückte die bereits zu welken beginnenden Blätter an ihren ausladenden Busen.

„Salat! Ohne irgendeine Wirkung!" Bents heftiges Nicken drückte wilde Entschlossenheit aus.

„Äh… wir wollen uns nun wieder den anderen Pflanzen widmen… um die heilige Pflanze des Gottes Min kümmern wir uns dann ein andermal."

„Die anderen Pflanzen müssen bis morgen warten! Ich habe eine wichtige Verabredung vor dem Essen! Gehab dich wohl!"

Würde sich doch die Duat auftun und alle verschlingen! Mit samt ihrer Wäsche, ihrem Grünzeug, ihrem Chaos und ihrer Boshaftigkeit! Bent stampfte zornig aus dem Garten, durchquerte den hinteren Hof, lief an der Kapelle vorbei, setzte sich an den Beckenrand des Teiches, betrachtete die wunderschönen Blüten des Lotos, wünschte sich, die Alte käme zu ihr, genau wie vor ein paar Tagen. Bei ihr spürte Bent keine Verachtung, nur gutgemeinte Freundlichkeit. Irgendwie ging ihr das Herz auf, als sie Tachut über Hof trippeln sah. Sie trat ihr entgegen, nahm ihr den Korb ab, hakte sie unter und führte sie zu dem Becken.

„Bist ein liebes Ding! Aber warum bist du so dreckig, hm?"

„Ich war mit Mesechnet im Garten. Mandragora ausbuddeln. Wofür braucht man das?"

Tachut grinste sie an: „Sowas gibt es gar nicht. Auf was für Gedanken du kommst!"

„Und wofür braucht man Sodomsapfel?"

„Bist aber ganz schön neugierig, hm!"

„Ich soll das alles lernen. Würdest du mit mir in die Apotheke kommen, mir *Heka Achu* beibringen und mir das richtig zeigen?"

„Ich?" Tachut lachte laut. „Meinst du wirklich, ich käme mit meinen alten, krummen Knochen die ausgelatschte Treppe dort hinunter? Was willst du denn dort, hm? Da hast du aber nichts verloren, Mädchen! Guck nicht so bös! Da runter dürfen höchstens geweihte Isispriesterinnen. Bist du eine?"

„Nein!"

„Na siehst du!"

„Und Asche?"

„Wie Asche?"

„Was macht man mit Asche?"

„Seife!"

„Wie kann man aus Dreck etwas machen, das saubermacht? Ist das Zaubern?"

„Da gibt man Fett hinzu. Die aus der Küche haben genug davon. Manchem Hammel geht's hier zu gut, hm! Man kann es auch aus Knochen nehmen. Oder Gänsefett. Das kocht man zusammen mit einem geheimen Zusatz, aber den muß man genau abmessen. Und irgendwann hat man Seife. Hör auf so zu gucken. Meinst du, ich wäre nicht mehr richtig im Kopf, hm? Ich weiß doch, wie man Seife kocht!"

„Ich habe die am Markt gekauft."

„Wo denkst du, kämen wir hin, wenn wir alles, was wir benötigen kaufen würden, hä? Du kannst die Asche auch mit einem Bröckchen Myrrhe mischen und drauf rumkauen, ist gut für die Zähne."

„Wer ist diese Weredji? Ist sie krank?"

„Das ist die aus der Waschküche, hm? Sie ist wie sie ist und das ist gut so. Fanden sie eines Tages vor der hinteren Tür. Angebunden an ein dickes Lämmchen. Wußten nicht, wer lauter blökte. Das pummelige Lämmchen oder das pummelige Kind, hm! Wir lehrten sie, zeigten ihr alles, als sie verständig genug war. Steckten sie überall hin, doch sie schlief stets ein. In der Küche, im Kräutergarten, beim Hüten vom Vieh, bei der Aufsicht von Kranken. Nur bei der Wäsche wurde sie munter, also ließen wir sie dort." Tachut klopfte Bent wohlwollend auf das Knie. „Du mußt das auch so machen, hm!"

„Was?"

„Sehen, was deine Bestimmung ist. Das, was dich richtig fordert, was du liebst, dann bist du gut darin. Wie Kara oder Pesechet. Das sind richtige Wehmütter! Sie sind lieb, zeigen Mitgefühl, haben Ahnung von allem was eine Frau ausmacht. Es ist ihr Leben, Mädchen. Was willst *du* denn hier? Wehmutter sein? Oder dich um Kranke kümmern und deren Krankheiten heilen? Vielleicht fühlst du dich berufen, Verletzungen, Skorpion- und Schlangenbisse zu heilen, hm? Du wirst merken, wenn du alles gelernt hast, was deine Berufung ist. Hast du denn schon ein Gefühl, hm?"

„Die Apotheke! Und Zaubern!"

„Ach, hör doch mit diesem Unsinn auf! Hm! Ich glaube, da kommt das Mädchen mit deinem Essen und ich sollte auch gehen!"

Hunger und Durst plagten Bent jetzt aber gewaltig. So verschwand sie schleunigst in ihrer Kammer. Hatte sie seit dem Morgenmahl doch nichts mehr zu sich genommen. Und wie sah sie überhaupt aus? Das schmutzige Kleid, voller Gartendreck, schwarze Ränder unter den Fuß und Fingernägeln, verschwitzt und staubig.

Die Tür ging auf, die Magd trat mit dem Tablett ein. Reichlicher konnte man Bent heute nicht beschenken: ein Krug Wein, ein Stück zarter Lammbraten, gekochter Lotos, Linsen mit Zwiebeln, frisches knuspriges Pesem! Ihr knurrte laut der Magen.

„Aber Herrin!" Die Magd stellte das Tablett auf den Eßtisch. „Habt ihr denn das Bad vergessen?"

„Ich bin zu müde, um über die Höfe zu laufen."

Nicht nur zu müde! Ich will nicht dorthin!

Dort hinten, links, weit hinter dem ersten Innenhof, gegenüber der riesigen Küche, kurz vor den großen Sälen, wo in den gewaltigen Kesseln die gesamte Wäsche des Hauses gewaschen wurde, befanden sich zwei große Bäder und die Abtritte. Und dort badeten meist einige! Aber das gemeinsame Baden wurde zur Folter. Keine wollte etwas mit Bent zu tun haben. Da fand sich keine, die ihr gefallenshalber den Rücken schrubben würde, freundschaftlich besorgt nach einem möglichen Sonnenbrand schauend. Keine, die ihr das nasse Haar entwirren würde, geschweige denn, ihr mit dem Wasser aus dem kleinen Kübel die Seife aus dem Haar spülte. Ganz zu schweigen von dem Gekicher, Geläster und Gequietsche, welches üblicherweise herrschte, wenn Frauen beieinandersaßen. Im Gegenteil: wenn Bent dort eintrat verstummten sämtliche Gespräche.

„Hier ist doch ein Baderaum!"

„Wo?" Bent sprang von ihrem Stuhl hoch.

„Hinter dieser Tür!"

„Die ist doch verschlossen! Oh! Der Schlüsselbund! Wie dumm von mir!" Hastig kramte sie den Bund hervor, probierte mehrere Schlüssel, einer paßte! Tatsächlich – ein Baderaum!

„Geh, stell das Essen irgendwohin, wo es warm bleibt. In die Küche am besten, hilfst du mir? Wie geht das? Ah, ja ich sehe, hier den Pfropfen herausnehmen und am Boden hineindrücken. Oh, welch eine Freude! Heißes Wasser! Und hier ist Seife, Tücher. Ach, wie herrlich!" Hastig streifte sie das Kleid ab, griff nach dem Wein und dem Stück Brot, bevor die Magd wieder damit verschwand, prüfte mit dem Fuß die Wassertemperatur. Autsch! Heiß! Da war noch ein Pfropfen: herausziehen! Schon schoß kaltes Wasser heraus. Seufzend ließ sie sich in das Wasser hinab. Welch eine Wohltat, auch zeigte der Becher Wein Wirkung. Kaum hatte sie sich dem Müßiggang hingegeben, ging die Tür abermals. Kara betrat, mit Schriftrollen, Palmblättern und anderem Kram beladen, das Badezimmer.

„Die Liste für die Arzneien." Sie reichte Palmblätter und ausgefranste Leinenfetzen zu Bent hinab. „Diese *Djema*, sagt Mesechnet, sollst du durchlesen. Und diese beiden *Qahet* [6] sind eben abgegeben worden. Scheint wichtig zu sein."

„Lies es mir vor!", grummelte Bent müde mit geschlossenen Augen. Allein es kam keine Antwort. Als es Bent zu lange dauerte, öffnete sie die Augen. Kara stand unbewegt am Beckenrand, hielt ihr die wichtigen Schriftrollen hin. Die Blätter und der andere Kram lagen am Boden.

„Was ist?"

„Nichts!"

„Lies! Ich will mich jetzt nicht kümmern."

„Ich kann doch keine Briefe lesen! Wie kommst du denn darauf?"

„Und, wie bitte schön, kannst du dann hier deine Arbeit erledigen?"

„Ich kann gerademal die Namen der Arzneien und die Rezepte lesen. Auch kann ich die königlichen *Schenus* [7] erkennen. Und ein paar weitere wichtige Sachen. Aber ich kann keinen großen Text lesen. Wo soll ich das gelernt haben? Wenn ich wichtiges lesen oder schreiben muß gehe ich zu einem der Schreiber. Aber das kommt nicht oft vor."

„Und die anderen?"

„Pesechet kann richtig lesen, Uadja auch. Aber die meisten von uns machen das so."

Bent schaute auf den Wust aus Palmblättern, alten Leinenfetzen und mehrfach beschriebenen Papyrusschnipsel. Das war ihr jeden Abend ein Dorn im Auge. Diese zusammengewürfelte Ansammlung all möglicher Schreibunterlagen, kaum zu sortieren, kaum zu entziffern. Natürlich war es gut, daß teures Papyrus gespart wurde, aber das hier war keine gescheite Lösung. Sie würde sich eine einfachere Handhabung ausdenken müssen.

Schließlich nahm sie Kara das Schreiben aus der Hand, öffnete den *Qahet*, setzte sich dermaßen hektisch aufrecht hin, daß das Wasser schwappte,

---

[6] *Djema* = Papyrusrolle, *Qahet* = einzelne Seite, Briefbogen
[7] Kartuschen

angelte nach dem Tuch, hielt es sich sittsam vor den Busen.

Oh! Von Bek!

„Halt mal!"

Kara nahm die Rolle wieder an sich. Bent kletterte aus dem Becken, denn das war keine angemessene Position, um solch wichtige Nachrichten zu lesen, wickelte sich hastig in das große Tuch, setzte sich in ihrem Schlafzimmer auf den Sessel:

An die Herrin des Hauses der großen Mutter Isis, Dame Sahu-Re, dies ist Bek, Baumeister, der dir das schreibt.

Gefallen hat es der Herrin des Hauses der Großen Mutter Isis, der Dame Iaret, zu mir zu sagen, daß sie eine große Bestellung bei mir in Auftrag geben wolle. Diese Bestellung ist nun fertig und wartet darauf, daß ich sie dir, Dame Sahu-Re, überbringe. Ich überbringe sie dir in zwei Tagen gegen die zehnte Stunde, mögest du leben, Bent, mögest du heil sein, mögest du gesund sein.

Bent ließ begeistert den Brief sinken.

Bek!

Mein liebster Freund!

Zärtlich, voller Sehnsucht, streichelte sie über die *Medu Netjer*. Viel zu lange hatten sie sich nicht gesehen. Und jetzt brachte er ihr etwas! Welch eine schöne Nachricht!

„Gib die andere Rolle her! Mach!" Bents Augen blickten ungläubig auf das Siegel. „Reich mal die Lampe her! Das glaube ich nicht! Guck mal!" Sie reichte Kara den *Qahet*. Die hielt ihn näher an die Augen, näher an die Lampe, dann ungläubig weit von sich, um schließlich entgeistert: „Von der Königin!", zu hauchen.

„So geht das nicht!" Bent stand abrupt auf – das Tuch fiel zu Boden – wühlte in der Kleidertruhe, fischte ein sauberes, einigermaßen gutes Kleid heraus, schlüpfte in die Strohsandalen, fuhr sich übers Haar. Irgendwo hier war ein Kamm! Und ein Spiegel! In einer der Laden des Tisches hatte sie alles schon gesehen. Sämtliche Tiegel auf dem Tisch klirrten und klapperten, als sie hektisch die Laden durchwühlte. Lockenwickler, Haarnadeln, Pinzette, Amulette, Schere, Nähzeug, Bindfäden, Glasperlen, Löffel für Schminke …

Wenn es einen Gott für Unordnung geben würde, Bent spräche sofort ein Gebet. Schon hielt sie den alten, blinden Spiegel in Händen und fuhr sich mit dem beinernen Kamm durchs Haar. Mit Spucke benetzte Finger richteten die Strähnen über der Stirn. „Ja, so geht es wohl", grummelte sie vor sich hin. Kara hielt ihr die Rolle hin.

„Nein, nein, nicht hier! Das ist offiziell, das kann ich nicht im Schlafzimmer lesen, wo kämen wir hin? Hinüber in das Schreibzimmer, komm!"

Auch hier herrschte Iarets gewohnte Unordnung. Obwohl, so konnte man das nicht nennen! Iaret hatte eine eigene Auffassung von Sortieren und Aufbewahren und in ihren Augen machte das alles wohl einmal einen Sinn. Praktisch war es allerdings nicht. Bent sammelte den Berg angesammelter Schriftrollen und kleiner Skarabäen, die zum Beschweren dienten, ein, trug alles in die hinterste Ecke des Raumes, richtete Schreiberpalette, Pinselkasten und das Wassertöpfchen ordentlich auf dem Tisch an, rückte den Stuhl zurecht, räusperte sich, setzte sich, strich das Kleid glatt, griff feierlich nach der Rolle, las laut vor:

Die Prinzessin aller Frauen, Die Herrin des Südens und des Nordens, Teje, Hemet Nesut Weret, Große Königliche Gemahlin unseres Großen Hauses Amenhotep Mer Chepesch, Heqa Uaset, Neb Maat Re ist dies, die dir das schreibt.

Unser Baumeister Bek wird dir eine Lieferung entsenden. Ich, Die Prinzessin aller Frauen, Die Herrin des Südens und des Nordens, Teje, bin darüber unterrichtet durch die Herrin des Hauses der großen Mutter Isis, der Dame Iaret. Du bist jetzt die Herrin des Hauses der großen Mutter Isis, Dame Sahu-Re, und Ich, die Prinzessin aller Frauen, Die Herrin des Südens und des Nordens, Teje, werde dich am Tage des nächsten Sensen-Kawi [8], also des vollen Mondes aufsuchen um mit meinem Gefolge und deinem Gefolge ein Fest zur großen Einweihung im Hause der großen Mutter Isis zu feiern. Mögest du leben, mögest du heil sein, mögest du gesund sein.

Bent ließ die Rolle zusammenfahren. Das konnte doch nicht wahr sein! Wie konnte *sie* denn ein Fest für die Königin ausrichten? Sie, die dumme, kleine Bent und die Königin zusammen in diesem Hause! Oh, ihr Götter, schickt mir euren helfenden Beistand! Und was war so wichtig an Beks Lieferung, daß sogar die Königin sich dazu einlud?

„Die Königin will herkommen und mit uns ein Fest feiern! Wie steht der Mond?" Als Bent keine Antwort bekam, warf sie ihren Schlappen nach der verträumt dastehenden Kara. Die erwachte aus ihrer ehrfürchtigen Starre.

„Es war gerade erst Vollmond. Und Iaret hat nun ihr letztes Haus im

---

[8] Monatlich bei Vollmond gefeiertes Fest

Westen bezogen."

„Was? Oh! Tatsächlich!" Bent konnte kaum glauben, daß sie bereits über siebzig Tage hier arbeitete wie ein Ochse auf dem Feld.

„Und es tut mir leid", schniefte Kara, „daß wir nicht an der Beerdigung teilnehmen konnten. Aber sie…"

„Einen Monat? Wie soll das zu schaffen sein? Kara! Hör auf zu flennen! In einem Monat kommt die Königin her!"

„Ohje ohje!"

Einfach denken – nicht kreuz und quer!

Habe ich damals nicht jeden Abend Gäste bewirtet? Vornehm getan? Feines Essen aufgetischt? Schöne Kleider getragen? Mehr ist das hier auch nicht! Bloß nicht in Ehrfurcht erstarren! Bent eilte in ihre Kammer zurück, wühlte in der Truhe. Nichts! Wütend hob sie eins der Kleider hoch – grobes braunes Leinen ohne irgendeinen Schick.

„Kara! Komm her! Ist das alles?"

„*Tju!*"

„Diese kurzen, abgewaschenen Lumpen! Wo sind meine Sachen? Ich muß doch eigene Sachen haben! Wo ist das alles?"

„Du hattest nichts! Wir haben dir alles geborgt. Und das da in der Truhe gehörte Iaret. Dir wird jedes geborgte Kleid zu kurz sein, denn niemand sonst hier ist so groß wie du."

„Ein Kleid muß her! Und zwar so schnell als möglich!"

„Hast du sonst keine Sorgen?"

„Das Kleid machen dauert am längsten! Hast du keine Ahnung?"

„Nö!"

„Ach Kara, hat Neschon noch ihren Stand am Markt?"

Ahnungsloses Schulterzucken und die lapidare Bemerkung: „Hingehen und fragen!"

„Du bist wirklich keine große Hilfe!" Bent schauderte. Da hinausgehen? Aus den schützenden Mauern dieses Hauses treten, hinaus in die Stadt gehen? *Uaset!* [9] Diese Stadt, die nichts als Unheil über sie gebracht hatte? Glühend heiß wurde ihr auf einmal, beißender Schweiß tropfte von der Stirn. Denn die unermüdlichen Gedanken vervollständigten das Bild von vornehmer Garderobe:

Schmuck!

Davon besaß Bent mehr als genug! Sicher verwahrt in einem wertvollen Kasten aus Zedernholz, eingewickelt in feines Leinen, im sicheren Versteck,

---

[9] Das heutige Luxor, Theben: *Die Stadt des Was-Zepters.* Oder: *Niut-resit, Die südliche Stadt.* Im Gegensatz dazu die westlich des Nils gelegenen Stadtteile: *Imentet-Waset* oder *Imentet-Niut, Die westliche Stadt.* Zählte zur Zeit Amenhoteps III. ca. 20 000 Einwohner

tief im Boden eingegraben, mit Kacheln zudeckt. Darüber ein verbranntes Haus, geborstene Steine, verbrannte Erde, eine Ruine voller Geister – wenn nicht sogar ein Neubau, der alles gnädig versteckte.

„Papyrus her! Aber flott!" Bent kam es vor, als scheuche sie ihre Magd Hetep umher. Aber das hatte Kara nicht verdient. „Bitte! Und zünde mehr Kerzen an, es ist ja fast dunkel! Weißt du, ob das abgebrannte Haus neu aufgebaut wurde?"

„Dein Haus?"

Bent nickte.

„Soweit ich weiß, will niemand da bauen. Auf dem Markt tratschen die Leute manchmal davon. Dort sollen Geister umhergehen. Wenn nicht sogar Dämonen."

Geister?

Ich brauch meinen Schmuck, will ich der Königin angemessen gegenübertreten! Da kommen mir Geister und Dämonen gerade recht! Doch ich kann nicht einfach hingehen und dort buddeln. Oh bitte all ihr gütigen Götter, hoffentlich blieb alles unversehrt!

„Morgen gehst du mit mir auf den Markt. Wasser!"

Kara schaute verständnislos drein.

„Soll ich den Brief etwa mit Spucke schreiben?" Sie hielt Kara das Töpfchen für die Pinsel hin.

Bloß keinen Fehler machen und so schön wie möglich schreiben! Gewitzt wie Bent war, schrieb sie die königlichen Titel, ihren eigenen und den Gruß peinlich genau ab:

An Die Prinzessin aller Frauen, Die Herrin des Südens und des Nordens, Teje, Hemet Nesut Weret unseres Großen Hauses Amenhotep Mer Chepesch, Heqa Uaset, Neb Maat Re. Dies ist die Herrin des Hauses der Großen Mutter Isis, Dame Sahu-Re die dir das schreibt.

Sie schreibt dir mit der ehrfürchtigen Bitte um einen großen Gefallen. Einst fiel mein Haus einem Brand zum Opfer. Niemand hat es je wieder aufgebaut, denn die Menschen fürchten, böse Dämonen würden da hausen. Mit deiner großmütigen Erlaubnis möchte ich, die Dame Sahu-Re, mit Isis Hilfe dort Dämonen und Geister vertreiben. Dies alles soll geschehen, bevor das große Fest im Hause der großen Mutter stattfindet. Auf, daß keine Dämonen und böse Geister unsere Zusammenkunft trüben. Hoffend auf Deine schnelle Antwort, warte ich in demutsvoller Ehrfurcht darauf, daß Deine Königliche Majestät diese bescheidenen Mauern mit Ihrer Anwesenheit beehrt. Mögest du leben, mögest du heil sein, mögest du gesund sein.

Bent suchte in der chaotischen Lade das Siegel des Hauses, rollte die Schrift zusammen und fragte, ob es wohl einen zuverlässigen Boten gäbe, der diese Nachricht zum Palast bringen könnte.

„Natürlich!", bestätigte Kara ihre Frage. „Wenn du die Barke schickst. Die darf bis in den königlichen Hafen fahren."

„Sofort morgen früh!"

Nervös saß sie am Morgen in der Apotheke, trommelte mit den Fingern auf der Tischplatte herum. Hinausgehen! Ach, wie ihr das zuwider war! Angst schnürte ihr die Kehle zu. Doch sie konnte sich nicht länger hier herumdrücken. Kara wartete längst. Schon vor einer geraumen Weile hatte sie diese mit den bestellten Arzneien hinaufgeschickt und ihr gesagt, sie käme gleich. Doch was war das? Da, in der Ecke? Bent stand auf, griff nach der Lampe und besah sich die Stöcke genau.

Weidenruten!

Sie grinste, fast schon böse, suchte die längste Rute aus um mit ihr durch die Luft zu schlagen. Das war ein wohlbekanntes Geräusch! Diese Gerte würde sie begleiten! Und sie wollte sich schminken. Doch wo fand sie hier in den Unmengen von gehorteten Schätzen kostbares *Hebeni*? Sie suchte und kramte, fand aber statt des wertvollen Ebenholzes lediglich *Sedemet*, den Bleiglanz. Die kramte weiter, fand einen dünnen Pinsel und ein Töpfchen mit Bleimenninge! Wie wunderbar, jetzt konnte sie sogar Lippen und Wangen bemalen!

„Spiegel?", rief sie fragend in den Raum. Eine Schüssel würde es auch tun. Auf dem Tisch Glasflaschen und Tiegel, ein Mörser, Papyri, Federn, Körbe. An der Decke Büschel von getrockneten Kräutern, in der Ecke ein Dreibein mit einer Feuerschale. Aber da! Auf dem Boden eine große Schale. Bent wollte sie auf den Tisch heben, aber …

„Verflucht, ist die schwer!" Als wäre sie ein dicker Felsbrocken. Dann mußte es anders gehen. Sie nahm die Schminke mit in ihre Kammer, malte sich dort den wertvollen *Sedemet* sorgfältig um ihre Augenlider. Wie immer übertrieb sie dabei, zog den Strich fast bis zum Haaransatz an der Schläfe. Sparsam dagegen verteilte sie das rote Pulver auf Wangen und Lippen, betrachtete sich. Gut sah das aus! Und doch – es war nur eine dünne Politur, die ihre Angst in Bahnen lenkte. Doch damit fühlte sie sich sicher genug, *Uasets* Straßen zu betreten.

Das war das kleine Mädchen, welches sie vor Jahren auf den Armen herumgeschleppt hatte? Dessen Tränen sie getrocknet, dessen Angst vor der Dunkelheit sie weggestreichelt hatte?

„Oh! Die Dame Bent! Welch eine Freude! Ich habe dich lange nicht gesehen und Mutter fragte schon, wo du abgeblieben wärst. Aber, ach, ihr gütigen Götter, was hast du denn da an den Augen? Lassen die Götter dich Finsternis am Tage sehen? Oh, welch ein Unglück! Du mußt gemahlenes Ebenholz, Honig und die Galle einer Schildkröte drauf tun, damit wird es besser werden!"

„Es ist schon besser, besten Dank, ich war bei einem Augenarzt!", flunkerte Bent.

„Da bin aber beruhigt, komm herein!"

Neschons Tochter betrieb den Marktstand mit kluger Hand, selbstsicher, schlau und geschäftstüchtig! Markstand konnte man das aber nicht nennen. Sicher, ein großes Dach aus gestreiftem, dunklen, stabilen Leinen, gestützt von bunt bemalten Pfosten spannte sich über die Auslage. Aber das Haus dahinter gehörte auch zu Neschons Stand. Man konnte hineingehen und dort in einem eigens dafür vorgesehenen Zimmer die zarten Kleider, die zum Verkauf angeboten wurden, alle anprobieren. Eine Frau half dabei, den Spiegel zu halten, die Falten zu glätten, die Länge zu prüfen. Wer wollte bekam nebenan Wein, Obst, Datteln und Kuchen gereicht, wenn die Kammer von einer Käuferin besetzt war. Bent kam früher oft hierher, wenn sie schicke Kleider brauchte. Allerdings erklärte Neschons Tochter, die Mutter führe den Laden seit einiger Zeit nicht mehr selbst, beaufsichtige aber noch die große Webstube, drüben im *Pa Demi*.

„Mit der Schwester", bekräftigte Neschons Tochter. „Mutter ist alt geworden und sie soll sich nicht überarbeiten!"

„Ich kann es im Moment nicht bezahlen!" Bents Einwand fand kein Gehör.

„Aber, aber, Dame Bent, du hast sooft hier gekauft. Alleine dein guter Ruf ist mir Garant, daß ich nicht lange warten muß. Such dir das Schönste aus, vielleicht müssen wir es abändern. Wenn du natürlich ein eigens für dich gewebtes Kleid möchtest, dauert das. Aber das weißt du ja."

„Ich brauche ein vornehmes Kleid, Tochter der Neschon, ich treffe die Königin in gut zwanzig Tagen." Fast meinte Bent, Neschon bliebe gleich die Luft weg.

„Aber du hast doch noch dein feines Haus, drüben, am kleinen Markt?"

„Ich bin", Bent zögerte, suchte und kramte in den Auslagen, fand zwei

Schleier und hielt sie Neschons Tochter hin. Alles schien unwirklich und ihre jetzige Position fast prahlerisch hervorzuheben schien ihr peinlich, „die Oberpriesterin der Großen Mutter, und leite den Tempel der Isis. In diesem Zusammenhang bat mich ihre Allerheiligste Majestät, *Die Prinzessin aller Frauen, Die Herrin des Südens und des Nordens*, Teje, große Königliche Gemahlin unseres Großen Hauses, des Guten Gottes *Amenhotep Mer Chepesch, Heqa Uaset, Neb Maat Re*, mich aufsuchen zu dürfen."

Neschons Tochter klappte den Mund zu, fegte barsch die Kleider beiseite.

„Angesichts dessen sind diese Lumpen deiner unwürdig! Morgen, das verspreche ich dir, bringe ich dir allerfeinstes Leinen allerbester Qualität zur Auswahl, damit die Gastgeberin der Königin angemessen gekleidet ist. Selbstverständlich mußt du dich nicht mehr hierherbemühen, ich höchstpersönlich bringe alles ins Haus der Großen Mutter."

„Danke. Ich brauche dennoch ein Kleid, denn morgen habe ich eine wichtige Zusammenkunft!" Bent hoffte, daß man ihr die Nervosität nicht anmerkte. Oh, jetzt war es laut ausgesprochen und Neschons Tochter würde mit ihrer hochgestellten Kundin prahlen und damit noch mehr Käuferinnen in ihren Laden locken.

„Behältst du bitte für dich, daß ich die Oberpriesterin bin? Selbstverständlich kannst du erwähnen, daß die Herrin des Isistempels zu deinen Kundinnen gehört, aber erwähne nicht meinen Namen. Nimm den, welchen sie mir in meiner neuen Position gegeben haben: Sahu-Re."

„Aber natürlich Dame Sahu-Re! Doch diese Lappen", Neschon hob das achtlos auf den Boden geworfene Bündel Kleider hoch, „sind alle Ramsch, deiner nicht würdig!"

„Du weißt ganz genau, daß es wunderschöne Kleider sind, zeig sie mir nochmal und ich werde das schönste aussuchen!"

Beladen mit dem eingewickelten Kleid, auf der Suche nach einem Schuhmacher, wanderten Bent und Kara weiter. Bent wünschte sich, sie hätte die Schleier gleich mitgenommen. Zuviele Menschen blickten in ihr Gesicht, zuviele Bekannte liefen durch die engen schattigen Gassen. Bekannte, denen sie nicht begegnen wollte. Wie dem Schuhmacher! Freudiges Erkennen auf seinem feisten Gesicht trat er emsig hinter seiner Auslage hervor, doch bevor er den Mund aufmachen konnte, schlug Bent heftig die Gerte auf den Tisch.

„Ein paar Sandalen! Aus Leder! Mit blauen Perlen! Beeil dich! Und wage es ja nicht den Mund aufzumachen!"

„Ja, Herrin, selbstverständlich, Herrin!" Buckelnd verschwand er schnell hinter seinem Tisch. Vom Nachbarstand rief ein Töpfer höhnisch herüber, daß es längst Zeit sei, dem aufgeblasenen Rüpel mal ordentlich übers Maul zu fahren. Man sah dem armen Schuhmacher an, daß er glaubte, sein guter Ruf sei für alle Zeiten dahin. Fast schon demütig überreichte er Bent die Latschen.

„Schreib es an", blaffte Bent, „ich werde dieser Tage jemanden schicken, der deine Unkosten deckt! Mehr als einen und einen halben Deben sind sie nicht wert!" Mit soviel Würde wie möglich hastete Bent weiter.

„Den hast du doch gekannt, oder?" Kara kam kaum hinterher, so eilig wie es Bent hatte. „Meine Güte, bist du unhöflich", plapperte Kara weiter. Irgendwie hörte Bent Bewunderung aus Karas Tonfall. „Ich hätte mich das nicht getraut. Aber man muß sehen, wie man durchs Leben kommt. Meistens bescheißen sie einen und man muß auf der Hut sein vor solchen Kerlen. Denen fällt auch noch ein, einen in den Popo zu zwicken und so."

„*Mich* zwickt niemand in den Popo!"

„*Das* glaub ich dir aufs Wort!"

„Das wird aber auch Zeit, daß ihr kommt!" Pesechet eilte auf beide zu als sie gerade den großen Innenhof betraten. „Ich brauche dich Kara, habe eine schwierige Geburt. Bent, komm mit, ich kann jede helfende Hand gebrauchen!"

„Aber das kann ich nicht!"

„Dann lernst du es! Dafür bist du doch hier! Du schaust zu und tust was ich dir sage!" Sie krallte sich Bents Handgelenk und zog sie mit sich. „Entweder du lernst es ganz schnell, oder…"

„Oder was?" Bent schlug ihr auf die Hand.

„Los, kommt, wascht euch die Hände, es ist keine Zeit zu verlieren!"

Dumpf vor sich hinbrütend saß Bent später in ihren Räumen. Bei allen Göttern, das hatte gerade noch gefehlt. Eine gebärende Frau, Schreie, Hektik, Blut und Tränen und Pesechet mit Stäbchen und einer Schlinge … Das wollte Bent ganz schnell vergessen. Heket sei Dank ging alles gut aus. Und anscheinend hatte sie sich gar nicht so blöd angestellt, denn die großmäulige Pesechet bedankte sich bei ihr sogar für die Hilfe!

Es war wohl doch nicht verkehrt gewesen, abends Tachut zu treffen. Und Bent war froh, sich in ihrer Einsamkeit zu der gütigen Frau flüchten zu können. Erst begegnete sie ihr ein paarmal am Wasserbecken, schließlich fand Bent sogar heraus in welcher Kammer sie wohnte: weit hinten, links neben dem großen Gebäude, zu welchem man zwischen den beiden Innenhöfen gelangte.

„Ich verstehe das alles nicht!", maulte sie einmal. „Sie schicken mich überall hin, entweder muß ich Drecksarbeit verrichten oder ich soll bei Behandlungen und Geburten zusehen, aber meistens schnauzen sie mich nur an. Sie mögen mich allesamt nicht."

„Ach, hör auf zu jammern, hm! Sie sind alle traurig. Iaret fehlt hinten und vorne. Und ich habe die Befürchtung, Kara kann es ihnen nicht recht machen. Sie ist zu gutmütig, das habe ich schon befürchtet! Da! Nimm von dem Kuchen, hm, du bist viel zu dünn! Und die Zeit der Trauer ist vorbei, jetzt wird es aufwärts gehen!"

Bent glaubte nicht daran, richtete Tachuts Bett und räumte ihre Kammer ein wenig auf. „Wie wird man eine geweihte Priesterin?", fragte sie, während sie Tachuts Kleider ordentlich zusammenlegte und in der Truhe verstaute.

„Du mußt fleißig lernen, hm! Dich ein wenig mit Isis' Mysterien auskennen, ja, und… keine Ahnung, man ist es eben! Gemeinerhin macht das die Oberpriesterin."

„Und wenn keine da ist?"

„Wie? Keine da? Es gibt kein Gotteshaus ohne! Doch, hm, wenn keine da ist, kann es auch die Königin machen!"

„Wenn ich es bin, kommst du dann mit in die Apotheke?"

„Mädchen, Mädchen! Hm, ich komm da doch nicht mehr runter!"

Es war heimelig bei Tachut. Bald saß sie jeden Abend bei ihr, bat sie aus ihrem Leben zu erzählen und von ihrer Tätigkeit. Aufmerksam hörte Bent zu, wenn Tachut vom Leben im Tempel erzählte, von seltsamen Krankheiten zu berichten wußte oder von Wundern, wenn längst aufgegebene Kranke genasen. Bent merkte nicht wie die Zeit verging, dachte kaum an das hohe Alter und entschuldigte sich oft spät nachts dafür, daß sie die alte Frau so lange wach hielt. Aber es machte Tachut Spaß, sie freute sich über die junge Freundin, reichte ihr Kuchen, süß und klebrig, streichelte ihr das Haar und freute sich auf den kommenden Abend um ihr weitere Geheimnisse aus der Zunft der Heilerinnen und Hebammen anzuvertrauen.

Heute war es an der Zeit, Iarets Schriftrolle durchzulesen. Bent hatte sich nicht getraut, ihr war, als würde Iaret zuschauen und abwarten, bis ihre Beerdigung vorbei war.

Alle dösten irgendwo an einem schattigen, kühlen Platz bis die Hitze zum Aushalten war, und auch Bent zog sich vor der glühenden Mittagshitze in ihre Räume zurück, setzte sich im Schreibersitz auf das knarzende, unbequeme Bett, zog sich das Laken über die Schultern, lehnte sich in die Ecke der Wand, fand, es sei gerade jetzt angebracht, Iarets Zeilen zu lesen. Die Rolle war ziemlich dick, Iaret hatte manches zu sagen. Betonte, daß Bent ihre Nachfolgerin sei, erläuterte, welche Frauen welche Position im Hause innehatten – wie zum Beispiel Pesechet, die die Pforte bewachte. Das erklärte natürlich, wieso Pesechets Wohnräume, vorne neben dem Haupteingang, genau den ihren, Bents, gegenüberlagen. Iaret beschrieb genauestens die Feste der Isis, an welchem Tag im Jahr sie stattfinden und manche Prozedur dazu, erklärte umständlich Vorgehensweisen des Tempels. Bent las alles mehr oder weniger gründlich und fand am Ende des Schreibens die Erklärung für Beks Besuch. Er bringe etwas – was stand da nicht – daß ins Allerheiligste gehöre. Bent solle als gute Oberpriesterin peinlich darauf achten, daß niemand sonst, außer sie, Bek und seine Arbeiter, das Allerheiligste betraten. Und daß sie sich freuen würde, wenn der alte Sessel in ihren ehemaligen Räumen eine letzte Unterkunft finden würde. ‚Bitte nicht in den Keller stellen‘ betonte Iaret am Ende des Briefes.

„Das Allerheiligste!", hauchte Bent in die stille, dämmrige Kammer. Niemand betrat die verschlossene, geheimnisvolle Kapelle, welche die beiden großen Innenhöfe voneinander trennte. Alle schritten stets mit Ehrfurcht an dem niedrigen Gebäude vorbei. Einige legten im Vorbeigehen die vorher geküßte Hand an die Wand, manche neigten demütig den Kopf. Andere wiederum neigten sogar ehrfürchtig das Knie, bevor sie weitergingen.

Und sie selbst?

Bent wurde es heiß unter der Hirnschale. Vollkommen gedankenlos, nicht einen Augenblick daran denkend, daß hier die Große Mutter wohnte, hastete sie mehrmals am Tage völlig gefühllos an der Kapelle vorbei. An Isis! An der großen Göttin Wohnstatt!

Was hatte Iaret geschrieben? Bents Augen überflogen nochmals den Text: ‚Denk daran, meine liebe Tochter, niemand, außer dir, meiner Nachfolgerin, und – wenn du das Glück haben magst, daß sie vorbeikommt – der Königin, darf das Allerheiligste unserer Großen Mutter betreten! Sorge immer gut für sie!‘

Bent ließ die Rolle zusammenfahren.

Nur sie selbst durfte in Isis' Heiligtum, ihre Heimstatt! Sie und die Königin! Was sie da drin wohl erwartete? Bent kaute nachdenklich an einem Fingernagel.

Wohnte die Göttin wirklich dort drin?

Saß sie dort vielleicht auf einem Stuhl?

Vor einem Eßtisch und wartete, daß man ihr Speisen brachte?

Oh, du heilige Mutter! Bent bekam es nun aber wirklich mit der Angst zu tun. Das Laken glitt von ihren Schultern. Was, wenn die Göttin mittlerweile verhungert und verdurstet war? Denn bis heute hatte Bent keinen Gedanken daran verschwendet das Allerheiligste auch nur ein einziges Mal zu betreten.

„Was jetzt?", jammerte sie, hob Iarets Schriftrolle, schüttelte sie dicht vor den Augen, als versuche sie, in den schwarzen *Medu Netjer* Antwort zu finden.

„Oh, Ammit [10] wird mich verschlingen! Da braucht es keinen Anubis mehr, und auch Maat nicht! Ammit kommt und holt mich! Ich habe eine Göttin getötet!" Mehrmals schlug sie sich das zusammengerollte Schreiben gegen die Stirn, ließ es fallen, strampelte sich aus dem Laken frei, rutschte vom Bett, rannte kopflos, mit den Füßen trampelnd, in dem Raum auf und ab.

„Du blöde Nilgans! Du dumme… dumme… dummes Schaf! Hör auf zu flennen und geh nachsehen! Nein! Im Leben nicht! Mag sie darin vertrocknen und nach mir andere ihre göttliche Mumie finden, nein! Ich will da nicht hineingehen! Oh, du bist doch so blöde, stell dich nicht so an! Geh nachsehen! Draußen ist heiß! Seit wann bist du feige? Geh nachsehen!"

Sie klatschte sich selbst eine ordentliche Ohrfeige!

„Das hast du dir verdient!", zischend, kramte sie mit brennender Wange und schweißnassen Fingern den Schlüsselbund aus der Lade, vermutete, daß der Größte und Schwerste zum Allerheiligsten gehörte, rannte stracks über den stillen Innenhof, stocherte in dem Loch. Nein, dieser Schlüssel paßte nicht, aber da war ein ähnlicher. Mit zitternden Fingern fummelte sie ihn in das Schlüsselloch, er paßte, sie trat ein, schloß gewissenhaft das große Holztor und stand im Dunkeln!

„Aua!"

Es polterte gewaltig. Schnell öffnete sie die Tür wieder einen Spalt. Ein Schemel! Wütend trat sie danach, rieb sich die schmerzende Zehe und erblickte eine weitere Tür; daneben an der Wand Lampen und auf dem Boden Zunder. Der dumme Schemel half der kleinen Iaret wohl dabei, an die Lampen zu kommen. Bent brauchte ihn nicht. Lampen anzünden! Tür zu! Dies hier war bloß ein leerer Vorraum. Wieder mit dem verzierten Schlüssel in dem Loch stochern. Bent trat beißender Schweiß aus allen Poren.

„Ich komme, Herrin!", flüsterte sie, öffnete bange diese Tür …

Auch hier Lampen, zitternde, kalte Finger trafen kaum den Docht.

Licht!

Isis!

Auf allen vier Wänden! Gemalt, so strahlend schön, daß Bent augenblicklich rührselige Tränen in die Augen stiegen.

„Bek!", hauchte sie überwältigt, „das kannst nur du gemalt haben! Oh, wie ist sie schön. Und ach, wie ist ihr Schicksal traurig!" Vergessen war die Seelenpein von eben, angesichts dieser wunderschönen bunten, leuchtenden Bilder. Vergessen die schmerzende Zehe. Links herumgehend betrachtete

---

[10] Ammit, „Die große Fresserin", das Ungeheuer mit Krokodilskopf, Nilpferdleib und Löwentatzen verschlingt beim sog. Totengericht das sündige Herz des Verstorbenen

Bent die herrlichen Malereien. Nie im Leben hatte sie sowas wunderbares gesehen. Als wäre das Bildnis echt. Nicht wie die Bilder an den Tempelmauern, die Körper quer, steif, seltsam verdreht, sondern lebendig, bewegt, selbst Bänder und Schleifen der Kleider wehten in einem unsichtbaren Wind. Da erblickte sie das strahlende Götterpaar, dort den grausamen Kampf zwischen Osiris und Seth, weiter die weinende Göttin, die um Bruder und Gatten trauerte. Und ihre traurige Suche nach Osiris' zerstückeltem Leib; die Liebe, die triumphierte und ihre Krönung in der Geburt des Sohnes fand.

Aber außer den wunderschön bemalten Wänden fand Bent lediglich einen abgeschabten, uralten, vergoldeten, fast morschen Sessel. Sonst war hier nichts! Sie fühlte sich unendlich erleichtert, guckte aber zur Sicherheit genau in jede Ecke, selbst unter den Sessel, schaute hoch zu der blauen, mit Sternen bemalten Decke, tat hinaus in den Vorraum, spähte hinter jede Tür. Nichts!

Ein leerer Raum mit Bildern?

Wo war die Göttin?

„Sie ist wohl gegangen!" Bent war sich sicher, stieß den angehaltenen Atem aus, dachte kurz daran, daß Ammit wohl doch so schnell nicht käme.

„Sie muß gegangen sein! Ammit, dafür kann ich nun wirklich nichts. Bei einer solch groben Vernachlässigung wäre ich selbst auch aus dem ungastlichen Haus verschwunden!" Sie schaute sich nochmal um. „Warum eigentlich? Ist hübsch hier! Gefällt mir ausnehmend gut, herrlich kühl und still, ich bin vollkommen allein, wie der Welt entrückt. *Ich* wäre nicht gegangen! Aber ich muß sie zurückholen! In ihr Haus! Nur wie? Mit einem Gebet? Oh, Bek! Hättest du mir doch mehr beigebracht! Was nützt mich, daß ich schreiben und lesen kann? Ich kenne kein Gebet für Isis!"

Bent setzte sich auf den Sessel, er knirschte bedrohlich – lang hielt er gewiß nicht mehr – stützte die Arme auf die Lehnen und das Gesicht in die Hände, schaute sich mürrisch die Bilder an, grübelte und grübelte. Was sollte sie der Göttin sagen? Isis war eine Mutter – daran könnte man vielleicht anknüpfen! Und es war eine Wohltat, daß die schmerzende Zehe aufhörte zu pochen.

„Hm", brummte sie vor sich hin. „Ich kann nichts zu einer Mutter sagen. Meine ist schon lange tot. Ich weiß schon gar nicht mehr, wie sie aussah. Hat mich in Wirtschaften geschleppt, hat mich neben ihren Freiern schlafen lassen. Wenn ich ihr heute etwas sagen könnte, sie würde was von mir zu hören bekommen, Isis, daß kannst du mir glauben!"

Bent merkte überhaupt nicht, daß sie laut sprach und irgendwie tat es gut, alles mal auszusprechen.

„Du bist eine Ehegattin! Da kann ich nicht mit dienen. Gewiß, viele haben sich mit mir geschmückt! Aber eine Heirat! Ha! Pah! Der feine Herr Bek hat sich nicht getraut! Hat schön brav getan, was der Vater verlangte! Ich könnte heute in einem Herrenhaus sitzen! Mit vielen Kindern…" Sie verstummte, überlegte.

„Ich bin *doch* eine Mutter", flüsterte sie, „wie du, Isis! Aber man hat sie mir genommen!" Wut schwang auf einmal in ihrer Stimme. „Das eine Kind habe ich nicht gewollt und das andere hat dieses Dreckschwein an die Wand geworfen!", brüllte Bent gegen die Wand des Allerheiligsten. „Und zerstückelt hat man mich auch fast, wie deinen Mann! Im Bastettempel wühlten sie in meinen Eingeweiden herum. Im *Ipet Sut* [11] verlor ich all meine Würde! In meinem eigenen Haus wäre ich beinahe bei lebendigem Leib verbrannt! Oh, Isis! Was habe ich nicht alles durchgemacht! Hat er nicht vergewaltigt? Feuer gelegt! Hat er nicht gemordet! Mehrfach! Kurru und Idris, Hetep und vier meiner Freundinnen? Und mein Kind! Soll er ungestraft davonkommen? Ich wünsche ihm…" Gerechter Zorn raubte ihr den Atem. Schnaufend stand sie von dem Sessel auf, trat dicht an eins der bunten Bilder heran.

„Was soll man so einem wünschen? Der Tod wäre viel zu gnädig für all diese Verbrechen!"

Ewige Verdammnis! raunte es schnurrend in ihrem Kopf.

„Leider habe ich davon nichts!"

Als würden die alten Brandwunden glühend auflodern, übermannte sie plötzlich der Schmerz. Heiße, bittere Tränen bahnten sich den Weg. Tränen des Verlustes und der Trauer. Tränen der Scham und Tränen größten Leides. Mit weichen Knien sank Bent an der Wand hinab auf dem kühlen Boden.

„Ich hab' solche Angst! Davor, dieses neue Leben anzunehmen, Angst davor, mich vor all den weisen Frauen im Hause gründlich zu blamieren, Angst davor, *ihm* wieder zu begegnen … Nein!"

Mit der flachen Hand schlug sie wütend gegen die Wand:

„Niemals mehr werde ich mich jemandem untertan machen, noch mich ihm fügen! Ich will mein Herz verhärten! Kalt soll mein Blut bleiben, Haß soll mein Begleiter sein, Wut soll mich führen!"

Wie von selbst kamen diese Worte, Bent richtete sich an ihnen auf wie an einem Stock.

„Soll Mesechnet mich doch für dumm und töricht halten! Ich weiß genau was ich damals gesagt und getan habe. Mein blutiger Schwur! Das Blut mußte fließen, damit ich ihren mächtigen Namen auf meine Brust malen konnte!" Mit dem Ärmel wischte sie sich die Augen …

„Medu!"

… kam auf die Knie!

„Medu! Das heilige Wort ist der einzige Stock auf den der Mensch sich

---

[11] Der vollkommene Ort, Tempel von Karnak

stützen kann um seinen Lebensweg zu gehen! Sachmet hat mir den Rücken gestärkt, sonst hätte ich das alles nicht ausgehalten. *Medu Netjer!"* Wie Löwengebrüll hallten die Worte durch den geheimen Raum. Die Wände warfen unheimlich das Echo zurück.

Bent erhob sich, stand gebeugt gegen die Wand, die Stirn daran gelehnt, zu schwach, zu erschöpft, zu verrotzt und verheult sich vollkommen aufzurichten.

„Gib mir deine Kraft, Herrin des Blutes, reich mir deinen Arm!", geiferte sie wütend.

Jetzt stand sie aufrecht, die Faust nach oben, drohend gegen den blauen Sternenhimmel, die linke Hand auf ihrer Brust ertastete das rauhe Tintenbild.

Gottesworte!

Schwarze Gottesworte! Tief eingeritzt in ihrem Fleisch!

Sechemet

Sie brannten und juckten; feurig schoß heißes Blut aus ihnen, begierig den ewigen Kampf aufzunehmen! Und Bent schrie sich unter dem heißen Schmerz die Seelen aus dem Leib.

Widerwillig trat sie ein paar Schritte nach vorne, krallte sich in die Sessellehne, schluchzend ließ sie sich nieder.

„Oh Iaret!", keuchte sie. „Es ist immer noch nicht vorbei! Isis, steh mir bei!"

Gut daß Mittagszeit war. Wenn ihr jetzt jemand begegnen würde – derjenige würde schreiend vor ihr davonlaufen. Obwohl niemand zu sehen war, die meisten die Türen geschlossen hielten und nichts als heiße Glut den Innenhof aufheizte, krallte Bent das blutige Kleid über dem Busen zusammen und eilte zurück in ihre Kammer. Dort riß sie das Kleid von sich, warf es in die Feuerschale, entzündete es mit einer Kerze, blies in die Glut, rasch, rasch, es konnte nicht schnell genug gehen bis die Flammen aufloderten und das Kleid ihnen zum Raub wurde. Niemand durfte hiervon erfahren! Niemals!

Denk an was Schönes! An Bek! Wenn er morgen kommt. Nur das zählt! Seit meiner Genesung haben wir uns nicht mehr getroffen. Oh, ich mach mich hübsch für dich! Trage das neue Kleid! Schminke mich! Ich brauche keinen Lappen mehr, den ich mir übers Gesicht legen muß! Du wirst Augen machen, wenn du mich siehst!

Wäre sie doch bloß dem verwünschten Allerheiligsten ferngeblieben! Sollte sie ihm zitternd begegnen? Das Anch! Her damit, staubig, blind, fast unbrauchbar, voller Flecken, ach, warum zeigst du mir dieses Gesicht? Verquollene Augen, eine rote Nase. Wut!

Wut?

Worüber?

Sie war verraucht, genau wie die qualmenden, stinkenden Nebelschwaden des Kleides. Und warum fürchtete sie sich? Es gab doch keinen Grund! Wovor hatte sie solche Angst gehabt? Daß Isis verschwunden war? Wer würde es wissen? Doch nur sie selbst! Und die Königin, beim kommenden Vollmondfest! Das war allerdings ein Grund zur Sorge. Und alles andere – was früher war – pah! Das war lange vorbei!

„Ich bin Bent! Und das hier werde ich auch noch überstehen!"

Das Kleid war ein Traum! Ganz verliebt war sie in es. Zauberhaft, wie eine kleine weiße Wolke. All das grobe Leinen der letzten Zeit war vergessen, beinahe wollte Bent ausgelassen tanzen, aber das erschien ihr doch zu gewagt! Daher hüpfte sie ein paarmal närrisch wie ein kleines Mädchen durch das Zimmer. Da zog doch jemand laut und deutlich die Nase hoch?

Kara!

„Ein Steinchen", versuchte Bent ein Grinsen, „in der Sandale!"

„Jaja, es hat geklopft, der Herr Baumeister ist da."

Oh, sie mußte sich beherrschen, ihm nicht wie früher überschwenglich um den Hals zu fallen! Ihn zu küssen, zu necken! Sie war jetzt schließlich eine Priesterin der Isis, kein Küchenmädchen mehr! Zögernd trat sie in den Innenhof, sah ihn da stehen …

Oh mein Liebling!

Wie schön, ihn zu sehen! Wie gut es tat, in sein freundliches Gesicht zu schauen. Er hatte sich genausogut in der Gewalt, denn zuviele gaffende Vorwitznasen standen umher, ließ sich sein Erstaunen über ihre Genesung kaum anmerken, ergriff höflich ihre Hände, drückte ihr einen liebevollen, ehrerbietenden Kuß auf die Stirn.

„Anch Uda Seneb [12], Bent! Und glaube mir, Gesundheit wünschte ich dir von ganzem Herzen! Nichts anderes! Wie habe ich mich gefreut, zu hören, daß es dir gutgeht. Und du schaust so schön aus! Was haben sie bloß mit dir angestellt? Hier wohnen wirklich Zauberinnen", sagte er mit einem Augenzwinkern.

„Sie haben mich wieder hingekriegt, all die lieben Heilerinnen, mit ihren Zaubermittelchen, mit ihren Mixturen und Sprüchen!", scherzte Bent. Bek umarmte sie herzlich, raunte dabei besorgt in ihr Ohr:

„Was ist mit deinen Augen, Mädchen? Bist du blind?"

---

[12] Leben, Heil, Gesundheit. Ein üblicher Gruß

„Nein!"

„So bin ich nun gekommen, um dir, Dame Sahu-Re, zu sagen, daß heute der Tag ist, an dem dieses große Haus seiner Vollendung entgegenstrebt. Die Dame Iaret hat mir vor vielen Monaten den Auftrag gegeben, diese alten Mauern zu flicken, auszubessern und in neuem Glanz erstrahlen zu lassen. Sie weilt nicht mehr unter euch, wie mir zu Ohren kam, und das bedauere ich außerordentlich. War sie doch eine großartige Frau. Heute nun bringe ich das letzte Teil, welches diesem Tempel seine Vollkommenheit zurückbringt."

Zackig flott betraten Arbeiter den Innenhof, legten dicke hölzerne Rollen aus.

Bent guckte zu, ihn fragend an.

„Es ist schwer, Bent! Und geheim. Nur für dich, Sahu-Re, bestimmt!"

Jetzt wurde ein großer, mit einem Korbgeflecht verborgener Gegenstand hereingerollt, darunter erkannte man Tücher.

„Auf!", rief der Vorarbeiter und zwei nahmen die hinterste Rolle weg, legten sie vorne an.

„Roll!"

Schon schob sich das gewaltige Gewicht ein Stück weiter. Bent schaute beeindruckt zu. Wann bekam man sowas schon zu sehen?

„Bis in den Vorraum", erklärte Bek, „dort mußt du die Tür hinter uns schließen."

Wasser wurde gebracht, auf die Rollen gegossen, das gewichtige Paket zügig voran geschoben, allerdings gingen auch ein paar alte Bodenplatten zu Bruch.

„Das richte ich dir wieder, keine Sorge!"

Endlich war das schwere Ding am Allerheiligsten angelangt, hineingeschoben und die Tür geschlossen. Da standen sie nun, ein paar der Männer, keuchend und schwitzend, Bek und sie.

„Die Dame Iaret hat großen Aufwand, mit Weihrauch und so, betrieben, damit ich und meine Arbeiter darin arbeiten konnten. Schließlich ist der Raum heilig und geheim. Iaret versicherte mir, Isis sei eine Weile fortgegangen, damit wir sie nicht in ihrer Ruhe und Heiligkeit stören. Erst wenn du mit der Königin zusammen den Raum wieder einweihst, ist seine Vollkommenheit hergestellt und die Große Mutter kann zurückkehren. Daher können wir ihn nun ungestraft betreten."

„Da drin ist *niemand*?" Bent versuchte ihrer bangen Frage den Anschein einer Bestätigung zu geben.

„Nein, Bent, nur wir."

„Dann fangt an!"

Oh, Iaret, ich danke dir!

„Nimm den Sessel weg, Bent, der war der Dame Iaret wichtig."

„Er wird einen würdigen Platz bekommen!", versicherte sie, schaute gebannt zu, wie die Arbeiter geschickt weitere Holzrollen unter die schwere Last schoben, sie das Teil anstelle des Sessels rückten.

„Danke, Männer!", sagte Bek, „geht hinaus, ich denke, die Damen des Hauses werden euch angemessen erfrischen.", entfernte seelenruhig den Korb und die Tücher. Bent schaute ihm gespannt zu, dann stockte ihr fast der Atem. Zum Vorschein kam ein weißer, prächtiger Thron, glänzend poliert! Drei Stufen führten zu dem Sitzplatz, der Sockel und die Stirnseiten der Stufen üppig mit dem *Anch* – dem Zeichen für Leben, und dem *Was* – dem Zeichen für Glück, verziert.

„In Gold!", hauchte Bent, als sie sich bückte, um die Verzierung zu bewundern.

„Und Kalkstein! Den besten und weißesten, den ich finden konnte", entgegnete Bek stolz.

„Ach, er ist wunderschön!", begeisterte sich Bent. „Rein, weiß, wie unschuldig!" Sie fuhr bewundernd über die Armlehnen und die Kante der Rückseite. Solch exakte Arbeit! Wie nannte man das noch? Sie überlegte einen Augenblick, wußte genau wie das hieß, Bek war ein guter Lehrmeister gewesen, damals, in ihren friedlichen, unschuldigen Tagen.

„Rechte Winkel! Bek! Schön, wunderbar!"

Doch warum wirkte er bloß so zurückhaltend? Kühl! Fast schon verlegen. Als wisse er nicht, wie er ihr begegnen solle, als würde er vor Bent in ehrfürchtiger Scheu erstarren. Sie betrachtete ihn ausgiebig, erfreute sich an seinem hübschen Gesicht, seinen sanften dunklen Augen mit den langen Wimpern, seiner schlanken, muskulösen Gestalt. Erinnerte sich an den zierlichen, süßen, lieben, fröhlichen Jungen, mit dem sie ausgelassen durch *Uaset* streifte, in *Iterus* Fluten planschte, unter dem Geißblatt saß … als er sie küßte …

Was für ein stolzer, schöner Mann war aus ihm geworden!

„Ja, liebste Freundin, ich freue mich, daß er dir gefällt! Obwohl er ja eigentlich für die Dame Iaret gedacht war. Sie hatte aber nicht wissen können, daß ihre Zeit hier auf Erden sobald vorbei sei. Als ich hörte, daß du nun hier das Zepter übernehmen sollst, habe ich all meine Liebe in *Leben* und *Glück* gelegt! Für dich! Für die ehrwürdige Isispriesterin. Für die Dame Sahu-Re!"

„Hör auf damit so geschwollen zu reden! Wir sind unter uns!", lachte Bent aufgewühlt, klatschte ihm liebevolle Ohrfeigen, zwinkerte ein paar Tränchen der Rührung weg, breitete die Arme aus, neigte den Kopf zur Seite.

„Komm her mein Schatz! Ich bin unendlich froh dich zu sehen! Wo findet man je wieder einen solch treuen Freund? Ich habe dich furchtbar vermißt! Halt mich!"

„Mein Blütenmädchen! Süßes! Mein Liebling!" Augenblicklich verließ ihn seine scheue Verlegenheit! Er drückte sie liebevoll, hielt sie eine Weile fest im Arm, streichelte zärtlich über ihre Wangen, ihren Hals, ergriff, küßte und betrachtete ihre schlanken, schönen Hände.

„Wie, bei allen gütigen Göttern, allen voran der Königin des Himmels, haben sie deine furchtbaren Brandnarben geheilt?" Er drückte sie nochmal zärtlich an sich.

Isis hat Sachmet besiegen wollen. In einem gruseligen Kampf. Ich sah zu, bin dabei fast gestorben. Dann hat Isis mich geheilt und hat gesagt, wenn ich hier weggehe sterbe ich. Und dann ist Sachmet zurückgekommen, gestern… Sie wohnt in mir! Isis konnte sie nicht vertreiben! Bek, mein Lieber, ich bin eine vollkommen unberechenbare Lügnerin geworden…

„Ich weiß es nicht, mein Schatz. Iaret hat ein Öl, es heißt Hemait. Damit hat sie mich behandelt. Ein Wunder!", flunkerte sie heiser.

„Ein Wunder, Bent. *Tju!* Dich gesund zu sehen! Ich freue mich für dich. Du siehst wunderschön aus! Als wäre nichts gewesen, jung und blühend, wie damals, unter dem Geißblatt… oh mein Liebling! Meine *Bent Wenemet!"* Zärtlich drückte er ihren Kopf an seine Schulter, streichelte ihr sanft über das lange, schwarze Haar, hielt sie fest und sicher. „Sch, sch, nicht weinen, mein Schatz! Ich bin ja da! Ich bin für dich da. Das weißt du doch."

„*Tju!*", schniefte Bent, machte sich von ihm los, trat einen Schritt zurück.

„Das da hast du doch gemalt!", schimpfte sie scherzend und heiser vor Rührung. „Sei ehrlich! Deswegen warst du so oft hier! Nicht um eine verhutzelte, verbrannte häßliche Frau zu sehen. Du bist gar nicht wegen mir hergekommen!" Sie wies mit der Hand auf die Malereien, schmunzelte ihn mit Tränen in den Augen an.

„Willst du schon wieder zanken?", lächelte er nahezu verschämt. „Natürlich habe ich das gemalt! *Und* ich kam um eine verhutzelte, verbrannte häßliche, liebe Freundin zu sehen. Komm mal her, deine Schminke ist verschmiert. Halt mal still!" Sanft fuhr er mit dem Finger unter ihrem Auge vorbei, schaute ihr tief und fest in die Augen, als warte er auf die Antwort einer vor ewiger Zeit gestellten Frage.

„Ich liebe dich, Bent", flüsterte er zärtlich. „Das sage ich dir hier unter den Augen der Großen Mutter Isis! Ich werde dich immer lieben!"

„Bist du still!", hauchte sie.

„Du hast mir was versprochen!"

„Ich kann es nicht mehr halten!"

„Ich habe einen gewaltigen Fehler gemacht…"

„Sei still!"

„Ich kann dich nicht vergessen!"

„Hör auf, bitte!"

„Verdammt, Bent! Was ist das für ein verfluchter Drecksmist!", grollte er aufgewühlt.

„Das ist das Leben, mein Lieber. Es läuft nicht immer alles nach Plan.“

„Ich würde dich am liebsten jetzt küssen.“ Er legte seine Hand zärtlich um ihre Hüfte.

„Hör auf, Bek!“

„Nur ein Kuß, Bent! Ich wünschte, *du* wärest meine Frau.“

Sie hielt seine streichelnde Hand fest. „Du mußt mich vergessen! Bek!“ Sie rüttelte ihn an der Schulter. „Bek, mein Liebling, schau mich an! Vergiß mich!“

„Nie im Leben!“

„Nun komm, sag schon, das hast du doch gemacht?“

„Ich könnte mich scheiden!“

„Laß es, Bek! Nein, das machst du nicht! Das hat deine Frau nicht verdient! Nicht mehr denken, bitte. Erzähl mir von den Bildern. Lenk mich ab!“

Er schnaufte, fegte wütend die Tücher beiseite, trat ungestüm gegen den Korb, daß der mit Schwung in eine Ecke knallte, setzte sich im Schreibersitz auf den Boden, zog sie an Hand neben sich herunter, schwieg ein paar Herzschläge lang.

„Niemand malt wie ich, Bent“, sagte er schließlich. „Keiner traut sich das. Doch die Dame Iaret, der ich einen Entwurf für diese Kammer zeigte, hat das Außergewöhnliche daran erkannt. Und als Vater zufällig diesen Entwurf sah, hat er mir wohl die einzige und saftigste Tracht Prügel meines Lebens verpaßt! So etwas würde man nicht malen, schimpfte er dabei, das wäre unsittlich. Man male gefälligst so, wie man von Anbeginn der Zeit schon gemalt hätte, allein das althergebrachte sei der rechte Weg und so weiter und so weiter. Diese Bilder, Bent, sie haben mich gewaltig Kraft gekostet. Sie zu malen und dich hier besuchen zu können, war eine Zeitlang der einzige Lichtblick in meinem Leben.“

„Men hat dich geschlagen? Einen verheirateten, erwachsenen Mann?“, empörte sich Bent.

„Er ist trotzdem mein Vater, Bent. Er hat jedes Recht dazu!“

„Wie wütend wird er wohl werden, wenn du dich scheiden würdest?“

„Ich will es gar nicht wissen“, flüsterte Bek.

„Versprich mir, daß du immer so malen wirst! Ja? Laß dir nicht reinreden, es ist wunderschön!“

„*Tju*, Süße, das verspreche ich. Doch wir sollten nun gehen. Sind schon viel zu lange hier drin. Nicht daß getuschelt wird.“ Er zog sie vom Boden hoch, öffnete die Tür.

„Weißt du“, plauderte er unbefangen, als wäre nichts passiert, „Iaret hat mir während der Arbeiten manches über dieses Haus erzählt. Es war nicht immer ein Tempel, mußt du wissen. Es war ein großes Herrenhaus, vor

Unzeiten, als die Fremden [13], die Wüstensöhne, die *Hikau Choswet* über *Kemet* herrschten, gehörte es wohl einem Fürsten oder so."

„*Fremde*? Hier in der Schwarzen Erde?" Die Empörung stand Bent im Gesicht. Wo gibts denn sowas! Sie schlüpfte durch die Tür, blinzelte in der hellen Sonne, suchte den Schlüssel an ihrem Bund.

„Ja, und diese Fremden kannten anscheinend keinen unserer guten Götter. Die beiden Räume hier waren wohl eine Art Vorratskammer oder Abtrennung zwischen den beiden Höfen. Sie waren vollkommen leer, ohne Reliefs, ohne Schmuck. Nichts als verputzte Wand. Und das war der Dame Iaret ein Dorn im Auge."

„*Fremde*! Pah!" Bent spuckte das Wort fast aus, soviel Verachtung legte sie hinein.

„Sie scheinen doch einmal hiergewesen zu sein. Manches schnappte ich damals bei Meister Senufer auf, wenn er die Höheren unterrichtete, aber verstanden habe ich natürlich nicht alles. Sag, werte Frau, gibt es deinem Hause vielleicht mal was zu trinken für einen schwer Arbeitenden?"

„Natürlich! Komm!"

Jetzt mußte sie sehen, daß das Fest für die Königin und die Einweihung des neuen Allerheiligsten gut vonstatten ging. Sowas wie die Vernachlässigung der Göttin durfte nicht noch einmal geschehen! Und es war an der Zeit, daß sie endlich für Ordnung sorgte. Bek versprach ihr, eine hölzerne Tafel anzufertigen. Die Namen der Arzneien würde er hineinschnitzen, dahinter konnten die Heilerinnen mit Rötel einen Strich malen, wenn sie diese Zutat brauchten. Den Strich konnte man abwaschen und für den nächsten Tag war wieder Platz zum Schreiben. Die Tafel nagelte Bek persönlich an die Kellertür.

Anschließend sah Bent die Schriftstücke in der Schreibkammer durch, sortierte sie nach Wichtigkeit, stapelte unwichtiges in der einen Ecke, Rechnungen in der anderen, Rezepte auf dem Tisch. Allmählich erkannte sie Ordnung in dem Chaos. Die *Djema* der Rezepte? Wo kamen die hin?

„In den Keller!", beantwortete Kara ihre Frage. Natürlich, wohin sonst! Hier verschwand anscheinend alles im Keller, was oben gerade nicht gebraucht wurde.

---

[13] Hyksos: Geschlecht semitischer Könige, die Ägypten während der 14.-16 Dynastie beherrschten

Selbstverständlich hatte sie schon Kellerräume gesehen. In Mens Haus war der Keller gewaltig, sogar in ihrem eigenen Haus waren ein zwei kleine Räume gewesen. Aber dieser Keller stellte alles in den Schatten. War die Apotheke mit ihren Truhen und Wandnischen schon beeindruckend, doch die anderen Räume …

Selbst mit der Lampe in der Hand sah man kaum das andere Ende des Raumes. Vollgestopft mit Truhen, Möbeln, Bettgestellen, Tonkrügen. Pesechet war mit ihr heruntergekommen; sie wußte genau, wie die Schriftrollen einsortiert wurden.

„Hier kannst du dir ruhig etwas wegnehmen", blaffte sie mit einem Tonfall, als würde sie einem verlausten Bettler eine Kante Brot hinwerfen. „Das steht allen zur Verfügung. Weißt du, manche unserer Mitbewohnerinnen bringen viel von ihrem eigenen Hausstand mit, um sich wohl zu fühlen oder kaufen sich schicke Sachen. Und natürlich bleibt vieles zurück, wenn sie in die andere Welt gehen. Nicht jede kann sich ein großes Grab leisten, damit wir alles mit hineingeben können. Da lobe ich mir die *Uschebtis*, man muß auf nichts verzichten!"

„Und Iarets Sachen?"

„Das kannst du alles behalten!" Pesechet machte nicht den Eindruck auf Plaudereien eingehen zu wollen.

„Hast du sie noch gesehen?"

„Aber ja, sie war in meiner Kammer und lag in meinen Armen, als sie starb."

Bent blieb die Luft weg. „Sie ist nicht in ihren Räumen gestorben?"

„Sie spürte wohl ihr Ende und kam zu mir. Es ist gut, wenn man nicht alleine hinübergehen muß. Aber sie schien einen schweren Kampf zu kämpfen. Doch als es zu Ende ging, war mir, daß sie ihn gewonnen hätte. Friede zeigte sich in ihrem lieben Gesicht und unendliche Erleichterung. So, als hätte sie einen Sieg errungen."

„Sie war gut zu mir. Wo ist sie?"

„Wir haben sie nach Hause gebracht."

„Sie hatte Familie?"

„Aber ja! Sie ist die zweite Große Königliche Gemahlin von Osiris Pharao Djehutimes. [14] Sie hat ein eigenes Grab bei ihrem geliebten Gatten. Daher nahm sie nichts aus ihren Räumen mit."

Oh! Dann war alles doch nur ein wüster Traum gewesen! Bent sank matt auf einen der Stühle, ihr war richtig flau geworden.

„Ist dir nicht gut? Sollen wir nach oben gehen?" Bent schüttelte den Kopf.

---

[14] Pharao Thutmosis IV. Vater von Amenhotep III.

„Bis zuletzt hat sie sich rührend um dich gekümmert", fuhr Pesechet fort, „irgendwie hatte sie dich besonders lieb und wollte dich nie aufgegeben. Glaubte fest an deine Heilung, hat sich aber wohl daran aufgerieben!" Pesechet stand die reine Wut im Gesicht.

„Es tut mir leid", flüsterte Bent.

„*Dir* tut was leid?" Pesechets kurzes, schmerzvolles, höhnisches Lachen hallte durch den Keller. „Du glaubst nicht, wie leid es *mir* erst tut! Du hast dich hier aufgeführt wie eine Wilde. Alles mußte stehen und liegen bleiben, wenn du in Raserei gefallen bist. Alle hatten Angst vor dir! Kaum war ein normaler Tagesablauf möglich, du Tochter der Blüten! Oder wie auch immer du heißen magst! Oder soll ich dich Tochter der Löwin nennen?"

„Ich heiße Bent!"

„Weißt du... *Bent*? Ich bin sowas von wütend, weil ich der Meinung bin, Kara sollte nach Iaret Isis' Haus weiterführen. Ich habe bestimmt nicht damit gerechnet, *dich* auf ihrem Posten zu sehen. Eine vollkommene Irre, eine... Mit welchem Recht? Du warst als Fremde hergekommen, niemand wußte wer du bist, verbrannt, dein Geist zerstört, alle deine Seelen von dir gewichen. Ich weiß nicht, was Iaret an dir fand! Kara hätte ich es gegönnt. Verdammt!" Sie schlug plötzlich mit der Faust gegen die Wand, schneuzte sich in ihren Rockzipfel. Bent fühlte sich mies, verstand nur zu gut, warum niemand mit ihr zu tun haben wollte. Doch so deutlich wie Pesechet drückte sich bisher keine aus.

„Iarets letzte Worte", Pesechet zog die Nase hoch schniefte, „habe ich nicht richtig verstanden. Sie hauchte: vertrau der Tochter! Viele Sterbende sagen noch etwas, bevor sie gehen. Meist macht es keinen Sinn... Aber... ich wußte nicht, daß Bent *Tochter* heißt! Kara sagte es mir erst an dem Tag, als du bei der Geburt geholfen hast." Unvermittelt streichelte sie Bent über die Wange. „Der Erfolg gab Iaret Recht; wie schön du wieder bist. Alles ist verheilt. Ich weiß nicht, wie sie das fertiggebracht hat, es bleibt bis in alle Ewigkeit Iarets Geheimnis. Sie hat ein Wunder an dir vollbracht, und uns die Tochter der *Mächtigen* hinterlassen. Ich vermute das", Pesechet fuhr nahezu zärtlich mit dem Zeigefinger über die schwarzen Linien auf Bents Brust, „wird nie mehr verheilen, höchstens mit der Zeit verblassen aber ewig ein Mysterium bleiben. Ich bin Heilerin genug um ein Wunder zu erkennen, wenn ich eins sehe."

„Damit werde ich leben müssen!"

„Daß du das überhaupt überleben konntest. Es blutete und blutete. Wir wußten uns kaum Rat, fürchteten, daß du daran verbluten würdest. Mit nichts konnten wir es aufhalten. Bis es eines Tages, Iaret hatte die ganze Nacht im Allerheiligsten verbracht und inbrünstig zu Isis gebetet, zum Stillstand kam. Ich glaube, du hast gar nicht mitbekommen, was für ein Trubel um deine Person gemacht wurde. Draußen sammelten sich ständig die

Leute, hörten von dem Wunder der Sachmet, wollten mit dir beten, oder eine Haarsträhne von dir, wollten sogar von deinem Blut trinken. Es war ein einziges Tollhaus da draußen. Wir hätten unsäglich reich mit dir werden können!" Pesechet gelang ein verlegenes Grinsen. „Leider vorbei, die Gelegenheit haben wir verpaßt!"

Bent rang sich ein Lächeln ab. „Weißt du", sagte sie, „ich glaube, es ist wohl der rechte Augenblick mal Danke zu sagen. Danke, Pesechet, für eure Unterstützung und euren unerschütterlichen Glauben an die Heilkunst. Für eure Mühen und eure Beharrlichkeit. Ich hätte es längst schon sagen sollen, aber… ich traute mich nicht. Bitte, richte ihnen meinen Dank aus und am Tage des großen Festes, wenn die Königin kommt, werde ich es allen auch selbst sagen!"

„Ist schon gut, ist lieb gemeint von dir, Bent. Manchmal scheint mir, Iarets gütiger Geist wohnt in deiner garstigen Brust, denn du hast ihre Augen! Ich werde wohl versuchen müssen, dir zu vertrauen!"

Bent grauste es bei der Vorstellung, wessen Geist in ihrer Brust wohnte. Iarets Geist war es ganz gewiß nicht …

„Wir wollten aber eigentlich die Rollen einsortieren, damit du siehst, wie es gemacht wird und für die Zukunft Bescheid weißt. Ach, willst du jetzt was von den Möbeln?"

„Ja, ein stabiles Bett. Meines ist doch ziemlich verleiert. Und außerdem sehr klein."

Sie fanden schnell ein großes, fast neues Bett, rückten es zum Türdurchgang, damit zwei oder drei der Gärtner oder Wächter es später hinaufbrachten.

„Das auch noch!" Bent fand ein zwar abgewetztes, aber sonst noch gutes Leopardenfell. „Der Boden vor dem Bett ist manchmal ziemlich kühl", flunkernd. Denn damit konnte sie wunderbar die lose Kachel unter ihrem Bett verbergen …

Pesechet öffnete die Tür zu dem Raum wo die Schriftrollen aufbewahrt wurden. Bent machte sich auf das Schlimmste gefaßt, befürchtete das gleiche Chaos wie überall, aber auf dies hier war sie nicht gefaßt: Gemauerte Regale – gerade so hoch, daß eine erwachsene Frau das oberste Regal erreichen konnte – soweit das Auge blickte und die Lampe schien! Voll von Papyri, es mußten Millionen sein! An jedem Regal Täfelchen mit Aufschriften. Bent ging nahe ran:

‚*Djema* zur Behandlung von Hautkrankheiten' stand auf diesem Täfelchen. Auf dem nächsten: ‚*Djema* zur Behandlung der inneren Reinigung'; oder: ‚Anfang von der Sammelhandschrift der Augen'.

Peinliche Ordnung herrschte überall. Pesechet erwähnte, daß die Schriften in den Gefachen nochmals sortiert waren: oben die schwierigen Krankheiten, bei denen man genauestens nachlesen mußte, unten die geläufigen, bei denen man meist auswendig wußte, was zu tun sei.

Ehrfürchtig betrachtete Bent die Regale voller Wissen! Welch ein Schatz da gehortet wurde! Vorsichtig trippelte sie weiter, die Bodenplatten waren uneben und ausgetreten, als wären seit Jahrhunderten Heerscharen von Isispriesterinnen hin und hergelaufen um ihr Wissen zu vertiefen. Raum reihte sich an Raum, es wurde düsterer, hier waren keine Lichtschächte mehr, aber der Schein der Lampe riß unentwegt die Rollen aus ihrem Dämmerschlaf. Welch ein Wissen da gehütet wurde!

„Ein Schatz, Bent, wertvoller als Gold. Wir bewahren und hüten ihn für unsere Nachfolgerinnen und all die armen Kranken. Komm, wir gehen zurück. Vorne, in dem Raum neben diesem Eingang, da bewahren wir die Mysterien der Isis! Der Schlüssel für diesen Raum hängt an deinem Bund, niemand sonst darf dort hinein! Dort verwahrte Iaret auch den anderen Schatz des Tempels."

„*Schatz?*"

„Wir haben doch Kosten, Bent. Die Gärtner, die Wächter, die Köchinnen und Wäscherinnen und all die anderen kleinen, meist unsichtbaren Helfer. Sie alle wollen Lohn und Brot. Auch für Anschaffungen brauchen wir *Deben*, *Schenati* und *Kite* [15]. Die Lohnauszahlungen und Zahlungen für große Anschaffungen machen wir beide künftig zusammen. Niemand soll sagen können, hier werde gemauschelt. Ich kenne mich in der Buchhalterei aus!"

„Selbstverständlich! Oh, ich bin froh, denn ich machte mir schon Gedanken, wie der Baumeister Bek zu seinem Recht kommen sollte. Da steht gewiß einiges aus."

„Es wird genug da sein, keine Sorge. Willst du nun hineingehen?"

Bent nickte, probierte den Schlüssel, nahm die Lampe und schloß die Tür hinter sich.

Auch in diesem kleinen Raum Regal an Regal, vollgestopft mit Papyri und jeder Menge Kram, rechts ein Stuhl an einem Tisch mit einem Lämpchen darauf. Bent entzündete es an ihrer Kerze, setzte sich nieder. Das flackernde Licht tanzte geheimnisvoll an der Wand, geisterte über die Regale und über eine massive Truhe zu ihren Füßen. Vor ihr lagen zwei lederne Rollen auf dem Tisch. Dick, alt und schwer. Sie entrollte das Leder, fand eine Papyrusrolle darin. Mit den zwei dicken, tiefschwarzen Skarabäen aus glänzendem Onyx beschwerte sie die Enden und öffnete eine der Schriften. Kaum konnte man die uralten, verwitterten *Medu Netjer* lesen:

‚Dies schreibe ich ...', las Bent laut, während ihr Finger an den Zeichen

---

[15] Gold- Silber- oder Kupferstücke von 7,6 Gramm bis 91 Gramm

vorbeifuhr, ,*Ahmosenebpethire…*' [16] Bent kratzte sich am Kopf: „Der Mond wird geboren, Der Herr der Stärke ist Re, ja so heißt das wohl, aber das kann man kaum mehr lesen!" ,… nach meinem glorreichen Sieg über die *Hikau Choswet*. Dieses Haus gebe ich meiner Mutter, der Großen Aahotep, der Herrin des Landes, die Fürstin der Uferländer, die, die die Dinge kennt und die, die Kemet einte, für die Göttin Isis, unser aller Großen Mutter. Das Haus soll für alle Zeiten den Kranken, Sterbenden und Gebärenden gehören. Wie es meine Mutter befahl, als das Unglück über Kemet hereinbrach. Das Unwetter tobte lauter als das Tosen der Nilquellen, bald jedes Haus war eingestürzt, alle Bewohner starben und ihre Leichen trieben auf dem Nil wie Papyrusnachen. Tagelange Finsternis, schwarz und bedrohlich, verdunkelte mein Kemet, daß keine Fackel die Beiden Länder erhellen konnte. [17] Meine Majestät gibt dieses Haus der großen Aahotep, der Herrlichen, und allen ihren Nachfolgerinnen, auf daß es für alle Ewigkeiten in ihrem Besitz bleibe. Sie allein, ihre Frauen und die Große Mutter Isis haben mein Volk gerettet. Niemals soll die Göttin daraus vertrieben werden. Meine unendliche Dankbarkeit will ich damit zeigen …'

Es folgten viele umständliche Worte, die erzählten, wem das Haus ursprünglich gehörte, wer es irgendwann einmal gebaut hatte – wohl ein Ur- ur- ur- Großvater dieser Aahotep – mehrere Siegelabdrücke und nochmals die Bestätigung, daß niemand den Isispriesterinnen dieses Haus abnehmen dürfe.

Bent, gefesselt von dieser Erzählung, vergaß vollkommen Zeit und Ort und zuckte erschreckt zusammen, als Pesechet laut an die Tür pochte.

„Bist du bald fertig da drin? Wie lange brauchst du noch?"

„Gut zu wissen!", flüsterte Bent, wickelte die Rolle zusammen und legte sie ehrfürchtig beiseite, öffnete die andere. Auf dem Bändchen, das sie zusammenhielt, die Worte: Die Herrinnen der Isis

Namen, nichts als Namen sprangen ihr entgegen. Je weiter sie sie die Rolle aufwickelte, um so älter die Schrift um so altmodischer die Namen.

Ihr eigener Name stand ganz am Anfang!

,Bent, die Tochter, Bentsachmet, die Tochter der Löwin, ihr Name sei fortan Sahu-Re, denn ihr hat der Vater sich genähert', stand da! Darunter Iarets Name. Dazwischen steckte ein Stückchen Papyrus: ,Die Rolle ist voll, du mußt eine Neue beginnen' und ,Öffne die Truhe mit dem kleinsten Schlüssel, zähle draußen, nicht hier, mit Pesechet alles nach und bezahl die

---

[16] Ahmose I., Pharao der 18. Dynastie, 1570-1546 v. Chr.
[17] Pharao Ahmose hat wahrscheinlich die Auswirkungen des Vulkanausbruchs von Santorin erlebt und das Geschehen auf seiner *Unwetterstele* (gefunden in Karnak) festgehalten. Daraus entstand möglicherweise die Geschichte der zehn biblischen Plagen.

Handwerker'

Iaret dachte wirklich an alles. Nur nicht daran, den Inhalt der Truhe zu vermehren, wie sie später mit Pesechet zusammen entsetzt feststellen mußte.

Bent kam es vor, als liefe ihr die Zeit davon. Sie mußte zusehen, daß sie das Fest für die Königin ausrichtete. Zwischenzeitlich erreichte sie tatsächlich die freundliche Antwort der Großen Königlichen Gemahlin auf ihren Brief. Sie dürfe ihr ehemaliges Haus aufsuchen, dort tun, was nötig sei! Neschons Tochter brachte Kleider, Kara brachte Rechnungen und Schriftstücke, die Köchin wollte wissen, wie das Fest ablaufen sollte, Mesechnet und die anderen Lehrerinnen drängten darauf, sie weiter zu unterrichten, ausländische Kaufleute gaben sich die Ehre um dem Tempel wertvolle Spezereien zu verkaufen. Überall sollte sie mit dabei sein, damit ihr der Tagesablauf im Hause geläufig wurde. Kaum war Zeit ein Bad zu nehmen, essen tat sie manchmal zwischendurch im Laufen. Ohne zu bemerken, was sie sich eigentlich in den Mund schob. Abends fiel sie todmüde ins Bett um morgens genauso müde wieder aufzustehen. Die Namen der Pflanzen und die Rezepturen dazu schwirrten mit irrwitziger Geschwindigkeit ständig durch ihren Kopf, gemischt mit den Zahlen der Buchhalterei und den Worten aus den Mysterien der Isis. Dazwischen sollte sie mit den Heilerinnen an die Betten der Kranken treten, zusehen, Handlangerdienste verrichten. Ihre Kammer und die Schreibstube sahen aus, als hätten Dämonen darin gewütet. Chaos wohin das Auge blickte.

Heute fand sie es besonders aufreibend. Auf dem Weg zu Uadja beobachtete sie Kara, die mit einer der freien Heilerinnen stritt.

„Das kannst du doch nicht machen!", maulte Kara gerade. „Nicht du auch noch! Dann sind es schon zehn die uns fehlen. Aber warum denn nur?" Die Frau bemerkte Bent, machte eine abfällige Kopfbewegung zu ihr hin. „Nur wegen der da! Bei der Dame Iaret wäre ich geblieben, wegen der nicht. Gehabt euch wohl!" Schon schlüpfte sie durch die Pforte, knallte die Tür hinter sich zu.

„Was war das?", schnauzte Bent Kara an.

„Sie kommt nicht mehr."

„Wegen mir?"

Kara gab keine Antwort, schaute Bent betrübt an.

„Sie gehen wegen mir! Ich hab's schon verstanden."

„Nein! Zwei wollten heiraten und sowieso nicht mehr herkommen. Eine andere verläßt *Uaset* und…"

„Ach halt doch die Klappe! Ich muß zu Uadja, die hat nach mir gerufen."

„Das ist sehr lehrreich", meinte Uadja, als Bent die Kammer betrat. Auf dem Bett ausgestreckt ein schlafender, bleicher junger Mann, Baket und Nodjmet, zwei der jungen Schülerinnen, standen daneben. „So schnell werdet ihr das in diesen friedlichen Zeiten nicht mehr zu sehen bekommen. Schaut genau zu. Bent du hilfst mir!"

„Was ist ihm wiederfahren? Wie kann ein junger Kerl so krank sein?"

Uadja zog das Leinentuch beiseite. Alles voller Blut! Nodjmet, rannte würgend aus dem Raum. Bent betrachtete pfeifend die Pfeilspitze im Oberschenkel des Mannes.

„Ist Krieg?"

„Der feine Pinkel war auf der Jagd, alle sind besoffen und irgendein Trottel hat nicht aufgepaßt. Baket, hol Nodjmet zurück! Bent, würgt es dich?"

„Ich bin nicht zimperlich."

„Hört zu – und wenn dir nochmal schlecht wird, schick ich dich nach Hause, für immer! Nimm den Räuchertopf, du dummes Ding, schwenk ihn ordentlich, damit das *Antiu* [18] seine Wirkung entfaltet. Ich habe ihm schon ein Schlafmittel verabreicht, welches geht euch nichts an, soweit seid ihr noch nicht. Nodjmet, stell den Topf beiseite, du wäschst das Blut ab! Baket, öffne den blauen Kasten da! Wascht euch die Hände, gut und gründlich hier mit der Seife und dem heißen Sud der Minze! Mögen andere über uns lachen deswegen, wir waschen uns hier, bevor wir einen Kranken anfassen. Es sterben weit weniger Leute bei uns als sonstwo, vielleicht liegt es daran, vielleicht an unserer Heilkunst oder an Isis' Zauber, einerlei, waschen ist hier Gesetz! Was guckst du so?"

„Der Inhalt des Kastens ist beeindruckend! Wofür ist das alles?"

„Gib mir das Messer!"

Bent reichte das gewünschte, schaute Uadja gebannt zu, die leise vor sich hin grummelte: „Ich wünschte, dieses dumme Ding wäre schärfer! Bent, nimm diese beiden Löffelchen da! Halte sie dicht mit der Innenseite an die Widerhaken des Pfeiles, so, daß diese das Fleisch nicht noch mehr aufreißen, ja, das machst du gut, ein wenig weiter, schön festhalten!"

Mit einem kleinen Ruck zog Uadja die Spitze aus der tiefen Wunde, hielt sie hoch, schüttelte den Kopf: „Die war für einen Spießbock gedacht, mehr Glück als Verstand! Bent, da sind gebogene Nadeln in dem Kasten, ja, daneben Fäden! Fädel sie ein, reich mir die Nadeln nacheinander! Baket, lauf in die

---

[18] Myrrhe

Küche und sieh zu, daß die Köchin dir ein Stück frisches Fleisch gibt, möglichst vom Rind, besser vom Kalb. Wenn sie nichts hat soll sie schleunigst zu einem Metzger laufen."

Bent paßte genau auf, wie Uadja die Wunde zunähte, das Fleisch auf die Wunde legte und sie anschließend ordentlich verband.

„Wozu ist das Fleisch gut?", fragte Bent.

„Heute nacht lassen wir das drauf, morgen bekommt er einen frischen Verband mit allerlei Arzneien, die wir in Honig auflösen. Wenn die Götter wollen, wird es heilen, aber er muß eine Weile hier bleiben."

„Und Isis?"

„Wie? Isis?"

„Was hat Isis nun bei all dem getan? Das ist doch ihr Haus. Doch du hast sie weder angerufen geschweige denn ein Gebet gesprochen!"

Für einen kurzen Augenblick meinte Bent in Uadjas Gesicht sprachlose Verwirrung zu erkennen.

„Das ist doch *deine* Aufgabe!", wetterte Uadja dann los. „*Du* bist hier doch die Hohepriesterin! Verlassen wir uns nicht alle darauf, daß *deine* Gebete Isis gnädig stimmen? Du nimmst jetzt meinen Kasten, alles was darin ist wirst du gründlich mit kochendem Wasser abschrubben! Los, verschwindet, die Lehrstunde ist beendet!"

„Laßt mir doch einfach mal meine Ruhe!", brüllte Bent an diesem Abend, knallte genervt die Tür der Schreibstube zu, schlug mit der Faust dagegen, riß sie wieder auf. Mesechnet und Kara standen immer noch da, mit offenen Mündern.

„Ich bin nicht dazu da, daß ihr mich herumscheucht!", schnauzte Bent unbeherrscht. „Ich bin die Herrin dieses Hauses! Ich muß ein Fest vorbereiten und muß mich um eine wichtige Angelegenheit außer Haus kümmern! Ich habe keine Zeit um Erbrochenes wegzuwischen, blutige Binden zu waschen, Pfeilspitzen aus Unglücksvögeln zu ziehen, anderer Leute Besteck zu schrubben oder um diesen Saustall hier zu ordnen!" Wütend packte sie die angesammelten Papyri auf ihrem Tisch und warf sie den beiden vor die Füße.

„Pesechet soll sich darum kümmern! Meinetwegen mit einer Helferin! Schafft mir dieses Chaos, diesen Krempel vom Leib! Ab morgen werden hier andere Saiten auf die Laute gezogen! Ich bin es satt! Und eure Ablehnung, die steht mir bis hier! Geht mir aus den Augen! Verschwindet!" Sie zwängte sich an Kara vorbei, lief über den dämmrigen Hof, öffnete die Tür zum Allerheiligsten, schlüpfte hindurch, knallte auch diese hinter sich zu.

„Und wenn ich mich noch einmal an dir stoße, wirst du zu Feuerholz!" Ein gezielt gesetzter Tritt und der unschuldige Schemel flog quer durch den Raum, zerbarst an der gegenüberliegenden Wand.

„Das geschieht dir recht, du Fußmörder!"

Wütend darüber, daß die freien Heilerinnen eine nach der anderen das Haus verließen und Uadja sie obendrein wie eine dumme Magd behandelt hatte, setzte sie sich auf den weißen Thron, rieb die schmerzenden Zehe, blies darauf, verteilte kühlende Spucke. Morgen würde die aussehen wie eine vollgesogene Zecke. Verflucht noch eins! Das reiben tat tut, der Schmerz ließ nach. Allmählich ordneten sich die wüsten Gedanken. Der kühle Sitz unter ihr tat ein übriges. Ach, wie war es hier still! Und angenehm kühl. Niemand würde kommen und sie zu etwas rufen. Der vollkommene einsame Ort, weit ab von der Welt! Liebevoll an Bek denkend, strich Bent über die Kanten der Armlehnen. Sie fühlte sich hier wohl, wie sie verblüfft feststellte. Wie damals, unter dem schattigen Geißblatt, in der Ecke der Mauer von Mens Garten. Wenn Bek zu ihr kam … er hatte ihr das Schreiben beigebracht! Schmunzelnd dachte sie an ihre ersten, unbeholfenen Versuche und an Beks Geduld, wenn ihr was absolut nicht gelingen wollte.

„Morgen helf ich ihnen beim Einsortieren!", rief sie laut. „Dann geht es schneller."

Die Lampen flackerten, als wehte ein sanfter Wind durch das Allerheiligste, beruhigend und anheimelnd. „Aber zuerst werde ich sehen, wie ich das Fest vorbereite! Das ist wichtig!" Irgendwie erfrischt und nicht mehr gehetzt, stand sie von dem Thron auf, alle Müdigkeit war verflogen. Doch plötzlich, bevor sie die Tür öffnete, kehrte ihre Wut zurück, als sie daran dachte, wie sie zu ihrem alten Haus gehen wollte.

„Oh, warte!", drohte sie, irgendwo vage in den Himmel und der Welt allgemein, „Wenn ich erst dort für Ordnung gesorgt habe! Dann werde ich hier aufräumen!"

„Gibt es sowas wie einen Pavillon hier?"

„Einen Baldachin, meinst du?"

„Etwas, das man aufstellen kann, mit Tüchern, auch für die Seiten!"

„Im Keller!"

Na, wo sonst! Der Gärtner [19] mußte her. Ihn beauftragen, den Pavillon an Ort und Stelle aufzubauen. Und ihn beauftragen, daß hier mehr Ordnung herrschte!

„Und *du* kommst jetzt mit und zeigst mir mal, wo, in der Götter Namen wir hier die Königin bewirten sollen!" Bent packte Kara energisch am Ellbogen, während sie mit der freien Hand in der Luft herumfuchtelte.

„Wir haben einen Festsaal!"

„Und das sagst du mir erst jetzt? Wo? Los, dahin!" Unhöflich zerrte Bent an

---

[19] Facilitymanager ;-)

Karas Arm, die befreite sich unwirsch.

„Ich bin auch nicht da, um herumgescheucht zu werden!"

„Entschuldige!"

„Wir müssen hier entlang. Am Allerheiligsten, zwischen den beiden Höfen nach links hinüber. Hast du dich nie gefragt, was hinter der großen Tür dort ist?"

„Nein, mit Mühe hab' ich die Krankenräume dahinter gefunden." Bent trabte an der rechten Seite des Festsaales weiter. Kara trippelte hinterher, „Der Eingang ist da vorne. Ja, links und rechts an den Längsseiten des Saales sind Räume unserer Mitbewohnerinnen und Krankenzimmer", zupfte an Bents Kleid, „Wo willst du denn hin?" Bent blieb zögernd vor einer Tür, die mit einem dicken Balken verriegelt war, stehen. Es war die letzte Kammer in diesem Hof, ganz hinten an der nach Osten zeigenden hohen Mauer.

„Geh nicht da rein, Bent!"

Schon schwang die Tür auf, quietschend gab sie den Blick in die düstere Kammer frei: über der Tür ein kleiner Lichtschacht, düstere Wände, ein billiges aber stabiles Bett, ein Schemel, ein herumgeworfener Stuhl, umherfliegende Federn, zerrissene Bettwäsche, ein blutiges Kleidungsstück am Boden, blutige Kratzer an Wänden und Tür …

Kara legte ihre Hand auf Bents Schulter: „Ich glaube, wir versäumten hier sauber zu machen. Komm, das solltest du nicht sehen. Diese Zeit ist vorbei."

„Zwei Jahre? Da drin?"

„Nicht nur, komm da weg, ich bitte dich, vergiß das doch."

„Ich werde es niemals vergessen!" Bent schob die Tür zu, ließ den Riegel in seine Halterung gleiten. „Du wolltest mir den Saal zeigen."

Das große Holztor machte einen uralten, schweren Eindruck und quietschte laut, als Kara es öffnete.

„Iaret hat den Festsaal nie genutzt! Ich selbst war höchstens ein zweimal da drinnen. Es wird fürchterlich schmutzig sein."

Dumpfer, muffiger, abgestandener Geruch schlug Bent entgegen. Unter dem großen Portal, wie überall im Haus, Spinnweben, am Boden raschelnde Blätter, hier war schon eine Weile nicht mehr gefegt worden.

„Ich will da nicht hineingehen! Was ist das für ein Gestank? Als wäre Metall verbrannt …"

Sie machten ein paar Schritte hinein in die fast völlige, unheimliche Dunkelheit.

„Ich geh eine Lampe holen!" Schon war Kara verschwunden, bevor Bent ängstlich rufen konnte „Laß mich bloß nicht allein hier!"

Narrte sie ein Dämon? Mit dem Zeigefinger stocherte sie im Ohr, doch die Geräusche blieben – wie ferner Donner! Dazwischen mischte sich das Zischen von Schlangen oder das Plätschern von Wasser! Sie meinte, ein Sternbild vor Augen zu sehen und stieß einen spitzen Schrei aus, als Kara unverhofft mit der brennenden Lampe in der Hand neben sie trat.

Weit gegenüber lag eine gewaltige zweiflügelige Tür. Bent ging mutig flotten Schrittes darauf zu. Wenn man diese öffnete, würde der gute Nordwind hoffentlich den bösartigen, brutalen, nach abgestandenem Männerschweiß stinkenden Geruch hinaustreiben.

„Laßt mich das machen, Herrin!"

Der Gärtner!

Selten war Bent froh, einen starken Mann an ihrer Seite zu wissen. Selbst er hatte Mühe, den schweren Balken des Riegels hochzuheben. Das Quietschen der uralten Angeln hörte sich grauenvoll an.

„Bring Leinöl!", befahl der Gärtner seinem Gehilfen, „einen großen Kübel davon und Quasten!"

Jetzt, wo genügend Licht in den Raum fiel, schaute Bent sich um. Prächtig war der Saal in jedem Fall, mit stützenden Säulen ringsum. Roter Ocker die vorherrschende Farbe. Aber nirgends, außer hoch oben, waren *Medu Netjer* eingraviert, nackt wirkte der Raum, unfertig. Sie schaute nach oben an die blau gestrichene Decke, betrachtete die verzierten, grün bemalten Kapitelle der Säulen. Allmählich gewöhnten sich Bents Augen an das Dämmerlicht und sie erkannte Einzelheiten. In der Decke zeigten sich einige Sterne, nach Norden ausgerichtet. Sie kannte dieses Bild – das Bildnis dieses einfachen Karrens mit Deichsel prangte in der kühlen Jahreszeit am Nordhimmel. Und als sie versuchte, den Raum im Ganzen zu betrachten, überkam sie das Gefühl, in einer Oase voller Palmen zu stehen. An der Ostwand entdeckte sie altmodische, fast gänzlich verblaßte Gemälde. Starr und steif huldigte irgendein Mensch – ja was oder wem? Ins Nichts?

Dshrt

Es säuselte in ihrem Kopf wie rieselnder Sand.

Und es war zu düster, um die alten *Medu Netjer* da oben zu lesen.

An der Westwand dagegen prangte das verblichene Bildnis einer gewaltigen geflügelten, besiegten Schlange.

Diesen Raum, noch weniger diese Bilder, konnte sie unmöglich der Königin präsentieren. Mit Tüchern würde sie sie abhängen; Neschons Tochter mußte herkommen. Bestimmt würde sie ihr Bahnen von Leinen ausleihen. Lampen, schön, modern und schick – wenn sie diese hier aufstellen würde, in Verbindung mit guten Tischen und Stühlen – der Keller war ja voll davon – könnte dieser Raum tatsächlich einen würdigen Rahmen bieten. Vorausgesetzt, der Dreck kam weg. Vor allem der von den Schwalbennestern neben den kleinen Lichtschächten.

„Wieviele Männer hast du in deinen Diensten?", fragte sie den Gärtner, der damit beschäftigt war, die Angeln zu ölen. Sie trat aus der Tür. Wie praktisch! Ein gepflegter, von Dattelpalmen beschatteter Weg führte direkt nach Westen, zur Hauptstraße und dem Nil. Wunderbar – dann mußte die Königin mit ihrem Gefolge nicht durch den Innenhof.

„Meine vier Söhne", der Gärtner streckte sich, um die mittlere Angel in Angriff zu nehmen. „Diese Türen werden wir gründlich mit dem Öl einpinseln, damit glänzen sie und sehen aus wie neu."

„Wie viele Männer brauchst du, um diesen Raum und den gesamten Tempel in frischem Glanz erstrahlen zu lassen? Hier sind mir zu viele Spinnweben, zu viele ungefegte Ecken, zu viele braune Blätter an diesen Pflanzen vorne im ersten Hof. Die müßten mal gestutzt werden! Ich will, daß in Zukunft das Haus stets tadellos aussieht. Nicht ein Krümel, nicht eine Spinnwebe, nicht ein Staubkorn will ich irgendwo finden. Auch kein Vogelschiß! Meine Frauen haben dazu keine Zeit, sie sind mit der Pflege der Kranken beschäftigt. Nagele Bretter unter die Nester da oben – aber wehe den Vögeln kommt auch nur eine Feder abhanden!"

„Dazu bräuchte ich wohl ein ganzes Heer!", übertrieb der Gärtner.

„Dann stell es ein! Morgen früh erscheinen sie zum Apell! In gut neun Tagen muß es hier glänzen und blinken!"

„Dafür habe ich nicht genug zur Verfügung!" Er rieb Daumen und Zeigefinger aneinander.

„Stell Männer ein, es soll nicht zu ihrem Schaden sein! Und morgen will ich, daß du mich begleitest. Im Keller ist ein Baldachin. Wohl auch Tücher für seine Seiten. Den stellst du mir an jener Stelle auf, die ich dir morgen benenne. Wie komme ich am würdevollsten zu dem kleinen Markt am Ostrand der Stadt?" Diese Frage ging an Kara.

„Iaret hat den Tragsessel genommen, wenn sie weite Wege in der Stadt machen mußte."

„Laß mich raten: Er steht im Keller!"

Gut, daß der Sessel Vorhänge besaß. Gut, daß niemand diese bitteren Tränen erblickte. Sie faßte an das kleine blaue Amulett aus Fayence an ihrem Hals. Eine geflügelte Isis, gefunden in einer von Iarets Laden. Trost und Halt darin suchend spähte sie durch die Vorhänge.

Ja, was sie erblickte war ein gewaltiger schwarzer Schuttberg, von Unkraut überwuchert. Hier und da ragten Mauerreste daraus hervor. Aber was sie sah, war etwas ganz anderes: Ein kleines, hübsches Häuschen, an einem plätschernden, kühlen Kanal gelegen, einen blühenden Garten, schnatternde Gänse und Enten darin und ein kleiner Junge, der fröhlich lachend Schmetterlingen nachjagte. Sie hörte das Muhen der wunderschönen Kuh und Heteps Genörgel beim Melken. Wartete, daß Kurru mißbilligend um die Ecke kam, um ihr seine Auffassung vom Handeln einer feinen Dame zu erläutern. Rief nicht Idris aus dem anderen Haus nach ihr? Stand sie nicht schon in der Zwischentür? Schön aufgeputzt, mit blitzendem Schmuck, klingenden, lockenden Glöckchen an den Fußketten, die Perücke, im Nacken kurz und an den Seiten fast bis auf die Schultern fallend, schwarz wie die Nacht? Ihr zuwinkend? Fast meinte Bent die Stimme der Freundin zu hören.

Es wird aber auch Zeit, daß du endlich kommst!

„Herrin?"

„Einen Augenblick!"

Es brannte immer noch!

Ihrem Korb entnahm Bent ein Tuch, schneuzte sich, blickte in das fast blinde Anch, richtete die Schminke, legte den Schleier um, griff die Weidenrute, seufzte einmal tief und verließ den Tragsessel.

Da stand sie nun! Vor den Trümmern ihres Lebens! Auf jener Straße, die sie so oft entlanggegangen war, voller Stolz und Vorfreude auf ihr schönes Heim. Sich den gewaltigen Schuttberg ansehend, trat sie näher. Irgendein Witzbold hatte wohl mit Hilfe einiger Kameraden einen Trampelpfad freigeschaufelt, damit man von hier bequem hinüber in das andere Stadtviertel und auf den kleinen Markt kam. Sie ging nun darüber, schaute zu dem ehemaligen dortigen Eingang. In dem Gerümpel konnte man mit viel Mühe die prächtigen Säulen erahnen, die einst die Pforte geschmückt hatten. Auch hier wucherte überall Kraut und Gras aus der schwarzen, verdorbenen, nach Feuer und Zerstörung stinkenden Erde. Sie bückte sich, streichelte die geborstenen Pfeiler, doch bevor die Tränen wieder Oberhand bekamen, erhob sie sich rasch, ging zurück, suchte mit Tränen in den Augen den Boden ab. Ja! Da konnte man noch die Schwelle der Haustür erkennen! Fünf, sechs lange Schritte in dem Vorraum, rechts hinüber in die Küche mit dem anschließenden Garten, geradeaus der große Wohnraum und rechts, neben der Küche, ihr Schlafzimmer. Sie bemerkte kaum, wie die Steine die Sandalen zerfetzten, der dreckige Ruß Füße und Kleid beschmutzte, ihre Hände aufrissen, als sie stolperte und sich wieder fing.

Hier!

Hier rammte sie die Rute in den Schutt:

„Da grabt! Rund um den Stock, so groß, wie der Baldachin ist! Macht mir den Boden frei und stellt den Pavillon darauf. Morgen will ich diese bösen Geister alle endgültig vertreiben!"

Zurück im Tempel fragte Kara, wie es gewesen sei: „Hausen dort wirklich Dämonen? Oder Wiedergänger? Bei allen Göttern, wie siehst du nur aus? Hast du Wächter dort gelassen?"

Bent schaute an sich herunter. Mit bebender Stimme, sich die schmutzigen Hände an den Oberschenkeln abwischend, erklärte sie: „Fünf hab' ich dort gelassen. Dämonen? Ja! Aus den Tiefen der Zeit! Unheimlich. Ich muß ins Allerheiligste, laß mich vorbei!"

„Oh Isis, du große Göttin! Du Mutter!" Weinend saß sie auf dem Thron, ihr Kummer beherrschte sie vollkommen. Wie sollte sie das Unglück, das da über sie hereingebrochen war, jemals verkraften? Wie den ungeheuren Verlust verschmerzen? Wie sollte sie bloß den morgigen Tag überstehen?

Eine sanfte Brise des Abendwindes wehte unter der Tür durch, trocknete Bents Tränen, streichelte sanft ihr Haar, tröstete sie. Das Gesicht in Händen wurde Bent ruhiger. Hörte sie nicht die sanfte Stimme der Göttin? Wisperte der Wind nicht ein Gedicht?

Ich bin die große Göttin, Gottesmutter Isis, Quell allen Lebens, die über den verbotenen Bezirk herrscht. Ich, die Königin der Inseln, trauernde Göttin, die den Körper ihres Bruders Osiris wieder zusammengefügt hat. Die große und mächtige Herrscherin aller Götter, deren Namen die Göttinnen preisen bin ich. Ich allein bin die wohltätige Zauberin, die den Dämon durch die Worte meiner Lippen vertreibt. Ich, die mächtige Göttin, Inhaberin aller Macht, groß im Himmel und Herrscherin über die Gestirne, die jedem Stern seinen Platz gibt. Ich bin Isis, Quell des Lebens, Königin des Landes und Königin der südlichen Wüsten …
Du bist Iaret, du bist Iaret!
Du bist Sahu-Re!
Du besitzt meine Macht auf Erden!
Gehe hin, du meine Zauberin, und vertreibe die Dämonen
mit den Worten Deiner Lippen!
Vergiß niemals, was ich dir sage …

Zaubern?

Bent hob den Kopf. Das hatte sie doch schon einmal gehört. *Heka Achu* und die Wurzel, die aussah wie ein Menschlein!

„Ich kann nicht zaubern!", sagte sie resigniert dem Raum. „Aber ich kann es versuchen!"

Sie ging hinaus, suchte eine Kerze, öffnete die Kellertür, nahm die Liste der Arzneien mit und schloß die Apotheke auf. Sie würde sowieso nicht schlafen können, also konnte sie das gleich erledigen. Unten stellte sie die Waage und die Gewichte bereit, fuhr gewissenhaft mit dem Finger die Liste entlang, suchte das richtige heraus, maß flink maß alles ab, das Klappern der Gewichte in den Schalen der *Mechat* hatte etwas Beruhigendes.

„Die anderen werden stolz auf mich sein, weil ich alles schon allein richtigmache! Bilsenkraut", murmelte sie vor sich hin, „drei Portionen. *Itjerut*, eine Portion. Mandragora, eine Portion…" Sie blieb stehen. Wo mag Iaret das aufbewahrt haben? Bestimmt da in dem großen Wandschrank, denn eine Aufschrift mit diesem Namen war ihr sonstwo nirgends untergekommen. Bent räumte die Tonkrüge, Glasflaschen und Körbe beiseite, besah sich jede Aufschrift. Da! Ganz hinten!

‚Nur eine Prise, weniger als ein *ro*, viel weniger, das, was auf die Spitze eines Federkiels der Gans paßt, sonst ist die Mandragora tödlich', stand auf dem Gefäß geschrieben.

Schnell stellte Bent das Glasgefäß zurück.

Nein!

Zaubern ja!

Tödlich nein!

Wozu brauchte man das? Und sie fragte sich, wie sie eine dermaßen geringe Menge abmessen und aufbewahren sollte. Ein kleineres Gewicht als den *Ro* gab es nicht. Höchstens ein paar Sandkörner. An der Glasflasche hing ein kleineres Gefäß, ebenfalls aus Glas, verschlossen mit – Bent überlegte was das sein könnte, kam zu der Überzeugung, daß es ein Stück Blase oder Darm war – schüttelte sich kurz, suchte eine Feder, entnahm das Gift und füllte es vorsichtig ab. Während sie alles in ihren Korb packte, entdeckte sie auf dem Tisch vor sich *Senetscher* und ein Räuchergefäß. Mit dem Weihrauch würde sie bestimmt zaubern können! Er roch wunderbar, verbreitete duftenden Rauch. Ja, das würde sie nehmen. Aber es müßte ein anderes Gefäß sein als dieses plumpe Ding aus Ton. In dem Raum, in dem die Mysterien aufbewahrt wurden! Hatte sie dort nicht in den Regalen goldene Gefäße und andere wertvolle Dinge gesehen? Sorgfältig schloß sie alles ab und ging hinüber. Tatsächlich, weit hinten, kaum im Lampenschein zu erkennen, fand sie, wonach sie suchte. Als sie zurückgehen wollte und die Tür hinter sich schloß, fiel ihr Blick auf das schmutzige Kleid und ihre Hände. Nein! So nicht! Abermals suchte sie den Schlüssel zur Apotheke, suchte und fand Rötel und *Sedemet* und einen Rest Malachit. Das müßte man wieder einkaufen – aber für den Augenblick reichte es noch. Schließlich packte sie noch einen Krug *Ben-Öl* in ihren Korb und machte sich auf den Weg nach oben.

„Mach den Mund zu, Kara", sagte sie am nächsten Morgen zu ihrer Stellvertreterin. „Das ist etwas, was ich gut kann. Malen, Mädchen."

„Du siehst so schön aus! Was ist das? Oh, ein Sistrum! Und noch eins!" Fröhlich schwang Kara die Instrumente, es klingelte und rasselte daß es eine

Freude war. „Und eine Trommel, wo hast du das alles her?" Kara wühlte weiter in dem Korb, fand fein säuberlich zusammengelegte Standarten, goldverzierte Weihrauchgefäße, weitere Sistren und Klappern und natürlich den *Senetscher*.

„Wir wollen doch die Dämonen vertreiben!" Bent rang sich ein Lächeln ab. „Da drüben liegen die Stangen für die Standarten. Außerdem habe ich eine Laute und zwei Flöten gefunden. Kann die jemand spielen?"

Ein gar prächtiges Bild gaben sie ab. Ein feierlicher Zug durch die Stadt, angeführt von den Wächtern des Tempels, die stolz die Standarten trugen. Hinter ihnen folgte Kara mit ihren Sistren. Bent selbst auf dem verhüllten Tragsessel. Schließlich hinter dem Sessel vier Heilerinnen und fünf Schülerinnen mit den Instrumenten. Diese neun waren wohl nur nach Karas geduldigem Zureden bereit, sich der Prozession anzuschließen, mutmaßte Bent, als sie ihnen in die mißmutigen Gesichter schaute. Der Gärtner mit seinen Männern war längst vorausgegangen, ihm hatte sie die schwere Schale aus der Apotheke anvertraut.

Bei der Ruine angelangt entzündete Bent zuerst feierlich den Weihrauch in den goldenen Räuchergefäßen, anschließend das Feuerholz in der schweren Schale. Neugierige standen gaffend um das Trümmerfeld, angezogen von dem prächtigen Spektakel, in respektvollem Abstand zu den grimmig wirkenden Tempelwächtern. Alsbald hüllte wohlriechender Rauch und beißender, schwarzer Qualm den Pavillon ein. Bent sammelte ihr bißchen Mut zusammen, froh um den Schleier, denn sie erkannte viele ehemalige Nachbarn in der Menge, trat vor den Eingang des Zeltes, hob die beschwörend die Arme:

„Ich, die mächtige Priesterin der großen Göttin, Gottesmutter Isis, Quell allen Lebens, die große und mächtige Herrscherin aller Götter, deren Namen alle preisen. Ich allein bin durch die Göttin befugt, als wohltätige Zauberin, die Dämonen durch die Worte meiner Lippen zu vertreiben! Ich bin Sahu-Re! Und besitze Isis Macht auf Erden!"

Ehrfürchtiges Raunen ging durch die Menge der Leute. Kara klapperte wirkungsvoll mit den Sistren, alle verneigten sich, manche knieten nieder und Bent huschte hinter den Vorhang. Dort entnahm sie ihrem Korb ein weites, grobes Kleid, streifte es über ihr gutes, bückte sich, angelte außerdem einen Schürhaken – den sie aus der Küche gemopst hatte – aus dem Korb und begann Kachel für Kachel anzuheben. Manche gaben nach, aber darunter war nichts zu finden. Einige saßen wie festgebrannt in der Erde und bewegten sich überhaupt nicht. Fast war sie geneigt, ihr Vorhaben aufzugeben, die Hände mittlerweile schwarz von altem Ruß, hier und da hatte sie sich die Finger aufgeschrammt. Schweiß begann zu fließen, denn die Sonne brannte bereits unbarmherzig stark vom Himmel. Doch dann, fast die letzte Kachel da in der Ecke des Pavillons ließ sich mühelos anheben! Und darunter fand sie schließlich, wonach sie suchte.

Ihren Schmuckkasten!

Beinahe unversehrt, anscheinend von dem wenigen Löschwasser ein wenig aufgequollen, aber ansonsten intakt. Mit zitternden Fingern hob Bent die kostbare Truhe aus dem Loch, öffnete sie. Das Gold war ein wenig angelaufen, das Silber schwarz geworden, die Edelsteine ein wenig ihres Glanzes beraubt, aber es lag alles noch so darin, wie sie es an jenem grauenvollen Abend zurückgelassen hatte! Sie suchte und wühlte fahrig in ihrem Geschmeide, suchte den kleinen Griff, denn dieser Kasten hatte eine Besonderheit: es war ein Kasten in einem Kasten! Er hatte einen doppelten Boden! Das Gefach mit dem Schmuck und den Deben hochhebend, hoffend, daß das hier drunter versteckte den Brand und das Wasser überstanden hatte, sandte Bent ein Stoßgebet zum Himmel hinauf!

Da lagen die unversehrten Besitzurkunden der beiden Grundstücke und der Häuser!

„Oh Isis, du läßt deine Kinder nicht im Stich! Ich danke dir, Große Mutter, du läßt niemanden darben und nährst uns alle an deiner Brust!" Sie schlug mit der Faust mehrfach auf die Vorhänge, rief laut „weiche Dämon", wiederholte ihre Worte von eben laut, hoffte, damit genug Brimborium veranstaltet zu haben, zog das schmutzige Kleid aus, entnahm dem Korb ein feuchtes Tuch, putzte sich daran die Hände ab. Mit dem wertvollen Kasten in Händen trat sie vor das Zelt:

„Die Dämonen sind vertrieben!", rief sie laut und hob den schweren Kasten hoch. „Darin sind sie gebannt, für alle Ewigkeiten! Denn..." Sie machte eine wirkungsvolle Pause, wartete bis alle wieder still waren und selbst der Letzte mit dem Klatschen und Jubeln aufhörte, die scheppernden Instrumente verstummten. „... unsere allerheiligste Majestät selbst, Die Prinzessin aller Frauen, Die Herrin des Südens und des Nordens, Teje, große Königliche Gemahlin unseres Großen Hauses *Amenhotep Mer Chepesch, Heqa Uaset, Neb Maat Re*, gab mir persönlich den Befehl dazu!"

Jetzt knieten die Leute sich tatsächlich alle hin, lagen ehrfürchtig am Boden, den Oberkörper nach vorne, die Stirn auf der blanken Erde, die Arme nach vorn gestreckt.

„Ehre der Großen Mutter", murmelten einige, alle fielen ein: „Ehre der Großen Mutter und Ehre unserer allerheiligsten Majestät!"

Bent wedelte mit der Hand, Kara schüttelte die Sistren ordentlich, eine blies in ihre Flöte, alle fielen ein, Bent setzte sich in den Sessel. Die Zeremonie war vorbei! Der Firlefanz beendet!

Oh, ihr gütigen Götter, wie leichtgläubig die Menschen sind!

Abermals kam Bent etwas dazwischen, was sie davon abhielt, die Planung des Festes endgültig abzuschließen. Laut pochte es an die große Eingangspforte. Pesechet war anderweitig beschäftigt, daher schritt Bent selbst zum Tor. Sie saß zufällig gerade in ihrer Schreibstube, andernfalls wäre ihr das Klopfen entgangen. Sie öffnete zuerst die Luke, spähte durch das kleine Fenster, daß sich zum breiten Eingangspylon hin öffnete. Ein vornehmer Mann stand da. Im Schmerz versunken bemerkte er die Luke nicht. Hinter ihm ein paar starke, schwitzende Männer, die einen, mit Vorhängen verhüllten Tragsessel abstellten. Abermals pochte er heftig und rief es sei eilig.

Bent trat hinaus, öffnete die Pforte und hob den Vorhang an. Eine Hochschwangere krümmte sich schwitzend und stöhnend, fast bewußtlos, näher dem Tod als dem Leben, in den Kissen.

„Helft ihr, bitte! Seit drei Tagen geht es schon so!"

Bent zögerte nicht, winkte den Wächtern, damit sie das große Tor öffneten, denn der große Sessel paßte nicht durch die schmale Pforte des Tores.

Wo, in Isis' Namen, war eine geeignete Kammer frei? Bent rief nach Kara und Pesechet, öffnete eine der Türen, von denen sie vermutete, die Kammer dahinter sei frei. Diese war geeignet, groß, geräumig und in der Nähe von Pesechets Kammer.

„Wir helfen! Wartet!", sagte sie zu dem gramgebeugten Mann. „Helft mir doch!", brüllte sie in den leeren Innenhof. Kara kam bereits gelaufen, dahinter eine der Mägde. Rasch war das Bett bezogen und die Leidende darauf ausgestreckt. Pesechet, die Ruhe selbst, schickte alle hinaus.

Da standen alle ziemlich verloren in dem Hof herum. Die schwitzenden Träger schickte Bent kurzerhand zur Küche. Die Köchin würde schon für sie sorgen. Und den völlig aus der Fassung geratenen zukünftigen Vater bat sie in die Schreibstube.

Schweigend saßen sie sich eine Weile gegenüber. Bent sah ihm seinen Schmerz an. Tiefe, dunkle Ringe unter den Augen zeugten von schlaflosen Nächten, der schwarze Schatten um sein Kinn ließ vermuten, daß er sich keine Zeit für sich selbst genommen hatte. Zögerlich legte sie ihre Hand auf seine, die unruhig die Sessellehne umklammerte.

„Pesechet ist unsere beste Wehmutter. Sie wird ihr helfen können!"

„Sie hatte niemals solche Schwierigkeiten. Bei den anderen dreien ging alles ganz leicht!"

„Sie hat schon drei Kinder? Einen Augenblick!" Bent eilte aus der Schreibstube, teilte Pesechet dies mit, holte aus ihrer Wohnung die Kanne Bier, die sie sich für den Abend hingestellt hatte. Mit Bechern und der Kanne trat sie wieder zu ihm.

„Wollt Ihr etwas essen?"

Er schüttelte müde den Kopf. „Sie haben ihr nicht geholfen. Ich flehte sie an, doch was zu unternehmen, ihr zu helfen, aber sie schrieben Majaret Zaubersprüche auf die Hände, verbrannten Weihrauch, opferten Gänse und zwangen sie, die Farbe abzulecken…" Aufgewühlt rang er die Hände.

„Wo war das?"

„Im *Ipet Sut*!"

„Das dachte ich mir! Denn ihr tragt einen *Ba Abi*, seid also selbst dort Priester?", vermutete Bent anhand des Leopardenfells, das er um die Hüfte trug. Er nickte stöhnend.

„Auch ein Heiler?"

„Nein."

„Sie sind dort gut, wenn sie ausgerenkte Schultern behandeln oder Knochenbrüche. Aber was das Gebären angeht…" Bent machte eine bedeutungsvolle Pause. „Nein. Dort wohnen keine Wehmütter, soweit ich weiß. Wißt Ihr was? Ihr legt Euch nun hier auf das Bett, ich lasse Euch eine Weile allein, damit Ihr ausruhen könnt. Sie braucht einen starken Kerl an ihrer Seite, wenn die das überstanden hat! Nein, keine Widerrede! Wie Ihr ausseht, habt Ihr die letzten Nächte kein Auge zugemacht! Ist für die anderen Kinder gesorgt?"

„Ich habe ein großes Haus, sie sind gut versorgt. Mutter und Schwiegermutter sind da, und jede Menge Kinderfrauen." Zögerlich ließ er sich auf dem Bettgestell nieder, welches Bent hierherbringen ließ, damit sie sich zwischen ihren Schreibarbeiten mal lang machen konnte. Sie zog das Laken über ihn und versicherte, wenn es Neuigkeiten gäbe, ihn sofort zu verständigen, ging zu Pesechet, um zu hören, wie es stand.

Erst spät in der Nacht trat sie wieder in die Schreibkammer, betrachtete im Schein der Kerze den schlafenden Mann, rieb sich auf einmal über die Augen, als hätte sie einem verwirrenden Traum zugeschaut. Unsanft rüttelte sie ihn wach.

„Kommt mit! Sie lebt! Und Euer Kind auch. Ein Sohn; zwar schwach, glücklicherweise gesund! Wir ließen eine Amme kommen, denn stillen kann deine Frau nicht. Sie ist fürchterlich schwach und wir bangen um sie. Wenn sie diese Nacht überlebt, wird es ein langer, schmerzvoller Weg bis zu ihrer Genesung. Sie wird einige Zeit bei uns bleiben müssen." Bent schob ihn in die Kammer. „Hier – wir haben ein Bett bringen lassen, da könnt Ihr den Rest der Nacht bei ihr verbringen. Oder wenn die Götter gnädig sind, auch die nächste Zeit."

Grübelnd verbrachte Bent den Rest der Nacht. Irgendwas störte sie. Und was war mit ihren Augen los? Auch das noch! Hoffentlich keine Augenkrankheit, das konnte sie wirklich nicht gebrauchen! Und diese ewig kreisenden Gedanken um alles mögliche! Sie wirbelten durch ihren Gedankenkasten wie Strudel im *Iteru*: die fast leere Schatulle des Tempels, das vorzubereitende Fest, die viele Arbeit, das Lernen, ihr täglicher Ärger. Und laufend mußte sie an diesen Priester des Amun denken, kam aber nicht dahinter, was ihr gerade diesen Kerl so madig machte. Kaum war es hell, da stand sie schon wieder auf. Kara trat ihr draußen müde entgegen; sie hatte wohl bei der jungen Mutter gewacht.

„Was nimmst du üblicherweise für eine Behandlung?", schnauzte Bent im Vorbeigehen.

„Vier Deben. Ich wünsche dir auch einen guten Morgen!", maulte Kara hochempört. Bent blieb die Spucke weg. Sowas von unhöflich!

Eine Pause! Bent wünschte sich nichts sehnlicher als einen Abend voller Ruhe und Müßiggang. Die letzten Tage vollgepackt mit Arbeit. Eigenhändig dekorierte sie mit Neschons Tochter den Festsaal, obwohl es ihr zuwider war, sich darin aufzuhalten. Die Priesterinnen der Isis begegneten Bent kühl und abweisend, hatten außerdem genug mit den Kranken, Schwangeren und den im Kindbett liegenden zu tun; Bent war gewissermaßen dahingehend entbehrlich. Setzte deshalb ihren ganzen Ehrgeiz daran, diesen Saal so schön wie möglich herzurichten. Die Männer in ihren Diensten schleppten unentwegt Möbel herbei. Die Kerle hatten sich erst recht Ruhe verdient, schufteten sie doch wie die Ochsen auf dem Feld. Tische, Stühle, Sessel, Kissen, Lampen und Vasen, Tafelaufsätze – was der Keller hergab und was schick war – fand seinen Weg nach oben, wurde geputzt, poliert und an Ort und Stelle gerückt. Für über fünfzig Gäste fanden sich Tische, dazu die Stühle. Vorsichtshalber ließ Bent noch zwanzig weitere Stühle, für diejenigen, die nichts essen wollten, aufstellen. [20]

Bent richtete Vasen und Lampen, zupfte an den Stoffbahnen, als eine der Küchenmägde bat, sie solle in die Küche kommen. Dort fiel Bent zuerst der gewaltige Tisch links neben der Tür auf. Bestimmt zwanzig Leute würden auf den Bänken davor Platz finden. Im Augenblick saßen allerdings lediglich vier Mädchen da, einer davon liefen die bitterlichsten Tränen durchs Gesicht; kein Wunder, denn die Arme schälte einen gewaltigen Berg Zwiebeln. Die anderen schuppten Fische, putzen Lauch, hackten Melonen in kleine Stücke.

---

[20] Im alten Ägypten speisten die Vornehmen an ihrem eigenen Tisch. Große gemeinschaftliche Tafeln waren unbekannt.

„Da ist sie ja!" Die Köchin trabte energisch auf Bent zu. „Das ist unsere neue Herrin!", zu den Mädchen schnauzend, die hastig aufstanden und einen unbeholfenen Knicks versuchten. Bent wehrte das ab, fragte sich, was sie nun wieder erledigen solle. Auch Zwiebeln schälen? Oder gar Fische ausnehmen? Sie machte sich auf das Schlimmste gefaßt.

„Hier, schaut, bestes Öl von den Oliven aus dem Lande der Hebräer und da steht das Bier! Nimm dir einen Becher, wenn du Durst hast! Im Keller stehen bestimmt gut und gerne fünfzig Krüge, das wird doch hoffentlich ausreichend sein? Beim Vollmondfest geht es immer hoch her! Aber selten haben wir Gäste."

Bent zuckte mit den Schultern. Keine Ahnung ob das langt. Und ich weiß nicht, ob die feinen Frauen des Hauses sich haltlos besaufen! Sie bewunderte vorsichtshalber gebührend die gewaltigen Krüge, drehte sich um und knallte mit der Stirn an einen von der Decke hängenden Kessel. Alle anderen Kessel, Schöpfkellen, Tiegel und noch mehr geheimnisvolle Gerätschaften kamen klimpernd in Bewegung, stießen aneinander daß es nur so schepperte und schellte.

„Oh, du bist aber groß. Wir passen alle da drunter durch. Hat es sehr weh getan?"

„Es war eher laut als schmerzhaft!" Bent rieb sich die Stirn. „Was willst du von mir? Soll ich kochen?"

„Aber nein! Ich will dir die Küche zeigen. Schließlich soll ich für die Königin kochen. Schau, in diesem Regal steht der Honig. Unsere Bienen waren sehr fleißig! Und darunter das Salz. Hier habe ich sogar Pfeffer!" Als Bent darauf nicht antwortete, blaffte die Köchin nochmal: „Pfeffer!"

„Ja und? Ich kenne kein Pfeffer. Was ist das?"

„Das ist ganz teuer und bald ganz alle. Ich muß dich bitten, daß du das bei deiner nächsten Bestellung berücksichtigst. Ohne Pfeffer koch ich nicht für die Königin! Der Händler, der die Spezereien bringt, der hat das, den mußt du fragen. Da liegt das Brot für heute abend, das für morgen bäckt schon in den Öfen, dort die Granatäpfel, dahinten die Feigen, da unten in den Körben die Datteln, nimm dir ruhig eine Handvoll. Und hier in dem Krug ist das Mehl. Und paß auf, tritt nicht in den Napf! Da ist die Milch für unsere Katzen drin!"

Bent schwirrte der Kopf, die ohne Pause plappernde Köchin führte sie weiter durch den großen Raum, dem die nach Osten gehende Rückwand fehlte und so den Blick hinaus in den Hof auf die großen Feuerstellen und die Wand der Scheune freigab.

„... Mahlen tun wir es draußen, sonst staubt es hier so! Siehst du? Da vorn! Der große Stein! Nefru ist gerade dabei. Was habe ich denn noch? Ach ja, *Wah*, die Erdmandeln. Eier hab ich auch, ich sollte Kuchen backen, oder?

Komm mit hinaus, da sind die Öfen und Kochstellen."

Nefru erhob sich flott, als sie die Köchin mit der Herrin nahen sah, über und über staubig vom Mehl, selbst auf der Nase.

„Mach weiter, Mädchen, ich zeige der Herrin unsere Küche. Was macht das Brot? Schön aufpassen!"

Das waren Öfen! Keine solch kleinen wie Bent sie kannte, sondern gewaltige, übermannsgroße Kegel, unter denen die Glut loderte. Es roch appetitlich nach frischem *Pesem*. Weiter hinten staken Fische auf Spießen über glühender Holzkohle. In einem mächtigen Kessel blubberte und dampfte ein Linseneintopf! Es roch köstlich.

„Das gibt es morgen, Herrin, heute die Fische mit dem Lauch, morgen die Linsen. Aber jetzt hört mal zu."

Die Köchin heckte einen verrückten Plan aus: Man könne der Königin Salat servieren! Garniert mit Granatapfelkernen, Knoblauch und Zwiebeln – es sei genug da, überwuchere bald den gesamten Kräutergarten, und überhaupt – bevor er ins Kraut schießen würde! Das tollkühne Rezept hätte sie von Mesechnet. Als sie mit ihrer ausufernden Rede fertig war, stemmte sie Hände in die Hüften; wartete stolz über den guten Gedanken beifallheischend auf Bents lobende Antwort.

Bent ließ die Köchin im Glauben, grinste im Stillen, stimmte ihr in allem zu, fragte lediglich ob Salat und Kuchen allein auch satt mache. Das innerliche Grinsen verging ihr aber sofort, da sie hören mußte, sie solle mithelfen, den Ochsen auszusuchen, welcher das Festmahl krönen sollte. Sicher sah sie ein, daß die Köchin und ihre Frauen es so einfach wie möglich halten wollten. Während der Ochse an dem gewaltigen Spieß zwei Tage vor sich hin brutzelte, konnten sie ihre alltäglichen Aufgaben mühelos nebenbei erledigen. Bevor der Köchin Redeschwall ins Unerträgliche driftete, folgte Bent ihr hinaus auf die Weide. Ochsenbraten! Das hörte sich lecker an. Saftiges, rotes Fleisch, gut gebraten, mit Honig und Bier eingepinselt …

Geduldig wartete sie, bis die Köchin die Tür zur gewaltigen Scheune geöffnet hatte. Drinnen in der sanften Dämmerung erkannte Bent Unmengen von riesigen Tongefäßen.

„Alles voll! Horch!" Die Köchin klopfte auf manche. „Getreide, Datteln, Leinsamen, Feigen, Öl. Da der Flachs. Das war eine gute Ernte." Die Garben stapelten sich bis unter die Decke. Bent hob eins der Kätzchen hoch, die hier fleißig auf Mäusejagd gingen, hätschelte es hingebungsvoll, wartete, daß die Köchin umständlich das große, verwitterte Tor nach draußen öffnete. Es quietschte und rumpelte und Bent glaubte, es müsse jeden Moment aus den Angeln fallen. Ebenso alt wie abgewetzt bot es kaum mehr Schutz. Ein fester Tritt und jemand könnte all diese Reichtümer stehlen. Doch deswegen war sie nicht hier. Sondern wegen dem Ochsen …

Aber... ach, was war das ein wunderschönes Tier! Mit sanften, schwarzen Augen, schwarzer Nase, Hufen und Hörnern, während sein Fell silbrig glänzte. Die Köchin stand abwartend da, bemerkte, daß er wie geschaffen sei, etwas Besonderes. Er reiche für mindestens zweihundertfünfzig Leute, da würden alle satt; vor allem der Besuch und jeder im Tempel, selbst die Männer. Und gut, da käme auch schon der Metzger. Bent wies auf einen weiter hinten grasenden, weniger schönen Ochsen.

„Nein! Den da hinten doch nicht, der ist zu jung! Viel zu mager!" Der Metzger fuchtelte mit dem riesigen Messer Bent vor der Nase herum. „Dieser ist genau richtig!"

Vertrauensvoll schnüffelte der schöne Ochse an Bents Hand, die auf dem Gatter lag. Sie streichelte im über die Blesse und kraulte ihn zwischen den Hörnern.

„Den, nicht? Der Königin würdig!", bestimmte die Köchin.

„Dann soll es so sein, mein Freund!", bedauerte Bent den Ochsen, blaffte den Metzger an: „Wehe er leidet!"

Eine Atempause! Ach, das wäre schön! Oder ein ruhiges Gespräch mit Tachut. Müde überquerte Bent die Weide, schritt durch die Scheune, schloß die hintere Pforte, trabte gedankenversunken durch den Kräutergarten, schlich durch den zweiten Innenhof. Der arme Ochse ging ihr nicht aus dem Sinn. Schließlich stand sie vor Tachuts Kammer, klopfte, trat ein, ging leise wieder hinaus, schloß sanft die Tür. Die alte Frau schlief bereits tief und friedlich.

Kara, Mesechnet, Uadja und Pesechet begegneten ihr auf dem Weg zu ihrer Kammer, kichernd, ausgelassen, vollbepackt mit bunten Decken, Körben und Krügen wollten sie gerade... ja, wohin eigentlich?

„Aufs Dach!", jubelte Kara fröhlich. „Wir sind alle mit der Arbeit fertig! Zeit für ein wenig Ablenkung und erst recht Abkühlung. Außerdem ist die Zeit der Trauer vorbei. Komm doch mit!", zwitscherte sie in ihrem Überschwang, fing sich dafür von Uadja, die hinter ihr stand, einen Klaps in den Nacken und ein böse gezischtes „Blöde Gans!" ein.

„Hier gibt es einen Dachgarten?" Bent übersah geflissentlich Karas nach hinten zuckenden Ellenbogen.

„Sag bloß, du warst noch nicht oben?"

Bent schüttelte den Kopf. Hier gab es zuviele Kammern, Gänge und Keller. Es wurde Zeit, daß sie mal nach oben kam!

Kara öffnete eine Tür, dahinter lag keine Kammer, wie Bent stets vermutet hatte, sondern ein Treppenaufgang. Düster war es und schön kühl.

„Paß auf, die Stufen sind ausgelatscht! Guck wo du hintrittst!"

Oben angekommen ging Bent das Herz auf! Kühler Wind blies ihr entgegen, *Chepre* wandelte sich bereits zu *Re-Atum*, machte sich für seine Nachtfahrt bereit, Schwalben segelten pfeilschnell vorbei und gut duftende Wäsche flatterte fröhlich. Die Dattelpalmen rauschten in der Brise als wisperten sie aufgeregt vom nahenden Fest. Im Westen dräute das Gebirge wie ein dunkelroter Schatten neben der tief am Himmel stehenden Sonne, davor schimmerten grüne Wiesen, Palmen und fruchtbare Äcker, die bald abgeerntet wurden, alles eingefaßt wie wertvolle Edelsteine vom glitzernden heiligen *Iteru*. Oh wie schön! Wie friedlich! Wie fernab von all der Plage und Mühe des Tages. Das war *Uaset* von oben? Wie ein weißes, glänzendes, wertvolles Juwel leuchtete die Stadt, traumhaft entrückt, ins goldene Licht der Abendsonne gehüllt. Bent konnte sich nicht sattsehen: im Westen am *Palast der leuchtenden Sonne* und im Norden an dem imposanten Südlichen Harem. Nach Osten und Süden war die Sicht in wenig eingeschränkt, dort warfen die rauschenden Palmen ihre Schatten.

„Komm, rück dir ein Bettgestell bei, wir wollen beisammen sitzen." Kara drückte ihr eine der Decken in die Hand. „Damit liegt man bequemer auf den gespannten Lederriemen. War das ein Tag! Und dazu die Sorge um diese schwere Geburt bei – heißt sie Majaret? Ich habe nicht mehr geglaubt, daß wir sie durchbekommen. Wollen wir weiter hoffen!"

Alle hatten Leckereien dabei, ein Honigtopf ging von Hand zu Hand. Kleines, wunderbar süßes Gebäck wurde hineingetaucht. Welch eine Köstlichkeit! Jetzt wurde Wein ausgeschenkt und auch mit Honig versüßt.

„Heute abend schütte ich da bestimmt kein Wasser hinein!", schmunzelte Kara übermütig, reichte Bent einen Becher. Uadja begann auf der Laute zu spielen. Die zuvor heftig schnaufende Mesechnet, längst vom Aufstieg erholt und vom Wein erfrischt begann leise mit klarer Stimme zu singen:

Die Eine, Geliebte, ohne ihres Gleichen,
schöner als alle Welt.
Schau, sie ist wie der glänzende Neujahrsstern
vor einem schönen Jahr.

Die tugendleuchtende, strahlenhäutige
mit Augen, die klar blicken,
mit Lippen, die süß sprechen.
Sie hat kein Wort zuviel.

Mit hohem Hals und strahlender Brust
hat sie echtes Lapislazuli zum Haar.
Ihre Arme übertreffen das Gold,
ihre Finger sind wie Lotuskelche.

Mit schweren Lenden und schmalen Hüften,

sie, deren Schenkel um ihre Schönheit streiten,
edlen Ganges, wenn sie auf die Erde tritt,
raubt sie mein Herz mit ihrem Gruß.

Sie macht die Nacken aller Männer
sich wenden, sie anzusehen.
Es freut sich jeder, den sie grüßt.
Er fühlt sich als erster der Jünglinge.

Wenn sie aus dem Hause tritt, ist es,
als erblicke man nur jene, die Eine.

Augenblicklich kehrte Bents Geist in die Wirklichkeit zurück. Aus war der süße Traum des vergoldeten Abends, verhallte mit der letzten Strophe, zerplatzte wie eine der schillernden Blasen, wenn die Wäsche mit Wasser und Seife in einem Kessel gekocht wurde. Sie war nicht hier um zu träumen! Saß nicht in der amüsanten Gesellschaft der Frauen des Bastettempels! Dieses Haus stand in einer vollkommen anderen Welt. Diese Weibsleute mit denen sie da zusammensaß, waren anders: abweisend, ablehnend, unwirsch! Nicht ihre Freundinnen! Bent wußte nur zu genau, daß sie nicht eingeladen wurde um die Aussicht zu genießen, um Lieder zu singen. Sie wollten sie einfach nicht bei sich haben, daher machte es keinen Spaß zu schlemmen oder sich am Wein zu berauschen!

Betrübt sagte sie: „Ich bin euch was schuldig."

„Was denn?" Uadja stimmte die Laute, „Vielleicht auch ein Lied? Eins vom Abschied?" Der boshafte Unterton schmerzte, entlockte den anderen gehässiges Lachen.

Bent schaute erzürnt in die Runde, blaffte trotzig: „Ihr habt mich hier bald zwei Jahre gesundgepflegt. Ich habe das noch nicht bezahlt!"

„Du brauchst das nicht zu bezahlen!", meinte Pesechet, „Jemand hat das längst für dich getan. Wir hätten dich mit diesem Vermögen Jahre pflegen können! Das, was übrig, ist habe ich für dich verwaltet. Das wollte ich dir längst sagen und auch geben. Ein sehr betuchter Herr hat das damals übernommen."

„Oh!"

Parser!

Ja! Oh, Geliebter! Herzbebend erinnere ich mich an deine starken Arme, wie du mich auf Händen trugst, dein schönes Gesicht über meines wie zum Kusse gebeugt… Doch es war nicht die aufreizende, dunkle, geheimnisvolle Geliebte die du da in Armen hieltest. Nicht die reizende Gefährtin fröhlicher Abende und die zärtliche Bettgefährtin der lauen Nächte. Nicht die Mutter unseres geliebten Kindes. In deinen Armen lag eine billige, abgelutschte, ausgelaugte, verbrannte, entstellte Hure, die du den Klauen eines schäbigen Wirtes entrissen hattest.

Bent entglitt der tönerne Becher. Das laute Klirren, als er am Boden zerbarst, seine Scherben, die sich weithin zerstreuten, der rote Wein, welcher ihr die Füße benetzte, das ‚Huch' von Kara, die ihr gegenüber saß, all das beobachtete Bent wie aus weiter Ferne, schlug, von bösen Erinnerungen übermannt schluchzend die Hände vor den Mund.

„Das ist doch nicht schlimm!" Kara drückte ihr einen anderen Becher in die Hand, füllte ihn, „Das ist doch kein Grund zu weinen! Hast doch gehört, du bist reich, dann bezahlst du ihn eben!"

Das hämische Lachen der anderen holte Bent aus ihrer bitteren Vergangenheit. Es gelang ihr ein ziemlich verunglücktes Grinsen.

„Abgesehen von dem Becher bin ich euch trotzdem was schuldig."

„Wir wollen nichts, es ist alles abgegolten!"

„Eine Erklärung!" Bent setzte sich aufrecht; den schmerzlichen Gedanken an Parser verdrängend, schaute in die Gesichter der vier Frauen. Die Geringschätzung von Uadja, Mesechnet und Pesechet starrte ihr entgegen. Doch bevor sie tief Luft holen und zu ihrer Erklärung ausholen konnte, rief eine vom Treppenaufgang her: „Ich hab' kalten Braten von gestern! Und bitte, gebt mir einen Becher, ich verdurste!" Die Köchin plumpste müde neben Kara auf das Bett, jammerte: „Meine Füße!"

Kara schubste sie. „Sei still! Bent will uns etwas Wichtiges sagen!"

Bent schaute ihnen zu, wie sie mit gelangweilten Mienen versuchten, sich auf Neuigkeiten einzustellen. Ahnte, daß sie nur einen guten Grund suchten, sie in Grund und Boden zu stampfen.

Was denken die sich? Maßen sich an, über mich zu urteilen! Kennen weder mich noch meine Vergangenheit! Ich soll das Haus führen, doch über ihre Verachtung kann ich nicht herrschen! Ich werde ihnen zeigen, zu was ich fähig bin! Sie werden sehen, daß Iaret gut entschieden hat! Ich will mich bewähren! Dieses Haus verdient es! Nur Kara steht zu mir und anscheinend die Köchin. Doch eure herablassenden Gesichter! Sicher, ihr seid Hebammen, Lehrerinnen, Heilerinnen. Was bin ich dagegen? Ihr seid gestandene Frauen, bestreitet euren Lebensunterhalt selbst, steht fest im Leben, packt an, leistet etwas, was ich nicht kann. Einem Kind auf die Welt helfen, wenn die Mutter es alleine nicht schafft. An die hundertzwanzig Leute morgens und abends mit gutem Essen verwöhnen. Oder Mesechnet, die fünf dumme Schülerinnen wie mich mit der Geduld einer gütigen Mutter unterrichtet. Uadja kann Verletzungen heilen, Sterbende liebevoll in ihren letzten Stunden begleiten … Und ich? Ich bin eine Hure! Soll ich mich deswegen schämen? Ich bin auch eine gestandene Frau, hatte mein Leben gut im Griff, leistete etwas! Es gibt keinen Grund mich zu verachten! Es gibt keinen Grund mich abzulehnen!

Iaret hat das bestimmt, und ihr habt euch zu fügen! Ich verstehe die kalte Ablehnung. Aber ich bin nun einmal hier, will es gut machen, mich nicht einsam fühlen, wünsche mir Freundinnen an die Seite. Ich werde euch sagen, wer ich bin! Zeit, ein neues Leben anzufangen! Ich werde euch beweisen, daß ich etwas fertig bringe! Ihr werdet noch stolz auf mich sein und zu mir aufsehen! Wartet's nur ab!

„Ich", begann sie, „habe eigentlich kein Recht dazu, euch zu sagen, wie ihr euer Leben zu führen habt. Iaret hat das verfügt. Pesechet und du, Kara, ihr habt ihren Willen gelesen! Ich habe mich nicht selbst dazu gemacht, mich nicht in den Vordergrund gedrängt!" Die beiden nickten. „Und ich habe schon einmal in einem Tempel gewohnt. Vielleicht traut ihr mir das nicht zu, aber deshalb kann ich mich einfügen. Denn es ist schön, wenn jemand da ist, auf den man sich verlassen kann. Und es ist gut, wenn man nicht alleine wohnt."

„In welchem Tempel?" Kara hielt Bent den Korb mit dem Gebäck hin und knusperte selbst heftig auf einem Stück herum.

Bent schnürte es die Kehle zu. Nein, nicht Kara, dieses liebe Ding; mit seiner unschuldigen Lebenslust, ihrer Freude an all den kleinen, liebenswerten, banalen Dingen des Lebens, dieser Gutgläubigkeit und den unschuldigen Augen! Diese freundliche junge Frau - offensichtlich in ihrem eigenen Alter - sollte sowas nicht hören. Bent glaubte, sie würde sie verderben, wenn sie sich offenbarte. Aber sie hatte sich nun mal vorgenommen reinen Tisch zu machen, also:

„Ich wohnte jahrelang im Tempel der Bastet und bin eine Hure!"

Bent wartete förmlich, daß alle ihre Schlappen auszogen und sie damit bewarfen, doch sie bekam lediglich boshaftes, höhnisches Gelächter und empörtes Geschnaufe zu hören. Uadja klimperte plötzlich dermaßen lästig auf der Laute, daß alle jammerten. Pesechet entriß Uadja genervt das Instrument.

„Echt?" Kara hörte auf zu kauen. „Immer noch? Nö, oder? Ich hab' nämlich bis heute keinen Kerl in deine Kammer schleichen sehen!"

„Nein!"

„Eine Hure!", geiferte Mesechnet erbost. „Auf dem Posten der Oberpriesterin der Isis! Was sind das für Zeiten! *Jetzt* verstehe ich das Rezept mit dem Salat und die Sache mit dem Überzieher! Schämen sollte man sich!"

Mesechnet spuckte verächtlich auf den Boden. Pesechet bedeutete ihr still zu sein und beugte sich zu Bent rüber. „Wie machen das die Priesterinnen dort?", flüsterte sie neugierig, „Ich hörte, daß sie Frauen helfen können, wenn diese ein Kind nicht wollen. Das ist eine seltsame Kunst, die mir verwehrt blieb. Das würde ich gerne können, denn ich werde oft danach gefragt!"

Bent schaute entgeistert drein. „Davon weiß ich nichts!"

Uadja griff nach dem Weinkrug, füllte sich abermals den Becher, schnauzte: „Hast du dich je obszön an Hauswände gedrückt?" Ihr Ton drückte absolutes Mißfallen aus. „Bist du den Männern nachgelaufen wie eine räudige Hündin? Hast du es für einen Krug Bier gemacht, damit du dich besaufen kannst? Hast du in der Gosse gelegen; trunken von billigem, saurem Wein?"

„Nein!", empörte Bent sich. „Bei Bastet ging alles vornehm zu! Später unterhielt ich selbst ein Haus und… dort beschäftigte ich Damen. Es war ein feines, vornehmes Haus! Und ich hatte einen Haushofmeister, der mal bei einer adeligen Dame in Diensten stand!"

„Haushofmeister?", spottete Uadja und blickte Bent tief in die Augen. „Weißt du," zischte sie wütend, „wenn wir hier etwas nicht wollen, sind das Weiber, die nicht hierher passen! Dumme Gänse, die keine Ahnung haben! Oder solche, die ständig quer treiben! Und erst recht keine die lügen!" Bent trank einen Schluck Wein, darauf gefaßt, jeden Moment den Inhalt des Bechers in Uadjas Gesicht zu schütten. Am liebsten hätte sie ihr die Augen ausgekratzt. „Aber du besitzt ganz schön Mut! Das muß ich dir lassen. Nicht jede wäre so ehrlich gewesen!"

„Nur vornehme Männer besuchen den Tempel der Bastet", schimpfte Bent, schaute mit abfälligem Blick in die Runde. „Doch woher sollt ihr das wissen, ihr frommen Betschwestern! Ich wollte dort nicht bleiben und machte schließlich mein eigenes Haus auf. Da ging es fein zu!"

„Fein?", giftete Mesechnet abfällig. „Ich kann mir denken, was *du* unter fein verstehst! Und was *du* mit einem Schleier anstellst!"

„Schleier? Was hat denn ein…" Der Trotz kam Bent hoch und ihr Stolz. Aus welchem Grund sollte sie sich rechtfertigen? Es war ihr Leben! Diese keifenden Weibsleute hatten daran gar keinen Anteil, das ging sie alles überhaupt nichts an!

„Was wißt ihr von meinem Leben?", schnauzte sie Mesechnet an. „Mit welchem Recht urteilt ihr? Ich bin eine anständige Frau! Habe hart für meinen Lebensunterhalt gearbeitet! Ich bin eine freie Frau Kemets, genau wie ihr! Doch ihr urteilt und verurteilt ohne mich zu kennen! Ich will euch mal was sagen! Ihr Scheinheiligen! Ihr, die ihr hier auf ehrbar und anständig pocht! Ihr seid ein gehässiger Haufen zänkischer, alter, abgehärmter Weiber! Und wer nicht euren Vorstellungen entspricht, den verachtet ihr! Was kümmert euch, was mir zugestoßen ist? Könnt ihr meinen Schmerz nachvollziehen? Als mein schönes Haus abbrannte, alle außer mir umkamen! Auch mein kleines Kind! Sieben Jahre war er alt! Mein Liebling, mein Herz, mein ganzer Stolz! Ich irrte durch die Straßen, verbrannt, alleine, niemand kümmerte sich, niemand half! Außer einem alten, dicken, widerlichen Schankwirt. Er nahm mich mit, gab mir Wein, billig, sauer, alt, bis ich nur noch betrunken war. Wohl mischte er was hinein und ich lebte wie in einem Alptraum. Und sie rutschten alle über mich drüber! Irgendwo in einer Ecke der Schenke… ich weiß es nicht mehr…"

„Bent! Reg dich doch nicht so auf!"

„Halt die Klappe, Kara! Und dann kam… dann kam jemand, der mich kannte, wie ich früher war, holte mich da weg, brachte mich hierher. Wenn ich die Wahl gehabt hätte", zischte sie böse, „er hätte mich besser in der klebrigen Schenke lassen sollen, anstatt mich zu *euch* zu bringen! Ihr kotzt mich an!" Bent zog ihre Latschen aus, warf sie wütend verächtlich den andern vor die Füße.

„Uih!" Kara stellte entgeistert ihren Becher ab, Mesechnet blaffte: „Kara sollte Iarets Nachfolge antreten, nicht du…"

„Ach halt doch die Klappe!", brauste Bent auf. „Hab' ich es nicht gesagt? Iaret selbst hat das verfügt! Und Isis erschien mir im Traum! Sagte, nimm mich an oder geh und sterbe!"

„*Isis*? Die Große Mutter? Hat *das* zu *dir* im Traum gesagt?", spottete Mesechnet.

„Seid still!", rief Uadja heiser und gewaltig aufgewühlt. „Iaret hat es verfügt, Isis will es so. Wollt ihr der großen Göttin Wille anzweifeln? Und derjenige der Bent hergebracht hat, hat ein gutes Werk getan! Mehr Worte braucht es in dieser Sache nicht! Und jetzt spiele ich und wir singen das Lied des Harfners! Schluß mit dieser leidigen Sache!"

„Leck mich doch mit deinem blöden Lied!" Mesechnet stand auf, wollte erbost die Dachterrasse verlassen. Kara drückte mitfühlend Bents Hand, schniefte und zwinkerte Tränen weg.

„Oh wie furchtbar! Das tut mir so leid für dich!"

Bent schüttelte unwirsch Karas Hand ab. „Hau ab!"

„Laß Kara in Ruhe, du…!"

„Was?"

„Dirne!"

Bent sprang hoch, geneigt Mesechnet eine zu klatschen die sich gewaschen hatte. Die Köchin ging schnell dazwischen. „Vier Söhne, Mesechnet! Meine vier! Mein ganzer Stolz! Und du hast zehn Kinder! Wenn einem von ihnen was passieren würde, würde ich auch den Verstand verlieren! Du doch auch! Die Dame Tachut sagt immer…"

„Tachut! Pah!"

„Die Dame Tachut liebt unsere neue Herrin. Vergeßt das nicht, Dame Mesechnet! Wir sollten zu Bett gehen. Es ist schon spät. Komm mit, Herrin", sie zog Bent resolut an der Hand mit sich, „ich muß dir etwas wichtiges zeigen!"

Einige Tage später fand Bent, es war an der Zeit, bat alle am Abend auf das Dach.

„Das ist doch die Höhe!", fauchte Mesechnet. „Gibst Befehl und wir sollen springen? Wie kommst du mir…"

„Du bist jetzt still! Ich habe etwas zu sagen!"

„Du hast mir *gar* nichts zu sagen!"

„Wenn dir das nicht paßt, verschwinde!"

„Das ist doch…"

„Mesechnet, halt den Mund!"

„Danke, Pesechet. Dieses Haus hat keine Rücklagen. Die Truhe im Keller ist fast leer. Wie kann das sein? Wie soll das Haus das Jahr überstehen? Mit diesen Auslagen, diesen Kosten? Was nehmt ihr für die Behandlungen?"

„Ich sagte doch schon", warf Kara ein, „vier Deben. Wenn ich außerhalb zu einer Geburt gerufen werde, nehme ich fünf. Allerdings bekam ich vor einigen Tagen zwei frisch gefangene Fische. Da sag ich auch nicht nein."

„Ich bekam ein Brot!", warf Uadja ein „Aber ich wüßte nicht, was dich das angeht!"

„Ein Armband aus Glasperlen! Und meine üblichen vier bis acht Deben."

„Vier bis acht Deben?", spottete Bent mit gehässigem Lachen und schlug die Hände überm Kopf zusammen, „Kein Wunder, daß die Truhe leer ist!"

„Ach? Und du glaubst zu wissen, wie man sie füllt?"

„Ich *weiß* wie man sie füllt!"

„Hoffärtig bist du gar nicht, was?" Uadja stimmte ein paar Takte auf ihrer Laute an.

„Hör auf zu klimpern! Von diesem feinen Herrn, der uns vor ein paar Tagen seine Frau brachte, nehmen wir sechshundert Deben!"

„Du spinnst doch!" Kara fand als erste ihre Stimme wieder. Bent schenkte sich gelassen Wein nach: „Fünfzig Deben für dich, Kara, und fünfzig für Pesechet, weil ihr Majaret entbunden habt. Je fünfundzwanzig für die vier Mägde, die sie Tag und Nacht versorgen. Einhundert für mich, weil ich hier die Oberpriesterin bin. Obendrein noch einmal die gesamte Summe für den Tempel! Es ist üblich, daß der Tempel die gleiche Summe bekommt. So handhabt man es jedenfalls bei Bastet."

„Das kannst du doch nicht machen!"

„Und ob ich das mache! *Ihr* seid sowas von arglos und dumm!" Bent stupste wild mit dem Finger Kara auf die Brust. „Euren wertvollsten Schatz, nämlich euer Wissen und eure Heilkunst, gebt ihr für Brot und Glasperlen her! Für zwei Fische und ein paar lausige Deben! Schämt ihr euch nicht?" Grob schubste sie Uadja: „*Ihr* seid diejenigen, die sich obszön an Hauswände schmiegen! *Ihr* macht es für einen billigen Krug Bier! Mit was soll unsere Köchin uns alle satt bekommen? Mit zwei Fischen und dem Brot? Von den anderen Auslagen ganz zu schweigen!"

„Aber das kann doch kaum einer bezahlen!"

„Das soll auch nicht jeder bezahlen! Aber wenn einer kommt, der das zahlen kann, dann nehmen wir das auch! Und wenn einer kommt, der nichts oder wenig hat, dann gibt er eben nichts oder wenig. Daran sollte es nicht scheitern. Es kommen viele her die sich eine Behandlung leisten können: Kaufleute, Beamte, Schneider, Schuhmacher, reiche Handwerker, Rechtsanwälte, Schreiber, all die Frauen derer. Reiche Frauen lassen hier entbinden, weil sie meinen, ohne Isis' Beistand gehe es nicht. Von all denen werden wir zukünftig ordentlich was verlangen. Wenn sie die fünfzig für die Priesterinnen und die fünfundzwanzig für die Mägde, die pflegen, nicht zahlen wollen, können wir immer noch handeln. Aber ab heute sind die Zeiten für kostenlose Dienste vorbei! Und mit dem Betrag, den *ich* für Gebete und derlei einfordere, können wir die Kosten decken für diejenigen, die wenig oder gar nicht bezahlen können! Ihr habt euch unter Wert verkauft! Was für eine Dummheit! Bei mir gibt es das nicht! Da sind Kerle drunter, die ich aus einem anderen Leben kenne, und glaubt mir, für meine Dienste haben sie viel mehr hingelegt als ich nun für die Gesundung von Majaret verlange!"

Uadja ließ die Laute mit einem mißtönenden Geräusch zu Boden sinken, schnaufte wütend: „Und ich fragte dich, ob *du* billigen, sauren Wein getrunken hast! Mein liebes Mädchen, eine wie du hat uns hier gerade noch gefehlt!"

„Kommt mit! Wir machen dem feinen Herrn mal die Rechnung!"

Dem feinen Herrn entglitten leicht die Gesichtszüge, als er den Betrag vernahm.

„Ja, was denkt Er sich!" Bent gab sich empört, stemmte die Hände in die Hüften. „Meine Frauen haben all ihre Kunst für die Rettung Deiner Frau aufgeboten! Stell Er sich vor, die armen Kleinen wären ab heute mutterlos! Noch ein Kindermädchen, noch eine Amme muß Er einstellen! Oder gar das Schlimmste: Er muß sich eine neue Frau auswählen! Eine Stiefmutter für die Kinder! Das ist doch wohl das Ärgste. Nein, nein, nein! Er hat gut daran getan, seine Gattin hierher zu bringen. Sie wird eine Weile bleiben müssen, bevor sie vollständig genesen ist. Aber ich kann Dir versichern, Majaret ist hier in besten Händen! Ich persönlich werde jeden Tag Isis um ihre vollständige Genesung bitten. Und außerdem", Bent spielte ihren vorletzten Trumpf aus: „in diesem Hause geht sogar die Königin ein und aus! Das sagt doch wohl alles!"

„Aber sechshundert!"

„Gut, dann für fünfhundert und Ihr nehmt sie sofort mit nach Hause. Bringt sie meinetwegen zurück in den großen, gewaltigen, mächtigen *Ipet Sut* und seht zu, wie ihr da geholfen wird. Seht zu, wie Amun Eure Frau retten will! Ich habe noch Ocker im Angebot! Das reicht für viele, viele, unendlich viele Malereien auf ihrer Hand. Und noch etwas …" Bent trat dicht an ihn heran, krallte sich in seinen Oberarm, hatte das Gefühl, in der jungen Nacht leuchteten ihre Augen unheilvoll und sehr wütend. Mittlerweile war ihr nämlich aufgegangen, was sie in jener Nacht, als Majaret entbunden wurde, so gestört hatte. Sie zog den Mann am Arm näher zu sich, zischte böse:

„Ihr habt in meinen Schriften geschnüffelt! Meine Unterlagen durchwühlt! Und sowas kann ich gar nicht leiden. Wenn der große *Ipet Sut* sich zu solch niederträchtigem Verhalten hinreißen läßt, werde ich mich zu wehren wissen! Wie gesagt, mein Lieber, die Königin ist oft Gast hier! Und sie und ihr göttlicher Gemahl leben nicht nur nach Amuns und Muts Regeln! Ich denke, wir haben uns verstanden!" Sie schubste ihn von sich, er trat hastig einen Schritt zurück, Schweißperlen auf seiner Stirn.

„In jedem guten Hurenhaus zahlt man mehr, werter Herr! Ich habe Euch eure Frau erhalten, also könnt ihr Euch in Zukunft vieles sparen. Das macht den Preis wett!" Bent spürte förmlich wie ihre Kameradinnen, die hinter ihr standen, die Luft anhielten, versuchten sich nicht einzumischen und gespannt auf den Ausgang dieses Duells der Verhandlung warteten.

Er hielt ihr tapfer die Hand hin: „Sechshundert!"

Bent schlug ein.

Und sie feierten die ganze Nacht durch. Die Sistren, die Klappern und die Tamburine wurden hervorgeholt, Lampen entzündet, Pesechet tanzte ausgelassen den Tanz der Nacht, Mesechnet spielte gutmütig das Spiel mit, alle klatschten im Takt dazu, Krug um Krug wurde geleert, Lieder gesungen, sie lachten und freuten sich, klopften Bent anerkennend die Schultern. Schnaufend setzte sich Pesechet neben Bent auf das Bett, in der Hand das klingelnde *Sechem*.

„Du bist mir eine!" Sie wischte sich den Schweiß von der Stirn. „Sechshundert! Das ist ja Wucher! Aber er zahlt es anstandslos. Wie hast du das fertiggebracht?"

„Ich kenne die Preise, Pesechet, und es ist kein Wucher. Ich sagte ja, ich war im Tempel der Bast. Du glaubst nicht, was ich dort für eine einzige Behandlung gezahlt habe. Als das arme Mädchen, welches ich damals war, hätte ich Jahre dort verbringen müssen – als Dienstmagd und Mädchen für alles – um meine Schulden abzuarbeiten. Es ging schneller, als ich mich ihnen anschloß.

„Du warst krank?"

„Ich wurde schwanger nach einer Vergewaltigung. Man sagte mir, daß sowas dort geregelt würde. Sie regelten es auch. Aber es gab Schwierigkeiten, warum auch immer. Ich war immer schon eher schwächlich und ich wurde richtig krank; sie mußten mich monatelang pflegen."

Mitfühlend legte Pesechet ihre Hand auf Bents Hand: „Das tut mir leid, verzeih, das konnte ich ja nicht wissen."

„Nein! Woher auch, ich habe es ja nie erzählt."

„Weißt du, wie sie es gemacht haben?", flüsterte Pesechet.

„Natürlich nicht! Ich habe dabei geschlafen! Warum?"

„Es fragen mich viele Frauen danach, aber ich beherrsche diese Kunst nicht. Oh, laß es bloß die anderen nicht wissen! Aber damit könnte ich meinen Ruf verbessern."

„Ich glaube nicht, daß Bastets Frauen ihr Geheimnis offenbaren. Das ist ihre Welt und sie werden es Außenstehenden nicht verraten. Einzig könntest du dort nachfragen. Ob du allerdings Antwort erhältst …"

„Eher nicht!" Pesechet lächelte verständnisvoll, „Ich gebe meine Geheimnisse auch nicht preis!", machte eine nachdenkliche Pause um prustend loszugiggeln: „Aber die Königin! Du kannst mit unserer Göttin doch nicht so angeben!", rasselte dabei ausgelassen mit dem Sistrum vor Bents Nase.

„Und ob ich das kann!" Bent grinste zurück, schüttelte den Kopf, aber der Wein war hartnäckiger. „Was denkst du nur? Die Leute werden uns die Türen einrennen. Ich habe ein einziges Kleid bei Neschons Tochter bestellt und den Besuch der Königin nebenbei erwähnt. Am nächsten Tag kamen gleich vier oder fünf Leute, die sich nur hier behandeln lassen wollten. Ihr seid wirklich gutgläubig! Die Königin ist das Vorbild Vieler. Wenn sie hier auf Besuch kommt, gibt es viele, die auch hierher wollen, nur um sagen zu können, ich lasse mich da behandeln, wo selbst die Königin hingeht. Selbst wenn das nicht wahr ist. Allein zum Angeben! Gib mal den Wein rüber."

„Darüber hab ich mir noch nie Gedanken gemacht!"

„Sowas ist schick, Pesechet, die Leute machen das was modern ist. Und wenn selbst unsere allerhöchste Göttin hier ein- und ausgeht, heißt das für die Leute, sie müssen es ihr nachtun. Ich hatte einen Haushofmeister, der vorher bei einer feinen Hofdame beschäftigt war. Er war dick, er war groß, er war gewaltig, er war vornehm und er war schwarz wie Ebenholz! Und glaube mir, wenn er vor meiner Tür stand, haben die Freier sich die Klinke in die Hand gegeben. Du brauchst gar nicht so peinlich berührt zu gucken. Da gibts nichts Anrüchiges."

„Natürlich nicht. Entschuldige. Ein Schwarzer? Was meinst du damit?"

„Ein Nubier, Pesechet, aus dem tiefsten Kusch!"

„Oh!" Pesechet kratzte sich verlegen grinsend am Kopf. „So einen hab ich noch nie gesehen. Hier, nimm von dem Wein!"

„Danke, obwohl ich allmählich genug habe, mir dreht sich schon alles. Hör mal. Aber", Bent legte den Finger auf ihre Lippen, „das bleibt unter uns! Die Wenigsten wollten das Bett mit mir teilen. Die meisten kamen, damit ich sie ordentlich verprügele. Oi, hast du dich verschluckt? Komm, ich klopf dir den Rücken! Geht's wieder?"

„Du hast sie gehauen?", krächzte Pesechet bewundernd, kicherte. „Nicht dein Ernst! Paß mal auf!" Sie trank einen Schluck, „Ich habe auch Geheimnisse!", schaute sich nach den anderen um, doch die waren mit Musik und Tanz beschäftigt, rutschte näher auf dem Bett zu Bent heran. „Ich habe von deinen Schwierigkeiten beim Lernen gehört ... Du bist nicht dumm und ich glaube, aus dir wird einmal eine gute Heilerin!"

„Es interessiert mich in der Tat außerordentlich!"

„Du wirst mich demnächst begleiten. Ich habe Kontakte zu einem Mumienmacher. Hör auf zu schnaufen! Wenn du Freier verprügeln kannst, erträgst du auch das. Er läßt mich zusehen wenn er die Leichen aufschneidet. Trink einen Schluck, du wirst ja ganz blaß! Dann siehst du wie ein Mensch von innen aussieht. Magen, Darm, Leber, Nieren, Lunge und was sonst so an Gekröse im Leib steckt. Das Herz – es bleibt natürlich an seinem Platz – und was für uns wichtig ist: jenes Organ, indem eine Frau ein Kind austrägt. Nicht würgen, Mädchen! Wenn wir Glück haben – Pech für die Frau – haben wir bald wieder eine tote Schwangere; und dann kannst du anfangen, Geburtshilfe zu üben. Oh, du heilige Heket, wo ist ein Lappen! Wie kann man nur so empfindlich sein!"

In tote Menschen reingucken! Bent würgte es bei dem Gedanken immer noch in der Kehle. Nein! Das erforderte unglaublichen Mut, über den sie im Augenblick nicht verfügte. Später vielleicht, irgendwann einmal, aber nicht jetzt. Denn morgen würde das große Fest stattfinden.

Augenblicklich verbrachte sie die heißen Mittagsstunden in ihrer Kammer, bewaffnet mit feinem Sand, Kreide, einem Eimer, Seife, Lappen und einer feinen Bürste. Sie mußte zusehen, daß ihr Schmuck auf Hochglanz kam. Grübelnd hielt sie eine Krone in Händen: zwei große goldene Hörner, dazwischen eine Sonnenscheibe. Da war sie wieder, die sitzende Frau mit Hörnern auf dem Kopf, dazwischen ein Kringel!

Doch dies war Isis' Krone! Sollte sie tatsächlich diesen Hochmut aufbringen? Gefunden hatte sie das wertvolle Stück im Keller, in dem Raum mit der Truhe, bei all den anderen Sachen, die zu den Mysterien der Isis gehörten.

„Hochmut! Pah! Ich bin nun einmal hier, auf dieser wichtigen Position! Ich werde sie zum Empfang der Königin tragen und später ablegen, fertig!"

Die Angewohnheit seit einiger Zeit mit sich selbst zu reden, gab ihr Sicherheit, und bei den lauten Antworten, die sie sich selbst gab, konnte sie besser urteilen, ob ihre Entscheidungen die richtigen waren. Energisch polierte sie das Gold. Sie würde die Krone tragen! Und ihre Armbänder die aussahen wie Schlangen. Auch diese wurden poliert. Anschließend kramte sie das angelaufene, zerkratzte, fast blinde Anch aus der Lade, stellte es auf dem Tisch gegen die Wand, bis sie sich darin sehen konnte.

„Verzeih, große Mutter, daß ich mir das anmaße. Aber die Umstände zwingen mich. Das bin ich der Königin schuldig." Bent hob die Krone auf ihr Haupt und betrachtete sich atemlos im Spiegel.

Wie weit mag *dieses* Spiel *noch* gehen?

Sie erinnerte sich an einen längst vergangenen Abend in einem anderen Leben, als Idris sie fröhlich schminkte. Damals trug Bent zum ersten Mal Farbe im Gesicht und fand für ihr Spiegelbild klare Worte: ‚*Das* bin nicht *ich*! *Das* ist nur schöner Schein!'

Und auch jetzt flüsterte sie diese Worte.

„Aber *was* bin ich?"

Bent nahm die Krone ab, legte sie vorsichtig auf den Tisch und blickte wieder in den Anch.

„Ja! *Was* bin ich? Nur Schein? Ein Trugbild für andere? Blind auf den ersten Blick, wütend und garstig auf den zweiten. Klapperdürr und riesengroß. Was sehen die anderen?"

Sie beugte sich zu dem Spiegel vor und besah genau ihr Gesicht. Ein bißchen herb, aber hübsch. Große Augen, leider leuchteten sie immer heller. Schöne Brauen, man müßte sie mal wieder in Form zupfen. Doch wozu? Wer sollte das sehen? Hier war kein Platz für Eitelkeit. Geschweige denn die Zeit dazu! Saubere, hübsche, vollständige Zähne, volle Lippen. Ein wenig tiefer der schlanke Hals. Und noch tiefer … Sie zog das Hemd aus: ein üppiger, voller, wunderschöner Busen, darunter ein flacher Bauch. Kein bißchen Fett, nur Muskeln. Ach ihr Götter, wo kamen die denn her? Wo war ihr weicher, schöner Bauch geblieben? Wahrscheinlich im Waschzuber ertränkt und in den Beeten während des Jätens untergeharkt. Sie wünschte sich Basts mannsgroßen Spiegel, in dem sich die Frauen dort von allen Seiten betrachten konnten, bevor sie zu den Freiern gingen. Dieses kleine alte Ding hier, halbblind und angelaufen, tat keine guten Dienste mehr. Gut, daß ihr bei diesen Verrenkungen keiner zusah. Der Popo sah nicht besser aus. Knackig wie eine Wassermelone, keck, äußerst appetitlich. Schade, daß sie den Beruf gewechselt hatte …

Sich räuspernd richtete sie das Kleid und blickte wieder in ihr Gesicht. Da war nämlich noch etwas. Bis heute gestand sie es sich nicht ein, verdrängte es immer wieder. Aber ihr Gegenüber schaute sie so fragend an, da fühlte sie sich zu einer Antwort berufen:

„Keine Ahnung, was das ist. Guck nicht so blöde! Iarets Gabe vielleicht? Aber du glaubst doch nicht allen Ernstes daran? Oder? Du hast gut lachen! Meinst du, das wäre lustig? Ich sehe den Leuten bis auf den Grund! Ich durchschaue sie, weiß beinahe, was in ihren Herzen vorgeht! Und es ist viel schlimmer, wenn ich im Allerheiligsten bin. Dann *sehe* ich auch noch alles! Zwar verschwommen und verwischt, wie wenn man sich an einen wirren Traum erinnert, aber ich sehe es. Kara meinetwegen: bei ihr sehe ich Licht und gelbe Blumen leuchten, als wäre Frühling. Ich habe es ausprobiert, ja! Guck nicht so zornig! Ich spioniere! Schande über mich! Aber ich wollte wissen, ob das ein Zufall war oder nicht, und da habe ich es auch bei den anderen gemacht. Bei Pesechet sehe ich grade Linien, ein kühles Licht, wie an einem klaren, kalten Tag im *Peret*. Um Uadja herum ist Dunkelheit. Aber eine wie in einer friedlichen, warmen, sternenklaren Nacht. Und Kraft verspüre ich, Durchsetzungsvermögen und viel Glaube an die Große Mutter. Und vor ein paar Tagen dieser vornehme Priester! Ich habe es gespürt! Unter all dem Schmerz um seine Frau habe ich seine Unehrlichkeit gespürt! Er hat das Unglück seiner Frau genutzt um hier zu spionieren. Welch eine unglaubliche Frechheit! Ich will das alles nicht! Ich will das nicht wissen! Hör auf zu flennen! Wer bin *ich*!? Denn bei mir sehe ich überhaupt nichts! Ich bin…"

Laut klatschte ihre flache Hand auf die Tischplatte.

„Ich bin Bent! Und ich werde es lernen!"

Energisch polierte sie ihren Schmuck weiter: „Ich bin Bent, die Tochter einer Hure! Ich bin ein Waisenkind, bei Onkel und Tante aufgewachsen. Ich bin die, die in der Küche von feinen Leuten Gemüse putzt und derweil ein Verhältnis mit dem Sohn des Hauses unterhält! Ich bin die Vergewaltigte! Ich bin die, die in Neschons Webstube weben lernte und ich bin die, die ein ungeborenes Kind ermordet hat. Und ich bin die Frau, die sich als Hure verdingt hat. Und ich bin diejenige, die ein eigenes Hurenhaus führte und damit Reichtum erwarb! Ich bin die, deren Haus brannte, deren Freunde man ermordete … Und ich bin die Mutter, deren Kind man erschlug!"

Zornig klatschte die Hand abermals auf die Tischplatte, alle Salbtöpfchen und Tiegel hüpften klirrend, das Anch rutschte polternd an der Wand entlang hinter dem Tisch auf den Boden.

„Es ist mir doch scheißegal, was die anderen in mir sehen! Ich bin was ich bin! Ich bin die Tochter der Blüten, Die Tochter der Löwin, ich bin Bent und ich bin Sahu-Re. Ich wollte nur einen Namen, jetzt habe ich vier! Irgendein Gott wird mich schon finden!"

Mit dem Putzzeug verschwand sie in der um diese Zeit leeren Küche, kippte den Kübel mit Schwung zum Fenster hinaus, hörte irgendwo jemanden herzhaft fluchen.

„Entschuldigung! Da!" Der Lappen flog hinterher.

Tief Luft holend schaute sie hinaus in die Welt, über den Feldweg unter den Palmen. Das Rauschen der Dattelpalmen beruhigte sie etwas, ebenso das Spiel von Licht und Schatten zwischen den Stämmen. Rechts von ihr glitzerte *Iteru*, Binsen wiegten sich raschelnd im Wind und die heiße Mittagssonne ließ das Gebirge im Westen fast blendend weiß erstrahlen. Plötzlich wurde ihr ganz flau, schwankend hielt sie sich an dem Kübel fest, kniff die Augen zusammen, schüttelte den Kopf. Wieso erblickte sie nun eine Tür? Dickes, dunkles, teures Holz entführte ihren Blick in einen kühlen Raum. An den Wänden Schriften … Bent rieb sich die brennenden, tränenden Augen, schaute wie verhext auf die bunten Zeichen:

Unser guter Gott Amenhotep-Neb-Maat-Re, möge er ewig leben und jung bleiben, Leben, Glück, Gesundheit. Und seiner großen königlichen Gemahlin Teje, Die Prinzessin aller Frauen, Die Herrin des Südens und des Nordens, auch ihr Leben, Glück, Gesundheit. Ich, Sohn des Men, Oberster der Gärtner, Bek, Baumeister, Bildhauer, im Amt des Herrn, der mich berufen hat und mich zu dem gemacht, was ich heute bin, habe diesen Raum geschaffen. Der Baumeister Amenhotep, der Vetter, den ich verachte, hat schändlichen Verrat begangen. An mir und meiner Liebe. Ich klage ihn an! Ich hasse ihn! Er hat sie mir genommen! Amenhotep, Sohn des Hapu, für alle Zeiten verfluche ich dich! Du bist schuld an meinem Elend! Möge dein Geist niemals Ruhe finden! Millionen von Jahren sollst du umherirren. Keinen Frieden sollst du finden. Denn du hast zerstört, was eben erst gewachsen ist. Dies hier habe ich für sie gemacht, für die, der der Gott sich nähert. Für die Tochter der Blüten. Es ist das Grab meiner Liebe, der Ort meiner Schmerzen und meiner nicht enden wollenden Qual!

Bent wich erschrocken einen Schritt zurück, doch das verwunschene Bild blieb. Anstatt aus dem Fenster schaute sie in diesen mysteriösen Raum!

Oh, ihr Götter! Hört auf, mich mit Wahnsinn zu strafen! Ich ertrage es nicht mehr!

Die Schrift teilte sich auf geheimnisvolle Weise, es flimmerte und waberte Bent vor Augen, ganz so, wenn die Sonne unbarmherzig auf heißen Sand brannte und trügerische Bilder von kühlem Wasser zauberte. Farben leuchteten auf, das Bild wurde klarer. Jemand trat aus dem wabernden, weißen Dunst auf sie zu!

Eine Frau! Eine vornehme Dame!

Gewandet in ein weißes, schickes Kleid. Bent erkannte einen bunten Halskragen, Schmuck, schicke Sandalen an den Füßen. Langes, glänzendes Haar. Mit geneigtem Kopf und erhobenen Händen schritt sie auf Bent zu, als wollte sie jemanden ermutigen, sie zu umarmen. Die Frau kam näher, trat aus der Nische, in der sie stand, auf Bent zu.

„Das bin ja ich!" Bent entfuhr ein leiser Schrei, als sie sich selbst erblickte. „Das bin ich nicht! Das da ist eine vornehme Dame! Oh… das da ist eine Statue! Oh wie schön! Bek!", flüsterte sie, „Oh Bek, das hast du für mich gemacht! Wie wunderschön!"

Bent wischte Tränen der Rührung von den Wangen. Daß jemand so etwas Schönes für sie tun würde … Er hatte ihrer Liebe ein Grab gebaut! Wie romantisch war das denn? Schwärmerisch betrachtete sie das Standbild, schniefte, wischte die Tränen fort. Und dann erblickte sie Bek. Wie sie selbst schien er alles ein letztes Mal zu betrachten, bückte sich und hob etwas vom Boden auf. Auf einmal schoben sich steinerne Türen in Bents Blickfeld, dumpf schlugen die beiden Flügel zusammen, und sie konnte den schaurigen Fluch darauf ein zweites Mal lesen.

„Er wird zu Titji gehen!" Bent meinte, ihr Herz bliebe stehen ob dieser traurigen Erkenntnis.

Ich habe ihn verloren. Das war sein Abschied! Nein, Bek, warte, komm zurück! Nein… es ist kein Abschied! Dein Herz - es klopft so toll wie mein eigenes. Ich spüre es genau. Du hast den Schmerz um mich verwunden! Doch nicht deine Liebe, mein Schatz! Ich spüre deine tiefe Liebe zu mir! Mein Freund! Mein liebster, liebster Freund! So nimm dein geschundenes Herz und geh! Werde glücklich mit ihr! Und wenn es zu sehr wehtut, dann komm zu mir, ich werde dein Herz heilen, immer, sooft du willst! Ich halte es sorgsam in meinen Händen und gebe ewig darauf acht!"

Dröhnend schlugen nun die beiden hölzernen Türflügel zu, Bent blieb alleine in der Dunkelheit zurück, „Sie heißt Titji?", flüsternd, „Ihren Namen hat er nie erwähnt!"

Sie erschrak fürchterlich, als die zusammengerollte Bastmatte vor dem Fenster sich aufwickelte und mit Poltern auf die Fensterbank sauste. Hastig zog Bent sie wieder hoch; draußen heller Sonnenschein, das Rauschen der Dattelpalmen und das Glitzern des Nils.

Und ich bin eine unberechenbare Irre!

Nein, dies war kein Wahnsinn, dies war eine Gabe! Genauso, wie sie neuerdings in die Herzen der Menschen schauen konnte! Eben schaute sie

Beks Herz …

Sie schlug verzweifelt mit der flachen Hand auf die Fensterbank.

„Von weitem zusehen? Niemanden an meiner Seite haben, aber von allem wissen? Soll *das* etwa mein Leben sein?"

„Wie bitte?" Eines der Küchenmädchen betrat gerade den Raum.

„Ich sagte, ich suche den Wein." Bent räumte schnell den Kübel weg. „Mir scheint, Nefru, du bist zu früh dran. Hättest noch ein wenig ausruhen können."

„Ich treffe mich später mit meinem Schatz. Aber die Arbeit muß ich trotzdem machen, deshalb bin ich früh dran." Die junge Magd kramte in dem Gemüse, holte Möhren und Zwiebeln hervor und begann mit dem putzen.

Saß ich nicht auch schon so in einer Küche? Herzbebend darauf wartend, mich mit meinem Liebsten zu treffen?

„Ich wünsche dir alles Liebe. Ich hoffe, er nimmt dich."

„Ich will mindestens noch ein Jahr hier arbeiten, dann haben wir genug gespart für einen gemeinsamen Haushalt."

Bent klopfte dem Mädchen grübelnd auf die Schulter und verließ gedankenverloren die Küche. Ein Jahr! Was konnte nicht alles in einem Jahr passieren! Sie steckte den Kopf durch die Tür und rief zurück in die Küche: „Ist es euch ernst?"

„*Tju!*"

Bent eilte zu ihrer Kammer, fegte das abgeschabte Leopardenfell beiseite, suchte und fand den Haken von neulich, den sie vorsichtshalber behalten hatte, angelte ein paar Kachel aus dem Boden vor dem Bett, öffnete ihre Truhe, entnahm ihr einen gewissen Wert, packte es in ein Körbchen und eilte wieder in die Küche zurück. Schüttete den Inhalt des Körbchens vor die verblüffte Nefru. Hundertzwanzig Deben!

„Du brauchst kein Jahr auf euren gemeinsamen Hausstand zu warten!", blaffte sie, „Aber ich hoffe, du arbeitest hier weiter!"

Das Mädchen machte große Augen.

„Sieh es als Hochzeitsgeschenk an! Ich habe selbst einmal ein Jahr gewartet und es passierte viel Schlimmes in der Zeit. Ich… Niemand soll auf sein Glück warten! Ich wünsche dir alles Gute! Nein, ich will keinen Dank und du brauchst dich nicht zu verbeugen!"

„Aber umarmen darf ich Euch! Danke! Selbstverständlich bleibe ich hier, wir wollen vorankommen! Vielleicht kann ich aufsteigen, zur Köchin oder so. Ich würde nie hier weg wollen. Es ist der schönste Platz der Welt! Danke, Herrin!"

Nachher, wenn Bent mit ihrem Bad fertig war und ihre Haare geflochten hatte, wollte sie zu Tachut hinübergehen und ihr freudig mitteilen, daß sie sie morgen, am Feiertag, dem Vereinigungsfest der beiden Stiere, dem *Sensen-Kawi* zu dem großen Fest im Hause persönlich abholen würde und Tachut an ihrer Seite wünschte. Das war Bent der lieben Frau schuldig. Danach machte sie sich für die Nacht fertig und schlich im Schutz der Dunkelheit in die schützenden Mauern von Isis' Kapelle.

Dieses herzliche ‚Danke, Herrin' hallte lange in ihrem Kopf nach.

„Es ist leicht, Gutes zu tun! Nicht wahr, Satet? Wenn ich dich damals nicht gehabt hätte, ich wäre an meinem jungen Leben verzweifelt. Du warst die erste, die mich gesehen hat. Als Mensch und als junges Mädchen. Man darf nicht blind durchs Leben gehen, wie die, die mir vor dir begegnet sind. Kalte Herzen, bloß ihren eigenen Vorteil im Blick."

Bent saß auf dem Thron, unter sich und im Rücken weiche Kissen, auf den Knien eine Decke; einen Korb, gefüllt mit Brot, Datteln und gewärmten, gewürzten Wein neben sich. Diese Nacht würde sie hierbleiben. In ihrem Raum würden die bösen Dämonen ihrer Vergangenheit über sie herfallen, sie martern und foltern. Aber hierher trauten sie sich nicht. Hier fühlte Bent nur Gutes. Wie die Erinnerung an Satet und ihre Schwester Neschon.

„Ich bin auch guten Menschen begegnet!" Bent richtete sich auf. Ihr Geist hatte stets all das Schlechte im Blick: den Brand, den Tod ihres Sohnes, die Heimtücke Amenhoteps … Aber das war nicht alles gewesen, nicht alles war schlecht. Satet war wie eine gütige Mutter – gut, soweit Bent dieses beurteilen konnte, sie hatte da keine große Erfahrung. Aber neben die Tante gestellt, war Satet die Sanftmut in Person. Und deren Schwester Neschon half in der Not, als Bent keine Arbeit mehr hatte.

„Es waren so viele, die mir in meiner größten Not geholfen haben! Oh, Isis, ich bin nicht schlecht, nur weil ich so grantig bin. Idris erwies sich als wahre Freundin – ich vermisse sie unendlich. Was hatten wir Spaß, wenn wir uns zurechtmachten. Und Kurru, dankbar darüber, daß wir ihn aus diesem Verlies holten, hat mir immer den Rücken gestärkt und auf mich aufgepaßt! Verteidigte mich bis zuletzt und zahlte für seine Treue zu mir mit seinem Leben! Hier habe ich die gütige Tachut, ach, sie ist mir ans Herz gewachsen! Und hat nicht auch Parser mir immer wieder geholfen? Oh, Parser! Meine Liebe… verzeih, Bek, aber Parser war mein Leben …"

Diese im Grübeln verbrachte endlose Nacht nahm kein Ende. Was wird das morgen? Sie wollte doch nicht zerknittert und unausgeruht der Königin gegenüberstehen. Wollte der Schlaf denn überhaupt nicht kommen? Vielleicht wenn sie endlich die kleine blakende Öllampe löschen würde? Sie schaute in das niedliche zuckende Flämmchen, welches den Schatten jedes Gegenstandes vergrößerte und übermütig über die Wände tanzen ließ. Sogar Isis' Schleifen und Bänder schienen zu wehen und selbst die göttlichen Augen blickten zwinkernd auf Bent hinab.

„Oh, Isis, steh mir bei! Ich bin ein dummes Küchenmädchen, wie kann es denn sein, daß ich auf deinem Thron sitze? Wie kann es sein, daß ich, die kleine Bent, die Königin bewirte? Wie kann *ich* ihr entgegentreten? Wohin hat mich mein Weg geführt? Damals, als ich sie sah, war sie ein kleines Mädchen, mißmutig und wahrscheinlich voller Angst. Und ich? Ha! Wenn ich damals Hosen besessen hätte, sie wären wahrscheinlich voll gewesen! Habe ich mich nicht mit Vorwürfen gequält ob ich diesen Umzug überhaupt auch nur anschauen dürfte? Ich bin einfach drauflosgegangen und mein Weg ist noch nicht zu Ende. Sie ist den ihren gegangen und ich muß meinen Weg gehen! Wobei ich glaube … der ihre ist der schwerere!"

Bent betrachtete weiter die Göttin, als erwarte sie eine Antwort. Der Göttin Kleid bauschte sich im flackernden Lichtschein, ihre ausgestreckten Hände schienen Bent trösten zu wollen.

Diese Gabe! Dieses Geschenk der Göttin oder dieses Geschenk Iarets! Bent holte tief Luft! Sollte sie es wagen?

„Einmal noch! Ich will es versuchen! Bitte, Isis, hilf mir, sie zu verstehen!"

Bent entfernte hastig den Pfropfen des Weinkruges, brauchte einen kräftigen Schluck. Die Königin! Die Prinzessin aller Frauen! Die Herrin der beiden Länder! Die von allen verehrte Göttin des Schwarzen Landes!

Sie war, wie Bent auch, eine Frau!

Eine liebende Gattin!

Eine liebende Mutter!

Und eine Frau, die ein Kind verloren hatte!

„Oh!", stöhnte Bent über ihrem Becher, „Den Prinzen und Thronfolger! So ein großer Junge! Wie tragisch! Kein Vater, keine Mutter sollte solch Schlimmes erleben. Wie gut kann ich ihren Schmerz verstehen! Und dieser… Kerl…" Sie rieb sich die Stirn, „Gott? Pharao an ihrer Seite. Da braucht sie Mumm, um neben dem zu bestehen. Sie glänzt von alleine, braucht seinen Glanz nicht. Sie ist stark! Stark und gleichzeitig verwundbar. Aber was hat sie da weggenommen? Gestohlen? Isis, ich konnte es nicht erkennen. Ein Glas? Ein Fläschchen? Von wem? Von mir? War das Blut? Egal, seitdem ist sie stärker, kann sich besser gegen ihn behaupten. Das war ein wahrer Alptraum, bitte, ich will es nicht wieder versuchen. Nie wieder werde ich in anderer Leute Seelen blicken wollen. Morgen werde ich stark sein! Werde ihr mit all meiner zur Verfügung stehenden Würde entgegentreten! Und dann ist Schluß mit diesem Brimborium! Ein für alle Mal!"

Mißmutig guckte Bent am nächsten Morgen in den Anch, darauf gefaßt, grau und unausgeschlafen zu wirken. Doch ihr ausgeruhtes, rosiges Gesicht blickte ihr entgegen. Diese schlaflose Nacht war bereits vor dem Morgengrauen vorüber gewesen, seitdem saß sie, ausgeruht und munter, an ihrem Tisch um sich zurechtzumachen. Der Geruch des gebratenen Ochsen schwebte seit zwei Tagen im Haus, obwohl die Küche ordnungshalber nach Süden lag. Ohne ihre Aufregung würde Bent das Wasser im Mund zusammenlaufen. Doch so bereitete ihr der allgegenwärtige leckere Duft beinahe Brechreiz. Und natürlich gelang der Lidstrich am rechten Auge nicht! Wie immer! Diese dumme rechte Hand, die nur das konnte was nicht wichtig war. Jetzt konnte sie mit links natürlich nur auch einen solchen Balken ziehen und schon sah ihre Schminke mal wieder aus wie früher – düster und zuviel!

„Schön!", bewunderte Kara ein paar Augenblicke später das gemalte Gesicht und das neue Kleid. Sie kam herüber, half Bent ohne zu fragen beim Ankleiden, band mit größter Sorgfalt die Schleifen, richtete die Träger, half mit dem Netzüberwurf und dem Umhang.

„Erst die Kette, bevor ich diese... Krone aufsetze." Bent klemmte sich nervös die Schlangenarmbänder an die Oberarme, streifte sich Ringe über, „Was ist das?", zog unwirsch ihren Arm weg, als Kara sie mit einer duftenden Masse einreiben wollte.

„Das ist Kyphi. Von Iaret geweiht, denn sie hat das oft verwendet und ich hab' genug davon. Man soll zu einem wichtigen Ereignis nicht gehen, ohne vorher ordentlich gesalbt zu sein!" Kara machte einen schuldbewußten Eindruck, als habe Bent sie bei einem kindischen Vorhaben erwischt.

„Es ist dir wichtig, hm?"

„*Tju!*"

Pesechet riß die Tür auf, rief begeistert: „Sie kommen! Und stellt euch vor – sie legen am *Südlichen Harem* [21] an und werden in einer feierlichen Prozession hierherkommen! Welch eine Ehre!", knallte die Tür zu und verschwand wohl wieder auf ihrem Posten auf dem Dach. Duftende Schwaden von Weihrauch hüllten Bent jetzt ein, trieben ihr Tränen in die Augen. Kara lief mit dem qualmenden Töpfchen um sie herum, betete und nebelte sie völlig mit dem Rauch ein.

---

[21] Oder *Ipet Resit,* Luxortempel

„Hör auf! Meine Schminke!"

„Ist nichts passiert!"

„Würdest du mich allein lassen, bitte? Du willst dich bestimmt selbst ein wenig herrichten wollen. Ich brauch dich nachher an meiner Seite."

„*Mich*?" Kara machte große Augen, genau wie ein Kind, dem man ein Geschenk macht.

„Aber natürlich du!", schnauzte Bent. „Du bist doch meine Stellvertreterin. Ohne dich geht das nicht!"

Kara schwieg einen Herzschlag lang und Bent erkannte ein paar Tränen in ihren Augen. Bestimmt von dem qualmenden, verflixten, blöden Weihrauch!

„Lauf, nimm dir was von der Schminke mit!"

Als die Tür sich laut hinter Kara schloß, sank Bent auf ihren Sessel; saß gedankenlos ein paar Atemzüge reglos da, bis sie laute Paukenschläge hörte.

„Der Umzug! Und diesmal kommt sie zu *mir*!" Der Stolz jagte Bent einen ehrfürchtigen Schauer über den Rücken, verursachte prickelnde Gänsehaut. „Wieviele kleine Mädchen heute neugierig am Straßenrand stehen?" In ihren Erinnerungen sah sie sich selbst dort stehen: dumm, arm, von nichts wissend, den Sockel der Widder-Statue erkletternd. „Was habe ich nur aus meinem Leben gemacht? Was für eine unsinnige Frage! Ich habe es zu etwas gebracht, nachdem ich nie strebte! Ich bin neben der Königin eine der mächtigsten Priesterinnen in *Uaset*!"

Bent wurde es schwindlig bei dem ungeheuerlichen Gedanken. „Ich bin eine Hure! Ich war nie was anderes! Nein …"

Sie stand entschlossen auf, riß die Tür auf. Der gute Nordwind hatte ein Einsehen und wehte den Duft von gebratenem Fleisch hinaus. Von den Oberlichtern strömte frische Luft herein, mit dem Duft von Blüten und dem Duft des heiligen Nils. Bent hörte die Palmen im ewigen *Imachyt* rauschen, verspürte plötzlich überschäumende Lebensfreude. Sie setzte sich wieder, richtete das Anch auf dem Tisch, zog den Lidstrich nach, legte Rötel auf Wangen und Lippen und hob schließlich feierlich Isis' Krone auf ihr Haupt.

„Ich bin Sahu-Re! Ich bin die, der Re sich nähert! Zeit ein neues Leben zu beginnen! Ich bin…", sie blickte nochmals prüfend in den Spiegel, „… bereit!"

Kurz darauf machte sie sich zu Tachuts Kammer auf. Sie war viel zu früh dran und froh, ein paar Augenblicke bei Tachut Ruhe zu finden.

„Wer bist denn *du*?", lächelte Tachut ihr zahnloses Lächeln. „Wohl eine kleine Prinzessin, hm? Hast dich aber mächtig herausgeputzt!"

„Du aber auch!", bewunderte Bent. „Trägst sogar eine schicke Perücke. Wo ist dein Kopftuch geblieben? Und was sehe ich? *Sedemet* um die Augen und eine Spur Malachit. Außerdem riechst du gut, sag bloß, du hast Parfüm? Och, bitte, gib mir einen Tropfen! Wo hast du das nur her?"

„Sowas macht man sich selber, Mädchen, hm!"

Bent blieb die Spucke weg. Selbermachen?

„Wie geht das? Zeigst du es mir. Wann gehst du denn mit mir in die Apotheke? Hier, nimm deinen Stock, es wird Zeit." Bent plapperte nervös vor sich hin. Ihr war nämlich in der ganzen Aufregung entgangen, daß sie sich mit dieser Krone auf dem Kopf niemals vorschriftmäßig vor der Königin verbeugen könnte. Das gäbe allenfalls Anlaß zu Gelächter, wenn sie sich mit schiefem Kopfputz wieder erheben würde. Oder noch schlimmer: die Krone würde auf den Boden fallen! Aufgeregt versuchte sie eine Lösung zu finden, während sie dabei schnatterte wie eine Ente.

„Wir haben genügend Zeit. Sie wird es langsam angehen, sich gebührend bewundern lassen. Meinst du, ich war immer alt, hm? Komm, setz dich mal da hin!" Tachut ließ sich auf einem Stuhl Bent gegenüber nieder. „Auch ich war mal jung und eitel. Aber *du* setzt deiner Eitelkeit sogar eine Krone auf, hm! So so, kommt heute also die Königin hierher! Und sie will das Allerheiligste neu weihen. Weil Iaret die Große Mutter gebeten hat, eine Weile sonstwo zu wohnen. Du weißt aber, daß Iaret fast wie die Schwiegermutter der Königin gewesen ist, hm? Sie war Pharaos Vater zweite Ehegattin."

„Sie war eine Große Königliche Gemahlin, ja, Tachut, Pesechet erzählte es mir vor kurzem. Und glaub mir, mir kam sie vor wie der gütige Geist einer großen Familie. Sie war sehr liebenswert, in der Tat und sie hat sehr viel Herz. Möge sie in Frieden durch die goldenen Gefilde der Binsen, durch *Sechet Iaru* schreiten. Sie hat mein Leben gerettet, Tachut, und dafür bin ich ihr für alle Zeiten dankbar."

„Das freut mich, Mädchen. Dankbarkeit ist ein großes, erhabenes Gefühl. Ebenso Herzlichkeit und Mitgefühl, hm. Schlecht ist, wenn man lügt oder stiehlt. Warum trägst du eine solch lange Perücke? Und warum ist deren Haar offen? Fandest du niemanden, der dich frisierte?"

„Das ist mein eigenes Haar!"

„Wo hast du denn diesen schönen Kopfputz her, hm? Warst du im Keller? Hast du dort nicht was gestohlen?"

„Ich fand sie bei den Mysterien der Isis. Ich stehle doch nicht! Heute abend bringe ich sie zurück."

„So, so. Hast du dir den Schmuck genau angesehen? Und wie denkst du, wird die Königin heute gekleidet sein? Wie stellst du sie dir vor? Feines weißes Leinen, wie du es heute trägst, gute Ledersandalen an ihren Füßen, blinkender Schmuck? Und was denkst du, wird ihr göttliches Haupt schmücken, hm?"

„Bestimmt eine goldene Krone. Mit der Sonnenscheibe…"

Eine vornehme Dame mit Hörnern auf dem Kopf, dazwischen ein Kringel

Bent unterbrach sich jäh in ihrer Begeisterung, spürte wie heftige Hitze in ihr aufstieg. Aber nicht die gewohnte Glut ihres heißblütigen Gemüts, sondern ein Schwall heiße Scham. Der Schweiß brach ihr aus allen Poren, während sie erkannte, auf was Tachut hinauswollte. Voller Bestürzung schlug sie die Hand vor den Mund, flüsterte:

„Das ist *Königin* Iarets Krone, Tachut, oh, ich verstehe!" Schnell legte Bent die Krone vorsichtig auf den Tisch. „Ach, liebste Freundin, du hast mich vor der größten Schmach meines Lebens bewahrt! Verzeih mir meinen Hochmut!"

Tachut tätschelte in gewohnt freundschaftlicher Weise Bents Oberschenkel.

„Wohl gehörte sie Iaret, der Großen Königlichen Gemahlin, aber sie gehörte auch Iaret, der Großen Oberpriesterin unserer Großen Mutter Isis. Die Krone gehört in dieses Haus, wie die Königin zu ihrem Gemahl gehört, wie die Binse zur Biene und der Lotos zum Papyrus und Isis zu Osiris. [22] Du warst im Keller wo du nichts zu suchen hast, hm. Deine Scham darüber, daß du fast mit königlichen Attributen der Königin entgegengetreten wärst, soll Strafe genug sein, Mädchen. Und jetzt flechte ich dein Haar, du wirst sehen, mit der Frisur wirst du der Königin angemessen gegenüberstehen, hm. Da, auf dem Tisch, nimm den Anch und reich mir den Kamm!"

Oh, welch ein schönes Gefühl, bemuttert zu werden und Tachuts starke Hände an ihrem Haar zu fühlen. Mit dem Kamm teilte sie sorgsam die Strähnen, flocht, legte und wickelte flink und entschlossen. „In der Lade des Tisches sind Haarnadeln, gib sie mir, hm, und da liegt auch ein zweites Anch!" Bent suchte in der Lade, genoß Tachuts Hand an ihrem Kopf, während die beim Frisieren vor sich hinmurmelte.

„Dein Blut gehört dir, Isis, deine Zaubermacht gehört dir, Isis. Der Knoten ist dein Schutz und behütet dich vor dem, der Verbrechen an dir begeht. Warum plagst du dich mit dieser Pracht, Mädchen? Hm, das ist doch viel zu aufwendig und zu heiß. Hast du denn keine Angst vor Läusen?"

„Ich wasche sie meist täglich und ich will nie wieder mit geschorenem Kopf dastehen. Ich finde sie schön!"

„So, so! Dann schau du mal in *den* Spiegel!" Tachut hielt den anderen so, daß Bent ihren Hinterkopf betrachten konnte. Oh, was war das eine schicke Frisur! Sie sah aus wie eine große Schleife.

„Das ist ein Isisknoten! Hm! Eine Zeitlang war es in meiner Jugend schick, ihn sich sogar ins Haar zu flechten. Damit ist dein Haupt angemessen geschmückt, nicht wahr?"

„Sehr schön, danke Tachut! Doch jetzt sollten wir gehen, meinst du nicht

---

[22] Binse und Biene, für den Süden, bzw. Lotos und Papyrus für den Norden, sind die Hoheitszeichen Altägyptens, sie stehen sinnbildlich für Ober-, bez. Unterägypten

auch?"

„Nein!" Tachuts liebevoll neckischer Tonfall, der die gesamte Unterhaltung bisher prägte, wich einem entschiedenen und sehr ernsten. „Ich habe etwas für dich!" Vom Tisch hob sie ein in Leinen gewickeltes Päckchen, drückte es Bent in die Hand. „Das ist dafür, daß du im Festsaal fleißig geschuftet hast! Obwohl du eigentlich viel zu lernen hattest. Du warst sehr tüchtig, hm! Hast dir solche Mühe gemacht! Das da schenk ich dir, weil du nie gejammert hast und bei mir saßest, liebevoll und gut wie eine Enkeltochter, obwohl du unendlich müde warst. Kommst sogar heut morgen hierher um mich selbst in den Festsaal zu führen. Niemals hast du über deine Kameradinnen hergezogen, noch geprotzt oder geprahlt über deinen neuen Stand, hm!"

„Stand?" Bent war, als ob man ihr die Füße wegzog.

„Ja, hm! Meinst du", Tachut kniff ihr herzlich in die Wange, „weil ich alt bin kriege ich nichts mit? Wenn ich auch schlechter sehe als früher und krumm daherkomme, so leide ich noch lange nicht an Altersschwachsinn! *Du* bist hier die Herrin, nicht Kara! Das wußte ich vom ersten Augenblick an, als ich dir am Lotosteich begegnete." Das liebevolle Kneifen wandelte sich in zärtliche Ohrfeigen. „Wir wollen hier nicht nur gute Heilerinnen lehren! Wir wollen auch sehen, was für Seelen sich hinter den Gesichtern verbergen, was? Ich habe gesehen, wie du den Saal schmücktest, welch ein Geschick du dafür aufbrachtest. Wie du dafür gesorgt hast, daß das Haus in Glanz erstrahlt und sich nicht in Staub und Schmutz präsentiert, wenn die Königin kommt. Und ich hörte dir zu, wenn du begeistert von der Apotheke erzählt hast, hm. Ich sehe auch, daß du dich ein wenig dumm anstellst, wenn du zu den Leuten lieb sein sollst. Das kann nicht jede, und ist auch nicht schlimm. Und du hast dafür gesorgt, daß sich die Schatulle wieder füllt. Iaret hat gut daran getan, dich auszuwählen, hm! Du bist stark, kannst dich durchsetzen und mit Kara an deiner Seite wird dir alles gelingen!"

Bent sank sprachlos auf den Stuhl zurück, vollkommen entgeistert, „Du bist auch eine Lehrerin!", flüsternd.

„Hm, hm, hm! Ich bin ebensowenig eine Lehrerin wie du ein dummes Mädchen bist! Pack es aus, sonst kommen wir wirklich zu spät!"

Mit zitternden, kalten, nervösen Fingern wickelte Bent das Leinen auf. Eine schwere goldene Kette darin findend, daran hängend eine goldene, geflügelte, kniende Isis, größer wie ihre Handfläche.

„Oh, ist sie schön!" Bent küßte ehrfürchtig das erhabene Bildnis der Göttin, sank demütig vor Tachut auf den Boden, „*Dwa Netjer ink*!", [23] hauchend.

„Komm, Kleines, steh auf, zieh das alte Ding an und dann gehst du die Königin begrüßen, hm! Da, ich halt den Spiegel! Sie gehörte mir, aber ich

---

[23] *Ich preise Gott für dich*, im Sinne von *Danke*

schenke sie dir. Wenn du jetzt flennst, verläuft dein *Sedemet*, da schneuz dich! Ja! Du hast Mumm! Jetzt bist du bereit, hm!"

Tachut hakte sich resolut bei Bent unter, packte deren Hand, griff mit der anderen Hand ihren Stock und gemeinsam schlenderten sie über den Hof dem Festsaal zu.

Kurz darauf stand Bent mit Kara an ihrer Seite an dem großen Eingangstor des Festsaales. Hinter ihnen drängelten sich schnatternd die anderen.

„*Das* hat sie allein gemacht?"

„Nicht wahr? Es ist zauberhaft!"

„Und diese Blütenpracht, wie das duftet! Herrlich!"

„Niemals hätte ich sowas fertiggebracht."

„Wo ist dieser schöne Stoff her?"

„Und erst die Musiker!"

Uadja stupste Bent von hinten auf die Schulter und gab ihr mit anerkennender Miene zu verstehen, daß der Saal des Festes würdig sei. Bent stieß die angehaltene Luft aus. „Haltet still wenn sie kommt!", raunzte sie. „Und ein wenig Abstand. Und macht nicht solchen Lärm!"

Kara zwitscherte wie die Spatzen im Wein: „Der Saal ist wunderbar geworden! Wir werden uns nicht zu schämen brauchen. Oh, wann kommt sie denn nun? Und diese Matten am Boden! Bis runter zur Straße, wunderbar! Niemand, schon gar nicht die Königin, wird staubige Füße bekommen."

Bent betrachtete eingehend prüfend die Männer des Hauses: Die Wächter, die Gärtner, die Bootsleute. Sie hatte von Neschons Tochter einheitliche Lendenschurze und Kopftücher verlangt und beim Schuhmacher einheitliche Sandalen besorgt. Nur kurz schaute sie dem Hauptmann zu, der die Reihe der Männer überprüfte, ein paar zusammenstauchte, einen zurück in die Reihe schubste. Der verstand sein Handwerk, auf ihn konnte man sich verlassen! Denn jetzt standen die Kerle ordentlich aufgereiht in Habachtstellung links und rechts am Wegesrand. Keiner darunter, der nicht säuberlich rasiert wäre, niemand mit zerknittertem Lendenschurz, alle gut duftend. Bents Anspannung steigerte sich ins Unerträgliche. Im Stillen dankte sie dem Natron, welches sie sich überall hingeschmiert hatte. Ohne das wäre sie bereits jetzt klatschnaß von Schweiß. Vom Dach oben pfiff Pesechet, jeden Moment würde der Umzug in die Straße neben dem Tempel einbiegen.

Und da kam er auch schon:

Pauken, Trompeten, Sistren, Tamburine! Geparden! Bent war angesichts dieses Spektakels geneigt, sich über die Augen zu reiben, unterließ es aber glücklicherweise, weil sie der Königin nicht mit verschmierter Schminke begegnen wollte.

Von einem prächtigen Baldachin vor der Sonne geschützt, schritt *Die Prinzessin aller Frauen, Die Herrin des Südens und des Nordens*, Königin Teje auf sie zu, gewandet in blendend weißes *Secheru Nesut* [24], das Haupt geschmückt mit Sonnenscheibe und goldenem Gehörn, in Händen eine Statue. Neben ihr ein Hund, groß und schwarz, daß man meinte, Anubis selbst wäre in die Welt gekommen. Bent bekam genügend Zeit die junge Frau, die da auf sie zukam, zu bewundern. Keine zwanzig Jahre alt, Herrin des mächtigsten Reiches der Erde, Gemahlin eines Gottes! Eine bildschöne Frau, eine Göttin! Als Bent sie damals das erste Mal sah, war sie noch ein kleines Mädchen gewesen …

Kara zupfte Bent aufgelöst heftig mehrmals am Ärmel.

„Hm? Hör auf, ich bin vollkommen nervös!"

„Ich kenne sie!"

„*Was?* Oh, bitte! Hör auf zu flennen!"

„Sie war öfter hier bei Iaret! Und Iaret hat gesagt, sie sei sowas wie ihre Schwiegertochter oder eine entfernte Nichte. Sie war schon mal bei dir, damals, als du krank warst. Da hast du in deinem Wahn gedroht, ihren Sohn umzubringen! Das war ein furchtbarer Schreckenstag, Bent. Blutüberströmt gingst du auf sie los; Iaret konnte dich gerade so zurückhalten! Und… Oh, ihr Götter, und ich Dummes bin ihr oft wie einer von meinesgleichen begegnet!" Kara erwischte in ihrer hellen Aufregung nicht nur Bents Ärmel, ein bißchen Fleisch geriet auch unter ihre Fingernägel. Der leise Schmerz weckte Bent aus ihren Träumen.

„Bei mir? Als ich krank war? Davon weiß ich nichts! Was machen wir denn nun? Oh, Kara, bleib bei mir! Wir müssen uns für den Empfang zusammenreißen! Mädchen, sie kommen näher, seht euch *das* an!"

Der Königin folgten drei bildhübsche Mädchen. Die erste vielleicht sieben Jahre alt, dahinter ein größeres Mädchen, welches eine ungefähr Zweijährige an der Hand führte.

„Ich erbringe der Herrin vom Tempel der Isis meine Grüße! Und überreiche der Herrin vom Tempel der Isis ein Geschenk des großen Amun: eine Statue seiner geliebten Gattin Mut! Möge sie Glück und Zufriedenheit in dein Haus tragen."

Bent ließ sich auf die Knie herab, neigte den Kopf. An dem Geraschel hinter ihr vermutete sie, daß die anderen es ihr gleichtaten.

„Ich danke *Der Prinzessin aller Frauen, Der Herrin des Südens und des Nordens,*

---

[24] Feinstes weißes Leinen

und heiße Deine Majestät im Namen der Großen Göttin willkommen im Hause der Isis! Bitte, tretet ein. Meine Frauen und ich heißen Dich ebenso willkommen."

„Meine Damen und ich danken dir! Bitte, erhebt euch alle, wir feiern heute zwar den Vollmond aber auch ein Fest unter uns Frauen und werden uns dabei ganz zwanglos geben!" Freundlich wartete die Königin ein paar Atemzüge lang, bis alle wieder standen, dann drehte sie sich zu den Mädchen um, reichte ihnen die Hände und zog sie nach vorn.

„Meine Tochter, Königliche Gemahlin unsers guten Gottes Amenhotep, *Sat Nesut*, Prinzessin Sitamun. Meine Nichte Taduchipa, Erbprinzessin im Palast, und meine Nichte Mudjemet, Töchter des ehrenwerten *Imi ra nut tjati* [25] Eje, meines geliebten Bruders; die Frauen meiner Familie."

Die großen Mädchen neigten vor Bent artig den Kopf und Bent grüßte auf die gleiche Weise freundlich nickend. Die Tochter ihrer Würde bewußt, die Nichte in jenem Alter, wo einem einfach alles auf die Nerven geht. Aber natürlich stahl die Kleinste allen die Schau. Allerliebst verneigte sie sich höflich, lächelte süß wie Honig und sah entzückend in ihrem kleinen, weißen Kleidchen aus.

Und nun?

Bent tat das, wovon sie meinte, es wäre richtig, wies mit der Hand feierlich nach Kara.

„Meine Stellvertreterin und rechte Hand, die Dame Kara, die Damen Pesechet, Uadja und Mesechnet. Verzeiht, wenn ich nicht alle vorstelle und verzeiht, wenn einige der alten Damen bereits im Saal sitzen. Ihnen bereitet das lange Stehen und das ansehnliche Alter gewisse Schwierigkeiten."

Tejes freundliches, nachsichtiges Lächeln lenkte Bents Blick nicht von den Augen der Königin ab. Diese verfluchte Gabe! Sie kroch ihr den Nacken hoch wie eine klebrige Schnecke, sie spürte mit körperlichem Schmerz Tejes fürchterliche Angst vor ihr. Angst, daß die Dame des roten Tuches das Leben ihres Kindes forderte! Ach, und warum rückte Kara nicht eher mit der Sprache heraus? Warum jetzt und hier, in diesem wichtigen Augenblick? Alle standen auf der Schwelle, niemand machte Anstalten, den Saal zu betreten. Als wäre die Zeit stehengeblieben. Bent meinte, sie stünde in einer kalten Winternacht nackt im Wind, glaubte gleichzeitig, in einer düsteren Kammer zu sitzen, während die *Herrin des Zitterns* nahte, um sich Tejes Sohn zu bemächtigen.

Schließlich unterbrach die Königin das Schweigen, bevor man meinen konnte, es wirke unhöflich. „Also ist es so, wie man mir berichtet hat. Iaret,

---

[25] Titel: Vorsteher der Stadt, Wesir

mögen die Götter ihr gnädig sein, hat Dich zu ihrer Nachfolgerin ernannt!"

„Die gütige Iaret, Herrin dieses Hauses hat es verfügt, Majestät", erwiderte Sahu-Re mit einem Lächeln, welches Bent fast alle Kraft raubte. „Doch bitte, bleibt nicht länger draußen in der Sonne stehen! Tretet näher, *Nebet*, nehmt Platz! Mein Haus möchte Euch bewirten, wie es sich zu einem guten Fest gehört. Und da Ihr tatsächlich die Güte und Gnade aufbringt, unser bescheidenes Allerheiligste zu weihen, stehen wir alle in Eurer Schuld."

Königin nickte freundlich und betrat den Festsaal. Bent, den knurrenden Hund ignorierend, folgte in gebührendem Abstand, um die Königin zu dem Ehrenplatz zu geleiten. Der Königin folgten die Mädchen, ein paar große, stämmige, gefährlich aussehende Leibwächter, ein sehr dicker Mann, mehrere Hofdamen, einige Höflinge, einige Dienerinnen und die Mädchen mit den Geparden. Zum Schluß betraten die Mädchen mit den Instrumenten den Saal. Bent hatte Berufsmusiker verpflichtet, damit zu dem guten Essen auch gute Musik gespielt wurde. Und sogleich, wie es sich für ein ordentliches Fest gehörte, sprang ihr Anführer auf und rief:

Ich kann nicht hungrig singen, nicht die Harfe halten zum Gesang, wenn ich nicht satt vom Weine bin!"

Worauf alle im Saal riefen: *„So singe doch!"*

Der Königin Musikantinnen gesellten sich dazu und alsbald erklangen die lieblichsten Melodien. Bent geleitete die Königin zu ihrem Tisch, wartete höflich bis sie saß, ließ sich selbst an dem Tisch daneben nieder.

Die Mädchen aus der Küche standen bereit mit Wein, Gebäck, frischen Datteln und Feigen, Wasser mit Honig und saurem Bier, verschwanden sofort wieder, mit hochrotem Kopf, stolz die Königin bewirten zu dürfen. Der dicke Mann – er erinnerte Bent schmerzlich an Kurru – probierte alles aus den Krügen und Schalen, bevor es der Königin kredenzt wurde.

Es dauerte nicht lange und bald kehrte Ruhe in die muntere Gesellschaft ein. Alle waren durstig nach dem Spaziergang vom *Südlichen Harem* bis hierher und das kühle, saure Bier wurde dankend angenommen. Bent bemerkte, daß einige Hofdamen bereits freundlich mit den Priesterinnen plauderten, die Prinzessinnen spielten brav *Senet*, die Leibwächter bezogen diskret Stellung hinter den dicken Säulen. Bis auf einen: den schwarzen Hund! Der lag Teje zu Füßen. Die Höflinge allerdings schäkerten mit den Schülerinnen und mit den Küchenmädchen. Auf diese allzu glatten Jünglinge warf Bent ein scharfes Auge!

„Das ist sehr reizend, meine Dame", meinte die Königin, sich zu Bent hinüberbeugend. „Deine Gastfreundschaft tut gut nach der Hitze des Vormittages. Und wie ich mit Wohlwollen sehe, fühlen sich alle in der Gesellschaft der Damen des Hauses wohl."

„Das war mein Bestreben, *Nebet*. Und ich dachte mir, da alle lange unterwegs waren, sie eine Erfrischung genießen möchten. Und da nun die heißesten Stunden des Tages bevorstehen, können wir in der kühlen Halle sitzen und die Köstlichkeiten genießen, die meine Köchin für uns alle hergerichtet hat."

„Ihr verwöhnt uns aber! Oh, horcht nur, sie spielen das Lied des Harfners. Es rührt mich zu Tränen. Wie wahr, welch klare Worte. Niemand ist je zurückgekehrt. Niemand, auch Iaret nicht, wird je wieder unter uns weilen. Stoßt mit mir auf Iaret an." Die Königin hob ihren Kelch – Bent hatte das wertvollste Gefäß, das sie finden konnte auf der Königin Tisch gestellt – damit Bent mit ihr anstieß. „Für Iaret!", sagte sie laut.

„Das tat gut!", bemerkte Teje und stellte ihren Becher ab. Bent war stolz auf sich, denn das Bier hatte sie selbst angesetzt. Das saure Bier war einzigartig, es kitzelte im Mund, rann kühl und erfrischend durch die Kehle. Bent konnte sich damals allerdings keinen Reim darauf machen, warum sie das gute Bier mit Holzspänen verunreinigen und in offenen Kesseln in der Sonne stehenlassen sollte. Jetzt wußte sie, wozu es gut war.

„Majestät? Würdet Ihr mir gestatten, einige Worte an meine Leute zu richten?"

„Aber natürlich. Doch wartet einen Augenblick. Ich will schnell das Fest des Mondes eröffnen." Teje erhob sich, augenblicklich wurde es still im Saal: „So wollen wir *Sensen-Kawi* feiern! Denn seht: *das Auge des Re ist gefüllt, das Auge des Horus ist geordnet. Das ist der Stier, der das Maß des Auges vollzählig machte und das ist der Stier, der richtig leuchtet am Fest des fünfzehnten Tages. Re und Osiris gelangen für sich zur Vereinigung der beiden Stiere im Fest. Wir alle lassen heute unsere Lampen leuchten, am Tag und in der Nacht.*" Alle klatschten, Teje setzte sich wieder. „Nur zu", ermunterte sie Bent.

Bent kratzte ihren Mumm zusammen, bat die Musiker um eine Pause und die Anwesenden im Saal zu schweigen.

„Ich möchte", begann sie zögerlich, „mich zuerst für die Gnade unserer Königin bedanken und sagen, daß wir alle stolz und beglückt sind, Ihre Majestät in unserem bescheidenen Haus begrüßen zu dürfen." In die gespannten Mienen blickend suchte Bent nach weiteren Worten. Sie hatte bisher niemals eine Rede gehalten und nun gab es kein Zurück mehr. „Wir werden uns an diesen großartigen Tag unser Leben lang mit Liebe erinnern!" Abermals machte sie eine Pause. Auf die Zuhörer wirkte sie bedeutungsschwanger, aber Bent suchte eigentlich nur nach den passenden Worten. Während sie in die Runde schaute, Tachut ihr aufmunternd zunickte, flatterten ihre Gedanken unruhig wie Motten um eine Lampe.

Poesie, Bent!

Mach weiter! Das kannst du! Schön plaudern! Denk daran, du bist hier zu Hause, *sie* ist der Gast! Fast meinte Bent, Idris stünde hinter ihr. Und wie von selbst konnte sie auf einmal weiterreden: „Ihr habt mich aufgenommen als ich krank war. Ihr habt mich aufopfernd gesundgepflegt. Iaret, die gütige Mutter dieses Hauses – möge sie in Frieden durch die goldenen Gefilde von *Sechet Iaru* schreiten – hat mich auserkoren, ihr Erbe weiterzuführen. Ich habe mich der Pflicht gestellt und werde versuchen, Iarets Geist gerecht zu werden. Ich möchte euch allen im Beisein unserer geliebten Königin danken. Danken dafür, daß ihr mich nicht aufgegeben habt, danken dafür, daß ihr mich lehrt und für eure Geduld dabei. Danken dafür, daß alle in diesem Haus dafür sorgten, daß wir an diesem Tag ein wunderbares Fest feiern dürfen! Auch jenen", Bent drehte sich schmunzelnd zu dem halb geschlossenen Portal um, das in den Innenhof des Tempels führte, „die da hinter der Tür stehen und vorwitzig hier herein spähen, obwohl sie sie für den Augenblick allein das Wohl der Kranken in ihren Betten im Auge haben sollten." Man hörte leises Gekicher von draußen. „Möge Isis' Segen immer auf unserer hochverehrten Königin und uns ruhen!", schloß Bent feierlich. „Doch nun sollten wir unsere Köchinnen nicht länger warten lassen. Sind sie doch begierig darauf, uns ihre Köstlichkeiten zu servieren!"

Schon öffnete sich das Portal, die Köchin und ihre Mägde brachten Teller voll von Salat; lecker angemacht mit Granatapfelkernen, Zwiebeln, Knoblauch und saurem Wein, Schüsseln voller Käse, Tiegel mit frischer Butter, Körbchen voll frisch gebackenen, duftenden Brotes. Als alle Gäste mit dem Salat versorgt waren, spielten die Musikanten plötzlich besonders flott und laut. Und abermals der übermütige Ruf: *„Ich kann nicht hungrig singen, nicht die Harfe halten zum Gesang, wenn ich nicht satt vom Weine bin!"*

„So singe doch!"

Bent platzte vor Stolz, als zwölf der ordentlich herausgeputzten Männer des Hauses den ganzen gebratenen Ochsen hereinbrachten. Um ihn herum appetitlich Lattich, Melonen, Trauben, Ähren, Zwiebeln, Lauch, Möhren und Knoblauch garniert. Ein Anblick, der selbst Bents Magen zu leisem Knurren anregte. Dieser köstliche Anblick ließ die Gäste bewundernd tuscheln und raunen, ja sie klatschten gar fröhlich in die Hände. Bent fiel dabei das kleine Tuch zu Boden, mit welchem man sich während des Essens den Mund und die Hände abwischen konnte. Sie wollte sich gerade danach bücken, als die Königin sagte:

„Erstaunlich! Dieser Raum ist kaum wiederzuerkennen! Ich bin schon oft ohne Krone hier durchgelaufen, aber diese Dekoration ist umwerfend! Wunderbar! Man meint, in einem Zelt unter Palmen zu sitzen. Ich fand es hier furchtbar ungemütlich. Fast schon bedrohlich. Diese alten Gemälde an den Wänden sind schauderhaft. Iaret hat mich hier meist eingelassen, wenn ich sie inkognito besuchte. Und, oh ich glaube, Sahu-Re, das könnt ihr nicht wissen, Iaret ist mir fast wie eine Schwiegermutter gewesen. Sie war meines

Schwiegervaters zweite Königliche Gemahlin. Ich liebte sie wie eine Großmutter."

„Ja, Herrin, davon habe ich vor kurzem gehört. Mir schien sie wie der gütige Geist dieser großen Familie. Sie war sehr liebenswürdig und herzlich. Möge sie in der anderen Welt glücklich sein. Sie hat mein Leben gerettet, Majestät. Leider konnte ich ihr meine Dankbarkeit nicht mehr beweisen. Daher möchte ich die Statue der Mut ihr widmen, mit Eurer Erlaubnis, und ihr einen Ehrenplatz hier im Tempel zuweisen."

„Das ist eine sehr noble Geste, Dame Sahu-Re, und das weiß ich zu würdigen! Und mein Vorkoster schenkt mir nochmal den Becher mit dem Bier voll. Das ist sehr erfrischend!" Bent strahlte, bückte sich schnell, um das Tüchlein aufzuheben.

„Salat!" Die Königin lächelte und hob den feinen Löffel hoch. „Ein gewagtes Rezept, findet Ihr nicht?"

„Sehr gewagt, Herrin. Ich habe es von einer Priesterin der Bast. Ich fand es so außergewöhnlich, daß ich meinte, Eure verwöhnte Zunge müsse es probieren."

„Ihr habt einen klugen Kopf, wie ich merke! Und habt Sinn für schöne Worte", plauderte die Königin weiter. „Ich sehe an der Ausschmückung dieses Raumes die Mühe, die Ihr Euch damit machtet. Das weiß ich anzuerkennen. Vielleicht wißt Ihr es nicht, aber vor ein zwei Jahren habe ich dich hier schon einmal besucht. Doch damals warst du krank und kamst mir vor wie ein Tier in der Falle. Zerfressen von Brandnarben, wirr im Geiste, doch heute erscheinst du blühend, jung und vollkommen fehlerfrei…"

Teje unterbrach sich, schaute über den Teller, den ihr der Vorkoster hinhielt und nach ihrem Nicken vor ihr abstellte. Darauf eins der besten Stücke des Ochsen. Vom Rücken, tief drinnen, saftig, rosa und ein bißchen blutig. Bent, an ihre Wunden und Schmerzen von damals erinnert, faßte an ihren Ausschnitt. Der Perlenkragen, der die verblaßten *Medu Netjer* verbarg, engte sie plötzlich ein …

Blut!

Sie kratzte sich unauffällig im Ausschnitt. Schon hielt ihr eine der Mägde einen ebensolch gefüllten Teller hin.

„Iaret", sagte sie heiser, „war eine gute Heilerin. Sie hat ihre gesamte Kunst darauf verwendet, mich gesund zu machen. Anscheinend ist es ihr gelungen. Aber fehlerfrei? Oh, große Königin, ich habe meine Fehler. Ich habe sie gemacht und werde noch welche machen. Wer, außer den Göttern, ist schon fehlerfrei!"

„Welch wahre Worte, Dame Sahu-Re. Aber warum so ernst? Ja beinahe schwermütig. Wir wollen doch feiern und den schönen Tag genießen!"

Ich habe Angst, daß das Jucken schlimmer wird! Die Worte! Die schwarzen

Gottesworte! Sie jucken und beißen mich auf einmal, Herrin, und dann fließt meist Blut aus ihnen. Diesen Anblick möchte ich dir gern ersparen, will dich nie wieder damit erschrecken! Oh Isis, hilf, steh mir bei!

„Ich bin ein wenig angespannt, Herrin, denn wann kann sich ein Haus schon rühmen, so hohen Besuch zu bewirten! Aber ich kenne Euch auch. Habe Euch gesehen, damals, bei dem prächtigen Festzug, als ihr von Eurem Gemahl in sein Haus geholt wurdet. Ihr ward für mich das schönste Kind unter der Sonne!"

„Aber das", Teje lachte fröhlich, „ist doch schon so lange her! Und Ihr wißt das noch? Ich hoffe, heute bin ich die schönste Frau unter Res Strahlen!"

Die Königin hob ihren Becher, Bent lächelte sie an: „Die Allerschönste, Herrin!", und stieß mit Teje an. Irgendwie fühlte Bent sich mit der jungen Frau verbunden, ganz so, als wäre sie eine kleine Schwester. Ihre Angst vor Bent schien überwunden. Und mit Iarets Gabe erkannte Bent die Königin genauso wie sie war: ein frisches junges Ding, lebensfroh, stolz auf ihre Würde, ihre Kinder und den Gatten. Und doch hemmte die Königswürde die Lebenslust, dämpfte die Empfindung, aufzuspringen und ausgelassen zur Musik zu tanzen, laut und fröhlich zu klatschen und mitzusingen. Genau wie damals, als das kleine Mädchen bei dem Festzug still sitzen mußte …

„Ich will Euch nichts verheimlichen, Herrin. Mir wurde mit dem Rang der Oberpriesterin ein hoher Posten mit viel Verantwortung übertragen. Viele Jahre werde ich lernen müssen, um mir auch nur annähernd Iarets Wissen anzueignen. Ich bin nur eine Frau aus dem Volk, meine Königin. Und dazu kommt … einst, in einem anderen Leben, vor langer Zeit, bin ich eine Hure gewesen, Majestät!"

Peinliches Schweigen schlug Bent entgegen. Einige unendlich lange Atemzüge lang sagte die *Hemet Nesut Weret* kein Wort; den Becher auf halbem Weg innehaltend blickte sie Bent tief in die Augen.

„Eure Ehrlichkeit ist bewundernswert! Ich hoffe, Sahu-Re, Ihr habt euch nie unter dem Preis verkauft!"

„Ich bekam immer das, was mir zustand!"

„Dann wollen wir mit Appetit essen, ein wenig ruhen, den Musikanten lauschen. Anschließend möchte ich mir das Haus ansehen. Alsdann werden wir beide gemeinsam das neue Allerheiligste weihen."

Bent traute ihren Augen nicht, als sie nach dem Essen mit der Königin und der Prinzessin Taduchipa in den Innenhof trat. Vor dem Eingang des Allerheiligsten war ein Tisch mit einer weißen Decke, die bis auf den Boden reichte, aufgebaut. Zwischen zwei wunderschönen brennenden Alabasterlampen zwei Vasen mit weißen, duftenden Lilien gefüllt, davor ein zusammengefaltetes Tuch, eine Schale mit Milch, eine Schale mit Wein, daneben zwei güldene Räuchergefäße, ein goldener Räucherarm und ein kleiner Tiegel aus Glas. Kara stand abwartend da, mit Stolz im Gesicht. Doch die Königin beachtete das nicht, fragte wer in jener Kammer da wohne, auf deren Tür sie gerade zuschritt. Bent schaute hinter ihrem Rücken Kara um Beistand flehend an.

„Eine unserer alten Damen, Herrin!" Kara eilte hilfsbereit zur Tür, Bent dabei beruhigend den Arm klopfend. „Laßt sie mich öffnen, Herrin. Bitte."

Teje trat ein und schritt zu dem Bett. Bent, die als letzte eintrat, schlug sich entsetzt die Hände vor den Mund, als sie die Gestalt im Bett erblickte. Wie grausam war das Alter! Erbarmungslos! War das schon eine Mumie oder lebte die alte Frau noch? Oh, sie lebte! Hob schwach den Arm und flüsterte etwas. Die Königin setzte sich doch tatsächlich auf die Bettkante, nahm die kleine, dünne, schwache Hand in ihre, drückte sie an ihr Herz.

„Behandeln sie dich gut?"

„Es sind liebe Mädchen", verstand Bent, unterdrückte aufsteigende mitleidige Tränen, dachte mit wehem Schmerz an ihre eigene Vergänglichkeit, hörte wie von weitem das liebevolle Plaudern der Königin mit der alten Frau. Wurde kaum gewahr, daß die Herrin sich erhob und nach einem Gruß die Kammer verließ. Wahllos ließ Teje sich weitere Krankenräume zeigen, plauderte mit den Bettlägerigen, betrat selbst die Küche, sorgte dort für gewaltigen Aufruhr. Schließlich schlenderten sie auf der anderen Seite des ersten Hofes zurück. Abermals wünschte die Königin mit einem Kranken zu reden, ließ sich von Kara nun diese Tür öffnen.

„Majaret?" Teje eilte an das Bett. „Ich habe dich ja fast nicht erkannt. Und nicht hier vermutet! Aber meine Liebe, seit wann bist du krank? Ich dachte, du bekommst ein Kind?"

„Das habe ich auch, Majestät. Aber es war sehr schwer. Hier", Majaret wies auf die Amme, die sich längst eiligst erhoben hatte und mit dem Kind im Arm vollkommen verblüfft in der Ecke stand. „Die Frauen der Isis haben mich gerettet. Mich und mein Kind. Ohne ihre Hilfe wären wir beide tot!"

„Ich sehe, du bist gut versorgt!" Teje nahm der Amme das Kind ab, wiegte und koste es eine Weile. „Werde schnell wieder gesund."

„Das ist eine von Majestät Tantes Obersten Dienerinnen!" Prinzessin Taduchipa zupfte Bent am Ärmel, damit diese einen Schritt zurücktrat und der Königin Platz machte. „Majaret", sie huschten hinter Teje durch die Tür, „ist mit einem Amunpriester vermählt. Und ich werde einst mit dem Thronfolger vermählt."

„Dann wünsche ich Euch alles Gute, Prinzessin. Euer zukünftiger Gemahl kann stolz auf seine wunderschöne Braut sein."

„Danke, Dame Sahu-Re. Stolzer als mein zukünftiger Gatte ist nur noch mein zukünftiger Schwiegervater. Ruft er mich doch immer, wenn ich ihn im

Großen Hause besuche ‚*Wer ist denn die Schöne, die da kommt? So schön ist nur noch die Schönheit der Sonne!*' Er macht mich ganz verlegen damit. Aber reden wir doch von Euch. Es ist Euer großer Tag und ich denke, Majestät Tante wird bald beginnen wollen. Sie wünscht, daß ich dabei bin, nur ins Allerheiligste darf ich natürlich nicht mit hinein. Doch irgendwann werde *ich* Große Königliche Gemahlin und bis dahin werde ich viel von ihr lernen können."

„Wir lernen doch alle; unser ganzes Leben lang."

„Wie wahr. Oh, ich befürchte, sie möchte einen weiteren Besuch abstatten."

Alle standen wieder im Hof und gerade fragte die Königin, die Hand auf einem Türriegel, warum es in allen Räumen wohltuend dufte.

„Das ist *Antiu!*", rief Kara, bevor Bent wieder in Verlegenheit geriet. „Mit der Myrrhe räuchern wir die Kammern. Das ist sehr gesund. Vertreibt die kleinen bösen Dämonen der Krankheiten."

„Oh, bitte Herrin, geht da nicht hinein!", rief Bent unbeherrscht, wünschte im gleichen Herzschlag sie hätte sich besser die Zunge abgebissen wegen dem vorlauten Geplapper.

„Warum? Gibt es da was zu verbergen oder ist jemand ansteckend?"

„Nein, Herrin", gab sie zerknirscht zu, „Das ist meine Kammer und ich habe nicht aufgeräumt!"

Taduchipa kicherte ausgelassen, hielt sich schnell ihren flaumigen Fächer vors Gesicht, den Bent neidisch bewunderte. Besaß sie in besseren Zeiten doch selbst ein so schönes Stück.

„Es war auch Iarets Wohnstatt", schmunzelte Teje. „Und selbst bei ihr, der Großen des Hauses, herrschte oft das Chaos. Selbstverständlich öffne ich sie nicht, Sahu-Re. Das bleibt euer Geheimnis. Kommt, wir gehen in den Saal zurück, trinken wir dort und bitten um gutes Gelingen. Anschließend wollten wir zum Allerheiligsten schreiten; bringt mir aber vorher Iarets Krone!"

„Die Dame Tachut verwahrt sie in ihrer Kammer. Ich möchte sie zuerst um Erlaubnis bitten, bevor ich dort hineingehe."

„Selbstverständlich. Geht nur! Aber wir sollten uns eilen, bevor hier in der Sonne die Milch sauer wird oder das Kätzchen da sie ausschleckt."

„Sch!" Bent vertrieb Iarets Katze, die beutesicher um den Tisch schlich, eilte in den Festsaal und kehrte gleich darauf mit der Krone, die sie schnell auf ein Kissen gelegt hatte, an ihren Tisch zurück. Durstig trank sie ihr Bier, innerlich bebend vor dem kommenden. „Ich wünsche mir, Herrin, daß die geweihten Priesterinnen des Hauses der Zeremonie beiwohnen", bat Bent demütig.

„So soll es sein und so ist es rechtens Sahu-Re. Seid ihr bereit? Wollen wir beginnen!"

Draußen entzündete Kara bereits den Weihrauch, die Myrrhe und das Kyphi. Betörender Duft schwebte über dem Hof des Tempels, die zarten

Rauchschwaden vom segensreichen Nordwind zärtlich getragen. Alsdann schüttelte sie feierlich die Sistren. Die Königin reichte Bent die Hand, trat mit ihr hinter den Tisch, hob die Arme, damit alle schwiegen und zuhörten.

„Bevor wir die große Göttin, unser aller geliebte Große Mutter, bitten wieder in ihr Haus zurückzukehren, werde ich diese Frau, genannt Bent, genannt Tochter der Löwin mit allen ihr zustehenden Ehren zur Oberpriesterin dieses Hauses weihen!"

Bent stockte vor Ehrerbietung der Atem. Welch eine Ehre! Und die junge *Henut Taui Temu*, die Herrin der Beiden Länder, *Henut Schemau Mehu*, die Gebieterin von Ober- und Unterägypten Teje rief nach Kara.

„Zuvor aber werde ich die Dame Kara in den Rang einer *Idenu em Per Isis* erheben. Sie ist jetzt die Stellvertreterin des Hauses! Bitte, Dame Kara, legt Sahu-Re den Schleier um!" Und Teje legte feierlich ihre Hand Bent auf den verhüllten Scheitel.

„Nimm von mir, Der Prinzessin aller Frauen, Der Herrin des Südens und des Nordens, Teje, *Hemet Nesut Weret*, Große Königliche Gemahlin unseres Guten Gottes *Amenhotep Mer Chepesch, Heqa Uaset, Neb Maat Re*, Herrin des Hauses der großen Mutter Isis, Sahu-Re diesen Segen!" Kara hielt Bent den Räucherarm andachtsvoll vors Gesicht, während Teje die Göttin Isis anrief:

„Oh Himmelskönigin, Mutter der Natur, Herrin aller Elemente, erstgeborenes Kind der Zeit, Höchste der Gottheiten, Königin der Toten, Erste der Himmlischen, die alle Götter und Göttinnen in einer Erscheinung vereinigt. Du Schutzherrin, Bewacherin und Betreuerin aller die leiden und in großer Sorge sind. Du Schutzherrin der Geburten und der Mütter, du bist Isis, der magische *Ach*, und besitzt mehr Weisheit als jeder andere Gott. Herrin der Schiffahrt, Isis, du segelst die Sonnenbarke mit gutem Wind, in diesem, deinem Namen Maat. Allein mit einem Wink gebietest du über des Himmels lichte Gewölbe, des Meeres heilsame Lüfte und der Unterwelt vielbeweinte Stille. Dein Blut gehört dir, Isis, deine Zaubermacht gehört dir, Isis, du, die von dem Throne des Königs. Erhöre deine Magd Sahu-Re, die flehentlich darum bittet, dir dienen zu dürfen. Stell sie unter deinen besonderen Schutz, Herrin des Himmels, die du alle Dämonen mit deiner Zauberkraft abwehrst. Unter deinen segensreichen Armen, deinen heiligen Flügeln soll diese Frau, genannt Bent, genannt Tochter der Löwin, dein Haus beschützen und hüten und leiten wie du mich, *Hemet Nesut Weret* Teje, beschützt, hütest und leitest!"

Die Königin griff nach der Papyrusdolde in der Milch, besprengte Bents Haupt und den Altar. Dann, Bent traute kaum zu atmen, bat Teje Tachut zu ihr zu treten.

„Die Älteste und Weiseste dieses Hauses ist allzufrüh zu der *Stätte des Auges* gerufen worden. Nun ist sie ihrer Pflicht entbunden, ihr Auge ruht nicht mehr auf uns. Daher bitte ich die nächste Älteste, Dame Tachut, Iarets

Vermächtnis zu bringen."

Bent konnte durch den Schleier sehen, daß Tachut Isis' Krone zur Königin brachte, diese sie aufhob und Bent mit feierlicher Geste auf das Haupt setzte. Teje ergriff Bents Hände, zog sie hoch.

„Erhebe dich, Sahu-Re!" Teje hob den Schleier von Bents Gesicht, legte ihn vorsichtig über die Krone, griff nach dem Tiegel mit dem Salböl:

„Ich salbe dich mit dem heiligen Kyphi, ich weihe dich mit dem heiligen Duft, ich preise den Namen der Göttin, unserer Himmelskönigin, Herrin des Lebens, Isis. Siehe, hier steht Sahu-Re, von nun an *Hemet Netjer, Hemet Netjer Tepi en Isis*, Gottesdienerin! Erste Dienerin der Isis, die von mir ins Amt berufene Hohepriesterin dieses deines Hauses! Sie möge leben, sie möge gesund sein!"

Andächtig schüttelte Kara die Sistren. Bent, vollkommen von der Feierlichkeit des Augenblicks übermannt, hauchte kaum eines Wortes fähig: „Danke! Habt Dank, Herrin. *Dwa Netjer ink!*"

„Ich will keinen Dank, Dame Sahu-Re! Ich war es Iaret schuldig. Es war ihr Wille. Hier soll wieder eine starke Frau stehen, wie sie eine war. Ich denke, mit dir hat sie eine gute Wahl getroffen. Doch nun, wo alles rechtens ist, wollen wir die große Göttin bitten, wieder in ihr Haus zu ziehen."

Bent blickte nach den Damen des Hauses. Kara, in vorderster Reihe, vollkommen gerührt und ein wenig verheult. Tachut wischte verstohlen Tränen aus den Augenwinkeln. Pesechet wirkte kühl und gelassen. Die anderen schwankten zwischen Stolz und Ablehnung.

Bent suchte an ihrem Gürtel nach dem dicken Schlüsselbund und öffnete das Tor, griff nach einem Span, entzündete ihn an den brennenden Lampen auf dem Tisch und brachte die Flamme in den Vorraum des Allerheiligsten. Nachdem sie dort die Lampen entzündet hatte, bat sie die Königin herein und schloß das Tor. Mit einem dumpfen Poltern schlugen die Flügel zusammen. Da stand sie nun, mit der Königin zusammen in einem leeren Raum. Es war so still, daß sie meinte, ihrer beiden Herzen schlagen zu hören.

„Zwei Frauen in einem Raum und keine sagt etwas", plauderte Teje freundlich. „Das bedeutet entweder, die Damen sind sich spinnefeind oder sie schweigen in freundschaftlicher Übereinkunft."

Bent flüsterte ergriffen: „Ich bin vollkommen überwältigt von der Gnade und Freundlichkeit, die Ihr mir soeben erwiesen habt, Majestät. Und ich glaube, es steht mir nicht zu, das Wort an Euch zu richten. Ich bin eine einfache Frau, ohne Titel, ohne Rang, ohne Namen. Eben, beim Essen war es etwas anderes, da batet Ihr, wir wollen zwanglos beieinander sitzen. Aber hier ist es nun doch amtlich. Verzeiht mir mein Schweigen."

„Das zwanglose gilt jetzt auch noch. Wir sind unter uns. Zwanglos bedeutet nicht respektlos. Eurer Respekt mir gegenüber läßt nichts zu wünschen übrig, daher dürft Ihr das Wort an mich richten, sooft es Euch beliebt. Keinen Rang? Keinen Namen? Ich bitte Euch, Dame Sahu-Re! Erhob ich Euch nicht gerade eben? Gab ich Euch nicht einen Namen, einen Titel? Ihr seid jetzt eine *Ta Schepsi*, eine vornehme Dame. Wir beide stehen in dieser Stadt an höchster Stelle; keine andere Priesterin in *Uaset* ist mächtiger als du jetzt. Einzig ich in meiner Majestät stehe über dir. Sollte mir etwas Schlechtes über dich zu Ohren kommen, werde ich dem Abhilfe schaffen. Ansonsten gewähre ich dir freie Hand."

„Ich werde versuchen, allem gerecht zu werden."

„Nicht allem! Nur diesem Hause, Sahu-Re! Mir wurde zugetragen, Ihr würdet Sachmet huldigen! Doch gebt Acht, die Dame des roten Tuches besitzt grausame Macht, die man kaum beherrschen kann!"

„Sachmet kann heilen, Herrin. Und ich bin dabei, alles über das Heilen zu lernen. Und, wenn es Euch Beruhigung ist, Iaret hat Sachmets Wut besiegen können. Schau", Bent öffnete den Umhang ihres Gewandes ein klein wenig und zog den Halskragen beiseite. Aus den dünnen, feinen, fast verblaßten schwarzen Linien ließ sich mit Mühe der Name der *Mächtigen* entziffern. Bent beobachtete die Königin genau, während sie ihren Kragen festhielt, wurde irgendwie das Gefühl nicht los, die Herrin hätte ihr etwas gestohlen, einen Teil von ihr weggenommen. Ein Teil, größer als in ein *Char* [26] paßte und das weniger wog als ein *Ro*. Als hätte sie ein Stück ihrer Wut eingesperrt und hielte es gefangen.

„Wir wollen Schwestern sein!" Teje betrachtete eingehend die Tintenzeichnung auf Bents Brust, ergriff ihre Hände. „Schwestern, die sich dem Wohl des Landes verpflichten und Sachmets mächtige Wut in Bahnen lenken. Niemals soll sie je wieder die Menschheit vernichten, nicht, solange wir leben. Ich und du sind Sachmets Hüterinnen und Wärterinnen!" [27]

„Sollten wir unsere Freundschaft nicht vor der Großen Mutter besiegeln? In ihrem Haus? Drinnen?"

„Öffnet, Sahu-Re! Ihr besitzt wahrhaftig Scharfsinn!"

Stumm und in Ehrfurcht versunken bewunderte Teje nun die Pracht im Inneren des Allerheiligsten, blickte staunend auf die herrlichen, bunten, leuchtenden Bilder.

„Hier ist keine Statue von Isis", versuchte Bent nervös zu erklären. Oh, was

---

[26] Sack mit ca. 95 Litern Fassungsvermögen

[27] Anspielung auf das „Buch von der Himmelskuh" in dem der ganze Mythos von Sachmets Vernichtung der Welt erzählt wird.

‚Ich und du' ist eigentlich unhöflich. In diesem Falle aber spricht die Königin und sie setzt sich selbstverständlich an die ranghöchste Stelle wog die Krone schwer!

Das bin ich nicht! Das ist nur schöner Schein!

Vollkommen aufgewühlt, fühlte sie sich wie eine Waage, deren Gewichte ungleich verteilt auf den Schalen lagen. Als würde der Balken mal hierhin, mal dorthin schlagen. Der Gedanke an die schwarzen *Medu Netjer* brachte sie dazu, sich schon wieder dort zu kratzen. „Anscheinend ist auch nie eine dagewesen."

Während Teje schweigend an den Wänden entlang ging um die Bilder zu betrachten, zu bewundern, stützte Bent sich mit den Händen auf die Rückenlehne des Throns. Die Knie zitterten ihr. Kein Wunder nach der durchwachten Nacht und dem anstrengenden, aufwühlenden Tag! Dazu hatte sie ein zwei Biere getrunken. Sie trat um den Thron herum, Teje Platz machend, hielt sich an einer der Armlehnen fest. Allmählich ließ das flaue Gefühl nach und sie fühlte sich wieder sicherer. „Doch die Malereien an den Wänden ehren die Göttin zur Genüge."

„Da habt Ihr Recht, Sahu-Re! Sie ehren die Göttin in höchstem Maße. Wer ist der Künstler, der solch Wunderbares schaffen kann? Habt Ihr Kunde von ihm?" Teje lehnte sich auf die andere Armlehne. Auge in Auge standen sich die beiden Damen gegenüber. Zärtlich strich Bent über die Armlehne, der Gedanke an Bek gab ihr Kraft.

„Er ist der Sohn des Obersten Gärtners bei Hofe. Bek, Sohn des Men. Derjenige, der auch diesen Sitz geschaffen hat. Wenn ich hier weile, betrachte ich die Bilder der Göttin und gedenke des Lebens mit seinem ewigen Kreislauf. Können wir denn anderes tun, als das, was uns aufgetragen und von den Göttern geschickt wird? Wenn ich diese wunderschönen Bildnisse betrachte, habe ich das Gefühl, Isis sei leibhaftig anwesend."

„Das stimmt! Man meint, sie weile unter uns. Oder Iarets gute Seelen wohnen in diesem Raum. Mir ist, als würde man Isis' göttliche Macht fühlen. Trotzdem sollte ich die Göttin bitten, zurückzukehren."

„Einen Augenblick, Herrin! Ich hole den *Senetscher*; mit dem köstlichen Duft des Weihrauches ist die Bitte inbrünstiger." Bent öffnete die Tür, schlüpfte hinaus in den Hof, bat Kara um den Weihrauch, reichte den goldenen Topf der Königin. Diese trat an die herrlichen Bildnisse heran:

„Oh Himmelskönigin, Mutter der Natur, Herrin aller Elemente, erstgeborenes Kind der Zeit, Höchste der Gottheiten, Königin der Toten, Erste der Himmlischen, die alle Götter und Göttinnen in einer Erscheinung vereinigt. Du Schutzherrin, Bewacherin und Betreuerin aller die leiden und in großer Sorge sind. Du Schutzherrin der Geburten und der Mütter! Erhöre mich, Teje, Königin des Schwarzen Landes, ich bitte dich, Herrin des Himmels, kehre in deine Wohnstatt zurück, auf das *Uaset* nicht mehr mutterlos lebe!"

Bent schaute ergriffen zu, betrachtete – ohne die Königin zu sehen – die junge Frau, die da flehend zu der Göttin redete. Spürte den Schmerz in ihrem Herzen und das unendliche Leid um den Verlust des ältesten Sohnes, des Thronfolgers. Aufrecht stand sie da, stolz, erhaben, sich ihrer Göttlichkeit bewußt, fast noch ein Mädchen! Zierlich, klein, liebreizend. Und Mutter dreier Kinder. Doch plötzlich kamen Bent Kurrus Worte in den Sinn: *Aber du da, mittags froh und lustig, nun kalt und hart, tust mir leid. Was dich gemacht, was du da vorgeben willst?*

Das Land hat sie zu dem gemacht! Der Gatte hat sie zu dem gemacht! Sie ist ebenso wenig frei wie ich es bin! Sie ist gefangen und wenn sie geht, würde das den Tod bringen... Sie ist wie ich! Sie muß in *ihrem* Tempel ausharren bis ans Ende ihrer Tage ...

„*Nebet?*" Bent versuchte ihrer rauhen Stimme einen sanften Ton zu geben, mit einer kleinen Lüge die junge Frau aus ihren trübsinnigen Gedanken zu reißen. „Ich spüre, daß Isis zurück in ihr Haus gekommen ist."

„Du *spürst* das?"

„Iaret besaß eine Gabe, Herrin, und die hat sie mir vermacht."

„Die Gabe des Sehens?"

Bent nickte.

„Dieses Wunder hat mich an Iaret am meisten beeindruckt. Sie hat gesehen, was die Menschen bedrückt, blickte tief in ihre Seelen! Als sie starb, lag ich in der Mitte der Nacht und fühlte Schmerz. Sie war mir so lieb, Dame Sahu-Re, und ich weinte viele Nächte um diesen schweren Verlust! Wohin soll ich mich nun wenden?"

Ich will deine Verzweiflung nicht sehen! Du mußt stark bleiben! Du bist die Herrin! Du bist Hathor-Sachmet! Du bist *Nesut Bity*! Wir haben zusammen getrunken, zusammen das Brot gebrochen und gegessen, Teje. Du hast meine Gastfreundschaft angenommen! Schließen wir den Pakt der Freundschaft! Unter Isis' wohlwollenden Augen! Wollten wir uns nicht draußen schon Freundschaft schwören? Sagtest du nicht, wir wollen Schwestern sein?

„Du kannst dich an *mich* wenden, Herrin!", sagte Bent demütig. „Ich lade dich, *Hemet Nesut Weret* Teje, in Isis Haus, unter ihren göttlichen Augen, ein: sei mein Gast, nicht nur für heute, auch für die Zukunft, sooft es dir beliebt. Außerdem erbitte ich untertänigst deine Freundschaft!"

„Und ich, *Hemet Nesut Weret* Teje, gewähre sie dir gern!" Über den Sitz hinweg reichten die Frauen sich die Hände, schlossen ein stummes Bündnis ihrer Freundschaft.

„Wir sollten nun zu der Gesellschaft zurückgehen, Dame Sahu-Re. Es ist alles gesagt, alles getan."

„*Tju*, Herrin. Erlaubt mir, voran zu gehen und die Tür zu öffnen."

Draußen standen Kara, Taduchipa und ein vornehm gewandeter Mann, der sich äußerst geschickt vor Teje verbeugte, andächtig murmelte, ein paar verspätete Gäste seien eingetroffen.

„Der Herr Zeremonienmeister!", spottete Teje mit spitzer Zunge und säuerlicher Miene, „Geschickt von den Leibgardisten, damit Er nachsehe, wo ich bin. Ihr könnt euch aufrichten und wieder Euren Posten vor dem Portal beziehen. Ich bin hier in guten Händen! Und wir wollen wieder unsere Plätze einnehmen! Komm, Taduchipa."

Bent blieb unbemerkt zurück, stand einige Herzschläge lang unbewegt in dem leeren Hof, glaubte alle ihre Gedanken wären wie aufgescheuchte Vögelchen davongeflogen.

„Was für ein Tag!", stöhnte sie, froh um den Augenblick der Ruhe. Vorsichtig hob sie sich die Krone vom Kopf, legte sie fürsorglich auf den kleinen Altar zwischen die beiden Lampen, schlenderte nachdenklich hin zu dem Säulengang, versuchte ihre aufgewühlten Gedanken zu beruhigen.

Ta Schepsi! Ha! Vornehme Dame! Was für ein Witz! Was für ein Wahnwitz! Bent, die gute Hohepriesterin! *Jetzt* habe ich einen Namen, Bek! *Jetzt* bin ich vornehm! *Jetzt* ist es zu spät!

Sie merkte gar nicht, wo sie hinlief, bis die laute Musik und das Gelächter aus der Festhalle sie aus ihren grüblerischen Überlegungen rissen.

Ach! Verflixt! Ich bin doch tatsächlich statt in den Festsaal bis zu den Bädern gelaufen. Man soll nicht grübeln, dann führt der träumerische Weg höchstens zu den Abtritten. Nun ja, wenn ich schon mal hier bin!

Bent eilte den düsteren Korridor entlang, der hinter den Bädern zu den niedrigen Gebäuden am Gartenrand führte. Hörte das Wasser rauschen, daß durch die kleinen Kanäle unter den Sitzbrettern lief, hörte ihr Blut in den Ohren rauschen, als sie das unheimliche Gefühl überkam, dies alles schon einmal erlebt zu haben. Furchtbare, unbegründete Angst stieg in ihr hoch, sie fühlte sich wie eben im Allerheiligsten als ihr schwummerig und flau wurde. Wieder meinte sie, sie sei eine schlecht beladene Waage, unausgeglichen, völlig aus dem Gleichgewicht. Hier war es unheimlich und einsam, niemand hielt sich hier auf. Ängstlich rieb sie sich die Augen, vor denen es plötzlich wieder flimmerte. Mit verschwommenem Blick schaute Bent zurück auf den Weg den sie gekommen war. Wenn doch bloß dieses unerträgliche Jucken aufhören würde! Unwirsch riß sie den Kragen beiseite, kratzte sich unter den Trägern des Kleides blutig.

Größtes Unheil ahnend hielt sie inne, lehnte sich, schwindlig geworden an die Wand, betete inbrünstig zu Isis, schaute mit Grauen auf den dunklen, wabernden Dunst, der aus den Tiefen des Korridors auf sie zukroch. Schwarz wie die Nacht, finster und verderbt, bösartig wie der kalte Hauch des Todes!

Wo bist du Isis? Wohnst du nicht in meinem Herzen? Bestrafst du mich, weil ich dich unachtsam vernachlässigt habe? Rächst du nun meine Gedankenlosigkeit? Meine Gottlosigkeit? Wozu solltest du, Isis, Große Mutter mich beschützen? Ich kenne kein einziges gescheites Gebet, laufe achtlos Tag für Tag an deiner Kapelle vorbei, denke nicht einmal am Tag an dich, Große Mutter, obwohl ich in deinem Hause wohne. Diesen Kampf verlieren wir nun beide. Denn siehe, Herrin, *Nebet Sedau,* die Herrin des Zitterns, Sachmet kehrt wie ein Sturmwind zurück!

Schon blies heißer Wind durch den Korridor, jagte Blätter, Staub und Sand vor sich her, als wolle er den schwarzen Dunst vertreiben. Wollte die Mächtige an diesem besonderen Tage endgültig die Oberhand gewinnen? War sie vielleicht eifersüchtig? Sie erschien gewiß um Bent, ihre unnütz gewordene Dienerin, im Augenblick ihres größten Triumphes endgültig zu vernichten! Bent, schwach und nahezu willenlos, versuchte vergeblich die *Herrin der Angst* zurückhalten! Isis, oh, Mutter des Himmels, Königin des Lebens, verlaß mich nicht! Beißender Schweiß trat ihr aus allen Poren, rot wie Blutstropfen, die auf die Erde fielen, ihr wurde schwarz vor Augen, als sie meinte, jemand drehe ihr brutal den Arm auf den Rücken, schob sie grob in einen der Abtritte.

Doch sie wehrte sich! Wütend, böse! Und sie war sich sicher, daß ihre Augen grün und voller Zorn leuchteten wie die Augen einer Raubkatze. Denn sie stand keineswegs in einem der Abtritte! Sie stand immer noch in dem zugigen Korridor! Und dieser wabernde Dunst, diese grauenvolle, boshafte Kälte! Sie entströmte einem kaltblütigen erbarmungslosen Herzen. Ihr gegenüber, gerade aus der Tür getreten, stand Amenhotep, Sohn des Hapu!

Der Fatzke!

Das Monstrum!

Ein Höfling, ein feiner Herr! Baumeister des Großen Hauses! Jener vornehme Vetter von Bek, der Bent einst das Leben stahl. Jenes Monstrum, das ihr die Seelen raubte. Dieses Scheusal, daß sie vergewaltigte, zusammenschlug und in den Dreck stieß. Diese gefühllose Bestie, die ihren kleinen Sohn an beiden Füßen griff und mit dem Kopf gegen die Wand schlug! Dieser Unmensch, der lachend zuschaute, wie seine Saufkumpane ihre Freundinnen schlugen, würgten, zu Tode fickten und ihren Haushofmeister kaltblütig meuchelten! Jener brandschatzende Dämon, der ihr das schöne Haus über dem Kopf anzündete! Er stand da leibhaftig vor ihr! Ihn, den sie niemals in ihrem Leben mehr wiedersehen wollte und den sie seitdem millionenmal in ihren Träumen in die finsterste, dunkelste Duat geschickt hatte!

Tränen traten in ihre Augen, heiße, brennende Tränen. Sie fühlte, wie sie ihr über die Wangen liefen, vom Kinn herabtropften. Tränen des Schmerzes,

Tränen des Hasses. Mit der flachen Hand fing sie einen der Tropfen auf …
Blut!

Heißblütig faßte sie an die brennenden, schmerzenden *Medu Netjer* auf ihrer Brust. Und wie von selbst kamen die Worte, die sie schon so oft gesprochen hatte, über ihre Lippen:

„Haß soll mein Begleiter sein, Wut soll mich führen! Gib mir deine Kraft, Göttin des Blutes, reich mir deinen Arm, damit ich mich an dir aufrichten kann! Siehe, ich habe ein Bündnis mit dir geschlossen! Deinen heiligen Namen trage ich für alle Zeiten in mein schwaches Fleisch geritzt, damit ich *niemals* vergesse!"

Wie eine heiße Woge spürte sie die Kraft der mächtigen Worte! Hier war der Stock an dem sie sich aufrichtete! Vorbei das flaue Empfinden, die verfluchte Schwäche und verdammte Hilflosigkeit. Überschäumend unbeherrschbar brandete ihr heiße, glühende, unbändige, göttliche Wut hoch!

„*Ich* bin hier zu Hause, *du* bist der Gast!", fauchte sie mit gefletschten Zähnen, als wollte sie ihn ein letztes Mal warnen. „Ich bin die *Herrin der Angst*! Die Rächerin! Die *Dame des roten Tuches*! Sachmet, die Mächtige, die Löwin, *Tochter des Re*! Ich bin zu dir gekommen um *Bent* zu rächen!"

Worte wie Donnerhall!

Er wich zurück, während sie auf ihn zutrat. Lustvoll spürte Bent den heißen, glühenden Schmerz der mächtigen blutenden Gottesworte auf ihrer Brust. Ihre Hände krümmten sich zu verbrannten Klauen, schnellten vor. Ihr Gesicht verwandelte sich wieder in die vom Feuer zerstörte Fratze. Spielerisch kokett neigte sie den Kopf ein wenig zur Seite, wirkte wie das grauenhafte, grausam verzerrte Spottbild ihrer Statue im *Pa Demi*.

„Du hast unglaubliches Glück, Amenhotep, Sohn des Hapu", brüllte sie löwengleich. „Unglaubliches Glück, denn ich kann kein Leben nehmen, solange Isis in der Nähe ist. Aber ich kann dir etwas geben, mein alter Freund! Für das, was du meiner Dienerin angetan hast, werde ich dir etwas schenken, woran du dich dein ganzes Leben lang erfreuen kannst – und glaube mir, es ist schlimmer als der Tod!"

Wie aus dem Nichts schwirrten Millionen von Heuschrecken durch den Korridor, getragen von dem heißen, heftigen, tosenden Wind, der Amenhotep fast von den Beinen riß; taumelnd wich er weiter zurück, wie toll um sich schlagend, die Heuschrecken vertreibend. Doch es gab kein Entkommen, denn hinter ihm befand sich nur die Tür zum Abtritt. An die drückte er sich schnaufend, doch er saß in der Falle. Hier gab es keinen weiteren Ausgang.

Bent schien verschwunden, stattdessen schritt eine auf bestialische Weise schrecklich blutende Frau auf ihn zu, deren vom Feuer zerfressenes, schauderhaft anzusehendes Gesicht sich in das Haupt einer Löwin verwandelte. Ihr göttliches Brüllen hallte entsetzlich in dem engen Korridor:

„*Ich bin Sachmet! Ich bemächtige mich des Frevlers! Ich allein bin das verzehrende Feuer! Ich bin die Wahrheit und die Gerechtigkeit! Du stehst außerhalb der Maat und ich bin das rächende Auge des Re! Ich bin Hathor-Sachmet, welche sich ihrer Feinde bemächtigt! An meiner Seite Sia und Schai!* [28] *Achu! Heka! Höre mich Ka! Heka Achu!*"

Schon griffen die gespenstigen, schauderhaft entstellten Hände nach ihm, legten sich um seinen Nacken, als wollten sie ihn zum Kusse zwingen. Amenhotep wollte sich brüllend, schreiend aus der Umarmung winden, doch Sachmet schlug ihm pfeilschnell die blitzenden Reißzähne ins Gesicht, blies ihren, nach faulem Fleisch und Pestilenz stinkenden Atem in seine Nase. Sodann ließ sie ihn los:

„Leben sollst du!", fauchte sie und es hörte sich an wie Donnerschlag. „Leben! Erbärmlich leben! In alle Ewigkeit! Du hast den Kuß des Todes erhalten, aber du wirst niemals sterben! Auf ewig sollst du den Tag verfluchen, der dein Todestag sein sollte. Sachmet hat dich geküßt und verflucht!"

In der plötzlichen Stille hörte Bent wie jemand stolpernd, fallend, sich wieder aufrappelnd durch den Korridor hastete. Wieso lag sie am Boden? Umständlich richtete sie sich auf, erblickte Dreck und Blut auf ihrem schönen Kleid. War ihr derart schlecht geworden, daß sie ohnmächtig wurde? Zitternd stand sie auf, versuchte ihr Kleid zu richten. Es war über und über blutig, dazu an den Knien schmutzig. Sie konnte nicht lange in dem Korridor vor den Abtritten gelegen haben, dennoch kam es ihr vor, als hätte sie eine ganze Nacht lang hier gelegen und einen fürchterlichen Traum geträumt. Das war doch wieder ein Anfall von Raserei?

Angeekelt spuckte sie aus, als sie an das Gesicht Amenhotep Hapus in ihrem Mund dachte. Iarets Kätzchen schmiegte sich maunzend an ihr Bein, wohl schutzsuchend vor dem vermeintlichen Unwetter. Bent wollte es hochheben, doch sie zitterte zu sehr. Mit weichen Knien sank sie neben die Katze auf den Boden: „Ach, Bast, süße kleine *Miu!*" Die Katze an sich drückend, als fände sie Trost in dem warmen, weichen Fell, betrachtete Bent ihre bebenden, mit klebrigem Blut bedeckte Hände, die sich in den feinen Pelz gruben. Sie spuckte auf ihre linke Hand, wischte das Blut an dem Kleid ab. Darunter sah alles aus wie vorher, heil und glatt, keine Narben, keine Spur von den verbrannten Klauen, die eben mit glühendem Haß nach dem Mordbrenner gegriffen hatten. Hastig legte sie beide Hände fühlend an die Wangen: alles heil!

„Oh Isis, ich danke dir! Ein Traum! Ein grauenvoller Traum aus den Tiefen

---

[28] Wille und Bestimmung

meines Wahnsinns! Ich bin immer noch eine unberechenbare Irre! Doch mein Herz?" Bent hob den Kopf und horchte in sich hinein. „Es tanzt!"

Es klopfte wie toll! Tanzte einen unbändigen Tanz des Lebens, als sei eine gewaltige Last von ihm genommen worden!

Nur einen Augenblick lehnte sie sich an die Wand, bis sie sich stark genug fühlte um aufzustehen, huschte schließlich heimlich, still und verstohlen im Schutze der dicken Säulen über die Höfe zu ihrer Kammer. Niemand begegnete ihr. Welch ein Glück, alle waren mit Essen, Trinken, Musik, Gesang und Plaudereien beschäftigt.

Schnell umziehen, das blutige Kleid verstecken und geschwind zu der königlichen Gesellschaft zurückgehen! Ein prüfender Blick in den blinden Anch verriet ihr, daß sie lediglich einige Haarsträhnen richten und den Lidstrich ausbessern sollte. Hier und da zeigten sich Spuren von Blut im Gesicht, auf ihren Armen, Händen und zwischen den Brüsten. Schnell griff sie nach einem Tuch, tunkte es in das Waschgeschirr, wischte damit die letzten Blutspuren von ihrem Körper, streifte das Kleid über, welches sie bei Neschons Tochter zuerst gekauft hatte, richtete den Schmuck, schlug sich verächtlich an den Gedankenkasten, darauf hoffend, einen weiteren Anfall vermeiden zu können und eilte zurück in den Festsaal.

Dort war die launische Stimmung mittlerweile am Überkochen. Abermals der laute Ruf des Musikers: „*Ich kann nicht hungrig singen, nicht die Harfe halten zum Gesang, wenn ich nicht satt vom Weine bin!*"

„*So singe doch!*", grölten alle ausgelassen.

„*Wo ist das Zeug? Meine Kehle ist trocken wie Stroh!*" Und nochmals wurde Bier und Wein ausgeschenkt, die trockenen Kehlen gründlich geölt, damit der Gesang weitergehen konnte. Die *Benet*, die Bogenharfe mußte her! Der Kerl entlockte ihr die schrägsten Töne, sang mit schlüpfriger Stimme: „*Drehe ich die Harfe in der Hand, so singe ich von Frauenschand!*"

Natürlich ließen die Damen das nicht auf sich sitzen, beschimpften ihn gutmütig, machten den groben Spaß mit. Bent huschte durch den Saal, zauberte sich ein strahlendes Lächeln ins Gesicht, nahm wieder neben Königin Teje Platz.

„Wo ist denn Euer wunderschönes Kleid geblieben?"

„Ein bedauernswerter Unfall mit einem Becher Wein, Majestät", lächelte Bent unverblümt. Der Zeremonienmeister trat an den Tisch.

„Herrin, einer der hohen Gäste hat sich bereits verabschiedet, ohne daß er Euch und der ehrwürdigen Dame des Hauses seine Aufwartung machen konnte. Er bittet inständig diesen Frevel zu verzeihen. Aber der Sohn des Hapu, Majestät, sah nicht gut aus. Dem Herrn Amenhotep ist anscheinend schlecht geworden bevor er überhaupt etwas essen und trinken konnte."

Mit einem Nicken nahm die Königin es zur Kenntnis.

„Besser ihm als mir", sagte sie schmunzelnd zu Bent, der es in diesem Augenblick kalt den Rücken hinunterlief. „Ich kann ihn nicht leiden! Aber, ich denke allmählich über den Aufbruch nach. Die Dämmerung bricht bald herein. Es wird Zeit, seht doch, alle sind trunken. Meine liebste Sahu-Re, nehmt meinen aufrichtigen Dank für Eure Gastfreundschaft entgegen. Es war ein wundervolles Fest und Isis wird froh sein, endlich wieder in ihrer Heimstatt zu sein."

Wenig später stand Bent bebend unter dem großen *Bechenet*, schaute hinunter zu dem in der Abendsonne glitzernden Fluß. Dort wiegte sich die königliche Barke *Aton Tjehen* in den sanften Wellen, legte ab, setzte die Segel.

Der Fatzke!

Das Monstrum!

Das war kein Traum!

Das war kein Wahnsinn!

Er war tatsächlich da!

Hier, in diesem meinem Haus!

Todesschrecken überkam Bent, wünschte sich, sie besäße einen Stock auf den sie sich stützen könnte, betete zu sämtlichen Göttern, daß alle verschwänden und sie sich zurückziehen könnte. Gänsehaut überzog ihren Körper, ihr wurden schon wieder die Knie weich, aber das konnte sie sich nicht erlauben. Vor ihr, auf der gewaltigen Freitreppe verneigten sich manche der Gäste vor ihr, andere waren schon in ihre Sänften oder Barken gestiegen, hier wurde sich umarmt und verabschiedet, da wurde lautstark lebhaft geplaudert. Manche schwankten bedenklich.

„Oh, da ist ja mein Tragsessel! Aber Dame Sahu-Re! Hört Ihr mich denn nicht?"

„Wie meinen?" Bent erwachte wie aus einem Alptraum.

„Ich möchte mich bedanken und verabschieden."

„Natürlich Dame Taduchipa. Verzeiht mir. Aber es war ein langer Tag. Wolltet Ihr denn nicht mit der Königin in ihrer Barke fahren?"

„Nein. Ich wohne ja bei Vater. *It* würde nicht dulden, daß ich ohne seine Erlaubnis unserem Haus fernbleibe. Ich danke Euch, Dame Sahu-Re, *em Hotep* und *Anch Uda Seneb*!"

„Ja, das wünsche ich Euch auch. Gute Nacht!"

Noch einmal an diesem denkwürdigen Tag loderte in Sahu-Re Sachmets brennende Wut hoch, spürte Bent die unbändige Macht der mächtigen *Medu Netjer*, bedauerte dabei das Mädchen, welches denjenigen zum Manne nehmen würde, dem sie selbst einst in ihrem Wahn das Leben rauben wollte.

Der Thronfolger!

„Ich werde einen Weg finden! Meiner göttlichen Rache wird er nicht entgehen!", fauchte Bent; entsetzte sich gleichzeitig über den Gedanken, den Prinzen töten zu wollen. Entsetzte sich aber noch mehr darüber, daß sie leibhaftig ihrem Peiniger Aug in Aug gegenübergestanden war.

„Willst du nicht mal aufstehen?" Kara zerrte gebieterisch an Bents Decke. „Es ist bald Mittag! Du hast Pflichten! Mir scheint, du hast gestern ordentlich dem Bier zugesprochen! Los! Hoch!"

„Ach laß mich doch in Ruhe!", brüllte Bent unter ihrer Decke und drehte sich zur Wand. Was für eine furchtbare Nacht lag hinter ihr. Sobald sie die Lider schloß, stand das gruselige Erlebnis in dem Korridor vor ihren Augen. Nicht einen Augenblick wollte der Schlaf über sie kommen. Und das lag nicht daran, daß alle Bediensteten des Hauses und die Frauen, die mittags nicht dabei sein konnten, nachdem die Gäste gegangen waren, weiterfeierten. Es war genug von dem prächtigen Ochsen übrig, Bier floß in Strömen, die Musikanten spielten bis spät in der Nacht. Sie alle hatten sich das Feiern redlich verdient. Nein, daran scheiterte Bents schlaflose Nacht nicht. Sie scheiterte an ihren Träumen, an ihren Gedanken, an ihrer Angst. Sie hatte einen Menschen verflucht! Wußte, wie er leben würde! Ohne zu sterben... Sie wollte diesen grauenvollen Gedanken gar nicht weiterspinnen, doch drängte er sich quälend mit jedem Atemzug weiter auf!

Millionen von Jahren sollst du umherirren. Keinen Frieden sollst du finden

Beks Worte an die Wand der geheimen Kammer geschrieben.

Und ich habe es ausgesprochen!

Er hat es verdient!

Das hat kein Mensch verdient!

Er doch!

Niemand sollte solche Pein erdulden!

Er hat mein Kind getötet! Welche Pein hat Nefertem erduldet?

Welche ich?

Und Idris? Und die anderen!

Ich wünschte, ich wäre auch verbrannt! Oh ihr Götter, helft mir!

Und jetzt zupfte Kara an ihrer Decke. Anscheinend räumte sie die Kammer auf, dem Gepolter und Gerumpel nach zu urteilen. Das war die Lade des Tisches, darin versenkte sie den Anch. Ach, heilige Mutter, hoffentlich findet sie das Kleid nicht! Bent drehte sich hastig um:

„Kannst du zaubern, Kara? Beherrschst du *Heka Achu*? Glaubst du, man könne jemanden verfluchen? Auf Jahre hinaus, über seinen Tod hinweg?"

Kara schaute zu ihr hin, unterbrach ihre freundlich gemeinte Hausarbeit.

„Wie kommst du denn darauf?"

„Ich träumte einen Traum. Darin tat ich das. Ich verfluchte einen Mann dazu nie zu sterben."

„Wie? Nie sterben? Jung und schön und reich durchs Leben gehen und dann immer so weiter?"

„Nein! Alt, einsam und krank. Den Moment seines Todes überlebend."

Kara blieb vor Grausen der Mund offen stehen. Zornesröte überflutete ihre Wangen.

„*Du* willst wissen, wie man zaubert? *Du* läßt dich hier von der Königin weihen, und hast nichts Besseres zu tun, als mich über Magie auszufragen! Willst du deine neue Position dazu nutzen, Böses zu tun?" Dann fiel Kara das blutige Kleid in die Finger, „Was ist denn das? Oh! *Heka Achu* ist heilig!", schimpfend, hielt sie Bent das blutige Bündel vor die Nase, wedelte damit durch die Luft. „Und was machst du? In deinen Händen wird sie schwarz und verderbt! Was hast du nur getan? Dämonen angerufen? Weißt du was, Bent? Du bist so gruselig! Du machst mir Angst. Alleine deine Stimme! Wie aus dem Totenreich! Wer bist du? Eine Wiedergängerin? Gar selbst ein Dämon? Du bist sowas von unheimlich und düster. Du bist beklemmend wie eine schwarze, kalte, entsetzliche Nacht!"

Bent, betroffen über Karas Wutausbruch, flüsterte: „Doch du bist das Licht!"

„Was?", blaffte Kara. Anscheinend war ihr der Geduldsfaden endgültig gerissen. In Bent brodelte der Ärger hoch, so schnauzte sie laut: „Aber du bist wohl das Licht!"

„Ich bin die Seele der Sonne!", giftete Kara zurück, warf das Kleid aufgebracht auf den Boden und verließ Bents Räume.

Nicht einen Augenblick länger ertrug Bent diese Kammer, in der die schlechten Gedanken der Nacht in der heißen Luft schwebten. Und jetzt kam auch noch der Mief dieses unsinnigen Streites hinzu! Hastig strampelte sie die Decke weg, erhob sie sich, trank einen Becher Wasser, stopfte ein Stück Brot in den Mund, wusch sich nachlässig, kämmte sich noch nachlässiger, flocht mit fahrigen Händen ihr Haar zu einem langen, dicken Zopf, warf eins der bescheidenen Kleider aus Iarets Truhe über, griff nach einem Schleier, schlüpfte in die Latschen, verließ den Raum, trat in den Innenhof.

Mißmutig bemerkte sie das geschäftige Alltagstreiben. Schon kam Mesechnet gelaufen – bei ihr sollte sie heute weiter Kräuterkunde lernen. Gegenüber schritt Pesechet zu ihrer Kammer, anscheinend besorgt darüber etwas vergessen zu haben, in ihren Arzneikasten blickend. Auf der

Dachterrasse hingen einige singend und lachend Wäsche auf, mehrere Kranke spazierten gemächlich unter den Säulengängen, dazwischen, mit Aufgaben betraut, eiligst hin und her huschende Mägde.

„Nein!" In Bent regte sich Widerwille. „Ich ertrage es nicht! Nicht heute!" Sie drehte sich um, schritt auf die Eingangstür zu. Schon lag ihre Hand auf dem Riegel.

„Wo gehst du hin?", hörte sie Pesechet hinter sich.

Bent riß die Tür auf, „Weg! Weit weg von alldem hier!", schnauzend, schlüpfte flink durch, knallte die Pforte hinter sich zu, fühlte sich besser, als könne sie draußen auf der Straße freier atmen.

„Wann kommst du wieder?" Pesechet steckte den Kopf durch die Luke ihrer Kammer.

„Ihr könnt mich alle …"

Bent trat unter dem *Bechenet* durch, rannte mit großen Schritten die Treppe hinunter auf den Weg. Wie von selbst liefen ihre Beine Richtung *Ipet Resit*, kurz davor bog sie in einen kleinen Seitenweg, stand vollkommen verdutzt am Hintereingang von Mens Haus.

„Was mach' ich denn hier?", maulte sie laut, daß mancher Fußgänger sich nach ihr umdrehte, „Ich soll nach Arbeit fragen!", bestätigte sie nickend den Leuten. Man sah deren Mienen an, daß sie Bent für nicht ganz helle hielten. Die ließ sie im Glauben, machte Anstalten anzuklopfen, wartete eine Weile und hastete weiter, auf sich selbst schimpfend. Von vollkommener innerer Unruhe getrieben marschierte sie weiter durch die Stadt, mal hierhin, mal dorthin, stand auf einmal auf dem weiten Platz vor dem Bastettempel, beobachtete verächtlich die Männer, welche die Stufen zu dem kleinen Tempel hochschritten. „Am hellichten Mittag!", fluchte Bent in sich hinein. „Haben die sonst nichts zu tun?" Bastets heilige Kätzchen stromerten über den Platz, umringten Bent wie eine alte Freundin, schmiegten die Köpfe an ihren Beinen. Sie mußte hier weg, das war bereits zu auffällig! Wo kamen bloß all die Katzen her? Sie liefen ihr nach, als hielte Bent Leckereien in Händen. „Geht ihr wohl zurück!", säuselte Bent, verblüfft darüber, daß die Meute anscheinend verstand, denn augenblicklich zerstreuten sie sich in alle Himmelsrichtungen.

Wie selbstverständlich ging sie den Weg weiter zwischen den dicht beisammenstehenden Häusern, fand sicher und ohne zu zögern die richtige Abzweigung, lief bald darauf an einem kleinen, plätschernden Kanal entlang. Erst jetzt verlangsamte sie ihre Schritte, spürte Müdigkeit und die unbarmherzige Hitze des Mittags.

Nur noch ein paar Schritte, dann kommt das Mäuerchen, daß den Kanal einfaßt, darauf kann ich ausruhen. Im Schatten der *Schnedjet*, im schmeichelndem Schatten der gefiederten Blätter. Und im kühlenden Schatten der *Tscheret*. [29] Sie wehen im Wind und rauschen ihr ewiges Lied. Dort, da vorn, nur ein paar Schritte, Bent, komm, du weißt genau wo dich dein Weg hingeführt hat. Dort auf der Mauer kannst du ausruhen!

Wie eine alte Frau ließ sie sich seufzend auf der Mauer nieder, dankbar um den Schatten der rauschenden Bäume, zog den Schleier von Kopf und Armen, den Rock über ihre Knie hoch, genoß die wohltuende Kühle des Schattens, stemmte die Ellenbogen auf die Knie, den Kopf in die Hände und betrachtete sinnierend die Ruine.

Da bin ich, mein Kleiner! Und du glaubst es nicht, was gestern passiert ist! Die Königin hat mich zur Hohepriesterin geweiht. Deine *Mut* ist jetzt eine feine Frau, eine vornehme Dame…

Weißt du noch? Der Garten, rechts hinüber zum Nachbarhaus. Es wuchsen Blumen, Zwiebeln, Melonen und Gurken. Steht dort nicht noch mein Stuhl? Da unter dem Feigenbaum? Dort, in seinem Schutz habe ich oft gesessen und den niedlichen, süßen, kleinen Nefertem gestillt. Was warst du für ein lieber kleiner Junge, mein Schatz. Ich genoß diese süßen, stillen Augenblicke mit dir! Und am starken Stamm hieltest du dich tapfer fest, als du fröhlich deine ersten Schrittchen machtest. Und hinter dem Stamm hast du dich später oft kichernd versteckt, damit ich dich suche. Höre ich nicht Hetep wie sie Nefertem schimpft, weil er zu Späßen aufgelegt, die dumme Magd erschreckt? Nein! Ich höre gar nichts! Dein glückliches Lachen ist verstummt, mein Schatz! Genau wie Idris' Lachen, wenn sie aus dem Nachbarhaus zu einem Schwatz herüberkam, darauf wartend, daß ich endlich fertig werde. Es schnattern keine Gänse und das Muhen meiner schönen Kuh ist verhallt, ebenso das ewige Genörgel Heteps. Der Garten ist entschwunden, hier ist bloß Grabesstille zu hören! Da! Schau! Sieh doch, einzig die Krähe fühlt sich auf dem Geröll wohl! Verschwinde du Drecksvieh! Laß sie alle in Ruhe schlafen!

Bent warf ein Steinchen nach dem umherstolzierenden, stochernden Vogel, der beleidigt in die Höhe hüpfte, seine Flügel ausbreitete und wie der drohende Schatten eines Unterweltdämons davonflog.

„Ein schöner schattiger Platz", sagte auf einmal eine Frau neben ihr, ließ sich nieder und grüßte nickend. „*Anch, Uda, Seneb.*" Ihren offensichtlich schweren Korb stellte sie auf den Boden. „Heute ist es aber auch heiß. Und was bin ich dankbar, unendlich dankbar."

„Weswegen?" Bent schob den Rock über die Knie.

„Daß man hier wieder hergehen kann ohne Angst zu haben!"

---

[29] Nilakazie und ägyptische Weide

Bents verständnisloser Blick brachte ihre Sitznachbarin dazu, weiter zu plaudern: „Das da", und sie wies mit dem Kopf in Richtung des rußigen Schutthaufens, „waren mal zwei Häuser. Sie sind abgebrannt und man fand Tote in den Trümmern. Seither gingen ihre Geister hier um. Niemand traute sich mehr vorbei. Nur ein paar Mutige oder besonders Faule gingen über den Pfad da. Aber vor einiger Zeit hat die große Herrin aus dem Tempel der Isis mit vielen Gebeten, Zauberei und Räucherwerk alle Geister vertrieben! Die ist eine Heilige! Ich bin dieser Frau dankbar, wenn ich könnte, würde ich ihr die Füße küssen!"

Bent zog unmerklich die Zehen in ihren Latschen an.

„Jetzt brauch ich nicht mehr den weiten Umweg machen, wenn ich zum Markt da vorne will!", lächelte die Frau, griff nach ihrem Korb, hievte ihn auf den Kopf und stand auf. Sie war schon ein paar Schritte gegangen, als Bent aufsprang und ihr hinterherlief.

„Kanntest du die Leute aus dem Haus?"

„Nein, gekannt habe ich sie nicht. Ich wohne da vorne, gut und gerne dreißig Häuser weiter in der kleinen Gasse. Aber es sind bestimmt noch Nachbarn da, die sie gekannt haben."

„Leben, Wohlstand, Gesundheit!", flüsterte Bent der Frau nach, blieb nachdenklich mitten auf der Straße stehen, „Nachbarn?", hauchend, „Oh, ich werde dich finden!", drehte sich um und klopfte wild entschlossen an die nächstbeste Tür.

„Ich bin eine Schwester der Frau die da mal gewohnt hat und wollte fragen…" Die Tür knallte ihr vor der Nase zu. An der Nächsten hörte sie wenigstens ein brummiges „Verschwinde!", bevor auch diese Tür lautstark zugeschlagen wurde. Sie klopfte vergebens an einige Türen in unmittelbarer Nachbarschaft ihrer Häuser. Die Leute waren entweder unwirsch, unhöflich oder verschlafen. Kein Wunder, wenn sie zu solch unmöglicher Zeit anklopfte. Diese noch, dann würde sie zurückgehen und morgen wiederkommen. Da öffnete eine junge, frisch aussehende Frau, lächelte sie fragend an. Abermals leierte Bent ihren Spruch herunter:

„Ich bin eine Schwester der Frau die da in der ausgebrannten Ruine gewohnt hat und wollte fragen ob jemand im Haus oder der Nachbarschaft weiß, wohin die Verstorbenen gebracht wurden. Ich bin von weit her und habe erst kürzlich von dem Unglück gehört. Und nein", fügte sie schnell hinzu, als sie die unausgesprochene Frage der anderen in deren Gesicht lesen konnte, „ich bin nicht blind."

„Aamut!", rief die junge Frau ins Haus und zu Bent gewandt: „Großmutter hat das alles mitbekommen, sie wird dir Antworten geben können. Komm doch herein. Du siehst aus, als könntest du einen guten Schluck kaltes Wasser vertragen. Bist du in der Mittagshitze herumgelaufen? Aamut, komm doch mal! Hier, setz dich, ich bringe dir was zu trinken. Möchtest du Honig oder sauren Wein in dein Wasser?"

„Nichts, danke, Wasser genügt."

Oh wie war es schön kühl in dem Haus! Dankbar sank Bent auf den dargebotenen Stuhl und harrte der Dinge.

„Das war schlimm damals!", sagte die junge Frau. „Ich habe den Brand mitbekommen, mußte am darauffolgenden Tag nach Hause zu Mann und Kindern und Schwiegerleuten. Ich war hier wegen einer Familienfeier. Mutter, Vater und Großmutter haben allerdings alles mitbekommen. Mutter ist gerade zu einer Freundin auf Besuch. Ah, da kommt Aamut. Oma, diese Frau ist die Schwester von einer der Frauen, die bei dem Brand ums Leben gekommen sind. Sie kommt von weit her und will wissen, wo ihre Liebsten begraben sind."

„Nur langsam, Mädchen", lächelte die Großmutter, die für Bents Begriffe ziemlich flott unterwegs war. „Bring mir einen Becher, stell den Wasserkrug hier neben uns, bring auch den Wein, damit das Zeug genießbar wird. Du bist die Schwester, soso!"

„Ja", eiferte Bent, „ich wohne ganz im Norden, im… im… in…" Verflixt, welche Städte gab es da? „Auf einem Dorf, in der Nähe der ehemaligen Hauptstadt. Bin mit meinem Mann dorthin gegangen. Und als die Schwester sich als nicht meldete, versuchte ich, auf ein Schiff zu kommen. Ich konnte nicht schneller hiersein. Und nun… ach!"

„Das ist doch schon bestimmt zwei Jahre her!" Bent hörte deutlich den Vorwurf in der Stimme der rüstigen Großmutter.

„Ja, sie meldete sich nicht so oft, deshalb fiel es mir erst gar nicht auf. Aber als dann auf meine besorgten Briefe gar keine Antworten mehr kamen, machte ich mir doch Sorgen. Und kaum bin ich da… Der Neffe, ach, der arme kleine Kerl!" Es waren keine Krokodilstränen die jetzt aus Bents Augen tropften.

„Nun! Nun!" Die Großmutter klopfte ihr freundlich auf die Schulter. „Wir haben sie gut versorgt!"

„Gut versorgt? Hat jemand überlebt?" Bent sprang aufgewühlt aus dem Stuhl hoch …

„Nein, das nicht."

… und sank entmutigt zurück.

„Die beiden Häuser waren nach dem Brand nicht vollkommen eingestürzt. Alle kamen gelaufen, schöpften mit Kübeln Wasser aus dem Kanal, grell loderten die Flammen, machten die Nacht zum Tag. Glücklicherweise konnten die Männer verhindern, daß andere Nachbarhäuser auch abbrannten. Ein Glück, daß auf der einen Seite der Garten dazwischenlag. Es gelang ihnen die Flammen zu löschen und als es hell wurde, sind einige

Mutige hineingegangen. Es muß grauenvoll gewesen sein. Acht tote Menschen fanden sie da drin und man konnte erkennen, daß sie nicht an dem Brand gestorben waren. Also riefen sie den Dorfschulzen, der schnell mit seinen Büttel kam. Aber kurz darauf erschienen Soldaten, die sich alles anguckten, uns erklärten, daß man die Toten schnell beerdigen sollte und daß das alles aufgeklärt würde. Ich hoffe, sie haben die Schuldigen gefunden. Gehört haben wir nichts mehr davon."

Bent saß zusammengesunken auf dem Stuhl, die Hände im Schoß, fest in ihr Kleid gekrallt. Natürlich haben sie nichts gehört! Der feine Herr hat alle Beziehungen spielen lassen, um das zu vertuschen! Hat immer schon gewußt, wie man sich den Rücken sauberhält! Die kleinlichen Machenschaften des Fatzken von früher sind mit der Zeit zu großen Intrigen herangewachsen. Aber scheinheilig mit dem Gefolge der Königin im Tempel auftauchen! Schön tun! Vornehm tun! Sauhund! Und hintenherum verderbte Spiele spielen! Stets darauf bedacht, daß dein gemeines Herz dich nicht verrät! Monstrum! Ich hätte dir die Kehle durchbeißen sollen! Und nicht nur das Gesicht zerkratzen! Sie ballte die Hände zu Fäusten, damit ihre Wut keine Oberhand bekam, „Und dann?", tonlos hauchend.

„Ach! Es ging uns allen ans Herz. Wir konnten niemand ausfindig machen, keine Verwandten oder Bekannte. Niemand wußte, wer da in diesen Häusern gewohnt hatte. Das an der Seite des Kanals, da wußten manche, daß eine Frau mit Kind dort wohnte. Wohl hatte sie auch eine Magd. Aber hier vorne, in dem anderen Haus, da bekamen wir überhaupt keine Auskunft. Die Nachbarn wußten nichts. Vermuteten nur, daß eine Dame des käuflichen Gewerbes dort wohnte, weil man nichts als Mannsvolk hineingehen sah. Vor der Tür hätte immer ein grimmiger Dicker gestanden. Man konnte in dem Chaos, daß in beiden Ruinen herrschte, nicht mehr erkennen, wer in welches Haus gehörte. Nur den Dicken, den hat man erkannt."

Die alte Frau trank gerührt einen kräftigen Schluck aus ihrem Becher, wischte sich den Mund: „Danach kamen die Mumienmacher. Rührten aber keinen Finger, als sie hörten hier sei nichts zu holen." Sie rieb Daumen und Zeigefinger aneinander. „Aber die Toten konnten doch nicht dort liegenbleiben, was? Derart herzlos kann man doch nicht sein. Außerdem war es gefährlich! Ihre Geister würden sich rächen wollen! Also legten wir alle zusammen, sammelten selbst auf dem Markt, bei den Käufern und den Standbetreibern, an jedes Haus im Umkreis klopften wir. Und tatsächlich bekamen wir einen Betrag zusammen, damit wir sie alle in ein Grab legen konnten. Ein anspruchsloses Grab in der Erde, für mehr hat es nicht gereicht. Aber was zu gebrauchen war, holten wir aus dem Schutt und gaben es ihnen mit. Ein bißchen Geschirr und so, Brot, Bier fanden wir auch. Ein paar Stühle waren noch gut und ein Tisch. Das Gesammelte hat sogar für ein paar

Antworter [30] gereicht, damit sie drüben nicht selbst arbeiten müssen. Eine der Frauen trug eine Kette mit dem Namen Idris. Einige der Nachbarn meinten, das wäre die Frau mit dem Kind gewesen. Die hätten sie oft da gesehen. Und so legten wir ihr das kleine Kind in die Arme, damit sie nicht alleine sind, drüben, dort, von wo niemand mehr zurückkehrt."

Bent schneuzte sich in ihren Rocksaum. „Das war meine Schwester!" Es war nicht einmal schlimm gelogen. „Sagt", sie schneuzte noch einmal, „ist es möglich, daß Ihr mir zeigt, wo sie bestattet sind?"

„Na! Ich bestimmt nicht!"

„Natürlich du selbst nicht, aber irgendwer wird es doch wissen."

„Mein Sohn weiß es. Aber er ist bei seiner Arbeit. Kommt erst am Abend. In jedem Fall sind sie auf der anderen Seite. Bestimmt hinterm *Pa-Demi* auf dem kleinen Friedhof."

„So weit?"

„Ich werde mit ihm reden. Wenn du dich morgen früh bei den Fähren einfindest, wird er dich übersetzen und mit dir hingehen. Er besitzt ein Fährboot. Er heißt Ptahmeri. Und sein Schiff ‚Die Welle Hapis'."

Eine weitere schlaflose Nacht lag hinter Bent. Doch heute würde sie nicht unvorbereitet loslaufen. Entschlossen band sie sich feste Sandalen an die Füße, griff nach der Kalebasse mit dem Wasser, nach einem Brot, einem Mundtuch, einer Handvoll Datteln, der kleinen Börse, stopfte alles in ihren Korb. Das einzige, was sie störte, war das kurze Kleid. Es sah furchtbar unvorteilhaft an ihr aus, aber sie besaß nichts anderes. Alles aus Iarets Nachlaß gehörte nun ihr, selbst die kleinen, weiten Kleider, die ihr gerade bis an die Knie reichten. Mißmutig griff Bent nach der dicken Weidenrute, machte sich auf den Weg, stand bald darauf an jener Stelle gegenüber des *Ipet Resit*, von wo die Fähren übersetzen.

„Wo ist Ptahmeri?", rief sie den *Sekudum* zu. Nichts als Pfiffe und Gegröle brandete ihr entgegen. Jeder fühlte sich berufen, sie überzusetzen, jeder der Angeber war der Beste, der Größte, der Schönste. Schon war Bent von

---

[30] Uschebti: Figürchen die den Verstorbenen mit ins Grab gegeben wurden. Es antwortete, wenn im Jenseits der Verstorbene zur Arbeit gerufen wurde und verrichtete sie auch. Meist tragen sie eine Aufschrift: ‚*Oh ihr Uschebti, wenn ich verpflichtet werde, irgendeine Arbeit zu leisten, die dort im Totenreich geleistet wird, dann verpflichte du dich zu dem, was dort getan wird. ‚Ich will es tun, hier bin ich', sollst du sagen'*

schwitzenden Kerlen umringt, die alle nur ihr Bestes wollten, sich mit ihrer Kraft und mit ihren Muskeln brüsteten. Doch als sie handgreiflich wurden, ihr den Hintern und die Wangen tätschelten, gab sie sich böse. Dem am nächsten Stehenden zog sie ordentlich die Rute über.

„Ich fragte nach Ptahmeri! Ich fragte nicht nach einem Zuchtbullen! Also? Wo ist er?"

„Kleine Wildkatze, was?"

„Ich zieh dir das Ding gleich nochmal über, wenn du nicht sofort deine dreckigen Finger von mir läßt!"

„Diese Kerle werden immer unverschämter!", hörte sie andere rufen. Und: „Brauchst du Hilfe?"

„Nein, mit denen werd' ich fertig!"

„Da vorn kommt der den du suchst!"

Tatsächlich, ‚Die Welle Hapis' kam heran, legte an, ließ ihre Fahrgäste an Land. Bent drängelte sich zwischen denen an Bord, suchte sich einen Platz neben dem Fährmann.

„Ich bin Bent", sagte sie. „Wenn du Ptahmeri bist, hat deine Mutter mit dir geredet, gesagt, daß du mich begleiten sollst."

„Und wer bezahlt mir den Ausfall?"

„Das soll nicht deine Sorge sein. Wenn du mich hier wieder absetzt, werde ich deinen Verlust ersetzen."

Später stand sie in brütender Hitze vor einem erbärmlichen Steinhügel. Darauf lag eine billige kleine gebrannte Tontafel. Bent bückte sich um die Schrift darauf zu entziffern: ‚Acht Opfer eines Brandes legten wir in diese Erde. Mögen die Götter ihnen gnädig sein.'

Nur nicht weinen! Bent zog die Nase hoch. Keine Namen! Außer auf Idris' Kette. Die Götter mochten so gnädig sein wie sie wollten, doch diese namenlosen, halbverbrannten Toten würden sie niemals finden! Und ihr Kleiner? Ach! Er irrt in der Zwischenwelt umher, seit über zwei Jahren! Bitterlichste Tränen weinend nach seiner Mutter rufend. Könnte ich doch seine Tränen trocknen! Das hier mußte sich ändern! Schnellstens! Es ändert sich aber nichts, wenn ich hier stehe und Rotz und Wasser heule! Es ändert sich nur was, wenn ich schleunigst was tue!

Sie riß sich los, zog den Schleier fest, winkte ihrem Begleiter und machte sich auf den weiten Rückweg. Vor dem Getümmel am Anlegesteg kreuzte ein schicker Eselskarren ihren Weg.

„Bek?", rief sie laut, als die den feinen Herrn erkannte, der da ausstieg um zu den Fähren zu gehen. Hastig drückte sie Ptahmeri ein paar Deben in die Hand.

„Da! Der Herr fährt mit uns zurück! Bek!" Der Herr drehte sich um, spähte über die Köpfe der Leute.

„Bek! Warte!" Bent rammte jemanden den Ellbogen in die Seite. „Mach mal Platz, du Esel!", zwängte sich zwischen all den Leuten durch zu ihm hin.

„Mein Schatz! Mein lieber, lieber Freund!" Nie im Leben war sie froher ihn zu treffen, fiel ihm um den Hals, küßte ihn auf die Wange.

„Mein Süßes! Was machst du denn hier in *Imentet Niut*?" Er strahlte sie an, half ihr in Ptahmeris Fährboot, setzte sich neben sie. „Was habe ich ein Glück! Eine Fähre für uns allein!"

„Ich habe das Grab meines Kindes gefunden!", schniefte Bent, hielt krampfhaft Tränen zurück. „Und die anderen liegen bei ihm. In der rohen Erde verscharrt, ohne Namen, ohne Opfergaben…"

„Sch, sch, nicht weinen!" Gefühlvoll drückte er ihre Hand, wischte mit seinem Finger zärtlich eine Träne von ihrer Wange. „Oh mein Schatz, wie furchtbar!"

„Das geht so nicht!" Bent schaute über den glitzernden Fluß, hinüber zum *Ipet Resit*, hinüber zum Tempel der Isis, zog die Nase hoch schneuzte sich in das Mundtuch. „Du baust mir ein *Benben*! Du kannst das! Du bist Baumeister!", verlangte sie heiser.

„*Was*?"

„Bitte! Setz mir ein Pyramidion auf das Grab, so können sie nicht liegenbleiben. Ihre Namen müssen eingraviert werden. Die Götter müssen sie finden und rufen können! Und würdest du mir den Hügel mit Steinen einfassen? Machst du das für mich?"

„Ich tue alles für dich, mein Liebling! Natürlich mache ich dir ein *Benben*." Er kramte in seinem Beutel, reichte Bent ein Stück Papyrus und seinen Pinselkasten. „Schreib mir die Namen auf. Sorge für ein Unschuldsbekenntnis und für Uschebtis, dann werden sie hoffentlich ihre Ruhe finden. Ich werde mich dieser Tage sofort an das *Benben* machen, damit es schnell fertig wird. Sie sollen nicht unnötig länger warten. Nicht mehr weinen, Tochter der Blüten, schau, deine Tränen tropfen auf deine Worte."

„Ich danke dir, mein Lieber, was würde ich nur ohne dich machen?"

„Was mache ich ohne dich!"

Bent verabschiedete sich am Anleger von Bek, machte sich auf den Weg zum großen Markt, erstand dort zwei flaumige Fächer aus Straußenfedern und ging zurück zum Isistempel.

Es war schon spät, bald würde das Nachtmahl gebracht werden. Also badete sie, kleidete sich frisch ein, holte einen der Fächer und verließ ihren Raum wieder. Draußen kam sie sich mehr als dumm vor, stapfte mit wütendem Schritt über den Hof, klopfte bei Pesechet, trat ein und fragte ohne Umschweife, wo Kara wohne.

„Das machst du mir jetzt nicht weis?" Pesechet schüttelte empört den Kopf. „Da wohnst du schon so lange hier und weißt nicht mal, daß Kara die Räume direkt neben deinen hat? Was bist du bloß für eine unmögliche Person! Verschwindest für zwei Tage, kommst ohne Erklärung zurück! Hast du überhaupt kein Pflichtgefühl?"

Bent ließ Pesechet mit ihrem Gemeckere stehen, lief über den Hof zurück, klopfte bei Kara an. Mit säuerlicher Miene ließ diese Bent ein.

„Ich wollte mich entschuldigen!", erklärte Bent forsch und hielt Kara den Fächer hin. „Und dir das als Wiedergutmachung schenken. Außerdem wollte ich mit dir reden. Meinst du, wir könnten zusammen essen?"

„Setz dich, ich gehe und sage der Magd Bescheid."

Bent suchte sich einen Stuhl aus und schaute sich um. Was war das hier für eine gemütliche Kammer! Überall auf den Stühlen lagen Kissen und Decken. In jeder Ecke standen zierliche Tische, darauf brennende Lampen oder Götterstatuetten, von den Oberlichtern bis hinunter auf den Boden schwebten zart gewebte Vorhänge, gewebte bunte Matten lagen auf dem Boden, Blumen verbreiteten in zierlichen Vasen betörenden Duft. Die Vasen standen auf Truhen und Tischchen, auf denen wiederum Decken lagen.

Viel zu voll! Aber das paßt zu ihr! Warum hat sie ein zweites Bett? Vollgepackt mit weichen Kissen. Gemütlich. Bestimmt um sich zwischendurch auszuruhen. Wo ist sie bloß hin? Was in aller Welt macht sie mit diesen unzähligen Fröschen? Was ist das? Glas? Nein, gebrannter Ton!

Kara kam zurück, Bent setzte den kleinen grünen Frosch schnell auf seinen Platz. In Karas Begleitung die Magd mit Essen für zwei. Als alles angerichtet und die Magd verschwunden war, sagte Bent:

„Ich habe nichts Böses gemacht. Ich habe mir wehgetan, deshalb war das Blut auf dem Kleid. Ich träumte wirklich einen solch furchtbaren Traum und wollte einen Rat von dir. Ich kenne und kann *Heka Achu* nicht. Das mußt du mir glauben!"

„Ein böser Traum!", meinte Kara und griff bewundernd nach dem Fächer, begutachtete ihn eingehend, legte ihn beiseite, schnappte sich ihren Löffel. *„Dwa Netjer ink!"*

„Hasti. Tju!" Bent nickte. „Es ist kein Wunder, daß ich böse Träume habe, denn ich habe das Grab meines Kindes, meiner Freundinnen und dem Gesinde gefunden. Deshalb war ich unterwegs. Ohne alles liegen sie in der rohen Erde, nur ein wenig Verpflegung und ein paar *Antworter* haben sie dabei. Niemand wußte ihre Namen."

Kara ließ bestürzt den Löffel sinken, „Das ist schlimm!", hauchend.

„Iß weiter. Es ist schon solange schlimm, da kommt es nicht mehr darauf an, daß du nicht fertig ißt." Bent griff ein Stück *Pesem*, um damit die kleingeschnittenen Reste des Ochsen in der scharfen Brühe aufzupicken.

„Wenn ich", nuschelte sie mit vollem Mund, „als Oberpriesterin ein Unschuldsbekenntnis aufsetze und du mir das beglaubigst, meinst du, die Götter werden es anerkennen?"

„Im *Ipet Sut* machen sie das. Dort bekommt man Totenbücher. Und manche Schreiber auf dem Markt machen das."

„Wenn ich es doch selber aufsetze, brauch ich dafür nicht zahlen. Warum soll ich für etwas bezahlen, was ich selbst machen kann? Weißt du, wie teuer sowas ist? Und ich will in meiner Position dort nicht als Bittstellerin erscheinen. Hilfst du mir?"

„*Tju!* Der Fächer ist schön! Nochmals Danke! Und ich nehme deine Entschuldigung an. Geh, hol dein Schreibzeug und das Siegel, wir machen das gleich nach dem Essen."

Gegrüßest seiest du, großer Gott der Halle der Vollständigen Wahrheit. Ich, Nefertem, Sohn von Bent, Tochter der Löwin, Sahu-Re, der großen Priesterin der Isis, bin zu dir gebracht worden, um deine Vollkommenheit zu schauen. Ich kenne die Namen der zweiundvierzig Götter, die bei dir sind in der Halle der Vollständigen Wahrheit. Ich bin zu dir gekommen, nachdem ich dir die Maat gebracht und dir das Unrecht vertrieben habe.

Ich habe keinen Gott beleidigt

Ich habe keinem ein Leid zugefügt

Ich habe niemandem etwas weggenommen

Ich habe immer auf meine Mutter gehört

Ich habe keinem anderen Kind das Spielzeug weggenommen

Ich habe keine Tränen verursacht

Ich habe niemanden getötet

Ich war immer brav

Dies bezeugen Bent, Tochter der Löwin, Sahu-Re, die große Priesterin der Isis und Kara, die zweite Herrin im großen Haus der Isis

„Meinst du, daß das reicht?"

„Er war ein kleiner Junge! Was soll er denn verbrochen haben?" Bent schniefte, legte den Pinsel zurück in die Schatulle, legte vorsichtig das Schriftstück zum Trocknen zur Seite, holte den zweiten Bogen, den sie von der großen Rolle mit einer Schere abgeschnitten hatten. Nach der Grußformel für den großen Gott Osiris fügte sie die Namen der sieben anderen Getöteten ein und änderte das Unschuldsbekenntnis dahingehend ab, daß es auf alle paßte:

Gegrüßest seiest du, großer Gott der Halle der Vollständigen Wahrheit. Wir, Idris aus Uaset, Kurru aus Kusch, Hetep aus Uaset, Binaret, Nefer, Meret und Tia aus Uaset sind zu dir gebracht worden, um deine Vollkommenheit zu schauen. Wir kennen die Namen der zweiundvierzig Götter, die bei dir sind in der Halle der Vollständigen Wahrheit. Wir sind zu dir gekommen, nachdem wir dir die Maat gebracht und dir das Unrecht vertrieben haben.

Wir haben keinen Gott beleidigt

Wir haben keinem ein Leid zugefügt

Wir haben niemandem etwas weggenommen

Wir haben keine Tränen verursacht

Wir haben niemanden getötet

Wir haben nichts getan, was die Götter verabscheuen

Wir haben nichts Krummes an Stelle von Recht getan

Dies bezeugen Bent, Tochter der Löwin, Sahu-Re, die große Priesterin der Isis und Kara, die zweite Herrin im großen Haus der Isis

„Ich werde zusehen, daß ich mein Haus wieder aufbaue." Bent räumte das Schreibzeug zusammen, Kara bückte sich und hob etwas vom Boden auf.

„Das wollen wir nachher bereden. Erst kümmern wir uns um dein Kind und deine Freunde. Das ist viel wichtiger. Hier, stell das auf den Tisch!"

„Was ist denn *das*?"

„Ein *Mesechen*. Eine *Stätte der Geburt*, ein Geburtsziegel. Ich will nichts falsch machen oder etwas Wesentliches außer acht lassen. Diese Bekenntnisse sollen schließlich helfen und unsere Beglaubigung soll das unterstützen. Aber bin ich keine Totenpriesterin, daher kenne ich nicht alle erforderlichen Rituale. Ich bin schließlich eine Wehmutter. Doch selbst in den glücklichen Augenblicken einer Geburt – die nebenbei äußerst gefährlich sein kann und sehr heikel ist – kann Schlimmes passieren. Daher habe ich ein wenig Ahnung vom Totenkult."

„Und *wofür* ist das?" Bent drehte den bunt bemalten Ziegel in der Hand hin und her, bewunderte den fein herausgearbeiteten Frauenkopf an seiner Stirnseite.

„Da legen die Frauen beim Gebären die Beine drauf. Da unten steht der

Zweite, schau. Aber er wird auch beim Totengericht gebraucht, dort verspricht er Verjüngung und Wiedergeburt." Kara kramte derweil in einer Lade, „Ich suche mein Siegel! Ah, da ist es ja.", räumte eins der Tischchen leer, richtete die Decke darauf, stellte liebevoll eins der Froschfigürchen und eine kleine Statue von Bes darauf. Dazwischen den bunten Ziegel. Die beiden Unschuldsbekenntnisse legte sie in die Mitte davor. Sorgsam entzündete sie ein Töpfchen mit Weihrauch und eins mit Kyphi, zündete eine dicke Kerze an. Köstlicher Duft entströmte den Räuchergefäßen, vermischt mit dem warmen, balsamisch süßen Duft des goldenen Bienenwachses.

„Komm!", sagte sie zu Bent, „Wir wollen uns dabei an den Händen halten. Halte dein Siegel bereit." Vorsichtig ließ sie das warme Wachs auf die Schriftstücke tropfen. „Wir drücken jetzt beide unser Siegel hinein und sprechen gleichzeitig das Gebet, welches ich dir eben vorgesagt habe.

O Herrin der Himmelskörper, Große Gemahlin des Osiris, du Schutzherrin, Bewacherin und Betreuerin aller die in Sorge sind, du Gottesmutter, Quell allen Lebens! Deine Weisheit geht auf uns über, denn siehe: wie die große Göttin der Himmelshöhe, so mächtig sind wir auf Erden. Wahrlich! Wir sind jenen nicht unterlegen, umströmt vom Isislicht, der Göttin magischer Kraft! Wir sind der Tag und die Nacht. Erkenne die Unschuld der reinen Seelen von Nefertem, Idris, Kurru, Hetep, Binaret, Nefer, Meret und Tia aus *Uaset* und Kusch. Sprich du für sie vor Osiris Thron!"

Im gleichen Herzschlag lösten sie die Siegel aus dem warmen Wachs. Draußen, im Abendlicht, schwirrten Schwalben mit ihrem lauten Ruf durch den Innenhof, ansonsten herrschte heilige Stille. Ein paar Atemzüge lang standen beide Hand in Hand still da und betrachteten die Schriftstücke, die nun viel mehr waren als lediglich Papyrus mit Tinte. Sie waren ein Zeugnis für die Götter geworden. Ein Zeugnis für die Unschuld und Rechtschaffenheit jener, die darauf verzeichnet waren. Die Sonne ging unter, tauchte den Raum in sanftes, zauberhaftes Dämmerlicht.

„*Das* war *Heka Achu*!", hauchte Bent gerührt, als der magische Augenblick vorbei war.

„*Tju!*"

„Wie hast du das gemacht? Ich bin mir sicher, daß die Göttin uns verstanden hat und Fürsprache einlegt!"

„Du mußt es in deinem Herzen spüren. Nur so kannst du die reine, heilige Magie beherrschen." Kara drückte liebevoll Bents Hand auf deren Herz.

„In meinem Herzen?" Bent löste Karas freundlichen Griff. „Das ist ein harter, kalter Klumpen verkohlten Fleisches. Es ist an dem Tag gestorben, als mein Kind starb. Der Rest von mir ist heiße Wut, aufrechtgehalten von glühendem Haß."

„Dann bist du ja hier genau richtig. Bei Isis, der Hüterin aller die in Sorge sind."

Darauf konnte Bent nichts antworten. Kara schenkte ihnen die Becher wieder voll, drückte Bent auf das eine Bett, rückte eins der Tischchen bei, stellte den Becher darauf ab, ließ sich selbst auf dem anderen Bett nieder.

„Gutes, starkes Bier! Genau richtig nach einem arbeitsreichen Tag. Nicht das saure, dünne Bier, das gut genug ist, den Durst zu löschen. Jetzt erzähl mir mal von deinem Haus!"

Bent fühlte sich unbehaglich. Verlegen wie fremder Besuch, der höflich darauf bedacht ist, nicht in der ungewohnten Umgebung die Blicke schweifen zu lassen, nicht nach Staubkörnchen unter und auf den Möbeln zu suchen. Steif saß sie auf dem Bett, kaum fähig, sich bequem hinzusetzen. Kara dagegen kuschelte sich in die Ecke von Bett und Wand, zog die dünne Decke über ihre Knie, stopfte sich ein Kissen in den Rücken.

„Danke!", sagte Bent unvermittelt.

„Wofür?"

„Dafür, daß du vorgestern einen wunderschönen Altar aufgebaut hast. Und daß alles reibungslos ablief."

„Ach, das hab ich gern gemacht!" Kara winkte lässig ab. „Ich muß *dir* danken! Mir ist ja fast das Herz stehengeblieben, als du mich der Königin vorstelltest. Die *Dame* Kara! Ich dachte, ich müßte im Erdboden versinken, bekam glühendheiße Backen. Nein, war das vornehm! Solch eine Wertschätzung! Und erst die anderen! Die sind vor Stolz schier geplatzt!"

„Ich wußte nicht, was ich hätte sagen sollen. Es erschien mir richtig."

„Das war schön! Alles war schön! Das Fest und deine Weihung! Und als die Königin mich zur…" Kara schnappte sich das Mundtuch, schneuzte sich ergriffen. „*Idenu em Per Isis*! Stellvertreterin des Hauses…!" Jetzt schluchzte sie sogar.

„Hör auf zu flennen!" Bent warf eins der Kissen nach Kara.

„*Tju!*", kiekste sie und zog die Nase hoch, „Sehr erhaben! Es geht schon wieder, danke. Komm, stoßen wir darauf an; erzähl mal von deinem Haus. War es groß?"

„Es waren einmal zwei Häuser."

„Und wie gedenkst du dir den Wiederaufbau?" Kara knuddelte das Kissen, hielt sich daran fest.

„Ehrlich gesagt, ich habe keine Ahnung. Ich bin hingegangen, gestern, und betrachtete den Schuttberg. Krähen stocherten darauf herum. Es war furchtbar traurig."

„Und die Ruinen gehören dir?"

„Ich bin im Besitz der Grundstücksurkunden. Aber ich denke, wenn sich nicht bald etwas tut, werden die Grundstücke wieder verkauft oder verpachtet." Bent entspannte sich etwas, setzte sich bequemer hin.

„Was willst du dann damit machen? Dort wohnen? Und wie willst du das alles bezahlen? Mit dem, was du hier als Oberpriesterin den Reichen abknöpfst?"

„Niemals! Das gehört dem Tempel! Was denkst du von mir! Ich bin vermögend genug um fünf Häuser aufzubauen! Und wenn ich hier nicht mehr bleiben könnte – aus welchen Gründen auch immer – hätte ich eine Heimstatt."

„Du kannst hier nicht weg. Oberpriesterin ist eine Berufung auf Lebenszeit. Was natürlich nicht heißt, daß du das Haus nicht aufbauen und eine Zeitlang mal hier mal da wohnen könntest."

„Ich müßte mich allmählich um ein Grab kümmern. Nicht, daß ich auch eines Tages verscharrt in der Erde liege und niemand mich findet. Das sind alles Gedanken, die mich beschäftigen. Hast du eins?"

„Nein. Das stimmt, man muß sich beizeiten um solch wichtige Dinge kümmern. Am besten ist, man kauft eine Grabstelle, bestellt beim Sargmacher einen Sarg und alles was dazugehört, bringt alles dorthin, verschließt es, bis es soweit ist, daß man seine Reise antritt. Totenbücher, Uschebtis und dergleichen könnte man bei einer Vertrauensperson unterbringen. Oder viel einfacher", Kara griff grinsend nach ihrem Becher, „man bringt es hier in den Keller. Dort ist ein Raum der nur für solche Dinge gedacht ist. Wenn eine von uns geht, ist an alles gedacht. Wenn sie Familie hat, übergeben wir ihnen alles, wenn nicht, kümmern wir uns selbst."

„Eine gescheite Lösung!", kicherte Bent. „In diesem Keller wird wohl alles gehortet, was?"

„Vor allem das gute Bier, auf daß es schön kühl bleibt! Ohje, ist das stark!" Sie stießen an. „Dein Freund konnte es doch aufbauen!", meinte Kara begeistert.

„Mein Freund?"

„Na dieser nette Baumeister! Du bist doch so oft mit ihm zusammengewesen. Damals, als du krank warst, kam er doch sehr oft vorbei. Du könntest es verpachten. Und somit deinen Reichtum mehren. Oder es für stille Zusammenkünfte nutzen!" Kara zwinkerte ihr frivol zu.

„Ah, nein, besten Dank", lachte Bent. „Aber Bek wäre tatsächlich der Geeignetste. Ich werde ihn fragen. Er macht mir ein *Benben* und faßt die Grabstelle mit Steinen ein. Das ist mir eine große Beruhigung."

„Das ist sehr schön. Die Dahingegangenen werden dann hoffentlich Ruhe finden. Und wenn du schön bittest, daß er dir das Haus baut, könntest du es verpachten, damit andere es für stille Zusammenkünfte benutzen."

„Jetzt wirst du aber wirklich unanständig!" Bent rutschte grinsend ganz auf das Bett, zog die Beine unter sich und legte ein Kissen auf die Knie.

„Wieso werde ich unanständig? Ich dachte, es war einmal so ein Haus."

„Aber nur die eine Hälfte, in der anderen wohnte ich mit meinem Kind und meiner Magd. Es ist gut, wenn Frauen nicht auf der Straße stehen. Das kann gefährlich werden. Man weiß nie, welcher Trunkenbold über dich herfällt. Mit manchen Kerlen ist nicht zu spaßen. Es gibt welche, die sich anbiedern, wollen auf dich aufpassen und nehmen dir dann fast alles ab, was du verdient hast. Wenn du Pech hast, verprügeln sie einen noch. In einem guten Haus passiert sowas nicht. Und in einem Tempel schon gar nicht. Du bezahlst die Kammer und fertig. In einem Tempel bezahlt der Freier das. Niemals hätte ich mich auf die Straße gestellt."

„Aha! War es schön? Also dein anderes Haus?"

„Ich hatte Säulen am Eingang! Und eine Hohlkehle über dem Türsturz."

„Oh!"

„Und teure Kacheln am Boden, keine Steinplatten, schon gar keinen festgetretenen Lehm. Die Möbel ließ ich neu anfertigen. Kleine hübsche Tische, wie du sie hier hast. Gerade groß genug, um einen Teller und einen Glasbecher darauf zu stellen. Sie waren aus schwarzem Ebenholz und aus dem Holz der Libanonzeder, verziert mit Elfenbein und *Tjehenet*. [31] Keine billigen Stücke aus unserem krummen Akazienholz. Ebenso die Betten und Stühle. Keine Betten wie deine hier. Sie waren breiter, daß man bequem zu zweit darauf sitzen oder liegen konnte."

„So genau wollte ich es nicht wissen."

„Da ist nichts dabei. Die Freundinnen kamen, die Freier kamen. Man traf sich in meiner Wohnhalle, plauderte, trank etwas. Was sie anschließend in den Schlafräumen taten, bleibt ihr Geheimnis."

„Und du? Was hast du derweil getan?", fragte Kara, auf deren Wangen ein wenig Schamesröte glühte. Vielleicht war es auch bloß dem starken Bier geschuldet. Sie griff nach dem schönen neuen Fächer und wedelte damit vor ihrem Gesicht.

„*Ich*? Oh, ich war der Glanz meines Hauses! Sie rannten mir die Türen ein. All die vornehmen Kerle. Kurru mußte viele wegschicken. Allerdings war oft Platz für ein paar mehr. Denn manche waren schon glücklich damit, wenn ich sie eine Weile in den dunklen Keller sperrte. Am besten war es, wenn ich meinen dicken Kater dazu sperrte. Der wurde dann gewaltig grantig."

Kara verschluckte sich an dem Bier, kicherte prustend. „Du erzählst Märchen! Kein erwachsener Mann läßt sich aus Spaß in einen Keller sperren. Mit einer Katze zur Gesellschaft!"

„Sie wußten ja nichts von dem Kater, das war ja der Spaß. Sie hörten nur bösartiges Knurren und Fauchen!" Beide kicherten wie Backfische.

---

[31] Fayence

„Und du?", fragte Bent, entgegen ihrer Art, denn eigentlich waren ihr die Belange anderer meist gänzlich gleichgültig. Doch diese hier schien nett und lieb, fast eine Freundin … wie Idris …

„Bei mir gibt es nicht viel zu erzählen. Als Findelkind auf der Schwelle dieses Hauses gefunden, von Iaret unter die Fittiche genommen. Sie lehrte mich alles, aber die Kunst der Geburtshilfe war das, was ich richtig gründlich lernen wollte. Es gibt mir Befriedigung in meiner Berufung und ich weiß, was ich Gutes geleistet habe, wenn ich der Mutter das gesunde Kind auf die Brust legen kann. Es liegt soviel Liebe und Vertrauen darin; und viel Verantwortung. Es ist nicht nur ein Broterwerb. Es ist viel mehr als das, denn es macht mich glücklich."

„So verkauften wir beide Liebe und Vertrauen", murmelte Bent nachdenklich, „allerdings machte meine Berufung mich nicht unbedingt glücklich. Bloß unabhängig und satt. Und ich würde es nie mehr tun. Das ist für alle Zeiten vorbei!"

„Und was willst du hier tun?" Kara schenkte Bier nach. „Du machst das gut, weiß du. Mit Reichtum vermehren hatte es Iaret nicht so. Vieles machte sie rein aus Güte. Umsonst Wunden versorgen, mal bei einer armen Frau Geburtshilfe leisten, oder einem Bedürftigen einen Sack Getreide schenken. Und wir selbst kamen gar nicht darauf, mehr für unsere Arbeit zu verlangen. Du hattest Recht, als du sagtest, wir wären dumm und hätten unser Wissen verschenkt. Es ist eine hohe Kunst, die wir hier vollbringen und sollte angemessen entlohnt werden."

Bent fühlte sich geschmeichelt. „Ich glaube, die Arzneien und ihre Wirkung haben mich in ihren Bann gezogen. Genau wie das Zaubern – du brauchst nicht in Hitze zu geraten! Ich will nichts Böses. Das, was du eben getan hast, möchte ich auch können. Oder das, was Tachut mir erzählt hat: aus Asche und Fett könne man Seife kochen. Das ist für mich reine Magie. Denn wie kann man aus Dreck und Abfall etwas zaubern, was anschließend Dreck entfernt? Mesechnet erzählte, mit der tödlichen Mandragora könne man zaubern. Will mir aber nicht sagen, wie und was man damit anstellen kann. Ist das ein Gemüse? Kann man es essen? Es wächst neben dem Lattich. Neulich half ich Uadja, als sie einem Kerl eine Pfeilspitze aus dem Bein schnitt. Doch anstatt mir zu sagen, warum sie Fleisch auf die Wunde legt und mit welchen Arzneien sie anschließend die Wunde frisch verbindet, schickte sie mich mit ihrem dummen Kasten in die Waschküche! Ich fühlte mich wie die niedrigste Magd, denn dort mußte ich alles mehrmals mit kochendem Wasser und Seife abschrubben! Vorher blaffte sie mich an, weil ich fragte, wie Isis bei der ganzen Sache geholfen habe. Sie geben alle mit ihren Geheimnissen an, unken herum, lassen mich aber völlig im Unklaren, obwohl ich lernen soll."

„Uadja hat *dir* ihren Kasten anvertraut? Den gibt sie normalerweise niemals aus der Hand! Er ist wertvoller als ein Silberschatz! Hast du dir die Instrumente mal genau angesehen? Sie sind wertvoll, hilfreich! Auf den Griffen steht Isis' Name, so daß die Göttin immer hilft. Es war eine Ehre, Bent, daß du den Kasten in den Händen halten durftest, keine Schikane! Sie geben nicht an, Bent. Vielleicht wollte Mesechnet dich vor der Alraune warnen. Denn sie ist ein wahrhaftig gefährliches Gewächs. Und nie im Leben darfst du davon essen! Wenn du ihre Macht dagegen beherrschst, ist sie ein magisches Wundermittel um Menschen in tiefen Schlaf zu versetzen, damit man ihnen den Leib aufschneiden kann, wenn dort eine Krankheit wohnt und man diese rausschneiden muß. So eine Messerbehandlung heißt *Djua*, weißt du das? Und wahrscheinlich nutzte Uadja das *Pechret* [32] bei dem jungen Mann auch."

„Jetzt bin ich aber beeindruckt! Solche Pflanzen gibt es?"

„Solche und noch weitaus gefährlichere. Viele Pflanzen tragen ein tödliches Gift in sich, was bei richtiger Dosierung aber helfen kann. Oder bloß Teile von Pflanzen haben heilende Kräfte. Nimm den *Degem* [33], sein Öl ist wunderbar zur inneren Reinigung geeignet. Obwohl das kaum jemand weiß. Die meisten nehmen es zur Schönheitspflege oder benutzen es als Lampenöl. Zudem kann man es, mit anderen Zutaten vermischt, dazu verwenden, wenn eine Geburt eingeleitet werden soll, aber das ist geheimes Wissen der Wehmütter. Seine Samen kannst du pressen und daraus das harmlose Öl gewinnen. Aber du darfst die Samen niemals essen! Schon drei Stück könnten genügen und du kannst auf sehr schmerzhafte, grauenvolle Weise deine letzte Reise antreten. Und es gibt keine Rettung oder Hoffnung auf Heilung."

„Sie sehen aber hübsch aus in ihrem stacheligen roten Kleid."

„Nicht alles, was hübsch aussieht ist auch ungefährlich!"

Wie Amenhotep Hapu! Oh, wie anmutig ist dieser Verbrecher, bezaubernd anzusehen! Und sein Innerstes? Ein Monstrum! Niederträchtig! Heimtückisch! Hinterhältig! Bösartig! In ihm wohnt nichts Gutes! Ja, er ist eine Giftpflanze ohne irgendeine heilende Wirkung! Wenn ich könnte, würde ich ihm mit Degemsamen das Maul stopfen!

„Was ist dir, Bent? Geht es dir nicht gut? Du bist bleich geworden."

„Nein, alles Bestens."

„Du mußt viel lernen, wenn du alles beherrschen willst. Wenn du eine Heilerin werden willst oder eine Wehmutter. Es ist nicht damit getan, jemandem ein Stück Binde auf eine blutende Wunde zu legen. Wir hüten hier viele Geheimnisse."

„Ich weiß! Vor Jahren, als ich dumm und jung in die Stadt ging, rief mir

---

[32] Arznei
[33] Rizinus

meine Tante hinterher: hüte dich vor dem Tempel der Isis, in seinen Mauern sitzen Zauberinnen. Sie war vielleicht dümmer als ich damals, aber der Ruf des Hauses ist selbst bis zu ihr vorgedrungen."

„Es ist gut so, daß die Leute Respekt haben. So soll es sein, bei einem Haus wie dem unseren! Trinken wir noch einen Becher und dann wollen wir zu Bett gehen. Und die nächsten Tage nimmst du dir die Zeit, deine Angelegenheiten zu klären. Sprich mit deinem Freund, bau dein Haus wieder auf. Du kümmerst dich um deine Sachen, bis alles in Ordnung gebracht wurde und solange vertrete ich dich. Dann hast du den Kopf frei, und kannst besser lernen. Wenn du möchtest, begleite ich dich, wenn der Herr Baumeister das *Benben* fertig hat, und wir legen die Unschuldsbekenntnisse gemeinsam hinein."

„Das ist sehr hochherzig von dir. Das werden wir genauso machen! Hab Dank für deine Freundlichkeit und das gute Bier. Ich wünsche dir eine gute Nacht!"

Noch einmal las sie die Zeilen:

Meine liebste Bent, Tochter der Blüten, allesgeliebte Merit, dies ist Bek, der dir das schreibt. So höre von mir, daß das Benben von meinen Arbeitern fertiggestellt wurde. Sie haben es fertiggestellt am gestrigen Tag, sie haben hineingeritzt die Namen der acht Verstorbenen, sie haben eine Kammer gemacht, um hineinzulegen die Unschuldsbekenntnisse. Gib mir Kunde, wann du geneigt bist, Heb-em-per-djet, das Fest im Haus der ewigen Zeit zu feiern, auf, daß die Verstorbenen endlich zu ihrer Ruhe finden. Sei dir gewiß, daß ich, dein guter Freund, dich begleiten werde und dich in diesen schweren Stunden nicht alleine lasse.

Oh, möget ihr Frieden finden. Ich hoffe es so! Mögen die Götter euch finden. Möget ihr glücklich sein in der jenseitigen Welt.

Sie rollte den Brief zu und betrachtete das *Benben*. Wunderschön war es geworden. An seinen vier Seiten jeweils zwei Namen der Dahingeschiedenen: Idris und Nefertem, Kurru und Hetep, Binaret mit Nefer und Meret mit Tia – dazu die Zeichen für Leben und für Ewigkeit. Es war hohl, so daß sie die

Bekenntnisse hineinlegen konnte und bot außerdem genug Platz für Brot und Bier. Innen an die Wände hatte Bek Opfertische gemalt, beladen mit allen Köstlichkeiten, damit sie nie darben mußten.

Bent richtete liebevoll einen der vielen Blumensträuße, die rings um das Grab lagen. Mit Kara hatte sie diese am Morgen gepflückt, bevor sie sich auf den Weg machten. Und sie rechnete es Pesechet, Mesechnet, Uadja, der Köchin und dem Gärtner hoch an, daß sie ihre Begleitung anboten. Jetzt saßen sie da im Schatten, unter dem Pavillon des Tempels auf Bastmatten, mit Bek und seinen Gehilfen und feierten die Beerdigung. Alle hatten Sträuße mitgebracht, das kleine Grab verschwand beinahe unter all den bunten Blüten. Bier wurde ausgeschenkt und gutes Essen gereicht.

„Daß sie immer feiern mögen und es ihnen drüben gutgeht!" Kara streichelte Bent über den Oberarm, die drehte versonnen das kleine Spielzeug in Händen: ein hölzernes Mungo, durch dessen geöffnete Schnauze eine Schnur lief. Zog man an der Schnur, schnappte das Tierchen zu.

„Wie niedlich!", bemerkte Kara. „Es kann beißen! Dann soll es auf ihn aufpassen, Schlangen vertilgen und ihm Freude machen."

„Er liebte solche Dinge! Einmal schenkte ich ihm ein Krokodil. Es hatte Räder und man konnte es an einer Schnur hinter sich herziehen."

„Was es nicht alles gibt!"

„Anscheinend mehr als man meint, denn kannst du mir mal sagen, warum der Gärtner seine Hand auf dem Hintern der Köchin liegen hat? Es ist wahrlich nett von den beiden, er schleppte und baute den Baldachin auf und sie sorgte für das Essen. Aber das hier?"

„Du weißt aber wirklich nichts von dem was im Haus los ist, oder! Das ist doch seine Frau!"

„Ach!"

„Du solltest dich fürwahr ein bißchen mehr kümmern!"

„Wahrscheinlich!" Bent stand auf und legte das Spielzeug in das *Benben*.

„Brot und Bier!", grummelte sie kopfschüttelnd, griff in ihren Korb, „Für einen kleinen Jungen! Hier, mein Schatz, Milch und Kuchen und süße Feigen. Das hast du geliebt!" Zärtlich stellte sie das kleine Tongefäß, die Feigen und den Spitzkuchen neben den Mungo. Eine alte, abgearbeitete Hand legte sich auf ihre.

Mesechnet!

„Das war sehr würdig!", blaffte sie rauh. „Du weißt schon, das Fest. Du hast uns nicht blamiert und… die Königin in unsrem Haus! Was für eine Ehre!" Liebevoll legte die alte Frau eine blaue Lotosblüte in das *Benben*. „Das waren deine Freundinnen? Hm? Gute Frauen?" Bent nickte stumm. „Ja, wahrscheinlich, sonst hättest du dich nicht herzlich gekümmert. Für Fremde macht man sowas nicht. Mögen sie alle", sie nickte zum *Beneben* hin, „in

Frieden ruhen, Sahu-Re. Und mögest *du* auch deinen Frieden finden."

„Danke, Mesechnet."

„Du kommst trotzdem morgen zu mir in den Garten! Herrin hin oder her!", schimpfte sie gutmütig.

„Aber natürlich!" Bent gelang ein Lächeln.

„Dann soll der Bub da mal voran machen und das *Benben* zumachen. Ich bleibe bei dir. Sowas sollte man nicht alleine durchstehen!"

Traurig schauten sie zu, wie ein Gehilfe Beks mit Mörtel das *Benben* verschloß. Mesechnet klopfte ihr wohlwollend auf die Schulter und ließ Bent alleine.

Kurz darauf schenkte Bent einen Becher Bier aus, legte Brot, Feigen und Braten auf einen Teller, brachte alles dem Mann, der sie mit seinen beiden Eselskarren hierhergebracht hatte. Schließlich ließ sie sich neben Bek auf der Matte nieder.

„Schön hast du das gemacht! Danke! Sag mir, was du bekommst."

„Nix!"

„Ho!" Bent gab ihm einen feurigen Klaps in den Nacken. „Du hast aber schon kräftig gebechert. Nein, nein, mein Freund, soweit sind wir noch nicht! Selbstverständlich bezahle ich das. Schick mir deine Rechnung. Und jetzt sagst du mir mal, wieso du Baumeister bist, wenn dein Vater Gärtner ist? Geht es in unserem schönen Schwarzen Land nicht so, daß der Sohn den Beruf des Vaters übernimmt?"

„Natürlich geht es so! Reich'ma das Bier. Aber in unserer Familie war es schon immer Brauch, daß ein Sohn Baumeister und der andere Gärtner iss. So war es bei den Großvätern und so isses bei Men und seinem Bruder gewesen. Aber ich kann dem Grünzeuch nix abgewinnen."

„Und Men konnte seinem kleinen, verwöhnten Kronprinzen nichts abschlagen, hm?"

Bek grinste. Gleich darauf verging es ihm.

„Was hast du da gebaut? Da drüben, ein paar hundert Schritt von diesem Platz? Millionen von Jahren soll er umherirren! Hm?"

„Woher weiss'u das?", lallte er mit liebenswert süßer Verblüffung im Gesicht.

„Ich bin eine Priesterin der Isis, und die können, wie du bestimmt weißt, zaubern." Sie wußte genau, wie ihr Lächeln wirkte. Kokett, verführerisch, liebreizend.

„Hör auf mit mir'su schäkern! Du weißt genau, was ich von dir will! Geh'su mit mir schlafen?" Er legte den Kopf schief, schaute ihr sehnsüchtig in die Augen, sein Blick treu und herzig wie der eines niedlichen Hündchens.

„Nein, ich werde nicht mit dir schlafen gehen!" Bent zerzauste ihm belustigt das Haar. „Warum hast du das gemacht?"

„Ich hasse ihn! Schenk'ma nach! Keine ordentliche Beerdigung ohne ordentliches Besäufnis! Wir sollten viel mehr trinken, sind alle vie'su nüchtern. Bent! Süßes! Bitte!"

„Hörst du wohl auf! Wenn dich jemand hört! Ich hasse ihn ebenso! Die Köchin hat genug eingepackt, keine Sorge. Hier, iß von dem Hammelbraten. Wenn du eine Weile nüchtern bleiben könntest, wäre ich dir sehr verbunden. Höre: Ich möchte dir als Baumeister einen Auftrag erteilen!"

„Nich wahr? Allen Ernstes? Was'n? Ich mach alles für dich, Blütenmädchen! Warum will'su denn nich… ich bin auch ganz lieb mit dir…" Er wollte sie zärtlich umarmen, sie klatschte ihm eine zarte Ohrfeige.

„Du bist mein Freund!"

„Und ich liebe dich!"

„Bist du still! Wenn dich einer hört! Du hast eine Frau! Vergiß mich!"

„In alle Ewigkeit nicht!"

„Du sollst mein Hurenhaus wieder aufbauen!" So! Jetzt war es heraus! Boshaftigkeit in ihren Worten. Nur so konnte sie ihn dazu bringen, nie wieder von Liebe zu ihr zu reden. Aber, ach, warum tat das Herz dabei weh? Warum mußte er sie so entgeistert anschauen? Schmerz im Blick und anscheinend schlagartig nüchtern.

„Das mach ich nich!" Er schüttelte schlechtgelaunt den Kopf. „Du liebst mich nich! Du wills'mich ja gar nich! Wills'nur all die andren Kerle!"

„Ich sagte es dir schon vor Millionen Jahren, Bek, wir können nicht zueinanderfinden. Niemals, in alle Ewigkeit nicht. Damals warst du ein Sohn reicher Eltern und ich euer Küchenmädchen. Heute bist du ein angesehener Baumeister, ich bin nichts."

„Du bist eine freie Frau, Pries'erin der Isis."

„Und du bist verheiratet! *Ich* begehe keinen Ehebruch!"

„Ich scheiß auf deinen Anstand!"

„Machst du es mir nun? Da kenne ich den besten Baumeister *Uasets* und er ist zimperlich!"

„Liebend gern würd' ich's dir machen!" Er beugte sich grinsend vor. Wollte er ihr tatsächlich einen Kuß rauben? Sie wich ihm aus, er verlor das Gleichgewicht, kippte mit seiner Nase in ihren Ausschnitt, stützte sich mit beiden Händen flink an ihrem Busen ab.

„Welch ein Glück!", giftete sie und schubste ihn weg. „Gut, daß ich da saß, sonst hatte deine Nase den Sand gepflügt!" Für seine Frechheit erntete er mehrere Knuffe.

„Was streitet ihr denn da?" Kara trat zu ihnen.

„Weißt du was, der ist sowas von betrunken! Ich biete ihm einen Auftrag an und er will mit mir ins Bett! Sowas nennt sich Freundschaft!" Sie warf Bek eine Feige an den Kopf, kippte bitterbös ihren Becher in einem Zug leer. „Meint, ich wolle ihn damit ärgern! Weil er mich dann öfter sehen muß und ihm das eine Qual ist. Weil der feine Herr Baumeister meint, er liebt mich!"

„Tja!" Kara machte Anstalten zu ihrem Platz zurückkehren zu wollen, spottete: „Kaum eine Beerdigung ohne richtigen Streit. Ihr macht das alles richtig, ohne Stänkerei geht es wohl nicht. Schlagt euch schön die Köpfe ein, morgen, wenn ihr nüchtern seid, tut es euch leid!"

„Mir tut nix leid! Wir sollten sehen, daß wir diese Trunkenbolde zu den Fähren bringen! Da ist ja niemand mehr nüchtern!"

„Was hast du denn erwartet? So gehört es sich! Und unsere Leute sind doch harmlos, schau dir mal die da hinten an!"

Tatsächlich – dort feierten die Leute aber ordentlich, fielen umeinander, kotzten sich die Seelen aus dem Leib, grölten, juchzten.

„Die sollten sich was schämen!" Bent half der schwankenden Köchin auf den Karren.

„Einer von denen", lallte die Köchin, während sie umständlich im Stroh Platz nahm, „hat mir eben erzählt, sie brachten die garstige Schwiegermutter her. Deshalb feiern sie so gründlich!"

„Jaja, du hast auch mächtig gefeiert, hoffentlich können wir morgen essen was du uns kochst!"

„Was willst du damit sagen, he? Daß man mein Essen nicht essen kann?" Bent brauchte der um sich fuchtelnden Hand der Köchin nicht ausweichen, so treffsicher war sie nicht mehr.

„Bist du still, Weib!" Der Gärtner versuchte sie zu beruhigen, bekam seinen Teil der freundlich ausgeteilten Klapse ab. „Was fällt dir ein, mich zu schlagen!"

„Ach, du alter Zausel, halt du doch die Klappe!"

„Schön!", blaffte Kara. „Wirklich! Jetzt sind wir alle aneinandergeraten! Los! Hopp, auf die Karren! Es wird Zeit, daß wir nach Hause kommen!"

Mißmutig saß Bent auf der Mauer, hielt nach ihm Ausschau. Der wird im Leben nicht kommen! So, wie das ausuferte vorgestern auf den Karren! Meine Güte, war das peinlich. Die Köchin im Nahkampf mit ihrem Gatten, Uadja und Pesechet zankten sich lauthals auf dem anderen Karren um Nichtigkeiten, Kara versuchte in der dicken Luft zu kneifen und geriet zwischen Bents und Beks Fronten. Aber die Krönung war und blieb die Überfahrt. Das schaukelnde Fährboot tat sein übriges, die Fische freuten sich. Bleich und etwas nüchterner und grün um die Nase stiegen einige aus. Die Köchin verschwand noch einmal in den Binsen.

Ob er gut nach Hause gekommen ist? Konnte kaum geradeaus gehen. Ach, was geht mich das an! Titji wird ihm schon die Schlappen übergezogen haben! Hoffentlich gründlich! Einen Auftrag in dieser Größenordnung auszuschlagen! Wo gibt's denn sowas?

Sie schaute den Weg hinunter, versuchte sein Gesicht in der Handvoll Fußgänger zu erkennen. Nichts. Wütend stocherte sie mit ihrem Stock im Staub der Straße. Kritzelte vor sich hin, malte Blümchen, ein Bein, eine Wasserlinie und ein Brot ... *bnt*

„Na, Tochter der Blüten!"

Hastig fegte sie die Zeichen weg.

„Das nennt man Gottesworte! Man sollte die heiligen Zeichen nicht sinnlos gebrauchen!"

„Genau wie das Bier!"

„Au, du bist immer noch sauer!" Er verbeugte sich artig, machte einen formvollendeten Diener und reichte ihr einen Strauß Lilien. Konnte man da böse bleiben? Sie strahlte ihn an, während sie die Nase in den betörenden Duft der Lilien steckte. Ach du liebliche Hathor, was war er doch für ein schöner Kerl! In einen blendendweißen Lendenschurz gekleidet, das grüne Hemd sauber in Falten gelegt, den Gürtel lässig um die schlanke Hüfte gewunden. Die Lider geschminkt, daß es eine Freude war, in die braunen, blitzenden Augen zu schauen. Und erst die schicke Perücke! Nachdem sie ihn ausgiebig gemustert hatte, klopfte sie mit der Hand auf die Mauer, daß er sich setze.

„Das ist es also. Oh, Mädchen, daß du da lebend rauskamst!"

„Es ist erst später alles zusammengestürzt." Sie ließ den Schleier auf ihre Schultern sinken.

„Da müssen etlicher meiner Männer ran, bis das alles weggeräumt ist. So, und nun erzähl mal, wie es da aussah!"

„Das waren zwei Häuser. Siehst du", sie wies mit der Rute, „da erkennst du die Schwelle der Eingangstür und genau gegenüber lag die andere Haustür, da, zu dem Marktplatz hin. Da läuft doch schon wieder einer über meine Kacheln! Das ist doch... mach daß du da wegkommst! Vorne an der Tür waren Säulen und eine Hohlkehle über der Tür. Und gleich hinter den Eingangstüren sind Treppen die in die Keller führten."

„Gut zu wissen, nicht daß mir ein Arbeiter hinabstürzt."

„Ja! Das vordere Haus hatte vier Schlafräume, eine große Wohnhalle und keine Küche. Das hier vor dir die große Wohnhalle, mein Schlafraum und eine Küche. Bei beiden Häusern sind Baderäume neben den Eingängen."

„Das andere Grundstück ist doch genauso groß, wieso hatte es so viele

Zimmer?"

„Dort ist kaum Garten, ich ließ es umbauen. Und denk daran, in den Gärten waren Brunnen. Wenn da einer hineinfällt! Ich zeige dir die Stellen. Und, ach… die Kuh wird wohl noch in ihrem Stall liegen… Sie war angebunden, weil die dumme Hetep es nicht ertrug, wenn sie beim Melken von ihr geschubst wurde."

„Viel wird nicht mehr von ihr da sein. Vielleicht konnte sie sich auch losreißen. Das kriegen wir schon hin. Ich kenne übrigens den, der diese Kacheln brennt. Dann kann man schadhafte ersetzen."

„Das wäre schön!" Bent unterbrach sich, starrte den Jungen an, der sich auf einmal ungeniert zu ihnen gesellte und bei ihrem Gespräch zuhörte. „Ja, sag mal, du Flegel! Mach dich ab! Hat dir deine Mutter keine Manieren beigebracht?"

„Titji gibt sich alle Mühe!" Bek grinste frech.

„Was ist das?"

„Das ist Tutmosis!"

„Hat der was an den Augen? Sowas hab ich ja noch nie gesehen!"

„Die Augen seiner Mutter. Von mir hat er die Frechheit. Da!" Bek kramte aus seiner Börse am Gürtel ein paar Zehnteldeben. „Lauf. Geh dir auf dem Markt Kuchen kaufen. Die *Qedety* werden dafür reichen. Was guckst du so? Darf ich keine Kinder haben?"

„Oh bitte, was du mit Titji in deiner Schlafkammer anstellst, geht mich gar nichts an!"

„Willst du schon wieder zanken?"

Sie rammte ihm unwirsch den Ellbogen in die Seite und kritzelte mit dem Stock ungefähr den Grundriß der Häuser in den Sand. „Ich will es genau wieder so haben! Die beiden Häuser, die sich gegenüberliegenden Wohnhallen mit einer Tür verbunden. So und nicht anders."

Der Junge kehrte zurück, schmiegte sich an seinen Vater, reichte freundlich zwei Kuchen her. Auf dem dritten kaute er mit vollen Backen.

„Die Deben haben für drei gereicht, *It*, hier, *hasti*!"

Bek strich ihm liebevoll über den Kopf, nahm ihn auf den Schoß.

Bent griff nach einem Kuchen: „Ich preise Gott für Dich! Und du bist viel zu groß um so zu schmusen!"

Der Junge strahlte sie mit seinen kornblumenblauen Augen fröhlich an: „Nö!"

„Aber wirklich!" Bek schubste ihn runter. „Geh spielen!"

„Noch etwas, Bek", sagte sie, als der Kleine hinunter zum Wasser kletterte und dort ein aus Blättern und Stöckchen gemachtes Schiffchen schwimmen ließ. „Das weißt du noch nicht. Es ist nicht nur so, daß ich nun die Leitung im Isistempel habe." Sie fegte Krümel von ihrem Schoß. „Unsere allerheiligste

Majestät Teje hat mich höchstpersönlich zur Priesterin geweiht und als Oberpriesterin zur *Imi ra Hat Netjer*, zur Tempelvorsteherin gemacht. Ich bin *Hemet Netjer Tepi en Isis*! Erste Dienerin der Isis! Aber niemand darf erfahren, daß Sahu-Re hier baut, behalte das bitte für dich!"

„Die Königin hat dich geweiht?" Man sah Bek die Ehrfurcht im Gesichte stehen. „Bent! Liebes! Dann bist du ja jetzt eine vornehme…"

„Still! Ich will nichts hören! Es war eine sehr feierliche Angelegenheit die mich zutiefst gerührt hat. Und, oh!" Sie schubste ihn schon wieder, diesmal voller Begeisterung und so heftig, daß er fast von der Mauer kippte. „Sie hat deine Bildnisse bewundert! Und ich habe mit dir angegeben! Sagte ihr, daß du auch den Stuhl gemacht hast!! *So bin ich*! Ich zanke nicht! Lobe dich über alles! Hm!"

„*Was* hat sie gemacht? *Meine* Bilder bestaunt?", prustete er und vergaß ganz den Kuchen in seinem Mund. Bent wischte feuchte Krümel von ihrem Rock und schmierte ihre Hand an Beks seinem sauber. „Und du mich gelobt? Das hast du gemacht?"

„*Tju*! Sie sagte: Wer ist der Künstler, der sowas Wunderbares schaffen kann? Und ich sagte: Bek, der Sohn des Obersten Gärtners bei Hofe. Bek, Sohn des Men! Das hab' ich geantwortet!"

„Ich könnte dich glatt küssen!"

„Wage es ja nicht!" Doch das war eine harmlose Drohung, sie genoß Beks herzliche Umarmung und seine Küsse.

„Das sage ich *Mut*!" Die Empörung stand dem Wicht im Gesicht.

„Du sagst *Mut* gar nichts, mein Freundchen! Bent hat bei der Königin ein gutes Wort für mich eingelegt, und ich habe mich dafür bedankt! Wenn du Titji auch nur ein Wörtchen davon erzählst, lege ich dich übers Knie! Wie siehst *du* denn aus? Och, ich sollte dich gleich drüberlegen! Bist du etwa ins Wasser gefallen?"

„Nö! Im Schlamm ausgerutscht. Gehen wir nun heim?"

„So? Sie wird dir den Kopf abreißen! Und mir erst recht, weil ich nicht aufgepaßt habe!"

„Ich frage mich gerade", kicherte Bent, „wieviele kleine Jungs mit vollen Unterhosen neben mir auf der Mauer sitzen. Ich zähl zwei! Aber er hat recht, wir sollten gehen, es ist schon spät."

Sie schlenderten zurück und der bis zu den Ohren schlammige Tutmosis fragte: „Baut *It* nun das Haus für dich?"

Bent schaute Bek an, dem es anscheinend doch nicht recht war. „Natürlich baut dein Vater das Haus für mich! Wäre er sonst hergekommen?"

„Bist du so reich?"

„Für das Haus langts!"

„Warum trägst du einen Schleier vor deinem Gesicht? So häßlich bist du nun auch wieder nicht!" Bek stöhnte.

„Ich will mich in der Sonne nicht verbrennen."

„Bist du eine *Schepsi*?"

„Nein, ich bin keine Vornehme!"

„Aber nur Vornehme wollen sich nicht in der Sonne verbrennen! Wie meine *Mut*, die geht auch nie in die Sonne!"

„Am besten schwenkst du ihn einmal im Kanal! Er klebt voll Dreck!"

„Ich tunk ihn gleich unter, dann hört er hoffentlich mit seiner Fragerei auf. Du bist jetzt mal still!"

„Aber wenn sie keine *Schepsi* ist, wieso kennt sie dann die Königin?"

Bek gab ihm einen Klaps: „Was geht es dich an?"

„Hörst du wohl auf damit!" Sie gab Bek eine Kopfnuß. „Laß ihn doch! Höre, Zwerg, die Königin kam in den Tempel in dem ich wohne. Dort bin ich ihr begegnet."

„Ah!"

„Und du gehst jetzt da runter zum Wasser und wäschst dir den Dreck ab! Aber flott! So kannst du deiner Mutter nicht unter die Augen kommen!"

„Nein!", brüllte er nun. „Ich will das nicht!"

„Willst du sie traurig sehen?" Bent schaute ihm tief in die blauen Augen. „Willst du, daß sie deinem *It* böse deswegen ist?"

„Na gut, ausnahmsweise!", schmollte der Zwerg und trollte sich. Während er im Wasser planschte und sie oben weiter schlenderten, fragte Bent: „Ist sie eine alte Hexe?"

„Wer? Titji? Im Leben nicht! Stell dir vor er wär ersoffen! Wie hätte ich ihr je wieder unter die Augen kommen können!"

„Da hast du recht! Ist sie eine *Schepsi*?"

„Meine Frau? Ja! Ihr Vater ist ein hoher General."

„Und du, mein Freund?"

„Mein Vater ist ein Gärtner!"

„Wie lange, meinst du, wird es dauern, bis du anfangen kannst?"

„Diesen Mond nicht mehr, Bent. Aber ich schicke Männer dieser Tage, damit sie anfangen, den Schutt abzutragen."

Sie kehrte hochzufrieden von der Besichtigung der Baustelle zurück. Aller Schutt beiseite geräumt, die Kacheln freigelegt, die Treppenabgänge und Brunnen abgedeckt, alles mit Wachen abgesichert. Bald konnte Bek mit dem Wiederaufbau beginnen. In Gedanken stellte sie schon Möbel an ihren Platz, überlegte die Farbe der Kissen und des Geschirrs; ganz in ihre Träumereien versunken, merkte sie kaum, daß sie bereits vorm Isistempel angelangt war. Lediglich geschäftiges Treiben an ihrem Anlegesteg brachte sie in die Wirklichkeit zurück. Das war doch die Höhe!

„Deinen schäbigen Kahn machst du nicht da fest! Such dir gefälligst einen anderen Platz!", blaffte sie und eilte die Stufen zum Wasser hinab.

„Und wer bist du, daß du mir Befehle gibst?"

„Das ist der Anleger des Tempels der Isis, hier legt einzig die Barke des Tempels an! Verschwinde!"

„Oh, und wo ist die heilige Barke, Verehrteste? Du kannst mich gern haben!"

„Wehe wenn du deinen Fuß...!" Schon knallte ihre Weidenrute auf seine Hand an der Reling.

„Bist du von Sinnen?", brüllte der Schiffer.

„Hier wirst du nicht anlegen! Nimm deinen wurmstichigen Nachen und mach dich ab!"

„Da könnte ja jeder kommen! Wo steht geschrieben, daß hier das Anlegen verboten ist? Was?"

„Da! Auf der Standarte, du Bauerntrottel! Wenn du Isis' heiligen Namen entziffern kannst, was ich bezweifle!"

„Ich würde es ja gern!", grinste der Schiffer hämisch und machte sein Seil am Anleger fest. Wütend griff Bent nach der Standarte, die im lauen Wind schlaff an ihrem Pfosten hing. Zerfetzt, ausgebleicht, die aufgestickten heiligen Worte verblaßt. Und als hätte ihr jemand den Wind aus den Segeln genommen, starrte sie sprachlos auf den Fetzen in ihrer Hand.

„Wir regeln das jetzt amtlich, Herrin!", hörte sie eine vertraute Stimme hinter sich. Zwei der Wächter des Tempels kamen die Treppe hinab, wichtig, breit, aufgeplustert, die gezückten Krummschwerter in der Hand.

„Nun!", jammerte der Bootsmann kleinlaut, „Schon gut, werte Herren, ich habe verstanden. Los ihr Trottel! Seht ihr nicht, daß wir hier nicht anlegen können? Das ist der Platz von Isis' Barke! Wollt ihr die Göttin beleidigen? Macht die Taue los!"

Bebend vor Zorn schaute Bent zu, wie das Schiff ablegte und versuchte, aus dem flachen Wasser zurück in die Fahrrinne zu kommen.

„So eine Unverschämtheit!", schimpfte sie hinter ihnen her.

„Sie sind ja weg, Herrin. Ihr habt sie tapfer in die Flucht geschlagen."

Bent überhörte geflissentlich den belustigten, wohlwollenden Ton, maulte: „Über soviel Frechheit weint Isis bestimmt bald."

„Ja, das Hochwasser wird bald kommen. Und gut, daß die Barke im bewachten Hafen liegt. Bei dem Gesindel das heutzutags unterwegs ist! Aus aller Herren Länder kommen die. Kaufleute, Händler, Abenteurer, selbst weit aus dem Norden…"

„Jaja!" Bent stieg vor ihnen die Treppe hoch.

„Dem hat sie's aber gegeben, was Montju?"

„Und wie, Ranofer! Eigentlich bräuchte sie keine Wächter. Unsere Herrin kann sich vortrefflich wehren!"

Bent hörte den beiden gar nicht mehr zu, weilte in Gedanken bereits längst woanders, schaute die Front des Tempels ab und an den vier gewaltigen Stämmen hoch, die auf beiden Seiten des *Bechenet* in den Himmel ragten. Oben flatterten die Standarten im Wind.

„Danke!", nickte sie den Männern zu, während sie durch die Pforte huschte. „Nehmt euch heut abend einen zusätzlichen Krug starkes Bier, sagt der Köchin, ich hätte es erlaubt." Schon stand sie im Innenhof, Kara eilte ihr entgegen. Paßte sie sie eigentlich immer ab?

„Morgen kommt der Händler mit den Spezereien…"

„Jaja, später! Ich muß was nachsehen!" Sie hastete die Treppe hoch, besah sich die Fahnen aus der Nähe. Oh! Diese sahen nicht besser aus. Sie waren ausnahmslos verlottert. Welch eine Schande für das Haus! Aber sie konnte sich nicht sofort darum kümmern, denn heute abend wollte sie noch lernen, außerdem hätte sie mit Mesechnet im Garten sein sollen. Im Geiste hörte Bent schon deren Gemaule, weil sie den Unterricht verpaßt hatte. Und es war längst Zeit für das Abendessen! Danach wollte Bent noch Buchhalterei erledigen. Als sie endlich tief in der Nacht in den Kissen lag, konnte sie vor lauter Grübelei ewig nicht einschlafen.

Welch eine Pracht! Welch ein Duft! Bent begutachtete die aufgetürmten Reichtümer auf dem Tisch vor sich. Voller Stolz plauderte der Kaufmann davon, welche Mühen er aufbringen mußte, die Waren aus allen Teilen der Welt zusammen zu bekommen.

„Und hier", er hielt ihr eine Probe vor die Nase, „Weihrauch aus Punt, der beste und wirksamste den es überhaupt gibt! Genau wie die Myrrhe. Riecht,

Herrin, duftet es nicht köstlich?"

Ihr wurde bereits schwindelig voll all den guten Düften.

„Was ist das?" Bent klappte ihren Fächer auf, vertrieb die feinen Düfte, schaute dem Mann zu, wie er einen großen Sack von etwas herunterzupfte. Zum Vorschein kam ein Bäumchen mit ziemlich spitzen Stacheln in einem Tontopf.

„Das ist ein *Uan*-Bäumchen!"

„*Tatsächlich?*"

„Aber, Verehrteste, das könnt Ihr nicht wissen. Die Herrin Dame Iaret hat es letztes Jahr bei mir bestellt. Und Ihr glaubt nicht, welche Strapazen ich aufbringen mußte, um ihn zu besorgen. Sie konnte ja nicht wissen, daß die Götter sie frühzeitig zu sich rufen. Mögen sie ihren Seelen gnädig sein und sie mit ihnen am Firmament segeln."

„Dessen bin ich mir sicher, mein Guter, doch *was* ist das?"

„Das nennt man in anderen Teilen der Welt Wacholder. Seine Beeren besitzen große Heilkraft. Aber unglücklicherweise wächst diese Pflanze nicht in unserem schönen Schwarzen Land. Deshalb mußte ich ihr die Beeren besorgen. Aber die Dame Iaret, gesegnet mit großem Wissen, wollte versuchen, ein Bäumchen hier zu ziehen, damit sie stets frische Beeren zur Hand hätte. Natürlich habe ich auch euren Jahresvorrat an *Uan*-Beeren dabei, nicht, daß ihr ohne dasteht. Es sind übrigens mehrere Stecklinge. Und hier habe ich die Heimaterde des Wacholders." Er wies auf den Boden, wo fünf große Säcke lagen. „Das war der Dame Iaret wichtig. Sie glaubte, nur mit der richtigen Erde würde ihr die Aufzucht gelingen."

„Natürlich. Sie wird sich schon was dabei gedacht haben."

Der Kaufmann lächelte nachsichtig. „Ich hau Euch nicht übers Ohr, Dame Sahu-Re! Die Dame Iaret hat sich ihre Bestellung bei mir genauestens notiert. Das könnt Ihr gewiß in ihren Unterlagen nachlesen."

„Ich habe schon danach geschickt, mein Guter. Pesechet wird gleich da sein. Und dann machen wir die Abrechnung gemeinsam. Nehmt von dem sauren Bier, bedient Euch. Die Hitze ist heute unerträglich. Es wird Zeit, daß das Hochwasser kommt."

„Wahrlich, Verehrteste, in den nördlichen Gefilden ist es nicht so heiß. Und erst hinter dem *Großen Grün!* [34] Dort müßtet ihr mal hin. Diese Königreiche da!", schwärmte er. „Diese Inseln, saftig grün, wie hier die schönsten Gärten. Und man trifft Kaufleute aus noch weiter nördlich liegenden Königreichen als den *Fremdländern weit im Norden von Asien.* [35] Man hört ihre Geschichten und

---

[34] Mittelmeer

[35] Damit betitelt Pharao Amenhotep III. in einer Liste auf dem Sockel seiner Statue aus Kom el Hettan ägäische Ortsnamen

kann kaum glauben, daß die Welt so groß ist." Er unterbrach sich in seinen Schwärmereien und nahm einen großen Schluck kühlen Bieres.

Bent saß schweigend da. Die Welt war größer? Ja hörte sie denn nicht an Kemets sandigen Grenzen auf? Dahinter nichts als Wüste und unbedeutende Fürstentümer. Sie wußte, daß es die *Retenu* gab. Und natürlich die *Mitannier* und die *Hethiter* und selbstverständlich das ferne geheimnisvolle *Punt*. Aber er erzählte von Ländern, die viel weiter weg lagen. Noch mehr prächtige Königreiche? Sie war immer der Meinung, Kemet wäre das wunderbarste, schönste und prächtigste Königreich der Welt, mit *Uaset*, der majestätischsten Hauptstadt im Mittelpunkt. Doch was, bei allen Göttern, war das *Große Grün*? Eine Wiese?

„Was ist das *Große Grün*?"

„Das ist ein Meer, groß, gewaltig und sehr gefährlich. *Iterus* Wellen ergießen sich darin und speisen es. Weit dahinter liegt das Land *Tanaju* [36] Ach, wenn Ihr doch nur einmal die Insel *Keftiu* [37] sehen könntet. Und erst den Palast der *Kunusa* [38], hoch über der Stadt, bunt und prächtig. Die Stadt selbst bevölkert von Menschen aus allen Ecken der Welt. Zauberhaft, meine Dame."

Bent saß da und schaute ihn mit großen Augen an. Ganz wie ein Kind, daß dem Geschichtenerzähler zuhört. Fehlte noch, daß sie sich die tropfende Nase am Ärmel abwischte.

„Um dahin zu kommen, muß man an der Küste Libyens vorbeisegeln und sich nach Norden wenden. Oder wenn Ihr ins Land der Hethiter wollt, an der Küste der Retenu und der Phöniziens vorbei. Dann passiert Ihr erst die Insel Zypern im Westen, ein einziger blühender Garten. Doch dort ist das Meer blau, blau wie der Himmel über uns. Oh, wo ich es grad erwähne. Ich habe etwas, daß Euch bestimmt interessiert. Die Dame Iaret hat es zwar nicht bei mir bestellt, aber ich dachte, als ich bei den Hethitern war, daß in diesem Hause diese wertvolle Kostbarkeit fehlt und die Damen der Isis bestimmt froh wären, wenn sie solch ein prächtiges Handwerksgerät besäßen." Der Kaufmann griff in seinen Beutel, wickelte etwas aus und präsentierte es vorsichtig.

„Ein Messer? Ihr seid wirklich sehr geschäftstüchtig!", spöttelte Bent und zog einen Stuhl für Pesechet bei, die gerade die Schreibkammer betrat.

„Guck!", sagte sie zu ihr, „Ein Messer aus dem Lande der Hethiter. Der liebe Krämer meint, es wäre etwas Besonderes. Und meint er nun, wenn er mit einem Rutsch den Sack da aufschneidet und meine Schreibkammer mit dem Dreck darin verunstaltet, ich wäre davon begeistert? Ich sage Euch

---

[36] Griechisches Festland oder Troja
[37] Kreta
[38] Knossos, Palast der Minoer

gleich, wo ich den Besen aufbewahre! Dann könnt Ihr hier mal gründlich fegen!"

„Nur die Ruhe!" Geschwind mopste er aus Pesechets Kleidertasche den Holzlöffel, den sie da verwahrte um Medizin abzuwiegen oder um ihren Kranken in den Mund zu gucken. Unter dem geschickten Schlag des Messers zerbrach er säuberlich in zwei Teile. Pesechet schlug ihm entrüstet auf die Finger. Er aber sammelte die beiden Teile vom Boden und hielt ihr die Schnittflächen hin. Glatt, sauber, keine Splitter, keine Späne.

„Es ist scharf! Und es bleibt auch scharf. Wenn es nicht mehr scharf ist, könnt ihr es hiermit wetzen und es ist wie neu. Niemals wird es schartig werden oder sich verbiegen, denn es ist aus Eisen! Wie die Schale, die ich vor ein paar Jahren der Dame Iaret besorgte. Es ist heiliges Eisen, von den Hethitern geschmiedet." Jetzt ritzte er sich doch tatsächlich in den Handballen damit.

„Nicht doch!" Pesechet sprang schimpfend vom Stuhl hoch, „Also, Ihr seid doch nicht bei Sinnen! Seht Euch das an!", wühlte in ihren Taschen, fand ein dünnes Streifchen Leinen, wollte es ihm umbinden, betrachtete neugierig die Wunde. Scharfe Ränder, als hätte er sich an zerbrochenem Glas geschnitten. „Wenn ich das gehabt hätte, als ich letztens das Furunkel aufschneiden mußte…"

„Zweihundert *Kite* und es gehört dir!"

„*Was?*" Empört schlug sie ihm auf den Gedankenkasten. „Da! Verbind dich selber. Du bist wirklich ein Witzbold. Wo soll ich denn zweihundert Silberstücke hernehmen? Pack deinen Krempel ein und dann wollen wir sehen, daß wir die Abrechnung fertig machen. Ich habe weiß Gott wichtigeres zu tun, als mir deine Märchen anzuhören! Wo ist der Pfeffer? Ich hoffe für dich, daß du ihn nicht vergessen hast!"

Ein kleiner Sack plumpste auf den Tisch, so heftig, daß die Waage klapperte. Bent nieste herzhaft. Gewissenhaft ging Pesechet Punkt für Punkt die Bestellung durch, nichts fehlte, nichts war zuviel.

„Ich gebe dir siebzig *Kite* für das Messer!", sagte Bent in die Stille und erntete derbes Gelächter.

„Zweihundert, Dame Sahu-Re!"

„Ich gebe dir siebzig oder du kannst deiner Wege ziehen. Außerdem ist die Myrrhe nicht ganz nach meinem Geschmack. Ziemlich verunreinigt. Ich glaube, da hat man was untergemischt um sie zu strecken."

„Was? Das ist einwandfreie Ware! Hundertachtzig!"

„Siebzig! Und dazu bekomm ich einen Bronzelöffel."

„Soll ich jetzt auch mit Besteck handeln? Reicht dir mein wunderbarer Pfeffer nicht von den Inseln des südlichen Meeres? Hundertsiebzig!"

„Ich kann den Pfeffer auch aus dem Königshaus beziehen. Königin Teje, die nebenbei bemerkt eine Freundin meinerseits ist, wird ihn mir bestimmt verkaufen. Ich brauch *dich* nicht, um mir Pfeffer zu besorgen!"

„Wißt Ihr, wie gefährlich das ist, eine Reise übers offene Meer? Und erst der Landweg, hä! Und die Hethiter sind kein Volk, mit dem man Spaß haben kann. Das sind wilde Krieger. Unter den schlimmsten Bedingungen ergatterte ich dieses Messer. Hundertfünfzig!"

„Ja, dann geht hin und verkauf ihnen dieses Messer zurück, besten Dank."

„Hundertvierzig?"

„Achtzig! Und einen Löffel."

„Siehst du wie meine Augen weinen? Siehst du es?"

„Das liegt am Pfeffer! Siehst du *meine* Augen? Siehst du sie?" Fast tat er ihr leid, aber nur fast. Sie wollte dieses Messer, aber nicht um jeden Preis. Wie ein Kaninchen vor der Schlange schaute er sie an.

„Hundert!" Und er hielt ihr die Hand hin.

„Hundert!" Und sie schlug ein.

„Entschuldigt mich kurz, ich geh die Silberstücke holen. Danach wollen wir diese Rechnung begleichen."

„Wollt Ihr da etwa auch nochmal handeln?", empörte er sich. Grinsend verließ Bent die Schreibkammer um aus ihrem Schmuckkasten das Silber zu holen.

„Der ist ja ganz schwarz!", jammerte der Händler.

„Ja und? Hat das jemals Silber geschadet? Den Wetzstein bekomm ich dazu! Und vergiß den Löffel nicht!"

„Was ist denn?"

Pesechet machte seit eben einen wütenden Eindruck. Jetzt, wo der Kaufmann seiner Wege gezogen war und sie die Sachen verräumten, bemerkte Bent ihren sauren Gesichtsausdruck. Es konnte nur daran liegen, daß der Inhalt der Truhe mal wieder enorm geschrumpft war. Aller Verdienst des letzten halben Jahres ging für diese Lieferung dahin.

„Wo sind all die Deben hin? Wieso ist die Truhe leer?", giftete Pesechet, krallte sich in Bents Ärmel.

„Wenn wir die Löhne am Neujahrstag auszahlen, sind wir pleite", sagte Bent und zog unwirsch ihren Arm weg.

„Welche Löhne? Von was willst du denn unsere Leute bezahlen? Du nimmst dir hier wohl was weg? Baust du mit Isis' Deben dein Haus?"

„Dafür könnte ich dir eine kleben!", zischte Bent. „Was denkst du von mir? Machen wir nicht alle Abrechnungen gemeinsam?" Sie zog Pesechet in den Kellerraum, wo die Truhe verwahrt wurde, wies auf die am Tisch liegenden Leinensäckchen.

„Hier, da schau! Hier habe ich alle Deben bereits fein säuberlich ausgerechnet, für jeden im Haus, von der niedrigsten Magd bis hin zur Köchin. Ganze Nächte schlug ich mir damit um die Ohren! Nur deswegen, damit ihr euch alle sorgsam um eure Kranken und Alten und Schwangeren und all die kümmern könnt. Da liegt alles, niemanden hab ich vergessen, alles genau abgezählt." Wütend schlug sie mit der Hand auf jeden einzelnen der kleinen beschrifteten Leinenbeutel. „Die Wächter, die Köchin, der Gärtner und seine Söhne, die Wäscherinnen, die Mägde, die Küchenmädchen, die Bootsleute. Selbst die kleinen Jungs, die unser Vieh hüten! Jeden der Bauern, die unsere Felder bestellen, jede Weberin, die unseren Flachs verwebt! Hier, nimm!" Bent kippte zornig eins der Säckchen aus. „Zähl nach! Zähl sie alle nach! Und hier, der größte Sack ist für die Steuer!"

Pesechet schluckte, aber da war etwas, daß sie anscheinend gewaltig wurmte:

„Du konntest nicht dafür, nicht wahr? Du wußtest genau, wie sehr ich das Messer begehrte. Aber du mußtest ja wieder die große Dame spielen und dir nehmen was du willst. Du bist selbstsüchtig, rücksichtslos, anmaßend. Gehässig ist das richtige Wort! Wenn ich es mir auch nicht hätte leisten können. Konntest es wohl nicht ertragen, daß ich etwas besitzen würde, was mich stolz macht!"

„Oh ja, ich bin gemein und rücksichtslos. Das hast du gut erkannt." In Bent kochte die Wut, schlug mit dem leeren Säckchen Pesechet auf die Arme. „War ich es nicht, die dem Händler einen weiteren Sack Myrrhe abgeschwatzt hat? Und von den drei Säcken *Baqet*-Nüssen ganz zu schweigen! Jetzt können wir unser *Ben*-Öl selbst machen und sicher sein, daß es beste Qualität ist! Ja! Ich bin gehässig! Natürlich hab ich das Messer haben wollen! Sowas habe ich noch nie in meinem Leben besessen. Es ist so scharf. Damit kann ich alles schneiden. Vor allem Furunkel und sogar die dicke Luft hier! Du blöde Nilgans!" Sie klatschte das Säckchen um Pesechets Ohren. „Das Messer hab ich für *dich* gekauft! Beziehungsweise für den Tempel, damit alle, die scharf schneiden müssen, eine *Djua* machen, es nutzen können. So!" Sie warf Pesechet das Säckchen vor die Füße, fegte die Deben vom Tisch, verließ wutentbrannt den Keller, knallte oben die Tür mit solcher Wucht zu, daß die Tafel herunterfiel, lehnte sich an die Wand, wischte ein paar Tränen fort. Daß ihr jemals jemand unterstellen würde, sie würde etwas unterschlagen … was trauten sie ihr nicht noch alles zu!

Pesechet öffnete die Kellertür, hob die Tafel auf, trat zu Bent.

„Entschuldige bitte. Es tut mir leid."

Bent wischte trotzig Tränen ab. Das tat richtig weh.

„Hau ab! Was muß ich noch tun, damit ich in eurer Achtung steige? Am besten, ich verschwinde! Dann kehrt hier Ruhe ein!"

„Es tut mir aufrichtig leid, Bent. Bitte, du kannst nicht weggehen. Wir brauchen dich. Verzeih mir bitte. Du darfst mir eine klatschen, ich habe es verdient. Ich war gemein, du hast alles richtig gemacht."

Bent hob unwirsch die Hand … „Schon gut!" … und ließ sie auf Pesechets Arm sinken.

„Aber warum", fragte Pesechet, „hast du jedem einen halben Sack Getreide zu seinem Lohn gegeben? Und wie ich deine Abrechnung verstehe, hast du das Getreide von deinen eigenen Deben bezahlt. Warum machst du das?"

„Warum? Aus Dankbarkeit? Aus Gemeinheit? Weil ich rücksichtslos bin? Weil ich hier sein darf? Weil ich ein neues Leben beginnen durfte? Weil ich was lernen darf? Weil alle hart und gut gearbeitet haben? Weil ich endlich einen Namen habe…" Wieder kamen ihr die Tränen. „Such dir die passende Antwort raus und laß mich in Ruhe!", blaffte sie.

„Bent, bitte, ich habe mich entschuldigt! Das kann ich wohl nie wieder gut machen. Ich habe dich zu sehr verletzt. Was soll ich denn noch tun?" Jetzt kamen auch Pesechet die Tränen.

„Was habt ihr denn?" Kara trat zu ihnen. „Warum steht ihr vor der Kellertür? Oh, ihr weint! Ist etwas Schlimmes passiert?"

„Nein! Bent hat von ihrem eigenen Vermögen ein besonderes und teures Messer für den Tempel gekauft. Für die *Djuas*. Damit können wir besser schneiden, wenn es nötig ist."

„Wie großherzig! Das ist aber lieb von dir!"

„Und sie hat schon die Abrechnung für den Neujahrstag fertig!"

„Nein!"

„Und ich habe sie beleidigt und ihr schlimme Sachen unterstellt."

„Mach den Mund zu, Kara! Hör auf zu flennen! Sie hat sich entschuldigt."

„Was ist denn das für eine spaßige Versammlung, Mädchen, hm?" Schon fuchtelte Tachut mit ihrem Stock zwischen ihnen. „Habt ihr nichts zu tun? War nicht eben der Händler da? Hat er euch über den Tisch gezogen? Flennt ihr deswegen, hm?"

„Nein!"

„Habt ihr gezankt wie die kleinen Mädchen?"

„*Nein!*"

„Ich schlage vor, daß ihr eurer Arbeit nachkommt! Mit Müßiggang ist den Kranken nicht geholfen. Steht hier rum und tratscht! Schneuzt eure roten Nasen, los! Sowas will ich nie wieder sehen! Habt ihr die Bestellung bei dem Halunken abgegeben? Nicht, daß wenn er nächstes Jahr kommt, etwas fehlt?"

Der Stock stocherte in ihren Rippen, in den Bäuchen – jede bekam ihr Fett weg.

„Ja!"

Schleunigst machten sie sich aus dem Staub, der stochernde Stock war eine Plage. Bent hörte auf dem Weg zu ihrer Kammer wie Tachut weiter schimpfte. Oder schimpfte sie gar nicht? Was rief sie da? „Haltet zusammen! Nur gemeinsam könnt ihr alles erreichen!"

Nach dem Neujahrsfest rief Bent alle zu sich. Und weil Tachut nicht mehr die Treppe zum Dach schaffte, versammelten sie sich vor Bents Kammer unter dem Säulengang. Jede brachte einen Stuhl mit, Tische wurden beigerückt, Bier ausgeschenkt, süßer Kuchen gereicht.

„Wir brauchen mehr Deben!", rief Bent in die Runde. „Was wir erwirtschaften reicht knapp für das ganze Jahr. Wenn ein schlechtes Erntejahr kommen sollte, müssen wir darben. Dieses Jahr läßt die Überschwemmung auf sich warten, längst ist der Stern der Isis aufgegangen, wer weiß, was nächstes Jahr ist? Ja, Kara, ich weiß, es ist die Göttin Sopdet, *Die Gefährliche*. Wir müssen besser vorsorgen. Daher habe ich – ja, ich, denn ich bin die Herrin dieses Hauses – beschlossen, den Tempel für Gläubige zu öffnen!"

„Hach!"

Sie hörte spitze Schreie, schaute in offene Münder und entsetzte Mienen. Dies war eine so ungeheure Vorstellung, daß keine von ihnen mehr daran dachte zu zanken.

„Diese Fahnen da an den Stangen", Bent wies mit der Hand nach oben, „sind ausnahmslos verlottert. Das kann niemals so bleiben und ist eine Schande für unser Haus und für Isis. Die will ich als erstes ersetzen. Aber ich will nicht irgend etwas Billiges dorthin hängen. Neschon soll sie weben und das hat seinen Preis. Die Fahnen sind bestimmt zwölf *Meh Nesut* [39] lang, eher mehr. Und es sind derer vier, bestickt mit dem heiligen Namen unserer großen Mutter. Und die Standarte am Anleger ist ebenfalls hinüber. Wir werden den Tempel öffnen, Gläubige dürfen zu Isis beten, wir werden uns dafür bezahlen lassen und dann kann ich hoffentlich damit die Fahnen bei Neschon in Auftrag geben. Flachs dafür haben wir genug. Und dann darauf das Scheunentor, es fällt bald auseinander. Stellt euch vor, da würde sich jemand an unseren Vorräten zu schaffen machen! Da muß was Neues her, was Stabiles, Massives! Die Front verträgt einen neuen Anstrich, das wird das Nächste sein, was gemacht werden muß."

Uadja saß da, Kuchen in der Hand, auf halben Wege zum Mund, hatte wohl vergessen, daß sie abbeißen wollte.

---

[39] Königselle: 0,52 Meter

„Das ist eine Ungeheuerlichkeit!" Tachut fand als erste ihre Stimme wieder, knallte erbost ihren Stock auf den Tisch. Alle zuckten zusammen. „Eine Ungeheuerlichkeit, sage ich!", schimpfte sie lauthals. Sie alle duckten sich vor dem umherfuchtelnden Stock. „Wie konnte es soweit kommen? Hat denn keine von euch mal nach den Fahnen gesehen? Bent hat recht, das kann so nicht bleiben! Wir öffnen den Tempel und beten für die Gläubigen zu Isis, die Gläubigen werden unsere Fahnen bezahlen!"

„Bist du von Sinnen, Tachut!"

„Das gehört sich nicht!"

„Sowas gab es ja noch nie!"

„Du bist ja schon schwachsinnig, du alte Schrulle!"

„Und du bist eine blöde Nilgans!"

„Ich finde es gut!"

„Das ist frevlerisch, sage ich!"

„Nimm deinen Stock vor meinem Gesicht weg!"

„Natürlich sollten wir das machen!"

„Ach, halt du doch die Klappe!"

„Du dummes Sumpfhuhn!"

„Ruhe!" Bent sprang vom Stuhl hoch. „Wir stellen vom Eingang bis zum Allerheiligsten die Wandschirme aus den Krankenzimmern und dem Keller auf. Niemand braucht seine Nase in unsere Angelegenheiten stecken. Vor dem Allerheiligsten stellen wir den Pavillon hin. Darin ein Tisch mit einer weißen Decke und die zwei wertvollsten, teuersten Stühle. Egal wo die herkommen, ob ihr sie in euren Kammern habt oder ob sie im Keller verstauben. Die vorderen Türen des Allerheiligsten öffnen wir für die Betenden. Wir stellen Blumen und Lampen auf, und Palmwedel; es muß feierlich wirken und dem Anlaß würdig sein. Und je zwei von uns bleiben in dem Pavillon um die Opfergaben entgegenzunehmen und um Beistand oder was sonst gewünscht ist, zu geben. Ich will das alles vor dem nächsten *Sensen-Kawi*, am besten übermorgen! Ich hörte, die Pegel seien weiter gefallen. Dann können alle schön inbrünstig zur großen Mutter beten daß das Hochwasser bald kommt!"

Oh, was hatte sie da bloß angerichtet? Den Tempel öffnen! Sich den Zorn der Mitbewohnerinnen zugezogen! Was, wenn sie sich auch Isis' Zorn zuzog? Bent trommelte unruhig mit den Fingernägeln auf dem Tisch herum.

„Wer klingelt da so nervtötend mit den Sistren?"

Kara hielt ihre Hand fest. „Uadja. Sie fand, das gehöre dazu. Hör auf dir Sorgen zu machen! Das war ein guter Gedanke! Ob schon welche da sind? Ich guck mal durch den Vorhang."

Bent richtete wohl zum hundertsten Male an diesem Morgen die Lampe und das Räuchergefäß mit dem *Senetscher*, rückte die Schale für die Opfer hin und her.

„Da steht ein Riesenkerl vor dem Zelt!", wisperte Kara.

„Laß ihn ein!" Bent war auf alles gefaßt. Nur nicht darauf, daß der Riesenkerl vor ihr auf die Knie sank, die Arme ausstreckte und die Stirn demütig auf den Boden senkte, „Oh, gütige Mutter", dabei flüsternd.

„Steh auf", zischte Bent, „was ist dein Begehr?" Sie rückte die Schale dezent an den vorderen Rand des Tisches. Hinein fiel klimpernd ein goldener Ring.

„Wird das reichen?"

„Es kommt darauf an, was du von Isis erwartest."

„Meine Tochter, mein einziges Kind! Fern der Heimat. Und sie ist krank. Ich will für sie beten. Ob Isis ihr helfen wird?"

„Bestimmt. Sie ist unser aller gütige Mutter. Bitte!" Bent wies mit der Hand hinter sich auf die geöffneten Türen vom Vorraum des Allerheiligsten. „Auf ihrer Schwelle wird sie dir ihren Segen nicht verwehren."

Der Mann trat ein, zwei der Wächter schlossen die Türflügel. Kara drehte den Ring in ihrer Hand. „Viel ist das nicht, und wenn nicht mehr kommen, bekommen wir keine Fahnen."

„Abwarten. Notier den Ring, ich frage ihn gleich nach seinem Namen.

„Siptah, Herrin."

„Du bist Handwerker?"

„Woher wißt Ihr das?"

Bent schob den Schleier vom Gesicht, klemmte ihn sich hinter die Ohren, schaute den Mann lange schweigend an, „Ich bete für deine Tochter!", heiser hauchend.

„Danke, Herrin!"

Bent nickte geheimnisvoll und ließ den Schleier wieder über ihr Antlitz gleiten.

„Meine Güte, bist du gruselig!" Kara stupste sie grinsend. „Wieso wußtest du, daß er Handwerker ist? Kanntest du ihn?"

„Sohn des Ptah? Alle Handwerker verehren Ptah, das ist doch keine Zauberei", grinste Bent zurück und schrieb den Namen auf. „Meinst du, es kommen noch welche?"

„Ich guck! Uih! Oh weh!"

„Was ist?"

„Schau!"

Bent linste durch den Spalt im Vorhang: der ganze Hof war voller Leute! Frauen, Männer, Kinder, Alte und Junge standen andächtig schweigend schön in einer Reihe hintereinander. Sie stieß laut die angehaltene Luft aus:

„Dann wollen wir mal beginnen!"

Beten um Hochwasser, beten für ein gesundes Kind, beten für den Liebsten in der Ferne. Für einen guten Fang, für Hilfe bei der Jagd, für eine gute Ernte im nächsten Jahr, für den Mann, der im Steinbruch arbeitet. Bent schwirrte der Kopf. Aber sie zahlten! Sie bezahlten für ihren Glauben, ihren unerschütterlichen Glauben an die Hilfe der Großen Mutter. Dem armen, alten Mütterchen, daß mit zwei Broten bezahlen wollte, damit der Mann in den seligen Gefilden von *Sechet Iaru* ewigen Frieden fände, drückte sie die Brote zurück in die Hand. „Behalte dein Essen. Ich bete für ihn!"

„Du bist eine Heilige!", nuschelte die zahnlose Alte. „Laß mich deine Füße küssen!"

„Das muß nicht sein. Geh in Frieden, Mutter. *Anch, Uda, Seneb*!"

„Sie ist eine Heilige!", krähte die Alte beim Hinausgehen jedem zu. Manchem patschte sie mit der flachen Hand auf den Gedankenkasten. „Eigens von der Göttin erwählt! Sie ist die Güte selbst! Neigt eure dummen Köpfe in Demut!"

„Laß mich doch hinein, sage ich! Ich kenne die Heilige persönlich!", hörte Bent nun eine bekannte, drängelnde, befehlsgewohnte Stimme. Sie gehörte Neschons Tochter. Und schon stand sie vor ihr, hüllte den Pavillon in eine Wolke duftendes Parfüm, sank auf den Boden, umklammerte küssend Bents Füße, „Ich habe gewußt, daß Ihr von den Göttern gesandt wurdet. Oh, Herrin des Tempels, du machst mein Glück vollkommen!", ergriff tränenüberströmt Bents Hände, im Gesicht vollkommene Verzückung. „Daß ich diesen Tag erleben darf! Bitte, Dame Sahu-Re, sprecht ein Gebet für mich, leg bei Isis ein gutes Wort für mich ein, und für Mutter und die Schwester und für die Weberei und…"

„Das kannst du selbst tun! Aber hör mal, ich will etwas bei dir in Auftrag geben, gut, daß du da bist…"

„Später, später! Ich darf zu Isis?" Neschon schlug ergriffen die Hände vor den Mund, daß all ihre Armreifen klingelten, schritt in freudiger Erwartung würdevoll wie eine Königin zum Allerheiligsten hin.

Kara räusperte sich übertrieben.

„Die ist ja frommer als alle Gläubigen zusammen. Kam richtig in Wallung."

Bent grinste. „Ich will sie gleich nach den Fahnen fragen. Gut, daß sie hier ist. Anschließend machen wir Mittag. Sollen sich zwei andere eine Weile hierhin setzen und sich alles anhören. Du liebe Güte, wie lang braucht man, um zu beten?"

Völlig vergeistigt trat Neschon aus dem Vorraum des Allerheiligsten, Verklärung im Gesicht. „Sie hat mich erhört, oh ja, sie, die Mutter!", hauchend.

„Komm mit in meine Schreibstube, ich muß dich was fragen."

„Du bei mir? Fahnen in Auftrag geben? Für die Göttin? Das kommt überhaupt nicht in Frage!" Neschons übermäßig beringte Hand klatschte laut auf die Tischplatte, Empörung in der Stimme. Die religiöse Ekstase war wohl flugs ihrem Geschäftssinn gewichen. Bent wappnete sich. „Wenn, dann will *ich* von *dir* die Erlaubnis, daß *ich* die Fahnen dem Tempel spenden darf!" Sie fuchtelte mit ihren Ringen vor Bents Gesicht und hob mahnend den Zeigefinger. Wahrlich, er konnte als Waffe dienen, denn ihn zierten gleich zwei üppig verzierte Ringe und die mit Henna rot gefärbte Fingerspitze schoß wie ein scharfer Dolch auf Bents Nase zu. „Wenn überhaupt, macht Neschon die Fahnen für den Tempel! Das ist für *mein* Seelenheil!"

Jetzt blieb Bent ausnahmsweise mal der Mund offen stehen.

„Du glaubst doch nicht, daß ich mir diese Gelegenheit entgehen lasse!" Mit wilder Entschlossenheit warf Neschon den Umhang ihres prachtvollen, mit buntem Federmuster verzierten Kleides nach hinten, wedelte sich mit dem Fächer so heftig Luft zu, daß einzelne Strähnen ihrer schicken Perücke im Luftzug wehten. „Mein Leben lang habe ich hart gearbeitet und mein Vermögen erwirtschaftet. Ich kann es mir leisten für mein zukünftiges Leben ordentlich vorzusorgen! Mir wird in den ewigen Gefilden von *Sechet Iaru* nichts mangeln, dank deiner Umsicht. Nie im Leben war ich einer Göttin so nahe! Ich war hier, bei der Himmelskönigin! Bei der Königin der Götter! Mit *meinen* Fahnen wird Isis, Königin der Toten, mir auf ewig dankbar sein, wenn ich denn einst zu ihr komme. Deinen Flachs nehm' ich dafür, aber sonst nichts! Ach, ich habe vergessen für das Gebet zu zahlen. Was nimmst du?"

„Natürlich nichts, du willst doch die Fahnen machen!"

„Willst du mir damit jetzt meinen ehrbaren Lebenswandel wieder abstreitig machen?", empörte Neschons Tochter sich. „Nein, nein, nein! Hier, nimm diesen kleinen, dummen Barren. Ich denke, die fünfzig *Kite* sollten angemessen sein, dafür, daß ich der Großen Mutter nahe sein durfte. Und, wo wir grad dabei sind, ich will, daß du mir neun Unschuldsbekenntnisse aufsetzt. Für die Mutter, die Schwester, mich, unsere Männer und Kinder. Was nimmst du gewöhnlich dafür? Reichen weitere tausend Deben? Ja, sie reichen, die Schreiber auf dem Markt nehmen bis zu hundert pro Stück. Die anderen hundert schenk ich dem Tempel und weil ich weiß, daß du sie besonders schön schreiben wirst. Aber keine *Kite*, dafür gibt man Kupferdeben, wenn ich mich nicht irre. Nein, du brauchst mir nicht erklären, daß du das üblicherweise nicht machst. Ich bin es leid! Die Priester am *Vollkommenen Ort* sind mir zu überheblich geworden. Und ehrlich gesagt, sie streben nach zuviel Macht! Über kurz oder lang wird das bös ausgehen. Ihnen fehlt der nötige Respekt vor unseren Göttern, haben nichts als ihren Profit im Kopf! Nie wieder werde ich sie aufsuchen. Nein, keine Widerrede, ich will die Schriften nur von dir persönlich! Wann kann ich sie abholen?"

„Du schnatterst wie deine Mutter!", lachte Bent. „Du kannst die Schriften nach dem *Sensen-Kawi* abholen lassen!"

„Eintausend Deben!", hauchte Kara, schnappte sich ein weiteres Stück von dem Kuchen.

„Ja, und wenn ich das geahnt hätte, hätten wir dieses ganze Brimborium gar nicht veranstalten brauchen!"

„Aber den Leuten hat es gutgetan. Und sie sind glücklich wieder hinausgegangen. Du hast soviel Zufriedenheit unter die Menschen gebracht und bei all den vielen Gebeten wird Isis bestimmt bald weinen und ihre Tränen werden den Fluß anschwellen lassen."

„Hoffentlich. Sonst sehen wir einem mageren Jahr entgegen. Komm, trink aus, wir wollen weitermachen! Und wenn du noch mehr von dem Kuchen in dich hineinstopfst wirst du moppelig."

„Da stehen die Leute bis auf die Straße! Schau mal!"

Bent guckte zwischen zwei Wandschirmen hindurch.

„Es rutschen sogar welche auf den Knien nach vorne. Und eine Magd soll den Wasserkrug auffüllen, er scheint leer zu sein. Es ist viel zu heiß für die Leute, selbst wenn sie im Schatten des Spaliers stehen."

„Ja, gleich. Sieh mal, die da vorne kommt nicht mehr weit, siehst du sie? In dem hellgelben Kleidchen, die sich krümmt, da, hinter dem Mann mit dem langen Rock. Oh, da muß ich helfen! Was für ein Leichtsinn! Sich da anzustellen! In dem Zustand!" Kara zwängte sich durch die Wandschirme. „Mach allein weiter, die da kommt jeden Moment nieder."

„Woher willst du das wissen?"

„Sowas sehe ich!"

„Geht was essen, ich mache weiter", sagte Bent zu Uadja und Mesechnet. „Oder seht zu, daß ihr Kara helfen könnt. Die entdeckte eben eine in der Menschenmenge, die anscheinend ausgerechnet diesen denkwürdigen Augenblick für die Geburt ihres Kindes ausgewählt hat."

„Wie schön! Dann werden wir mal Kara zur Seite stehen."

„Laß es gutgehen, Königin des Himmels", betete Bent still in sich hinein, als sie einen Augenblick allein in dem Pavillon saß. Doch schon trat die nächste gottesfürchtige Besucherin ein. Wie Bent trug sie einen Schleier. Neben der in voller Pracht aufgetakelten Neschon wirkte diese in ein schlichtes weißes Kleid gehüllte Frau wie eine unheimliche Spukgestalt. Sie trug weder Schmuck noch Sandalen und stand unbeweglich und still vor ihr.

„Dein Begehr?", fragte Bent.

„Das sage ich nur der Hohepriesterin der Isis persönlich."

Bent nahm den Schleier ab. „Sprich! Sie sitzt vor dir!"

Die andere ließ ebenfalls den Schleier sinken. „Vor mir *sitzt* niemand!"

„Königin Teje!" Geistesgegenwärtig flüsterte Bent, denn die draußen stehenden könnten alles hören, fiel hastig, von Schrecken erfüllt, auf die Knie. Die schneidend scharfe Stimme der *Hemet Nesut Weret* klang drohend über ihr.

„Was in aller Welt treibst du hier, Dame Sahu-Re?"

Wie sollte Bent diesen Frevel erklären? Niemals in der Geschichte des Schwarzen Landes öffnete ein Tempel die Tore für das Volk. Die Tempel umgab mystische Verklärung, gut gehütete Geheimnisse wurden in ihnen verwahrt. Die Götterstatuen, die in den Tempeln wohnten, wurden von den Priestern umsorgt und an hochheiligen Feiertagen in ihren Barken auf dem Nil gesegelt. Und sie? Sie öffnete Tür und Tor selbst für den niedrigsten Pöbel, ließ die Leute bis fast ins Allerheiligste. Und nun hatte Teje ihr Vergehen entdeckt. Bent zitterte zurecht, während sie am Boden lag.

„Ich warte!" Tejes scharfer Ton deutete darauf hin, daß sie schleunigst eine plausible Antwort erwartete.

„Ich mußte meine Leute bezahlen, Herrin", stotterte Bent. „Neulich am Neujahrstag. Und dann bemerkte ich die verlotterten Fahnen an der Tempelfront. Aber meine Deben reichten nicht mehr. Und noch mehr liegt am Haus im Argen. Ich dachte mir, daß mit meiner... mit dieser... daß ich..." Sie schlug mit der Faust auf den Boden, raunte aufmüpfig: „Die Gläubigen bezahlen für ihre Gebete und ich kann die Fahnen neu machen lassen! Und es reicht wahrscheinlich für ein neues Scheunentor und einen neuen Anstrich! Damit das Haus der Isis aussieht, wie es der Großen Mutter gebührt!"

Schweigen.

Bent lag auf ihren Knien, das Gesicht am Boden, die alten, buckligen Granitplatten schmerzten allmählich unerträglich. Einzig die Aufmerksamkeit auf diesen unerträglichen Schmerz hielt sie davon ab aufzuspringen und sich ungebührlich zu benehmen.

„Was nimmst du für ein Gebet?"

„Ich verlange nichts, jeder gibt, was es ihm wert ist."

„Reicht das?"

Bent richtete sich auf, hob den Kopf. Teje hielt ihr ein wertvolles Armband hin.

„Wofür, Göttin?"

„Für ein Gebet an Isis."

„Habt Ihr geweint, Herrin?" Bent kam auf die Füße, schaute der Königin ins Gesicht. Keine Schminke, keine Perücke, keinerlei Schmuck. „Ihr habt Asche auf dem Haupt!"

In Tejes Augen Tränen, die ihr jetzt über die Wangen liefen.

„Meine Mutter ist gestorben. Und... ich wollte Euch aufsuchen. Dachte, daß

Ihr, mit Eurem klaren Verstand und Eurer scharfen Zunge mir irgendwie den Schmerz abnehmen könntet…" Sie trocknete die Tränen mit dem Schleier. „Es tut so furchtbar weh!"

Bent nestelte an ihrem Gürtel, holte den rasselnden Schlüsselbund hervor. „Kommt, Herrin. Ich lasse dich zu ihr. Sie wird deine Tränen trocknen. Isis wird dir helfen. Geh zu ihr."

Vollkommen erledigt sank Bent auf den Sessel. Draußen maulte einer: „Ja geht es hier bald weiter?" Andere Stimmen wurden laut, Gemurre erhob sich. Bent trat vor den Pavillon, Zorn im Gesicht, Wut im Bauch.

„Dies sind die heiligen Hallen unserer aller Großen Mutter", zischte sie böse und ihre Rabenstimme bekam einen unheilvollen Klang. „Niemand benimmt sich im Hause der Isis ungeziemend! Die große Göttin hat deswegen beschlossen keine Gebete mehr anzuhören. Ihr könnt alle gehen!"

Wieder dieses Gemurre.

„Und zwar still und leise! Ich will kein Wort mehr hören! Wächter! Geleitet die Leute hinaus!"

Bent blieb vor dem Pavillon stehen, schaute zu wie die Wächter den letzten Besucher hinausgeleiteten. Dumpf schlugen die großen Portale zu, laut rastete der gewaltige Balken in die Verriegelung.

„Räumt die Wandschirme weg, laßt den Pavillon stehen!"

Was für ein aufregender Tag! Millionen Gedanken huschten durch Bents Kopf. Wie das alles meistern? Wieso erschien die Königin? Wurde Bent verraten? Stand ihr Haus unter Beobachtung? Seufzend ließ sie sich wieder auf dem Sessel nieder, schaute nach dem Sonnenstand – es war bald Abend. Der hoffentlich ein wenig Abkühlung bringen würde. Den Rock über die Knie gezogen, den Schleier von den Schultern gleitend, sich die schmerzenden Ellenbogen und Knie reibend, schaute sie grübelnd den Männern zu, die die Wandschirme abbauten.

Jemand zupfte sanft an ihrer Schulter. „Ist es nicht bezaubernd?" Und schon hielt Bent unverhofft einen Säugling in den Armen. Kara zog sich den anderen Sessel bei. „Oh welch ein Glück, alles ging schnell und ohne Strapazen, schau wie niedlich sie ist! Und erst ihre schönen schwarzen Haare und die süßen Fingerchen. Was ist?"

„Nimm das Kind weg!"

„Aber…"

„Sofort!"

Der Tonfall verhieß nichts Gutes.

„Wie kann man nur!" Kara wurde selten böse, aber nun schien Bent es überreizt zu haben. Möglichst leise entwischte ihr ein: „Ich hab klebrige Finger, und das Kleine ist so… so neu. Da, paß auf das Köpfchen auf, du hast dich in meinem Schleier verheddert!"

„Die Mutter hat mir dreißig Deben gegeben und mich gebeten, das Kind an ihrer Stelle zu Isis zu bringen. Und es soll ‚Isis' Segen' heißen."

„Gib ihr die Deben zurück. Ich werde für beide beten."

„Was bist du nur so grantig?" Kara zupfte die Tücher des Kindes zurecht und funkelte Bent böse an.

Ich muß nachdenken! Die Königin hat mich bei unserem unheiligen Treiben erwischt! Außerdem schwirren mir die tausend Gebete, Wünsche und Träume der Gläubigen im Kopf herum. Ich bin müde, hungrig, durstig, verschwitzt und wünsche mir nichts mehr als meine Ruhe. Mir tun Knie und Ellenbogen weh, weil ich im Staub auf den harten Bodenplatten lag. Ich nehme kein Kind auf den Arm, es erinnert mich zu sehr an meinen eigenen Verlust. Im Allerheiligsten trauert die Königin um ihre Mutter und ich kann mir beim besten Willen nicht vorstellen, daß sie die Öffnung des Tempels ungestraft übersieht. Ich kann mir nicht vorstellen, was sie von mir will, wenn sie da je wieder rauskommt. Ich wünschte du würdest verschwinden und mir meine Ruhe lassen!

„Wo sind all die Leute hin? Hast du die vergrault?"

„Die hab ich weggeschickt. Es ist sowieso bald Abend und mir wurde es zuviel."

„So kenne ich dich! Mürrisch, finster, einen Augenblick so, den nächsten wieder anders. Das will ich gar nicht ergründen. Ich muß zu der jungen Mutter zurück, da bin ich eine Weile beschäftigt. Kann ich ihr wenigstens sagen, daß Isis' Heil auf dem Kind ruht?"

Bent stand auf, hielt das Räuchergefäß vor des Säuglings Nase, verteilte den duftenden Rauch mit der Hand, küßte ihre Fingerkuppen, drückte sie sanft auf das kleine Mündchen. *Tju!*"

„Mehr kann man von dir auch nicht erwarten!", maulte Kara und ließ Bent stehen.

Die Königin trat aus dem Allerheiligsten, Trauer im Gesicht. Es war die Mutter, und dieser Schmerz ging tief. Bent, voller Mitgefühl, fragte leise:

„Herrin, wie seid Ihr hergekommen? Ich sehe kein Gefolge. Nicht mal euren Hund."

„Ich kam mit der Fähre, die jeder Gewöhnliche nimmt. Auf dem gleichen Weg werde ich auch zurückkehren. Niemand soll mich erkennen. Der Hund hätte es verraten."

„Oh, nein! Mit diesen Kerlen lasse ich Euch nicht fahren! Sie sind roh und rüpelhaft. Außerdem ist es schon spät!"

„Ihr wollt mir Vorschriften machen? Lehnt Ihr Euch da nicht zu weit vor?"

Bent neigte den Kopf. „Verzeiht."

„Ihr habt Recht, es wird jeden Moment dunkel. Dann setzen selbst die größten Rüpel nicht mehr über. Ich werde heute hier bleiben. Wo kann ich übernachten? Und wo ist meine Magd?" Teje blickte zornig über den leeren Innenhof.

„Hier ist niemand mehr."

„Meret ist nicht alleine fortgegangen! Such sie!"

„Sie wird mit den anderen Gläubigen den Hof verlassen haben. Vielleicht wartet sie draußen?" Bent stand unschlüssig da. Was erwartete die Königin? Daß sie selbst nachsehen würde?

„Was denkst du, wie lange es im Palast dauert, bis mein Befehl ausgeführt wird?"

Bent zog unmerklich schuldbewußt die Schultern hoch. Glücklicherweise huschte gerade eine der jungen Schülerinnen vorbei, um die Lampen im Hof und den Kammern anzuzünden.

„Baket!"

„Ja? Guten Abend!", grüßte sie höflich die Besucherin.

„Sieh draußen nach, ob dort ein Mädchen namens Meret wartet und bring sie her." Und zur Königin gewandt: „Ich sehe nach einer Kammer für Euch, Herrin."

„Ich will keine Kammer, ich will mit dir reden!"

„Dann kommt bitte mit." Vor ihrer Tür hielt Bent inne. Dort drin herrschte das absolute Chaos von Tagen. Vor allem, weil sie nicht wollte, daß Mägde mit ihren Sachen hantierten. Niemals konnte sie die Königin in ihre Räume bitten.

„Es ist nicht ordentlich, Majestät", versuchte Bent eine laue Entschuldigung, im Geiste drüber nachdenkend, wohin sie sollte.

„Das macht Ihr mir nicht schon wieder weis! Ihr verbergt doch was! Geht zur Seite!" Schroff riß Teje die Tür auf, nahm die Lampe aus der Halterung und blieb abrupt im Türrahmen stehen. Das Licht riß ein ungemachtes Bett, einen schmutzigen Wäschehaufen auf dem Boden, dreckiges Geschirr, Kleider auf den Stühlen, geöffnete Truhen und unzählige Papyrusrollen aus den Schatten. Bent wäre am liebsten vor Scham im Erdboden versunken.

„Ich denke", Teje schloß geräuschvoll die Tür und steckte die Lampe wieder in die Halterung, „Ihr habt heute kaum Zeit gefunden, da drin ist es mir zu wüst. Findet eine Kammer, wo wir beisammen sitzen können!"

Kara!

Das ist ein ganz blöder Einfall! Doch, dort ist es heimelig und aufgeräumt! Sie hat den ganzen Tag geschuftet und wird froh sein in ihr Bett zu kommen. Das wird Teje einerlei sein!

„Hier, nebenan Herrin, da können wir ungestört reden."

„Ja, hier läßt es sich aushalten! Ah, Meret, da bist du ja. Du gehst jetzt mit diesem Mädchen, Baket war dein Name, nicht wahr, mit, laß dir was zu essen geben und einen Schlafplatz bei den Mägden zuweisen. Ich brauche dich heute nicht mehr."

Bent zündete mit einem Kienspan Karas Lampen an, traf kaum den Docht, so zitterten ihr die kalten Hände vor dem Kommenden.

„Möchtet Ihr auch etwas essen, Herrin? Die Abendmahlzeit wird gleich gebracht werden."

Was für eine dumme Frage! Sie wird dir jeden Moment den Kopf abreißen! Hat bestimmt keine Lust auf ein gemütliches Essen zu zweit und anschließendem Plausch unter Frauen! Sie wird dir den Kopf abhacken lassen und Parser wird dein Henker sein!

„Was gibt es?"

„Ich weiß es nicht, die Köchin überrascht uns immer."

„Die, die den Ochsen gebraten hat?"

„*Tju!*"

„Dann gern!"

„Oh, bitte, nehmt Platz, wo Ihr wollt, aber gebt auf all die Frösche acht. Sie sind Karas ganzer Stolz."

„Hast du das Allerheiligste geöffnet?"

„Nein! Nur die Türen des Vorraumes."

„Hast du Geheimnisse preisgegeben? Über die Mysterien der Isis geplaudert?"

„Nein!"

„Ich will es vergessen! Dieses Haus ist eher ein *Haus des Lebens* [40] als ein Gotteshaus, daher gehen sowieso mehr Gewöhnliche ein und aus, als es sonst in einem Tempel üblich ist."

Bent stieß laut die Luft aus. „*Dwa Netjer ink*, Majestät!"

Es klopfte, die Tür ging auf, Baket brachte eine Portion Essen.

„Eil dich", scheuchte Bent sie. „Lauf zurück in die Küche und hole einen zweiten Teller für meine Freundin hier. Bring einen Krug unseres besten Weines, Gläser, keine Becher, Datteln und Kuchen, rasch!" Sie wandte sich der Königin zu, stellte das Essen auf einen kleinen Tisch vor ihr, richtete den Löffel, das Messer und das Körbchen mit dem frischen Brot. Es roch lecker, Bents Magen knurrte laut. Und schon brachte Baket ihren Teller, Bent hob den bunten, tönernen Deckel ab: Gänsebraten mit Saubohnen die in einer scharfen Feigensoße schwammen.

„Sehr appetitlich!", bemerkte Teje, hielt den Löffel in der Hand, richtete das Tuch auf ihrem Schoß und legte augenblicklich den Löffel wieder beiseite.

„Ich glaube, ich bekomme keinen Bissen hinunter. Habe seit gestern abend

---

[40] Im Sinne von Krankenhaus

nichts mehr gegessen und werde nie mehr essen können. Sie starb in der Nacht, eine gute Stunde nach Mitternacht. Cheruef, der Vorsteher meines Hauses, riß mich aus dem Schlaf. Und mein Arzt Neferhotep versicherte mir, sie war nicht wirklich krank, klagte bloß seit Tagen über Bauchweh."

Bent gab darauf keine Antwort, schenkte die Gläser voll.

„Vielleicht sollten wir auf sie trinken. Darauf, daß sie ein gutes Leben gehabt hat. Darauf, daß sie erlöst ist, daß sie nun mit den Göttern am Firmament segeln darf. Sie ist drüben angelangt. In den goldenen Gefilden der Binsen. Danach sehnen wir uns doch. Nicht weinen, Herrin. Ihr geht es bestimmt gut."

„Aber mir nicht!" Schluchzend griff Teje nach dem Glas, trank es aus, „Meine liebe *Mut*! Sie fehlt mir! Und jetzt ist sie bei den Mumienmachern!", schneuzte in das Mundtuch und schenkte sich erneut aus.

„Zwei Gläser Wein auf nüchternen Magen, Herrin, das wird nicht gutgehen!", mahnte Bent vorsichtig an. „Eßt ein wenig, bitte." Ihr selbst wurde bald schlecht vor Hunger, da stand das gute Essen vor ihr und aus Höflichkeit und Anstand konnte sie es nicht genießen. „Wie wurde sie gerufen?"

„Tuja ist ihr Name. Oberste Haremsdame sowie Priesterin des Amun, des Min und unserer aller geliebten Hathor."

Bent erhob sich, hob ihr Glas, schaute an die Decke des Raumes:

„Oh Himmelskönigin, Mutter der Natur, Herrin aller Elemente, erstgeborenes Kind der Zeit, Höchste der Gottheiten, Königin der Toten, Erste der Himmlischen, größte aller Götter und Göttinnen, du Schutzherrin aller die leiden und in Sorge sind. Du Schutzherrin der Mütter, du bist Isis, du kannst der einzigartigen, liebevollen, fürsorglichen Mutter von Königin Teje gewogen sein. Nimm die erhabene Tuja, das ist ihr Name, die allseits geliebte Priesterin unseres großen Amun, des Min und der liebreizenden Hathor, in dein Reich!" Sie hielt Teje ihr Glas hin: „Auf Eure *Mut*! Auf die ehrenwerte Tuja!"

„Auf meine *Mut*. Möge sie Frieden finden und selig in den friedlichen Gefilden von *Sechet Iaru* wandeln."

Bent nahm einen Schluck *Irep*, stellte das Glas ab, neigte den Kopf betete leise:

„Du bist die große Göttin, Gottesmutter Isis, Quell allen Lebens, die über den verbotenen Bezirk herrscht. Du, die Königin der Inseln, trauernde Göttin, die den Körper ihres Bruders Osiris wieder zusammengefügt hat. Die große und mächtige Herrscherin aller Götter, deren Namen die Göttinnen preisen bist du. Du allein bist die wohltätige Zauberin, die den Dämon durch die Worte deiner Lippen vertreibt. Du, die mächtige Göttin, Inhaberin aller Macht, groß im Himmel und Herrscherin über die Gestirne, die jedem Stern seinen Platz gibt. Du bist Isis, Quell des Lebens, Königin des Landes und Königin der südlichen Wüsten. Sieh nicht auf meine Verfehlungen, sondern sei Tuja gnädig!"

„Soviel Frömmigkeit hätte ich Euch nicht zugetraut, Dame Sahu-Re."

„Das war ich ihr schuldig. Ganz im Recht fühlte ich mich heute nicht."

„Das will ich vergessen, wie ich schon sagte. Und ich will doch das Essen probieren."

Kara spazierte trällernd herein, blieb stehen, guckte sich verwundert um und bevor sie den Mund aufmachen konnte, griff Bent sie schnell am Ellenbogen und schob sie zur Tür hinaus.

„Was *machst* du da drin?"

„Nichts, ich brauch deine Kammer. Eine Freundin kam auf Besuch, sie will mit mir plaudern, essen, trinken. Bei mir sieht es aus. Nimm für heute nacht meine Kammer, geh, Kara, laß, nein, ich kann dir nicht mehr sagen."

Kara sträubte sich wie eine wütende Katze, als Bent sie durch ihre eigene Tür schob.

„Du spinnst doch! In deiner Rumpelkammer soll ich schlafen? Och, wie sieht es hier nur aus!"

„Bitte! Für diese Nacht!"

„Seit wann hast *du* eine Freundin! Wer ist das?"

„Eine Freundin, sie kommt von weit her um mich zu sehen, mach schon!"

„Ich will aber in *mein* Bett!"

„Kara! Du kannst in meiner Wanne baden, die gefällt dir doch, weil sie größer als deine ist. Die Wäscherinnen halten die Kessel heiß, es ist genug Wasser da. Und erst das Bett! Schön groß und bequem. In der einen Truhe sind frische Leintücher, nimm dir alles. Und jetzt mach die Tür zu!"

„Da schuftet man den ganzen Tag und das ist der Dank dafür? Pfff!" Laut knallte die Tür ins Schloß und Bent eilte zu Teje zurück.

„Sie war wohl zurecht wütend!", schmunzelte Teje.

„Ja, sie saß fast den ganzen Tag mit mir in dem Pavillon und half bei den Gläubigen. Entdeckte in der Menge eine Hochschwangere, die jeden Augenblick niederkommen konnte, half einem gesunden Mädchen auf die Welt. Bis eben war Kara bei der jungen Mutter. Sie ist mit Pesechet zusammen unsere beste Wehmutter. Seht, Herrin, wie dicht liegen Schmerz und Freude beieinander."

„Vielleicht konnte eine der Seelen meiner Mutter Zuflucht in dem kleinen Mädchen finden..." Teje drehte versonnen das Glas hin und her.

Was ist denn das für ein Gedanke? Sollte derartiges möglich sein? Obwohl, Isis ist eine mächtige Zauberin, sie konnte alles bewirken! Wenn die Königin in diesem absurden Gedanken Trost findet, ist es ein guter Gedanke!

„Isis ist eine wohltätige Zauberin", sagte Bent leise. „Warum sollte das nicht möglich sein? Ist sie nicht Osiris' Gattin? Schaffte sie es nicht, daß er wiederauferstand?"

„Gib mir den Namen der Mutter, wenn du ihn hast. Ich will für das Kind Patin sein. Dem Mädchen soll nichts fehlen in seinem Leben!"

„Das mache ich gerne! Sagt, Herrin, und Euer Vater? Lebt er noch?"

„Der Vorsteher der Pferde und Gottesvater Juja weilt im Norden, in *Merwer*. Es wird Tage dauern, bis ihn die traurige Botschaft ereilt. Das wird Vater das Herz brechen."

„Liegt *Merwer* [41] noch vor dem Großen Grün?"

„Ach, Ihr seid auch in der Erdkunde bewandert? Von was habt Ihr eigentlich keine Ahnung?"

„Von vielem, Herrin", versuchte Bent ihre Unwissenheit zu überspielen. „Wieso nennt Ihr Euren Vater Gottesvater?"

„Mein Gemahl gab ihm diesen Ehrentitel. Er liebt, fürchte ich, meine Eltern mehr als ich selbst." Hastig, ja beinahe stürmisch ergriff Teje Bents Hand. „Ich mußte da weg, Bent!"

„Bitte?" Beinahe verschluckte Bent sich an dem Bissen im Mund.

„Bent, sage ich! Haben wir uns nicht Freundschaft geschworen an jenem denkwürdigen Tag im Allerheiligsten, vor der Göttin? Nenn mich Teje und hör auf mich Herrin zu nennen! Sitze ich nicht mit dir beieinander? Trinken wir nicht und reden, wie Frauen es tun? Ich brauche eine Freundin, Bent! Im Palast ist keine zu finden, die mich versteht!"

Bent nippte an dem Wein, überwältigt von Tejes Worten.

„Ich meinte eigentlich … warum mußtet Ihr… du da weg?"

„Er ist so wild! So ungestüm! So unbeherrscht! In seiner Liebe wie in seinem Schmerz! Er reißt das ganze Haus auseinander, drohte meinem Koch Bakenamun damit, ihn verantwortlich für den Tod meiner Mutter zu machen. Meist beherrsche ich ihn, doch heute fehlt mir die Kraft dazu."

„Von wem redest du? Von Cheruef?"

„Von meinem Gemahl!"

Oh! Das ist… sie kann doch vor mir nicht über ihren Gemahl reden! Sie spricht von Pharao, unserem Guten Gott, wie von einem gewöhnlichen Ehemann! Aber sie braucht mich, wie sie mich ansieht. Voller Schmerz und Einsamkeit. Sie braucht wahrlich eine Freundin, keine Dienerin oder eine der Adeligen, die ihr nach dem Mund reden. Sie braucht jemanden, der ihr sagt, daß ihr Fortlaufen nicht richtig war, jemanden der ihr sagt, daß sie trotzdem heute hier bleiben kann, jemanden, der ihr sagt, wie grauenvoll ihr Verlust ist und vielleicht auch jemanden, der sie tröstet. Nur einer guten Freundin kann

---

[41] Gurob im Fayum

man sagen, was in der Ehe im Argen liegt. Und nur bei einer Freundin kann man das Herz ausschütten. Heißt es nicht ‚wenn das Herz voll ist läuft der Mund über'? Und sagte ich nicht ‚sei mein Gast, sooft es dir beliebt'? Sie hat es nicht für dummes Gerede gehalten! Sie nahm es ernst, genauso wie ich es meinte! Und jetzt?

Bent legte ihren Löffel zur Seite, setzte sich mit den Kuchenteller in der Hand auf Karas Bett, sagte lächelnd: „Man kann die Kerle nicht beherrschen. Sie leben in einer eigenen Welt. Und die unterscheidet sich gewaltig von der Welt der Frauen. Wir setzen uns hin und weinen, wenn wir traurig sind. Er wurde bestimmt wütend, damit andere seinen Schmerz nicht sehen können. Das andere Bett ist übrigens für die Freundin da, damit sie von dem unbequemen Sessel aufstehen kann und es sich gemütlich macht."

„Du kennst die Männer genau, was!"

„Man wird nicht schlau aus ihnen."

„Ich kenne nur Pharao, seit ich denken kann. Ich kenne nichts als den Palast und seine Alltäglichkeiten. Ich saß noch nie in einer einfachen Stube auf einem Bett und betrachtete die Möbel gewöhnlicher Leute." Teje machte es sich auf dem Bett bequem und griff lächelnd nach einem der kleinen Frösche. „Und ich habe noch nie soviele Frösche gesehen!"

„Die gefallen dir, sehe ich. Aber das ist kein Zierat, das sind keine unbedeutenden Frösche", erklärte Bent. „Das ist die Göttin Heket. Kara nimmt sie mit, wenn sie zu Geburten geht."

„Ich liebe Frösche! Du hast die richtige Kammer ausgewählt!"

Bent schmunzelte. „Kara sieht das heute wohl anders. Ehrlich, Herrin... Teje, gern hätte ich dich in meinen Räumen willkommeng geheißen, gerade weil ich weiß, da es Iarets Räume waren, wie gern du in gewohnter Umgebung gesessen hättest. Aber ich komme vor lauter Arbeit nicht dazu, dort Ordnung zu halten. Außerdem will ich nicht, daß Mägde meine Sachen in die Hand nehmen. Manche Papyri sind geheim, für mich, die Hohepriesterin, bestimmt. Ich habe viel zu lernen; manchmal schaffe ich das nur abends vor dem schlafen gehen. Und mir liegt nichts an Pomp, meine Räume sind deiner nicht würdig."

„Doch du bekleidest einen machtvollen Posten. Dann solltest du auch angemessen wohnen!"

„Mir liegt nichts an Macht. Dieses Haus ist mächtig, die Göttin die darin wohnt erst recht. Aber ich doch nicht. Ich sehe zu, daß ich alles in den Griff kriege. Ein dermaßen großes Haus zu unterhalten ist nicht leicht. Und Iaret, bei all ihrer Herzensgüte, hat manches schleifen lassen. Sie konnte wohl nicht so recht mit Vermögen umgehen. Ihr lagen mehr die Kranken am Herz. Und ich kann nun sehen, wie ich das alles wieder ins Lot bekomme. Alle die hier arbeiten wollen Lohn und Brot, das kommt an erster Stelle, dann das Haus mit all seinen Macken. An letzter Stelle stehe ich."

„Das sollten sich die Priester des Amun auf ihre Fahnen schreiben!", zischte Teje aufgebracht. „Sie sind der Meinung, alle Macht gehöre ihnen!" Wütend griff Teje nach einem Stück Kuchen.

„Alle Macht gehört Pharao!", entrüstete Bent sich, „Und dir!"

„Wenn das so einfach wäre!"

„Aber du bist das Auge des Re! Die furchtlose Verteidigerin Pharaos! Ein Wort von dir genügt, und alle Feinde schweigen! Zeigen die Malereien an den Tempelwänden dich nicht als Sphinx, welche die Widersacher niedertrampelt? Und zeigen sie nicht deine göttliche Erscheinung, wenn du die königliche Kartusche bewachst? *Du* bist Hathor-Sachmet!" Bents Blut geriet in Hitze. Das war eine ungeheuerliche Vorstellung. Sie hörte aus den vagen Andeutungen verschleierte Drohungen der Amunpriester. Erwähnte Neschons Tochter nicht ähnliches? Und dieser Schnüffler, der seine Nase in ihre Unterlagen gesteckt hatte. War das Absicht oder die Gelegenheit nutzend?

„Majaret ist mit einem Amunpriester verheiratet", bemerkte Bent nicht ohne List, „Er ging hier eine Weile ein und aus!", betrachtete dabei mit Hingabe ihre Fingernägel. „Er schnüffelte in meinen Schriften! Als ich das bemerkte, verschloß ich alle Türen hinter mir und als es seiner Gattin besser ging habe ich ihn – in allen Ehren – hinausgeworfen."

„Was will er schon entdeckt haben?", lächelte Teje böse, „Schriften gegen Durchfall?"

„Den hatte er anschließend! Ich verabschiedete mich von ihm mit einem würzigen Becher Bier. Ein bißchen von der guten Heilkunst habe ich schon gelernt."

„Du bist eine gefährliche Gegnerin!", lachte Teje laut um im selben Herzschlag mit entsetztem Gesichtsausdruck hemmungslos in Tränen auszubrechen, „Das Lachen steht mir nicht zu!", schluchzend. Bent glaubte, daß Teje nie wieder aufhören würde zu weinen. Ihr Schmerz ging tief.

„Weine nur!", tröstete sie und suchte hektisch in Karas Laden und Truhen nach einem Tuch. Dabei fand sie den Weihrauch und den Kyphi und die Räuchergefäße. Schnell zündete sie alles an. Wie hatte Kara das nur gemacht? Wie schaffte sie es, die Magie zu beschwören, als sie die Unschuldsbekenntnisse aufsetzten? Einerlei! Sie hatte es getan, allein das war es, was zählte.

„*Heka*!", flüsterte sie nun sanft, „Oh, Höre mich Ka! *Heka Achu*, Große Mutter Isis, du Beschützerin aller, die in Sorge sind. Nimm dich deiner Tochter Teje an! Schenke ihr die Kraft, den großen Verlust zu ertragen. *Heka Achu*! Ich rufe Euch Schwestern: Die *Herrin des Hauses*, Nebethat, *Die, welche atmen läßt*, Selket, *Die Herrin des Wassers*, o du *Schreckliche*, Neith! Wir sind hier im Haus der Frauen, hier darf Teje das sein, was sie ist: eine Tochter die um ihre Mutter weint! "

Ich darf das nicht! Aber sie leidet! Stell dich doch nicht so dumm an! Sie ist zu dir gekommen um Trost zu finden! Warum soll ich das nicht dürfen? So verhärtet ist mein Herz nicht, als daß sie mich nicht dauert.

Aber sie ist unantastbar!

Sie ist deine Königin!

Sie ist eine Freundin!

Du bist Isis! *Du besitzt ihre Macht auf Erden! Gehe hin, du meine Zauberin, und vertreibe die Dämonen mit den Worten Deiner Lippen!* Und jetzt mach!

Zögernd setzte Bent sich auf das Bett zu Teje, nahm sie in den Arm. Teje umklammerte sie wie eine Ertrinkende, legte den Kopf in Bents Schoß und ergab sich weinend ihrem Schmerz.

Die Dämonen mit den Worten meiner Lippen vertreiben? Wie soll ich das machen? Ich kann nicht zaubern, Herrin! Nein… ich kann nicht zaubern… aber ich kann trösten! War ich nicht eine Mutter? Konnte ich nicht mit Worten die kleinen Dämonen meines Kindes vertreiben? Die aufgeschürften Knie? Die anderen kleinen Jungs die mit ihm zankten? Das zerbrochene Spielzeug?

„Sch! Sch! Weine ruhig. Laß ihn raus, den Schmerz. Irgendwann wird wieder Freude in dein Herz einziehen. Nur heute nicht. Da steht dir das Recht zum Trauern zu." Liebevoll strich Bent Teje über das Haar. „Wir sind hier allein, niemand sieht dich, niemand hört dich, außer Isis. Weine dich aus, damit du morgen und in den kommenden Tagen genug Kraft aufbringst, die schwere Zeit zu durchstehen."

Allmählich brannten die duftenden Kerzen in den Lampen nieder, eine nach der anderen verlöschte, tauchten das Gemach in sanftes, gelbes Dämmerlicht. Mit dem Verlöschen des letzten Lichts fielen beide in tiefen Schlaf.

Die Tür wurde aufgerissen; einen Schwall heißer morgentlicher Sommerluft hinter sich herziehend stürmte Kara voller Freude in ihre Kammer, „Er ist rot!", jubelnd, „Die Gebete wurden erhört…" Sie verstummte jäh, machte große Augen über die Frauen in ihrem Bett und verließ ihre Räume schneller als sie hereingekommen war. „Wir sind auf dem Dach", hörte Bent ihre gereizte Stimme durch die Tür. „Falls es irgend jemand wissen will!"

„Er ist rot?" Bent schaute Teje an, die ihr Kleid richtete. Kara hatte beide aus dem tiefstem Schlaf gerissen.

„Rot?", wiederholte Teje tonlos, legte sich den Schleier um, streute die Asche des Weihrauchs auf ihr Haupt, zog den Schleier über den Kopf. „Rot!", lebhaft schlug sie mit der flachen Hand auf den Tisch. „Sie meint Hapi!" Teje griff nach Bents Arm, schüttelte ihn begeistert. *„Bahu!* Die Überschwemmung kommt! Bent! Deine Gebete wurden erhört! Das will ich mir ansehen! Los, eil dich! Wir gehen auf das Dach, komm!"

Schnaufend stand Bent an der Brüstung, betrachtete den glitzernden *Iteru*. Tatsächlich, er hatte eine rötliche Färbung! Doch sie wußte zuwenig von diesen Dingen. Hatte sich niemals darum gekümmert, mit welcher Farbe sich die Nilschwemme ankündigte. Und warum, bei allen guten Göttern, machte Kara einen Schritt zur Seite, als wollte sie nichts von Bent wissen?

„Ich muß gehen, Bent", sagte Teje nun und wandte sich der Treppe zu. „Laß meine Magd rufen."

„Schaffst du das?", fragte Bent leise, versuchte in Tejes verschleiertem Gesicht irgendeine Regung zu erkennen. Doch nur ihre verweinten Augen blickten traurig über den Rand des Schleiers. Die Königin nickte. „Ich will nicht, daß du alleine zu den Fähren gehst. Zwei meiner Wächter werden dich bis zum… nach Hause begleiten. Der Hauptmann meiner Wächter ist ein feiner Mann. Ja! Teje, *er* bringt dich sicher nach Hause."

Was für ein Tag! Und was für eine Nacht! Bent sank trotz der frühen Morgenstunde müde auf Karas Bett und beschloß noch eine Weile zu schlafen. Doch mit der Ruhe war es vorbei als Kara hereinstürmte, wütend ihre Kammer betrachtete: zerwühlte Betten, heruntergefallene Kissen, schmutziges Geschirr, umgestellte Möbel, der Teller mit dem Kuchen auf dem einen Bett, aufgerissene Laden, offenstehende Truhen, heraushängende Wäsche, rot verklebte Weingläser, Brotkrümel und Dattelkerne überall. Entrüstet schlug sie Bent eins der dreckigen Mundtücher um die Ohren.

„Wie sieht es denn hier aus? Aber ja, die feine Dame! Hatte ein Stelldichein, feiert unsittliche Gelage!" Abermals klatschte der Lappen um Bents Ohren. „Schämen solltest du dich!"

„*Was?*" Bent wehrte den wildgewordenen Lappen ab.

„Na du und dein Schatz! Du schubst wohl niemanden von deiner Bettkante! Habt meine Wohnung verwüstet. Schäm dich, sowas in einem heiligen Haus!"

„*Schatz?*" Bent entriß Kara den Lappen und schlug zurück. „Von was redest du? Was unterstellst du mir?"

„Willst du mir weismachen, ihr hättet keine heiße Liebesnacht verbracht? Willst du mir nun Lügen auftischen?"

„Du siehst doch nur, was du sehen willst!", schnauzte Bent. „Du siehst bloß dunkel und hell! Freundlich und unfreundlich! Du bist so dumm! Läufst mit geschlossenen Augen durch die Welt und freust dich an Bienen und Blumen! Mach deine verträumten Augen auf! Eine Freundin kam zu mir in Schmerz und Trauer, weil ihre Mutter gestorben ist. Sie suchte Trost bei mir! Und weil sie von *Imentet Niut* kommt, und es schon spät war, schlief sie hier. Hätte sie vielleicht am späten Abend die Fähren nehmen sollen? Bei diesen Kerlen, hm?" Bent warf den Lappen auf das Bett. Nach streiten war ihr gerade überhaupt nicht. „Ich räume das gleich auf", flüsternd, damit die Enttäuschung in ihrer Stimme verbergend. Ein weiterer Punkt auf der Liste aller Dinge, die ihr hier unterstellt wurden. Unterschlagung, Faulheit, Dummheit und nun gar die Liebschaft mit einer Frau.

Und Kara antwortete traurig: „Das tut mir leid für deine Freundin. Entschuldige."

Bent schaute sie betrübt an, doch ihr war, als würde ein sanftes Licht in der Dunkelheit aufflackern, als Kara schniefend sagte: „Ich dachte, ich sei deine einzige Freundin. Vielleicht war ich ein wenig eifersüchtig."

„Da!" Bent hielt ihr eins der Tücher hin. „Eigentlich bist du das ja auch."

„Eifersüchtig?"

„Freundin!"

Jetzt leuchtete das Licht glänzend und strahlend, als würde die Sonne ein zweites Mal aufgehen.

„Außerdem habe ich ihr einen deiner Frösche geschenkt!", knurrte sie nun. „Falls du einen vermissen solltest."

„Das sind keine Frösche!"

„Jaja, und nun verschwinde! Ich habe hier zu tun!"

Betten neu beziehen, Möbel an ihren Platz rücken, die Dreckwäsche vor die Tür legen, das dreckige Geschirr dazustellen! Die Truhen und Laden schließen, die Wäsche darin vorher richtig zusammenlegen, fegen … Die anspruchslose Hausarbeit tat gut, man mußte nicht viel denken, der rasende Gedankenkasten fand Ruhe. Zufrieden betrachtete Bent ihr Werk. Alles stand an seinem Platz, wie Kara es gewohnt war.

Und jetzt meine eigene Behausung! Wird Zeit, daß ich aufräume!

Bent suchte sich einen Korb um die Wäsche und das Geschirr wegzubringen. Auf dem Weg zur Küche begegneten ihr einige der Mägde, die freundlich knicksten. Bent grüßte zurück. Aber daß Uadja, die ihr entgegenkam ebenfalls einen Knicks machte, verwirrte Bent vollends.

„Dir auch einen guten Morgen! Wirst du wunderlich? Steh gefälligst auf!"

„Du hast ein Wunder vollbracht, Herrin! Du bist wahrlich die große Zauberin! Isis wohnt in deiner Brust! Gib mir den Korb, du solltest fürwahr keine niederen Dienste verrichten!"

„Nimm die Finger weg, das ist mein Chaos! Welches Wunder?"

„Das Wunder der Schwemme! Du hast die Gläubigen gerufen! All ihre Gebete wurden erhört. *Bahu* wird uns bald erreichen. Hapi ist uns gnädig! Und das haben wir *dir* zu verdanken! Hast du schon vor das Tor geschaut? Hast du schon gesehen, wie die Leute uns das alles danken?"

Bent schüttelte den Kopf und stellte den Korb ab, „Was ist vor dem Tor?", schritt zur Pforte, öffnete sie.

Blumen!

Ein buntes Meer aus Millionen Blüten bedeckte die Stufen, dazwischen brannten kleine Lämpchen, standen Säckchen oder Körbchen mit Getreide, Linsen, Bohnen, Datteln, Feigen, Isisamulette, beschriftete Papyri lagen da, ja sogar in der Ecke des *Bechenet* ein kleines Häufchen von Deben und Schmuckstücken. Bent verschlug es die Sprache. Gerade legte wieder jemand einen Blumenstrauß nieder.

„Die Herrin der Isis hat uns reich beschenkt!", sagte der Mann und verneigte sich andächtig vor den beiden.

Vollkommen entgeistert schloß Bent die Pforte. Sie mußten alle ihre Gärten geplündert haben!

Ein Wunder! *Ich* habe ein Wunder vollbracht? Ich habe überhaupt nichts getan, nur die Leute. Ich saß da und…

Hinter ihr klopfte jemand an die Pforte. Sie öffnete und Bek stand vor ihr.

„*Anch, Uda, Seneb*, Dame Sahu-Re!", grüßte er freundlich und verbeugte sich höflich, als würde die Königin selbst vor ihm stehen. „Ist heute ein hochheiliger Feiertag? Man kommt ja kaum die Stufen hoch vor lauter Blumen. Schön sieht das aus! Ich bringe der Herrin dieses Hauses etwas, das sie freuen wird. Wenn sie mir einen Augenblick ihrer kostbaren Zeit schenken würde, wäre ich sehr glücklich."

„Komm in mein Schreibzimmer, Herr Baumeister! Auch dir Leben, Heil und Gesundheit!"

Alleine in der Schreibstube fiel sie ihm um den Hals, froh darum, das sein zu dürfen, was sie war: Bent! Denn bei ihm war es gleich, daß sie immer noch in dem zerknitterten Kleid des gestrigen Tages steckte, das Haar nicht sorgfältig frisiert war und sie sich tatsächlich nicht einmal gewaschen hatte.

„Was bringst du mir? Hast du Hunger? Durst? Wein? Bier? Wasser?" Aufgeregt fummelte sie in ihrem Haar, klemmte eine Strähne hinters Ohr, zupfte an ihrem Kleid.

„Wenn du saures Bier hast, meine Schöne!"

„Natürlich!" Sie riß die Tür auf. „Baket! Bring saures Bier! Eil dich!"

„Ja, Herrin! Sofort, Herrin!"

Bent war plötzlich zappelig wie ein Kind, das ein Geschenk bekommt.

„Sag bloß, du hast es fertig?"

„Mach den Tisch frei! Ich zeige es dir!"

Hastig fegte sie alles von der Tischplatte. Nichts war wichtig, nur das, was er ihr jetzt zeigen wollte. Bek griff in seinen großen Korb, holte zwei Papyrusrollen hervor.

„Mach sie auf, Mädchen! Hier, nimm den dicken Käfer!"

Ihr blieb fast die Luft weg, als sie die Rolle aufwickelte.

„Mein Haus!", hauchte sie ergriffen. „Mein schönes Haus! Oh, da ist es wieder, ach, mein Liebster, wie wunderschön!" [42]

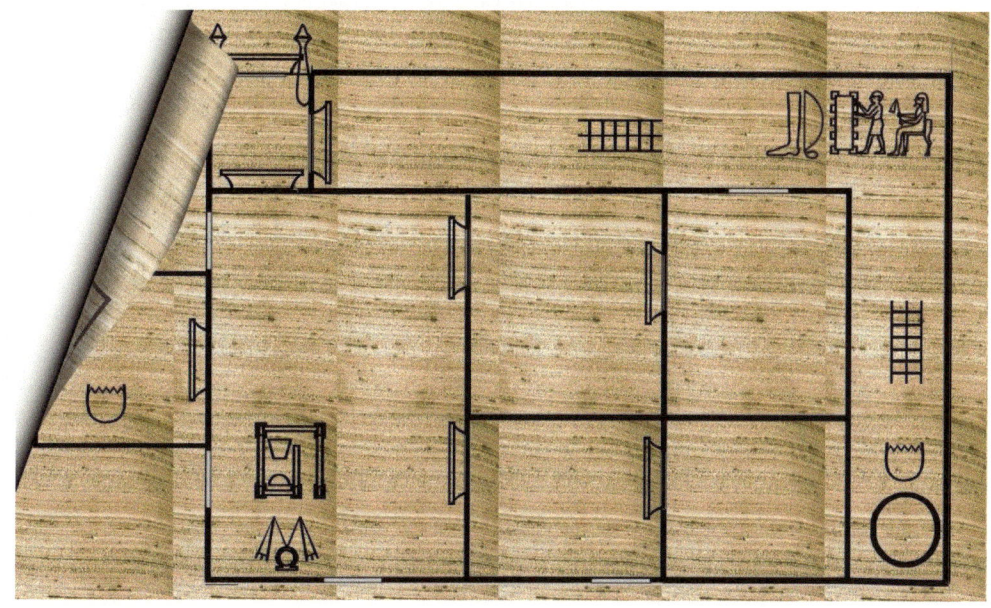

Liebevoll streichelte sie über die *Medu Netjer* am rechten oberen Rand: Bek, vornehmer Baumeister!

Baket brachte das Bier, grüßte Bek freundlich, wollte einschenken.

„Geh, Baket, du bist keine Magd. Das mach ich selbst, danke! Mach die Tür hinter dir zu!"

Mit zitternder Hand schenkte sie Bek einen Becher voll, konnte vor Aufregung kaum den Krug halten.

Auge um Auge

„Das ist wundervoll!", lächelte sie ihn mit Tränen in den Augen an. „Nichts

---

[42] Es genügte mir nicht, nur das Haus zu beschreiben. Mit einem 3D-Programm habe ich Bents Haus gebaut, den Bauplan auf „Papyrus gemalt" und mit den dazu passenden Hieroglyphen versehen.

fehlt. Da der kleine Garten mit dem Teich, die Wohnhalle, die Säulen, der Baderaum." Heiße Tränen liefen ihr über die Wangen, als sie das verlorengegangene in all seiner Pracht vor ihrem Auge sehen konnte. Für sie war das keine schwarze Tinte auf einem *Qahet*, keine Striche und heilige Worte. Sie sah tatsächlich die schönen, bunt bemalten Wände, die gemütlichen Kammern, die schicken, wertvollen Möbel. Vor ihrem geistigen Auge wehten die zarten Vorhänge sanft im Wind, dufteten die Blüten in den prächtigen Vasen, schimmerten sanfte Lichter in den kostbaren Leuchtern aus Alabaster. Sie erblickte die prächtigen Säulen neben der Haustür und die Hohlkehle darüber, genauso wie die Blumen und den kleinen Teich im Garten,

„Nicht weinen, Tochter der Blüten, komm, schau dir die andere Rolle an."

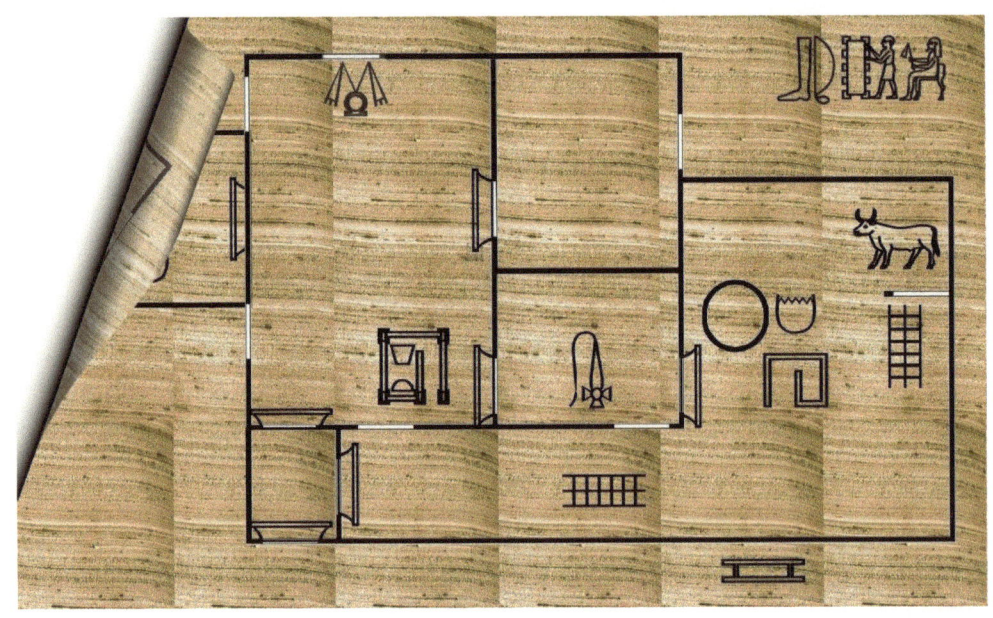

„Mein Häuschen, mein erstes Häuschen! Oh, meinen Stolz darüber, es zu besitzen kann niemand nachvollziehen!" Zärtlich als könnte sie es greifen, strich sie mit den Fingern sanft über die gemalten Räume.

„Meine Wohnhalle! Die Küche mit der Feuerstelle! Der Hof mit dem Brunnen! Und meine Kuh im Stall! Der Garten... und... du hast sogar den Kanal hineingemalt! Ach, ich danke dir, Bek, millionenmal Danke mein Lieber. Das ist großartig geworden! Da ist es wieder! Es lebt! Auferstanden aus der Asche!" Auf einmal heulte sie wie ein kleines Mädchen, sank schluchzend auf ihren Stuhl.

„Nicht doch! Du bist doch nicht für die Nilschwemme verantwortlich.

Wenn du so weitermachst, schwillt Hapi sofort an."

Schniefend gelang ihr ein Lächeln.

„Hast du einen Fehler gefunden? Oder kann ich es bauen?"

„Einen Fehler?", entrüstete sie sich. „Das ist so, wie es war! Als wärest du selbst schon dort gewesen. Nichts ist am falschen Platz, alles ist rechtens!"

„Dann können wir ja anfangen!", meinte er grinsend. „Jetzt sind genug Leute da, die während der Überschwemmung nichts zu tun haben. Spätestens im *Peret* bist du wieder stolze Besitzerin zweier Häuser!"

Nahm denn diese Hitze überhaupt kein Ende?

Pa en Ipet, der Monat der Ipet war in vier Tagen vorbei [43] und die Glut steigerte sich ins Unerträgliche. Alle Bewohner des Isistempels, allen voran die armen bettlägerigen Alten und Kranken stöhnten unter der Hitze. Es schien, als erstarre das gesamte Land unter der Sonnenglut; selbst der segensreiche Nordwind schien eingeschlafen. Bent und ihre Frauen hatten alle Hände voll zu tun, um mit kalten Wickeln wenigstens etwas die Pein zu mildern. An allen Türen hingen nasse Bettlaken, um wenigstens die schlimmste Hitze abzuhalten. Die uralte Frau, welche Bent bedauerte, als die Königin sie besuchte, verließ heute diese Welt für immer.

„Möge sie drüben ihre Anmut, ihre Jugend und ihre Kraft wiederfinden", murmelte Bent als die Mumienmacher sie abholten. Niedergeschlagen schloß sie die Tür der Schreibstube hinter sich, als könnte sie die gnadenlose Hitze aussperren, öffnete sie im selben Moment aber sofort wieder, riß das Laken vom Türsturz, tunkte es in den Lotosteich, wickelte sich darin ein und setzte sich vor ihren Tisch.

„Wenn ich jetzt ein Lämpchen anzünden soll, schreie ich!" Doch wie sollte sie sonst die Briefe lesen, die heute morgen gebracht wurden? Entschlossen griff sie nach Lämpchen, Briefen, ihrem Wasser, wickelte das Laken fester und machte sich auf zur Dachterrasse. In ihrer stillen Ecke, die sie sich eingerichtet hatte, fand sie ein wenig innere Ruhe, hoffte, daß der Abend wenigstens etwas Abkühlung bringen würde. Gewissenhaft gab sie dem *Uan*-Bäumchen von ihrem Wasser, richtete den Wandschirm, setzte sich auf das Bett und öffnete die Briefe. Wie immer das Übliche: Da eine Bitte um einen Platz im Hause für die baldige Niederkunft, dort die förmliche Anfrage, ob

---

[43] 11. August. In einer anderen Welt schob sich der Mond vor die Sonne …

denn eine der guten Wehmütter bald Zeit für einen Hausbesuch hätte, der nächste Brief war die Rechnung für eine Bestellung der Köchin. Und natürlich fragte der Quacksalber vom Markt ob er wieder von der hervorragenden Arznei haben könnte, die seinen Kunden so gut tat.

Bent gähnte. Nicht nur, daß sie müde war, die Briefe fand sie zudem langweilig. Ein wenig Abwechslung täte gut. Sie legte den *Qahet* weg, öffnete den nächsten Brief! Was war das? Sie hielt ihn ungläubig näher an die Lampe, drehte das Siegel hin und her: von Königin Teje!

Die Prinzessin aller Frauen, Die Herrin des Südens und des Nordens, Teje, Hemet Nesut Weret, große Königliche Gemahlin unseres Großen Hauses, unseres Guten Gottes Amenhotep Mer Chepesch, Heqa Uaset, Neb Maat Re ist dies, die dir das schreibt ...

Bent ließ den Brief sinken; was war das jetzt wieder? Erst wünschte sie sich Zerstreuung und nun beschlich sie das untrügliche Gefühl, daß eine Veränderung ins Haus stand. Dieses Schreiben bereitete ihr Unbehagen und sie traute sich kaum weiterzulesen:

... Meine liebste Freundin, so höre von mir Bent, daß ich dem Guten Gott berichtet habe, wie trostreich du in jener Nacht zu mir gewesen bist als ich dich besuchte. Auch berichtete ich dem Guten Gott, daß durch deine Hilfe endlich das Hochwasser kam. Seine Majestät will dir deshalb seine tiefe Dankbarkeit zeigen. So höre weiter und vernimm den weisen Entschluß unseren Guten Gottes: Der Herrscher von Uaset will, daß du, Sahu-Re, beim kommenden Heb-nefer-en-Ipet, dem schönen Fest von Opet, ihn auf seiner Barke begleitest, mit ihm Ipet Resit besuchst um seine göttliche Geburt zu bezeugen und der Erneuerung seines Ka beiwohnst. Sein göttlicher Entschluß lautet weiterhin, kein Priester des Amun soll der diesjährigen Zeremonie beiwohnen, stattdessen, anstelle meiner Mutter, die Hohepriesterin der lieblichen Hathor, Meretre, die hochangesehene Hohepriesterin der Isis, die Dame Sahu-Re und meine göttliche Majestät, Teje, die Hohepriesterin der Sachmet. Wir drei werden hinter Pharao stehend, mit der Aton Tjehen den heiligen Nil überqueren, das schöne Fest von Ipet gemeinsam begehen. Zwei oder drei deiner Vertrauten bring zu deiner Begleitung mit, wenn du am Vorabend des schönen Festes mit deiner Barke zum

Palast der leuchtenden Sonne kommst. Mögest du leben, Bent, mögest du heil sein, mögest du gesund sein.

Vollkommen entgeistert rollte Bent den Brief zusammen, stierte in die junge Nacht.

„Ich? Im Palast? Ich! Auf der königlichen Barke! Hinter Pharao! Ich? Beim Fest der *Taweret*! Ich!", schnaubte sie verächtlich, „Ich! Die Rotzgöre aus dem südlichen Stadtviertel, das Küchenmädchen … das glaubt mir kein Mensch!"

Kopfschüttelnd pustete sie das Lämpchen aus, streckte sich auf dem Bett aus, verschränkte die Arme im Nacken und betrachtete grübelnd den Sternenhimmel. Für einen solch feierlichen Anlaß brauchte sie schon wieder ein neues Kleid. Sie würde Neschons Tochter um was Schickes bitten müssen. Und wen sollte sie mitnehmen? Kara vielleicht? Die würde vor Ergriffenheit wahrscheinlich den ganzen Tag lang flennen.

Und was ist das für eine sonderbare, dunkle, unheimliche Nacht? Neumond! Die Sterne fast dem Greifen nah, sie flimmern und flackern als wollten sie mir etwas erzählen. Sternschnuppen fallen herab! Da! Noch eine!

Urplötzlich erwachte der Nordwind, strich Bent sanft übers Haar, kühlte ihre erhitzte Stirn, wiegte sie in den Schlaf. Bent dämmerte vor sich hin, triftete hinein in einen wirren Traum.

„Eine eigentümliche Finsternis senkt sich auf die Welt die ich kenne hinab; unheimlich ist es da draußen, wie kurz vor einem schweren Gewittersturm."

Bent hob verschlafen den Kopf, wer redete da? Anscheinend war außer ihr aber niemand sonst auf dem Dach, soweit sie das in der Dunkelheit erkennen konnte. Wahrscheinlich kam das Gespräch von unten. Sie legte sich zurück, dämmerte abermals weg.

„Nie mehr in meinem Leben werde ich ein solch beeindruckendes Erlebnis hautnah miterleben. Die Sonne geht endgültig, nimmt die Wärme des Tages mit sich, die Welt um mich wird finster und still. Ich kann es nicht in Worte fassen. Ich stehe da, wortlos, reglos, schaue in diese schwarze Sonne …"

Schwarze Sonne? Was für ein Unsinn. Und wenn du da unten nicht bald still bist, komm ich dir runter! Was hast du da auf der Nase? Träume ich oder bin ich wach? Was siehst du? Da ist eine Straße … ein Garten. Eine schwarze Sonne? Ich sehe sie auch! Wie ein Loch im Himmel, das direkt in die Duat führt. Das ist ein furchtbarer Alptraum! Ich will das nicht sehen, und erst recht nicht deine Sorgen hören! Und mir auch nichts von deinem ganzen verkorksten Leben anhören. Sei endlich still!

Bent merkte, wie sie im Schlaf um sich schlug, sich unruhig hin und her wälzte. Das Erwachen schien unmöglich, Dämonen der Dunkelheit hielten sie fest, nun sah sie andere Bilder, viel erschreckender: dunkle Nacht, blutiges

Fleisch, Flammen, welche im Wind flackerten, Bäume, dunkel und bedrohlich, voller Laub, wie aus einer anderen Welt, verbranntes Gras … Abermals hörte sie Gesprächsfetzen, wie vom Nordwind herangeweht:

„Das ist beeindruckend! Zum Greifen nah. Wunderschön und gleichzeitig unheimlich Gut, daß wir uns getroffen haben, denn von hier hat man eine schöne Sicht … Bring das Fleisch! Ja, öffne ruhig noch eine Flasche!"

Es knallte laut!

Bent erwachte schweißgebadet. Sie saß auf ihrem Bett, Kara neben ihr rüttelte sie am Arm. Warum tat ihre Backe so weh?

„Geht es dir gut? Oh, bitte, sag doch was! Erst hast du geschrien, dann dachte ich, du wärst tot! Du warst ganz steif und hattest die Augen weit aufgerissen. Starr und kalt blickten sie in die Nacht." Mit dem nassen Laken rubbelte Kara über Bents Arme und Beine, fuhr damit über ihre Stirn, schüttelte sie an den Schultern.

„Bent! Wach auf!" Erst eine weitere Ohrfeige schaffte es, daß Bent vollkommen zu sich kam.

„Kara! Liebste Freundin! Was für ein Alptraum!" Bent entwand Kara das Tuch, wischte sich damit durchs Gesicht. „So furchtbar, grauenvoll!", fast schon schluchzend stotterte sie, „Mach mehr Lämpchen an, mach Licht! Eine schwarze Sonne… und ein roter Mond, ein Blutmond… dicht an der Erde, fast zum greifen! Und Karren, die von alleine fahren! Leute saßen darin, aber die Karren haben die Seelen der Leute in ihrer Gewalt… Steif wie die Toten saßen sie darin, starr geradeaus blickend, unfähig sich aus dem unheimlichen Bann zu befreien! Und sie ist von Gott begnadet, Kara…! Sieh, aus meinen Augen laufen Tränen des Grauens, Schauer der Angst kriechen über meinen Rücken! Warum träume ich sowas? Jemand hat mein Herz gestohlen, ein Herz aus Blut… gefangen mit Glas hat sie mir gesagt, wenn es zerspringt, kommt Sachmet. Und wir müssen es wiederfinden, bevor …"

„Wer hat dir das gesagt?"

„Ana? Sie heißt Ana, oder so, von Gott begnadet… Sie opferten dem roten Mond ein Lamm, Seth kommt in die Welt – was immer das ist – will Sachmet besiegen, und ein roter Stern stand bei dem Blutmond…"

„Und in deinem Krug ist tatsächlich nur Wasser?", höhnte Kara herablassend, während sie mit abfälligem Gesichtsausdruck am Becher roch. Augenblicklich wandelte sich Bents verzweifeltes Grauen in die heiße Glut ihrer Streitsucht.

„Eine Tote im Haus! Dazu diese mörderische Hitze! Kein Wunder, daß ich schlecht träume! Verschwinde in dein Bett! Laß mich in Ruh'!"

„Tachut kann Träume deuten!" Kara, die eigentlich ständig dicht am Wasser gebaut hatte, blieb von Bents Wutausbruch merkwürdig unberührt. „Geht es dir jetzt besser? Bist du wach?"

„Du hast mich *absichtlich* geärgert!"
Kara grinste.

Früh am Morgen stürmte Bent in Tachuts Kammer. „Du kannst aus den Träumen lesen?"
„*Tju!*" Tachut richtete ihr Bett und kümmerte sich nicht weiter.
„Weißt du wer Ana ist?"
„Nein! Wer ist das? Hast du heute morgen keine Arbeit, hm?"
Bent blieben die Worte im Hals stecken, Tachut räumte weiter ungerührt ihre Kammer auf. „Du sollst *meinen* Traum lesen! Hör auf zu räumen!"
„Dann sag das doch! Du hast nicht gefragt. Und glaube mir, es ist mir bis heute noch nicht gelungen, den Leuten an der Nasenspitze anzusehen, was sie denken!"
„Ich träumte von einem Blutmond!"
„Oh!" Tachut setzte sich auf ihr frisch gemachtes Bett. „Das ist allerdings eine Deutung wert!"
„Und von einem gewaltigen, roten Stern, der bei dem Mond stand!"
Man konnte es in der dämmrigen, kühlen Kammer kaum erkennen, doch Bent war sicher, daß Tachuts rosiges Gesicht bleiche Farbe annahm.
„Erzähl mir deinen Traum, von Anfang an! Laß nichts aus, deute nichts hinzu!" Mit ihrem Stock angelte Tachut einen Stuhl bei, Bent setzte sich und erzählte:
„Ich stand anscheinend neben einer Frau und schaute, was sie schaute: Hellichter Mittag, eine Straße, eine Stadt, ein Berg, gewaltig wie eine Pyramide. Ich sah Karren auf der Straße, unheimliche Karren, die von alleine fuhren, mit Leuten drin, die vollkommen in ihrem Bann standen. Und ich sah Bäume, wie ich sie nie erblickte. Voller Laub, dicht und saftig grün. Sie erzählte aus ihrem Leben, vollkommen wirr, vollkommen unwichtig, Nichtigkeiten. Über den Mann, über ihre Arbeit… sie gräbt im Sand… nein, sie hat es nicht erzählt… es waren ihre Gedanken? Einerlei, du weißt, wie Träume sind. Wirr und unberechenbar. Dann schaute ich die schwarze Sonne! Tachut! Ein grauenhafter Anblick! Nie wieder will ich sowas sehen! Ein schwarzes Loch im Himmel, wie grauenvoll! Ich meinte, geradewegs in die schwärzeste, dunkelste Duat zu blicken… Dann änderte sich der Traum: Nacht, wieder Bäume, ich stand in einem Garten, es war heiß, sehr heiß und das Gras war verbrannt. Da lagen Teile von einem Lamm, dort brannte ein Feuer, überall flackerten kleine Lichter. Und ich meinte, die Frau stünde da. Andere waren dabei, es schien, sie feierten ein Ritual, opferten die Rippen des Lamms den Flammen, beschworen den Mond indem sie ihre Gläser hochhielten. Und dann sah ich ihn - den Blutmond! Gewaltig, rot, angsteinflößend am Himmel stehen. Und dann strahlte der Stern auf!

Genauso rot, bedrohlich und um vieles beängstigender als der Mond. Als käme das Böse auf einem heißen Wind in die Welt…" [44]

„Und? Der Wind drehte tatsächlich in der Nacht, ich habe es gespürt. Der heiße Wind der westlichen Wüste fegte über Kemet."

„Dann meinte ich zu wissen, daß die Frau Ana heißt, und sie sagte, mein Herz sei gestohlen, es sei aus Blut und Glas. Wenn es zerbricht käme Sachmet mit ihrer gewaltigen Wut zurück – das überlebe ich nicht noch einmal – und sie sagte außerdem, Seth käme in die Welt, er beherrsche das Chaos und mein Herz! Wer ist das? Wie kann jemand mein Herz beherrschen? Es gehört mir, mir allein!"

„Weiter! Ging der Mond auf oder unter?"

„Auf! Sie öffneten etwas, es knallte laut und ich wurde wach. Kara hat mir wohl eine geklatscht." Vergebens versuchte Bent in Tachuts rundem, lieben Gesicht irgendeine Regung zu erkennen. Die klatschte sich entschlossen auf die Oberschenkel, griff ihren Stock, stand vom Bett auf:

„Komm mit!"

„Was willst du denn in dem Festsaal?" Mürrisch stocherte Bent mit dem Schlüssel im Schloß der Tür. „Ich hasse diesen Raum, er ist mir zuwider! Es stinkt darin zum Himmel, obwohl gründlich gelüftet wurde."

„Schließ die Tür hinter dir! Hier stehen die Lampen vom Fest, zünd' mal die Kerzen an."

Bent rümpfte die Nase über den schwachen Geruch nach Schweiß und Metall, während sie die Lampen entzündete.

„Das ist sein Haus!", unkte Tachut hinter einer Säule, „Und es ist sein Geruch. Er ist der Herr der Schmieden und des Metalls. Es hat hier immer noch so gerochen, egal wieviel Parfüm verschüttet wurde, egal wieviel Räucherwerk abbrannte. Er läßt sich nicht vertreiben. Sie haben es hier drin getan; Schwerter gegossen, Pfeilspitzen, Dolche… vor unendlich langer Zeit, bevor Aahotep mit ihrer Liebe den schwarzen Rauch des Hasses daraus vertrieb."

Eine Geschichte! Bent hörte gespannt zu. „Aahotep? Jene Königin die dieses Haus zu dem machte, was es heute ist?"

„Oho! Du bist aber schlau, hm! Ja! Aber vorher gehörte es den Männern, die für ihre Unabhängigkeit kämpften. Und sie hatten einen starken Verbündeten…"

„Die *Hikau Choswet*?", unterbrach Bent begeistert, „Sie kämpften gegen die

---

[44] Ein lieber Gruß an dieser Stelle an meine gute Freundin Yolande, deren Lammkoteletts ausgezeichnet schmeckten. Es war ein äußerst inspirierender Abend, die beindruckende Mondfinsternis am 27.07.2018 von ihrem Garten aus zu bewundern! ;-)

Fremdherrscher!"

„Bei allen Göttern! Wo hat Iaret *dich* aufgetrieben? Ja, die Fremdherrscher. Willst du nun weiterhören oder kennst du die Geschichte schon?" Tachut wanderte mit einer Lampe in der Hand zu der östlichen Wand.

„Das ist *sein* Reich!"

„Ich sehe nichts! Wessen Reich?"

„Das Reich von Seth, dem Roten! Der Herr der Wüste, dem Herrn des Krieges! *Deshret* ist seine Heimat."

Bent setzte sich auf den kühlen Boden gegenüber, lehnte sich an eine Säule und betrachtete verdrießlich das häßliche, nichtssagende Wandgemälde. Ein Gott der Männer! Pah! Ein Gott der Wüste! Nochmal Pah! Was konnte der schon wollen?

„Der Stern war rot? Dann hast du nicht *Seba en Set* (Merkur) gesehen, nicht sein Stern! Du hast *Hor Dscheru*, den Roten Horus, den östlichen Stern des Himmels (Mars) gesehen! Gut, gut! *Re Descherti*, im blutigen Zustand seiner Geburt, ist somit auf unserer Seite! Aber das wissen wir ja!" Dabei tätschelte sie Bent im vorübergehen grübelnd den Gedankenkasten. Bent verstand kein Wort. Tachut kannte sich anscheinend gut mit der Sternkunde aus.

„Aber der rote Mond!", murmelte Tachut, „Das verheißt nichts Gutes!" Sie ließ sich ächzend neben Bent nieder und dachte ziemlich lange nach. Bent versuchte derweil vergeblich irgendeinen Sinn in dem faden Wandgemälde zu erkennen.

„*Du* bist der Stern, den du gesehen hast, *du* warnst uns vor dem roten Mond!" Tachut rammte sie in die Seite. „Seth hat Böses vor, aber du bist die, der Re sich nähert also bist du die von Gott begnadete. Du hast mit dir selbst geredet, das sage ich dir! Aber die Sache mit den Karren und der schwarzen Sonne… wie du schon sagtest, Träume sind wirr und unberechenbar… das kann ich dir beim besten Willen nicht erklären. Wahrscheinlich nur ein unnützer Traum. Und wegen dem Mond müssen wir einen Sternkundigen befragen."

„Und das ist alles?", fragte Bent verblüfft. Zorn brodelte in ihr hoch.

„Mehr gibt's da nicht zu lesen!"

„Aber er hat mein Herz!", maulte sie verzweifelt, sprang auf und schlug mit der Faust auf das Bild.

„Der kann dein Herz nicht haben, es schlägt doch in deiner Brust, oder fühlst du dich tot? Und jetzt hilf mir hier hoch, es ist schon spät, wir haben zu tun."

Bent zog Tachut auf die Füße. „Du weißt doch mehr, als du zugibst, oder? Du weißt ganz genau, wer Seth ist. Willst es mir nicht sagen! Der Herr der Schmieden? Ein Gott der Handwerker! Warum sollte so einer mein Herz stehlen?"

„*So einer*? Du wirst nicht wissen wollen, zu was er alles fähig ist!",
schimpfte Tachut ärgerlich.

„Dann sag es!"

„Du bist mir viel zu wütend! Beherrsche dich!"

„Die Wut gehört zu mir!"

„Und ich bin Nebethat, die Herrin des Hauses!" Laut pochte Tachuts Stock
auf den Boden, daß es dumpf und unheimlich von Wänden widerhallte. „Ich
bin die Älteste unter den Weisen! Erweise dem Alter Respekt!"

Bent schien, als flackerten Tachuts Augen voller Wut. Doch es war wohl
bloß dem Schimmer der Lampen geschuldet.

„Entschuldige bitte!"

„Tz, eine alte Frau so aufzuregen!" Tachut schüttelte den Kopf. „Seth ist vor
allem der Gott des Sturmes, der Gott der Wüsten, der Gott des Chaos! Wage
es nicht, ihn zu unterschätzen! Er ist die reine Bosheit, dagegen ist deine
Sachmet ein schnurrendes Kätzchen!" Sie zog Bent zu der anderen Wand mit
dem Bildnis der gewaltigen, besiegten Schlange:

„Da! Siehst du Apep? Jede Nacht versucht das Ungeheuer die Sonnenbarke
des Re zu verschlingen. Gelänge es ihm, würde die Sonne nie mehr aufgehen.
Apep hypnotisiert alle Götter darin, nur Seth nicht! Er als einziger
wiedersteht dem bösen, lähmenden Blick und er erschlägt Apep Nacht für
Nacht, auf daß im schwarzen Land die Sonne gefahrlos über den Horizont
steigen kann. Wäre Seth nicht, wir wären alle längst in die Dunkelheit
gestürzt!"

Bent betrachtete mit offenem Mund die besiegte Schlange.

„Woher weißt du das alles?"

„Ich bin vor Jahren mit Iaret hier her gekommen. Bis sie Kara an die Seite
nahm, war *ich* ihre Stellvertreterin. Kara war jung und kräftig – wir beiden
Alten brauchten sie. Wir waren nicht immer alt, Bent. Wir waren jung und
schön. Waren neugierig, lebenslustig, tanzen und lachten und sangen. Ich bin,
wie Iaret auch, eine Prinzessin aus dem Großen Haus. Wir hatten dort Lehrer,
Männer und Frauen, die uns sagten, wie die Welt läuft, die uns die Sterne
erklärten, solche, die uns lesen und schreiben und rechnen beibrachten.
Heilige Männer und Frauen die uns von den Göttern lehrten.
Geschichtenerzähler brachten uns das Vergangene nahe. Frauen die uns das
Weben, das Kochen, das Nähen und Stopfen zeigten. Männer, die uns jagen
lehrten. Goldschmiede, die uns zeigten, wie man den Schmuck macht. Doch
es war uns nicht genug, wir wollten mehr wissen. Und unsere klugen Eltern
schickten uns hierher in die Lehre. Die Heilkunst, das Zaubern, die
Geburtshilfe, das Wissen um die Macht der Kräuter, Gifte und Gewürze
lernten wir. Wir lernten die Mysterien der Isis. Und ich weiß bis heute noch
längst nicht alles."

„Oh!"

„Ich weiß! Man sieht bloß eine alte Frau, verhutzelt und verschrumpelt, gebeugt daherkommend, die Schönheit längst dahingewelkt, die Kraft und die Wildheit dem grausamsten Ungeheuer der Welt – der Zeit – geopfert. Man beachtet die Alten kaum, sind doch nur unnütze Esser, gehören längst der Vergangenheit an. Doch hier drin", sie klopfte sich an die Schläfe, „ist alles wohl verwahrt: die Schönheit von damals, die köstliche Wildheit meiner jungen Jahre, meine glatte, sinnliche Haut, meine wiegenden Hüften, meine glänzenden schwarzen Haare, die Gedanken an die Liebe – wie sich ein Kerl anfühlt, der dich heiß küßt während er dich liebt. Die Tänze die ich tanzte, die Feste, die ich feierte, meine bunten Kleider, mein glitzernder Schmuck. All die Kinder, denen ich auf die Welt half, die Dankbarkeit der Mütter… Mein ganzes Wissen… Ich wünschte… Ich wünschte, ich wäre noch einmal jung! Doch die Farben meines Lebens sind verblaßt! Es war so schön, dieses Leben!" Tachut schneuzte sich überwältigt in ihren Rocksaum.

Bent stand verlegen neben ihr. Was bin ich für ein dummes Ungeheuer? Sie hier ist die Weise von uns beiden! Ich bin was ich bin, ein Küchenmädchen, eine vom niederen Volk! Pöbel? Pack?

Ich bin Bent! Und ich werde lernen!

„Wußtest du", schniefte Tachut und grinste, „daß Bent Tochter heißt? Aber so nennt ein Mitannier seine Tochter!"

„Was willst du damit behaupten, hä!" Bent schlug sich entrüstet mit den Fingerspitzen gegen die Brust. „Daß ich keine Ägypterin bin? Ich bin in *Uaset* geboren, meine Mutter ist aus *Uaset*! Von ihr stammt meine *Ab*, die Herz-Seele, die wichtigste meiner Seelen, die ich durch göttliches, lebendiges Blut vom Herzen meiner Mutter bekam! *Ich* bin ein Kind der Schwarzen Erde! Und ich habe dir nicht gesagt, daß Ana von Gott begnadet ist! Woher weißt du das?"

„Willst du wieder streiten, hm? Ich kenne mich aus mit den Sprachen der Welt! *Bent* nennt der Mitannier seine Tochter, so wie wir Leute aus dem Schwarzen Land *Sat* sagen! Und der Hebräer ruft seine Töchter so! Anna – *Die von Gott begnadete* – ist ein Name!"

„Nein!", lachte Bent, froh darum, mit ihrer vorgetäuschten Wildheit Tachut von ihrem Herzeleid abgelenkt zu haben. „Du willst mich doch nur von diesem dummen Traum abbringen! Aber ich will's mal glauben!" Sie schlenderten zum Tor hin, Bent hielt Tachut jäh am Arm fest, rief begeistert: „Warte!"

„Was'n nun noch, hm?"

„Ich weiß, wie du wieder jung wirst!"

„Pah! Du dummes Ding! Nichts weißt du!"

„Doch! Du wirst ein Fest feiern! Und du wirst tanzen und lachen und singen!"

„Ja, vielleicht auf meiner Beerdigung, hm!"

„Nicht doch! Sag sowas nicht!"

Tachut faßte sie plötzlich fest und brutal am Arm, zwang Bent ihren Blick auf, zischte böse: „Der Stuhl ist nicht für mich gemacht! Wage es ja nicht, daß irgendwer, außer dir, darauf sitzt!"

„Welcher Stuhl?"

Wenn Bent überhaupt irgendwas richtig beherrschte, war es das Verstellen. Unzählig lange Herzschläge lang sahen sie sich in die Augen.

„Wo soll ich tanzen, hm?", brach Tachut den Bann.

„Unser Guter Gott hat mich höchstpersönlich zum nächsten Opet-Fest eingeladen! Und ich darf jemanden mitbringen! Du wirst mich begleiten!"

„Bei dir trifft mich noch der Schlag, hm!"

„Was ist *das*?" Bent hob das Ende eines Stoffballens hoch.

„Bunt gestreiftes Leinen!"

„Nein!" Mißbilligend stöberte sie weiter. „Und jenes?"

„Weiß plissiert!"

„Langweilig!"

„Und was du nun in Händen hältst, ist mit Wolle versetzt, viel zu warm für diese Jahreszeit." Neschon trippelte zappelig hinter Bent her, die unverhofft im *Aufstieg Atons* [45] in ihrem Stofflager aufgetaucht war und seit gefühlten fünf anstrengenden Stunden in den Stoffen kramte.

„Rote Blüten gefällig?"

„Nein! Zu affig!"

„Blau? Grün? Rot gefärbtes Leinen?", schnaubte Neschons Tochter.

„Nein! Es muß etwas sein, das nicht jede trägt. Kein Federmuster, kein Blütenmuster, nichts buntes, nichts weißes, erst recht keine Streifen!"

„Das wird dann schwierig werden!"

„Wenn dir der Geduldsfaden reißt, kannst du gerne deiner Arbeit nachgehen, ich finde schon das passende!"

„Ich lasse niemals eine Kundin alleine mit der Auswahl!"

---

[45] Die antike Stadt auf der Westbank von Luxor, in der Nähe von Malkatta, dem Palast von Amenhotep III., wurde 2021 entdeckt

„Und das da?" Voller Begeisterung wies Bent auf einen dicken Ballen, der gesondert von den anderen lag.

„Das ist Königsleinen, dem Großen Haus vorbehalten!"

„Genau das will ich!"

„Aber es ist ungebleicht! Das verkauf' ich nicht! Das ist besonders feiner Stoff, der für die Königin gewebt wurde."

„Ja und? Weiß sie das vielleicht? Ich will ein Kleid daraus, genauso, wie der Stoff aussieht, ungebleicht. Er ist wunderbar glatt, glänzend, fein. Die reine Farbe des Flachses, man sieht die Sonne, die ihn wachsen ließ. Daraus machst du mir das Kleid! Und an seinem Saum will ich Stickereien: das *Was*-Zepter und das *Anch*-Zeichen im Wechsel. Ein *Schesep* breit, drei *Djeba* [46] hoch vom Boden an. Du kannst das mit Goldfäden machen, das weiß ich, keine Ausrede, Neschon, sei still! Hör auf zu zetern! So und nicht anders! Genauso machst du mir den Schleier, dort aber die Stickereien lediglich zwei Finger breit und einen vom Saum weg! Neben jedes *Was*-Zepter stickst du ein kleines Brot und ein kleines *Nut*-Zeichen für Stadt. Derjenige der genau hinsieht, wird wissen, daß ich damit die Stadt ehre. Du machst es mit Trägern, keinen Umhang, und es soll glatt und schlicht an mir fallen, bis auf die Füße, und möglichst eng."

„Möglichst eng geht bei deiner Oberweite nicht." Neschon fummelte den Meßstrick um Bents Oberkörper. „Dann kommst du nicht rein – so weit wird es schon!" Sie hielt das abgenommene Maß Bent vor die Nase.

„Soll ich in einem Sack dort auftauchen? Laß dir was einfallen!"

„Über Kreuz genestelte Bänder unter den Armen?"

„Das wirkt ordinär!"

„Aber vorne noch mehr!"

„Mach sie hinten hin."

„Und wenn du es mit einem Gürtel raffst?"

„Dann ist es immer noch ein Sack!"

„Die Träger unter dem Busen?"

„Aber ganz gewiß nicht!"

„Zwei Teile? Hemd und Rock?"

„Neschon!" Bent stampfte mit dem Fuß.

„Dann muß ich den Stoff zerschneiden!" Neschon wuchtete den schweren Ballen auf den großen Tisch, wickelte knapp vier *Meh Nesut* ab, „Wenn ich ihn schneide," fuchtelte mit der gewaltigen Schere herum, „daß er oben breiter als unten ist, könnte es gehen. Aber mir blutet das Herz dabei."

„Laß es bluten, Hauptsache, ich habe ein besonderes Kleid am schönen Fest!"

---

[46] Schesep: Handbreit, Djeba: Fingerbreite

Stell dir vor, ich im Palast und bei *Imen Ipet Sut em Ipet Resit Ipet.* [47] Unvorstellbar, daß ich dort mit einem gewöhnlichen Gewand auftauche. Du mußt dich eilen, das Fest ist gegen Ende des Monats *Hut Heru,* dir bleiben knapp dreißig Tage."

Auf dem Rückweg schlenderte Bent über den Markt, ohne zu wissen, was sie eigentlich wollte, kramte hier und da in den Auslagen, erstand ein billiges Perlenarmband, roch beim Parfümmacher an einigen Flakons, prüfte hier und da ein paar Perücken, kaufte ein paar Mandeln. Während sie weiterschlenderte und an den Kernen knabberte, zog ein geheimnisvolles Zelt aus bunten Stoffbahnen mit Troddeln verziert, sie an wie eine Blüte die Biene. In der Auslage davor lagen geheimnisvolle Gerätschaften, gläserne Tiegel, allerlei Amulette, Udjat-Augen, Skarabäen und fest eingewickelte Tiermumien.

Ein Sterndeuter!

„Verehrteste!"

„Kannst du Träume deuten?" Sie fingerte interessiert an einem *Djet-Pfeiler* aus Fayence.

„Nichts anderes ist mein Geschäft!" Einladend hielt er die Zeltplane beiseite. Es klingelte und klimperte. Bent erkannte Glöckchen und Krokodilszähne an Schnüren aufgereiht. Drinnen war es düster, auf einem Tisch flackerten unheimlich winzige Lichter in kleinen Lampen. Sie hielt ihm das Armband vor die Nase.

„Das reicht für einen guten Traum!"

„Ob er gut ist, wird sich noch herausstellen!" Sie setzte sich an den Tisch, bemerkte den Panzer einer Schildkröte, mehrere getrocknete Eidechsen, Skarabäen, ein paar Knöchelchen, den Schädel einer Katze …

„Nimm die *Miu* da weg", fauchte sie empört, „und ich erzähle dir den Traum!"

Flugs tauschte er den Schädel gegen einen getrockneten, sitzenden Pavian.

„Der Gott der Weisheit wird uns erhellen!"

„Der Gott der Weisheit hat einen erschreckten Gesichtsausdruck! Als hätte man ihn erschlagen! Auch ihm möchte ich nichts erzählen!" Schon ärgerte sie sich über ihren dummen Einfall. Er räumte den trockenen, abgewetzten, etwas staubigen Pavian in eine Ecke, setzte sich ihr gegenüber an den Tisch, die Ellbogen aufgestützt, die Hände zusammengelegt, die Fingerspitzen vor dem Mund, schaute ihr tief und fest in die Augen, schüttelte den Kopf, erhob sich, griff nach einem Räuchergefäß, zündete Weihrauch an, setzte sich

---

[47] Beiname des Opetfestes: Amun von Karnak im südlichen Harem der Ipet

wieder. Bent wedelte mit ihrem Fächer den Qualm beiseite. Was für ein überspannter Kerl! Völlig übertrieben geschminkt! Viel zu dünn! Viel zuviel klimpernder Schmuck ...

„Ein aufgehender Blutmond, an seiner Seite ein roter Stern! *Hor Dscheru!"*

Der Sterndeuter hustete, griff aufgewühlt Bents Fächer, wedelte heftig. „Der Stern, der rückwärts geht? Aufgehend? Re bei seiner Geburt! *Nut* ist uns gnädig! Doch der rote Mond! Hach!" Er schlug affig die Hand vor den Mund.

„Was ist damit?"

„Schlimmes wird geschehen! But wird vergossen!"

„Tagtäglich wird in der Welt Blut vergossen! Bei jeder Geburt, jeden Monat bei einer Frau! Was ist denn das für eine Botschaft? Du willst dich wohl lustig machen? Kennst du Seth?"

„Ist das noch derselbe Traum?"

„Natürlich!" Sie schlug ihm den Fächer auf die beringten Finger. „Und Sachmet kommt! Das erzählte mir eine Frau!"

„Auch noch? Alles in einem Traum?"

Macht er nun einen konfusen Eindruck? Soll ich dir von der schwarzen Sonne erzählen? Nur um dich zu ärgern? Und von den komischen Karren? Wie fändest du es, wenn ich dir von Ana berichte, die blutiges Fleisch dem Blutmond opferte?

Er warf mehr von dem duftenden *Senetscher* in den kleinen Räuchertopf, nuschelte aufgewühlt „Sachmet?", kramte in seinen Siebensachen, entrollte eine Karte, zupfte Bent ein paar Haare aus.

„He!"

Es stank fürchterlich, als er sie mit dem Weihrauch verbrannte. Zwei Augen aus Fayence legte er jetzt auf die Karte.

„O Auge des Re! Es gibt kein Auge, daß deinem überlegen ist! O Auge des Horus! Du Mondauge!", murmelnd griff er die kleinen Knochen, warf sie mit großer Geste über der Sternenkarte aus.

„Der rote Mond ist böse!", las er nun daraus. „Der rote Stern ist gut! Er wird über das Böse siegen! Die Frau, das sagt Sachmet, die das heilige Auge des Re trägt, bist du, warnst vor dem roten Mond!"

„Dummschwätzer! Kennst du Tachut?"

„Hm?" Er hob geistesabwesend den Kopf von seiner Karte. „Nein, wer ist das? Das linke Auge heilt! Du wirst das Herz verstecken und einst auch gebrauchen. Alles wird gut und gesund!"

„Das weiß ich selber! Weißt du, ich habe große Lust, mein Armband zurückzufordern!"

„Wenn du aber auch solche Träume hast! Soll ich dir unnütze Freundlichkeiten sagen? Mehr kann ich nicht daraus erkennen. Und das Armband reicht nicht für mehr!"

„Behalte es! Es reicht, um dein Brimborium zu bezahlen!" Wutentbrannt verließ Bent das Zelt und machte sich auf den Heimweg.

„Riecht doch mal!"

„Der Schlamm stinkt!"

Bent rümpfte die Nase über den Gestank, konnte der überschwenglichen Fröhlichkeit der andern nichts abgewinnen, denn es plagten sie furchtbare Sorgen. Unvorstellbares Grauen schnürte ihr seit einigen grauenvollen, schlaflosen Nächten und in Entsetzen verbrachten Tagen die Kehle zu. Ihr war, als käme Sachmet in die Welt um die Menschheit ein zweites Mal zu vernichten.

„Nein! Es riecht nach *Peret*!", bemerkte Tachut. „Man kann bereits von der künftigen Kühle träumen! Und von der kommenden Ernte, hm!"

„Ich finde, es riecht nach Abenteuer und Freiheit!"

Tachut und Bent schauten Kara verblüfft an. Die stand vorne am Bug der Barke und ließ sich den Nordwind um die Nase wehen.

„Na du mußt ja mal wieder aus der Reihe tanzen! Abenteuer! Pah!"

Kara drehte sich um und – schwupps – flog ihr Haarbeutel im Wind davon.

„Der hat jetzt ein echtes Abenteuer!", lästerte Bent.

„Und frei ist er auch!", lachte Baket laut, nur Kara schaute seufzend zu, wie er auf die grünen, schlammigen Fluten hinabsegelte.

„Ich hab ihn selbst genäht!"

Baket hielt ihr ein buntes Bändchen hin, damit Kara ihr flatterndes Haar zu einem Zopf binden konnte.

„Ihr seid doch echte Kindsköpfe, Mädchen!" Tachut fuchtelte wild mit ihrem *Medu* herum. „Man sollte nicht meinen, daß ehrwürdige Priesterinnen der Isis auf dem Weg in den Palast sind. Dabei sind wir noch nicht mal in der Fahrrinne. Los, setzt euch in die Sessel! Und du, Junge", sie rammte dem riesigen Hauptmann der Tempelwächter hinter ihr den Ellenbogen in die Magengrube, „gehst mir jetzt mal aus dem Kreuz! Ich rechne es dir hoch an, daß du mich die Treppe runter zur Barke getragen hast, aber ich brauch keinen Leibwächter! Habt ihr an alles gedacht?", wandte sie sich an die jungen Frauen. „Nichts vergessen? Kamm, Kleider, Schminke, Spiegel, Parfüm, Seife, Schlappen, Schmuck?"

„Aua! Hör doch mal auf mich jedesmal mit dem Stock zu stupsen!", maulte Bent, rieb sich zornig den Oberarm. „Nichts haben wir vergessen!"

„Da flog was über Bord, meine Damen", wurde der Zank unterbrochen. Einer der Ruderer hielt ein nasses weißes Bündel in Händen. „Ich konnte es mit dem Ruder herausfischen!"

„So schnell kann ein Traum von Freiheit enden!"

„Wenn ihr nicht *sofort* mit dem albernen Gekicher aufhört, steige ich aus, hm! Sind wir bald da?"

„Jeden Augenblick, Dame Tachut", brummte der Hauptmann mit tiefer Stimme. „Die Männer staken die Barke gerade in die richtige Position. Ah, da gibt der Kapitän das Zeichen. Jetzt sind wir fast in der Mitte des Flusses, mit dem besten Blick auf unseren Tempel."

„Schön sieht er von hier aus! Bent, seid ihr bereit? Ja? Dann winke mit dem Tuch!"

Bent schwenkte das große rote Tuch ordentlich, damit Pesechet, Uadja, Mesechnet, die Köchin und vier der Wächter auf dem Dach des Tempels sie sahen. Gespannt warteten alle ein paar Herzschläge lang und dann geschah es:

Die neuen Fahnen an der Tempelfront entrollten sich zu ihrer vollen Größe um sich stolz und erhaben im Nordwind zu blähen.

„Wunderschön!", hauchte Kara, Bent schlug schweigend die Hände vor den Mund, Baket staunte mit offenem Mund. Tachut sagte nichts, stupste Baket zärtlich unters Kinn, klopfte auf Bents Oberschenkel:

„Gut gemacht, Mädchen! Morgen, wenn die königliche Barke genau an dieser Stelle ist, wird nichts schiefgehen! Setzt die Segel, Kerle! Laßt die Stadt wissen, daß die Herrinnen des Isistempels auf den Schwingen des Nordwindes zum Palast eilen!"

Knatternd fuhr der gütige *Imachyt* in die gewaltigen Segel, blähte sie mächtig auf, die Barke gewann schnell an Fahrt.

„Wir sind nicht lange auf dem Wasser, Bent. Hör mir zu! Sag mal, träumst du?"

„Was denn, Tachut?"

„Das bißchen Wasser ist zu schnell abgeflossen, viel zu früh im Jahr. Und es hat nicht genug von dem guten Schlamm dabei gehabt. Es könnte sein, daß die nächste Ernte ziemlich mau ausfällt. Sprich alsbald mit unseren Bauern, sie sollen in die Äcker wo diesjahr unser Flachs stand Getreide einsähen. Flachs und Leinsamen haben wir genug, es reicht für nächstes Jahr, aber wir werden mehr Korn brauchen!"

„Ich habe von Feldbestellung keine Ahnung!"

„Daher sage ich es dir ja! Mach es so, auch wenn du mehr Steuern zahlen mußt, du wirst es mir danken!"

„Gut, Tachut, ich werde mich darum kümmern. Sieh doch, die Segel werden eingeholt. Tachut?"

„Was?"

„Ich bin furchtbar nervös!"

„Das schaffst du! Ich bin ja bei dir! Schau, wir fahren schon in den großen Hafen. Nur Mut, Mädchen!"

„Ich bin Cheruef, Vorsteher im Haus der Großen Königlichen Gemahlin. Willkommen in ihrem Hause!"

„Hab Dank, Cheruef. *Anch Uda Seneb*", antwortete Tachut dem sich steif und vornehm verbeugenden Mann, packte seine Hand, mit der er ihr höflich vom Schiff herunter und in einen Tragsessel half.

„Baket! Du gehst neben mir!", befahl sie und erklärte dem Vorsteher leutselig, Baket sei die beste Schülerin im Tempel und zu ihrer eigenen Begleitung mitgekommen. Man sei schließlich nicht mehr die Jüngste, und wolle sich auf einen jungen, starken Arm stützen. Das arme Mädchen bekam glühendheiße Backen bei dieser Lobrede.

„Aber die da hinten", Tachut angelte grob mit dem Stock nach Cheruef, damit er ja aufmerksam zuhörte, „Das ist unsere Herrin Sahu-Re, hm! Ihr gebührt, daß sie zuerst, vor uns getragen wird. Da daneben das ist ihre Stellvertreterin, auch sie gehört nach vorne Junge!"

„Ich fall' gleich in Ohnmacht!", flüsterte Bent Kara ins Ohr. „Was redet sie denn da?" Kara wisperte grinsend zurück: „Das ist der Vorteil des Alters: Narrenfreiheit!"

„Oh, es geht los, still jetzt und vornehme Zurückhaltung!"

„Ich schreie gleich vor Begeisterung!", hauchte Kara. „Seht euch *das* an!"

„Wunderschön!" Baket sank entgeistert auf den gemauerten Rand des plätschernden Teiches.

Sie zählten vier zauberhaft eingerichtete Räume, gruppiert um einen Innenhof mit kleinem Garten und ebendiesem Teich. Die fünfte Kammer, gegenüber des Eingangs, entpuppte sich als ein bunt gekachelter Baderaum. Majaret trat, freundlich grüßend, zu ihnen, in ihrer Begleitung junge Mädchen, die Wein, Obst und Kuchen brachten.

Anch Uda Seneb", freute sie sich überschwenglich, „Als ich hörte, die Damen der Isis kämen zu Besuch, habe ich die hübschesten Kammern ausgewählt, das ist das mindeste, was ich tun kann. Fühlt euch wohl! Ruht ein wenig nach der Überfahrt. Wenn etwas fehlen sollte, sagt Bescheid. Hier im Bade sind Spiegel, Kämme, Tücher, Seife, Parfüm, Schminke, und natürlich ein separater Abtritt. Die Betten sind frisch bezogen, wenn Kissen oder Decken fehlen sollten, sagt es. Hier ist frisches, kühles Wasser in den Krügen. Da sind parfümierte Kerzen … zünde sie an, Mädchen, damit unsere Gäste den Wohlgeruch atmen können. Sind die Blumen in den Vasen nach eurem Geschmack? Wenn nicht, lasse ich andere bringen ...“

„Halt ein, Majaret, es ist alles bestens. Wie geht es dir und deinem Kind?“

„Gut, danke, Dame Sahu-Re. Ich bin dankbar und glücklich. Ihre Majestät Teje läßt mich bloß leichte Arbeit machen, wie heute die Beaufsichtigung der Mägde. Ihr habt eure Festgewänder in die großen Körbe gelegt, wie ich sehe? Sie werden ein wenig zerknittert sein. Gebt sie mir mit, über Wasserdampf gehängt, werden sie morgen wie neu sein!“

Das fehlt noch, daß irgendwer an meinem neuen Kleid rumfingert! Niemanden geht es was an!

„Danke, Majaret, sie sind neu und Neschons Tochter packte sie sorgfältig ein!“

„Selbstverständlich! Ich bleibe bei euch, bis ihr die Kammern bezogen habt. Dann bleibt mir nur, euch eine angenehme Nacht zu wünschen. Gleich kommen Mägde mit dem Nachtmahl und der Herr Zeremonienmeister wird vorstellig werden. Er erläutert euch den Ablauf des morgigen Tages.“

„Wäre es möglich, die Eßtische in diesen Innenhof zu stellen? Wir wollen nicht alleine speisen.“

„Gewiß! Sofort werden die Möbel umgestellt.“

„Was ist denn das für ein ulkiges Fleisch?“ Kara hob den Löffel und betrachtete das weiße, zarte Fleisch mit seiner braunen knusprigen Kruste ausgiebig.

„Das kommt von einem besonderen Vogel, den unser Guter Gott aus *Nehern* herbringen ließ“, [48] antwortete nicht ohne Stolz die Magd, die das Essen servierte und ihnen aufwartete. „Dieses Fleisch kommt von dem männlichen Vogel. Er ist bunt, hat einen üppigen Federschwanz und auf dem Kopf eine rote Krone. Dazu macht er bei Sonnenaufgang ein sehr lautes, heiseres Geräusch – ähnlich wie hih-he-ri-hie. Man kann sein Fleisch braten, kochen oder dünsten, es schmeckt immer. Dieses ist auf kleinem Feuer geröstet. Aber die Weibchen dieser Vögel, obwohl sie vollkommen unscheinbar daherkommen, sind außergewöhnlich, denn sie legen jeden Tag ein Ei! Dazu machen sie ein Geräusch wie: oohgg! Hier habe ich welche, wenn ihr probieren wollt.“

„Komischer Vogel!“

„Von dem komischen Vogel kannst du mir noch einen Löffel voll auf den Teller geben!“, mümmelte Tachut über ihrem Erbsenbrei. „Der ist sehr delikat! Nein, kein Ei! Die Gurken kannst du behalten, die sind mir zu hart! Aber von dem geringelten Brot kannst du mir bringen. Das ist schön würzig!“

---

[48] Mitanni ist das Gebiet um das heutige Syrien

„Es ist mit Anis versetzt!"

„Hier!" Tachut reichte Bent von dem Brot. „Du mußt etwas essen. Oder probiere wenigstens dieses appetitliche Fleisch! Nein? Trink gefälligst einen Becher von dem Wein! Vielleicht schafft der es, den Mißmut aus deinen Gesicht zu treiben! Da steht *Irep maa* und *Wein für frohe Feste* auf dem Siegel. *Echter guter Wein!* Wann bekommt man schon so eine Köstlichkeit, hm?" Sie schaute nach der Magd, die ihren Teller füllte und flüsterte hastig: „Jetzt sei nicht zimperlich! Wenn der Gute Gott dich zu sich einlädt, mußt du auch tüchtig essen! Willst du ihn beleidigen? Willst du die Gastfreundschaft verspotten? Mädchen, Mädchen, das ist ein schlimmer Fehler! Hat nicht die Königin bei dir gespeist? Sie weiß, was Anstand ist!"

„Ich bin fürchterlich aufgeregt!"

„Verstehe, aber iß etwas! Du verstellst dich oft genug, dann kannst du es jetzt auch! Da, Mädchen", sie reichte der Magd Bents Teller. „Tu ordentlich was drauf, unsere Herrin hat Hunger!"

Am Morgen saß Bent auf einem der drei wertvollen, kostbaren Stühle im Badezimmer, hielt mit zitternden, kalten Händen Haarnadeln, Klemmen, Kamm, Elfenbeinstäbchen und Anch im Schoß, reichte Tachut hin und wieder das gewünschte an, froh um das dicke, mit klitzekleinen Schlingen gewebte Tuch um die Schultern und Beine, denn ihr fröstelte ein wenig nach dem Bade.

„Dein Blut gehört dir, Isis, deine Zaubermacht gehört dir, Isis. Der Knoten ist dein Schutz und behütet dich vor dem, der Verbrechen an dir begeht…"

„Was murmelst du nur?"

„Hm? Gib mal das Stäbchen, wir sind gleich fertig!" Bent fühlte, wie Tachut eine Strähne abteilte und sie flink flocht.

„Sind das nicht hübsche Kacheln am Boden, hm? Da, wie ein Lotosteich! Sogar Fische schwimmen darin! Und hast du gesehen, da an der Wand? In den gemalten Binsen versteckt sich ein Kater! Und obendrüber flattern Schmetterlinge!"

„Sie flattern wie mein Herz!"

„Jetzt hör mal, du! Das Leben hat dir wohl einiges abverlangt aber du bist im Großen Haus! Man verwöhnt dich! Man achtet dich! Gibt dir solche Räume! Hier passiert nichts Schlimmes! Reiß dich zusammen! Niemand kommt und tut dir Übles! Wo bleibt deine Kaltschnäuzigkeit? Genieße es endlich! Es ist eine Ehre für dich! Und denk an die anderen, sie freuen sich, hier zu sein. Du vermiest ihnen diesen wunderbaren Tag mit deiner schlechten Laune! Und mir auch! Wo ist bloß die kämpferische Löwin in dir? Ich sehe bloß ein verschrecktes Kätzchen, daß man mit einem Besen unter der Truhe hervorstochern muß, hm!"

Ich kann es nicht genießen! Mir ist es nicht nach feiern! Das Chaos regiert mein Herz. Es würgt mich dermaßen im Hals, daß ich über eure kindische Freude an dem Fest kotzen könnte! Am liebsten würde ich schreiend in die Wüste laufen! Weit weg von diesem Hause! Denn *Nebet Sedau, Die Herrin des Zitterns, Sachmet* kommt! Spürt ihr es denn nicht auch? Wie habe ich das übersehen können? Schusselig wie ich bin! Doch wie hätte ich in all der Aufregung der vergangenen Monate daran denken sollen? Ich muß soviel denken, soviel lernen! Ich werde ein Blutbad anrichten, wenn ich auf den Thronfolger treffe! Hat Kara es nicht gesagt am Tag als die Königin mich weihte? Spürte ich nicht selbst deren wahnsinnige Angst vor mir? Habe ich es nicht selbst gedacht, als die Königin ging? Habe ich nicht erst vor kurzem von einem Blutmond geträumt? Wenn auch Tachut und der dumme Sternendeuter etwas anderes daraus deuteten. Böses kommt in die Welt und das bin *ich*! Wenn ich dem Prinzen begegne, wird niemand in der Lage sein, mich oder ihn zu retten! War es nicht auch bei Tie so? Sie starb, weil ich auf der Straße stand und… auch da waren Heuschrecken, auch da war Blut, auch da kam Wind auf… wie neulich bei Amenhotep Hapu… heute wird es wieder geschehen! Ich werde dabeistehen, ohnmächtig, willenlos, die *Medu Netjer* werden brennend bluten! So gewaltig, daß sie mit grausigen Wogen den gesamten Palast überfluten! Und ich werde heute sterben, denn Teje wird wissen, was ich getan habe! Ich, die Freundin! Vertrauensvoll wandte sie sich an mich und ich werde ihr den einzigen Sohn rauben! Das Grauen wird an diesem wunderbaren Festtag über Kemet hereinbrechen, so schrecklich, blutrünstig, daß selbst die Götter sich abwenden werden! Ach Isis! Hilf! Wäre ich doch in deinen schützenden Mauern geblieben! Sagtest du nicht, wenn du aber gehst, sei dir gewiß, daß das den Tod mit sich bringt? *Ich* bringe den Tod! Verfluchte Hoffart! Warum mußte ich hierherkommen!

„Treffen wir eigentlich alle aus der Königlichen Familie?" Bents harmlos gestellte Frage war angesichts ihrer Seelenpein an Dreistigkeit nicht mehr zu überbieten. Dabei blickte sie in den Anch und suchte vergeblich im Gesicht Spuren ihrer unbeschreiblichen Todesangst zu entdecken.

„Ich habe mit Majaret geplaudert, als ihr eure Zimmer bezogen habt. Die Königinmutter Mutemwija begleitet uns auf ihrer eigenen Barke. Selbstverständlich werden die Töchter da sein und Tejes Bruder. Und seine Töchter: die Erbprinzessin im Palast, Taduchipa, und die kleine Mudjemet. Aber die Familienmitglieder werden nicht auf der *Aton Tjehen* mitfahren, denn sie haben ihre eigene Barke. Nur auf den Kronprinzen müssen wir leider verzichten, er ist wohl bei seinem Großvater in *Merwer*. Kurz nach der Beerdigung seiner Gattin wollte Juja kein Fest besuchen und auch nicht alleine bleiben."

Heiß schoß Bent das Blut ins Gesicht und die Ohren. Hitze überflutete sie, die kalten Finger plötzlich heiß und geschwitzt, als käme alles geleugnete Leben mit Wucht zurück. Laut knallte sie den Spiegel auf den Tisch, stand allzu hastig auf, klaubte fahrig und fluchend die Siebensachen vom Boden, warf alles in das Gefach der kleinen, schicken, mit bunten Intarsien verzierten Truhe, fingerte in den Schminkutensilien darin, drehte Pinsel in der Hand, roch aufgewühlt an den Parfümflaschen.

Kein Thronfolger! Kein Blutbad! Keine *Mächtige*! Keine Leibgarde, die mir den Kopf abhackt! Würden sich doch meine zappelnden Finger beruhigen! Mein Herz tanzt wie toll, hör auf damit! Ich kann nicht mehr denken, nicht mehr still sitzen, ich würde sogar tanzen! Aber da ist noch von dem guten starken Wein! Der wird mir helfen! Ich sollte mich schminken! Doch meine Hände flattern gleich den Flügeln von kleinen aufgeregten Vögelchen. Schluß jetzt, kindisches Weib! Reiß dich zusammen! Heute ziehe ich keine Balken! Keine Striche bis zu den Ohren! Keine zitternden Hände, die ich dann fluchen würde! Und hier ist soviel Firlefanz, wir hätten alles zu Hause lassen können!

„Du hast Recht, Tachut, ich bin ein dummes Gör!" Sie kippte das Glas Wein in ihre Kehle.

„Soso!"

„Ruf eine Magd, Kara! Jetzt werden wir alles hier genießen!"

„Herrin?"

„Ist hier eine, die mich schminken kann?"

„Sofort, Herrin! Für alle Damen?"

„*Tju!*"

„Das machst du doch sonst selbst?", meinte Kara.

„Heute nicht! Bringt den Obstteller her, den Käse, das süße Brot und das süße Bier auch! Und einen weiteren Stuhl! Baket, komm zu uns! Bring den Honigtopf mit! Jetzt lassen wir uns verwöhnen!"

Die Mägde begannen mit sicherer Hand die Damen zu schminken.

Oh, was bin ich froh! Ich danke euch, ihr Götter! In eurer Weisheit schicket ihr den Jungen in den Norden! Wenn ich zu Hause bin werde ich unzählige Gebete auf den Knien sprechen, Isis, das verspreche ich dir! Und du bekommst Räucherwerk, das beste was im Hause ist. Kniend werde ich es dir darbieten! Jetzt kann ich es genießen, jetzt werde ich mich freuen! Jetzt weiß ich die Ehrerbietung zu schätzen. Und wie gut tut es, die Augen zu schließen, den nassen Pinsel an meinen Augen zu spüren. Das *Sedemet* wird mich beschützen, das …

„Nimm das *Chesbedj* [49] für die Augen! Nein, nicht den Malachit!"

---

[49] Lapislazuli

… blau ehrt die Götter!

„Könnt ihr auch beim Ankleiden helfen?"

„Dazu sind wir da, verehrte Dame."

Endlich schlüpfte Bent in ihr schönes, neues Kleid, den Anch weit von sich weghaltend, versuchte sie ein Bild von sich zu erhaschen.

„Ich wünschte, dieser Anch wäre größer!", entfuhr es ihr unbeherrscht; der Sturm in ihrem Inneren lange nicht vom Wein besiegt. Kara schüttelte den Kopf und grummelte was von ‚Sowas von unhöflich! Eine Magd aus dem Palast so anzugehen!' Die Magd dagegen schloß gelassen die Türen des Badezimmers.

„Mach doch die Tür wieder auf! Was ist das? Oh!"

Innen waren beide Türflügel Spiegel! Bent sah sich und die anderen und den gesamten Baderaum darin spiegeln. Und dann klappte das Mädchen je die äußeren Hälften der Türen nach innen …

„Man kann bis in die Unendlichkeit schauen!" Begeistert strich Kara mit der Hand über die Bronzeplatten. „Und ich sehe mich! Von oben bis unten! Sogar von hinten! Oh! Bent, meinst du wirklich, das liegt am Kuchen?"

„Geht mal da weg, ihr Sumpfhühnchen! Laßt mal eine alte Frau vor! Tz! Oh! Bei mir liegt es aber nicht am Kuchen… nein, das will ich gar nicht sehen hm! Da, Mädchen, hilf mir mal in das Kleid, das wollen wir doch ganz schnell alles bedecken. Komm, Baket, du darfst auch gucken! Was nuschelst du da, Bent?"

„Das bin ich nicht! Das ist nur schöner Schein!"

„Ach! Du dummes Ding! Natürlich bist du das! Hier, trink noch einen Becher von dem guten Bier, es wird ein langer Tag heute. Dein Schmuck fehlt noch, hm!"

„Nein!"

„Oh doch!"

Schon klemmte die Magd Bents Schlangenarmbänder um ihre Oberarme, legte ihr die Kette mit der Isis um den Hals.

„Du nimmst jetzt den Kopfschmuck!", flüsterte Tachut, während sie sich Parfüm an den Hals tupfte, nochmals am Flakon roch und sich eine ordentliche Portion davon über die Perücke und in den Ausschnitt schüttete.

„Da! Nimm das, das riecht nochmal anders, sehr gut!"

„Ich bin nicht berechtigt, eine Krone zu tragen!", zischte Bent.

„Verschwindet mal alle aus dem Bad!" Tachut scheuchte sie hinaus, wedelte heftig mit beiden Armen, daß ihre Armreifen klingelten. Als sie alleine waren, meinte sie ernst:

„Die Königin selbst hat sie auf deinen Kopf gesetzt! Die Königin selbst hat dich geweiht! Du bist berechtigt! Mädchen, du hörst mir jetzt zu! Ich kann deine Aufgeregtheit verstehen. Ich dulde deine gräßliche Launen, weil ich dich liebhab'. Aber ich verstehe nicht, wieso du dir ein solches Kleid machen läßt und es dann nicht zu würdigen weißt!"

„Wie meinst du das?"

„Dieses Kleid..."

„Soll ich es ausziehen?"

„Unterbrich mich nicht! Tz! Dieses Kleid ist das schönste und bezauberndste, daß ich je im Leben sah! Auf den ersten Blick schlicht und gewöhnlich! Ungebleichtes Leinen! Darauf muß man erst mal kommen! Wie das Kleid einer genügsamen Frau. Auf den zweiten Blick sieht man, daß es Königsleinen ist. Das Kleid einer hochgestellten Frau! Und es hat schöne Stickereien! *Was* und *Anch*, Glück und Leben! Sehr schön! Ein Muster, das man oft sieht. Selbst auf einigen Möbeln hier erkannte ich es. Doch da ist noch etwas in den Stickereien. Klein und fein. Ich konnte es kaum erkennen mit meinen alten Augen, doch Kara hat mir zugeflüstert, was da zu lesen ist! Weißt du, was du mit diesem Kleid sagst? Ja! Du weißt es ganz genau! Mit diesem Kleid stößt du weder einer Adeligen, geschweige denn der Königin vor den Kopf, denn sie werden alle in feinem, vornehmen Weiß erscheinen. Es ist schlicht und du hebst dich damit nicht aus der Menge ab wie mit einem bunten Fähnchen! Und doch zieht es wegen seiner Farbe alle Augen auf sich! Und, wenn das Auge darauf ruht und die Stickerei bewundert, liest das Auge *Uaset soll glücklich leben*! Du hast ein großes Herz, Mädchen, und gesunden Verstand! Und jetzt setzt du die Krone auf, denn dann sagt deine ganze Erscheinung: Isis wacht über *Uaset*, deshalb wird es glückselig leben!"

„Ist es nicht zu hoffärtig?"

„Es ist genau richtig, Kind!"

„Komm, setz dich, Herrin des Isistempels!", bat Tachut anschließend liebevoll, setzte die Krone Bent aufs Haupt. Alsdann drapierte sie den Schleier um ihre Schultern und hefte ihn an der Rückseite der Krone fest. Als würde sie einer Fremden beim Ankleiden zuschauen, blickte Bent dabei in den großen Spiegel.

Ich fühle mich wie ausgebrannt, wie Asche in einem kalten Ofen. Hohl wie ein geleerter Weinkrug. Vollkommen erschöpft. Wie soll ich diesen Tag überstehen? Was könnte mich nur aufrichten?

„Nefertem!", hauchte sie plötzlich den Tränen nahe. „Oh wie stolz wärest du heute auf deine Mutter!" Fast wäre ihr ein Schluchzer entschlüpft.

„Was hat der Sohn der Göttin Bast denn damit zu tun?"

„Mein Kind heißt so! Er würde vor Stolz platzen, könnte er seine Mutter heute sehen. Ach, wie glücklich könnte ich heute mit ihm leben. Selbst die Tempelschule könnte er besuchen; müßte nicht dumm und unwissend aufwachsen wie seine *Mut*!"

„Der arme kleine Kerl heißt Nefertem? Hm!" Anscheinend verschlug es Tachut ein paar Herzschläge lang die Sprache, doch ihre Verblüffung dauerte nicht lange. „Nefertem! *Vollkommen an Sein und Nichtsein*! Ist er nicht der Gott der Salben, Öle und Düfte und der jugendliche Gott des schönen blauen Lotos! Sagt *unser* Guter Gott nicht, er sei der Sohn der Sachmet, hm? Und er ist jene reine Lotosblüte, die hervorging aus dem Lichterglanz! So! Diese Lotosblüte nimmst du in die Hand", dabei zupfte sie eine Blüte aus einem der üppigen Blumensträuße, „sie soll dich den ganzen Tag lang begleiten! So ist er bei dir! Und nun wird es Zeit zu gehen! Komm, hör auf! Sofort! Du bist alt genug, diese dummen Tränen runterzuschlucken, hm! Meine Güte, du zitterst wie eine Braut vor dem ersten Mal!"

„So fühle ich mich auch! Und wenn ich nun diesen Raum verlasse und Kara da draußen erblicke, wird sie augenblicklich zu flennen anfangen! Das ertrage ich nicht!"

„Auch das wirst du ertragen! Schubs sie einfach, das hilft meistens! Ertragen mußt du auch meinen Abschied, hm. Ich fahre ja mit Baket in der Barke des Tempels zum *Ipet Resit*. So, dann wollen wir!"

Bent ignorierte Karas bebendes Kinn, als sie in den Innenhof trat.

„Wenn du anfängst zu heulen, trete ich dir ans Schienbein!", zischte sie ihr zu. „Du siehst gut aus! Hübsches Kleid!"

„Und du erst!", schniefte Kara bewundernd.

„Komm wir gehen, die Mägde öffnen uns das Tor und da ist ja schon der Herr Zeremonienmeister."

Gegenüber aus den Gemächern traten gerade auch ein paar Frauen.

„Die Dame Meretre, Erste der Schönen, Hohepriesterin der lieblichen Hathor!", dröhnte der Zeremonienmeister, als sie in den äußeren Innenhof traten. „Die Dame Sahu-Re, Hohepriesterin der allmächtigen Isis!"

Bent schaute über den mit Lilien, Lotos und Papyrus bewachsenen Teich zu der Dame Meretre, die freundlich nickend grüßte.

Die gefällt mir! Macht einen guten Eindruck. Und dem Anschein nach ist sie genauso nervös wie ich. Wahrscheinlich findet sie die Sonnenscheibe auf ihrem Kopf ebenso befremdlich. Was soll ich tun? Sie anreden? Welche von uns bekleidet das ranghöhere Amt? Und doch, sie wartet.

„Ich grüße die Dame Meretre, Hohepriesterin der lieblichen Hathor. *Anch Uda Seneb.*"

„Auch dir, Dame Sahu-Re, Leben, Heil und immerwährende Gesundheit. Was bin ich froh, Euch endlich einmal zu begegnen. Man hört soviel von Euren guten Taten."

„Ist das so?"

„Stellt Euer Licht nicht unter den Scheffel. Ihr hab ein Wunder vollbracht, als ihr Isis gebeten habt zu weinen!"

Bent setzte ein zauberhaftes Lächeln in ihr Gesicht, stieg in den Tragsessel, ließ den zarten, bunten Vorhang mit den Fransen herab.

Unterwegs zu dem gewaltigen Hafen fand Bent heute die Muße, die Umgebung zu betrachten. Sie erblickte Wunderbares: einen prächtigen Garten, geschmackvoll angelegt, Palmen spendeten Schatten, Teiche Kühle, Blütendüfte verwöhnten die Nase. Zierliche Antilopen und rosa Flamingos spazierten zwischen weißen Reihern umher. Bent erspähte einen wundersamen Vogel, leuchtend grün wie das schönste Malachit. Nein, jetzt schimmerte er blau und schüttelt seinen überlangenlangen Schweif! Was macht er damit? Spreizt sich… Ach du liebliche Isis, welch ein Wunder der Natur! Welch ein prächtiger Anblick! Und da! Wiedehopfe in goldenen Käfigen. Aber wenn auch die schön bemalten Mauern hoch sind, sehe ich doch hier und da dahinter Baugerüste. Wie groß mag der Palast sein? Es ist wunderschön hier, wahrlich, das ist das *Haus der Freude*! Und, ach wie lieblich ist *das* anzusehen!

Das Tor zum Hafen öffnete sich und Bent erblickte die prächtigen Barken. Allesamt mit unzähligen Blüten geschmückt. Kleine Mädchen in weißen Kleidern streuten Blumen auf den Boden. In goldenen Schalen brannte Weihrauch. Übergroße Fächer, von starken, schwarzen Männern gehalten, vereitelten die größte Sonnenglut. Abwechselnd weiße Straußenfedern und … die langen Schwanzfedern ebenjenes grünen Vogels.

Die Träger der Sessel blieben stehen, alle stiegen aus. Mädchen kamen, hielten auf großen silbernen Tellern gläserne Becher voll des besten Weines für die Gäste bereit.

„*Irep maa*, hochverehrte Dame?", knickste das Mädchen vor Bent. „Es dauert noch eine kleine Weile bis der Gute Gott und die Große Königliche Gemahlin kommen." Bent griff nach dem Glas und dem kleinen Mundtuch.

„Danke, ich preise Gott für dich!"

„Wenn Ihr das tun möchtet, Herrin, wär ich Euch für alle Zeiten dankbar!"

„Warum guckte die so entgeistert?", raunte Bent Tachut ins Ohr.

„Dankbarkeit der Gäste", grinste Tachut, „sind sie hier nicht gewohnt."

„Man kann doch freundlich sein!", grummelte Bent zurück. Kaum war der Wein ausgetrunken und die Gläser eiligst von den Mädchen wieder eingesammelt, klopfte der Zeremonienmeister mit seinem Amtsstab:

„Stille! Verneigt Euch! Der Gute Gott, *Amenhotep Mer Chepesch, Netjer, Heqa Uaset, Neb Maat Re* und die *Hemet Nesut Weret, Die Prinzessin aller Frauen, Die Herrin des Südens und des Nordens, Teje*, nahen!"

Bent sank auf das Knie, hielt solange den Kopf gesenkt, bis sie Tejes Stimme hörte:

„*Anch Uda Seneb*, liebste, hochverehrteste Sahu-Re, wie schön, Euch zu treffen! Erhebt Euch! Der Herr der Beiden Länder, der Herrscher von *Uaset*, Pharao von Kemet, *Amun ist zufrieden*, ist begierig Euch kennenzulernen."

Bent richtete sich auf, erblickte Pharao, schaute – ihn im Glauben lassend, sie sei blind – dreist in das königliche, göttliche Antlitz! War das der Junge, den sie vor so vielen Jahren auf seinem Streitwagen erblickte? Ja! Der Mißmut stand ihm auch heute zu Gesichte, doch Bent blickte ein schönes, männliches Gesicht. Spöttisch blickten seine großen, dunklen Augen auf sie herab, musterten sie, entdeckten ihre Tintenzeichnung. Man könnte meinen, jeden Augenblick rümpfe er die kecke, hübsche Nase. Jedoch … ein Anflug von Schalk trat in seine Augen!

„Was für eine zauberhafte Begegnung, meine Dame. Die *Hemet Nesut Weret* hat gut daran getan, Euch einzuladen!"

„Majestät!", hauchte Bent ergriffen.

„Folgt mir, Herrin der Katzen!"

Ich stehe nicht wirklich hinter Pharao auf seiner Barke! Das muß ein Traum sein! Oh! Welch ein stolzer, mächtiger Gott! Was für ein Kerl! Was für ein Mann! Stark, männlich, gebieterisch. Diese Augen! Wachsam. Er ist gewitzt und schlau, manchmal auch verschlagen. Und er achtet und liebt die Frauen! Doch nicht nur, wie ein Kerl die Frauen liebt. Er liebt auch ihre Weisheit, ihre Güte, ihre Stärke … Diese hochgezogene Augenbraue. Er bemerkte die Stickereien …

„Tretet neben mich, Herrin des Isistempels!" Er wies mit dem goldenen *Heqa* neben seinen Sessel.

Aber dieser Blick nun … das kann er nicht meinen, nein! Er schäkert … nur für einen Wimpernschlag …

„*Tju*, Herr."

Pharao machte eine vage Handbewegung zu seinen Augen.

„Die *Hemet Nesut Weret* hat mir angedeutet, daß Eure Augen von einem Leiden befallen sind. Daher wünscht meine Majestät, daß Ihr hier neben mir steht, wenn meine Majestät das Wort an Euch richten will."

„Das ist sehr hochherzig von seiner Majestät!"

„Außerdem hat mir die *Hemet Nesut Weret* berichtet, daß Ihr Iarets würdige Nachfolgerin seid. Und meine Herrin des Hauses hat mir berichtet, daß Ihr die Herrin meines Hauses in ihren unglücklichsten Stunden wie eine Freundin, ja gar wie eine liebende Schwester, bei Euch aufgenommen habt. Was das anbelangt, Dame Sahu-Re, so ist mir der Wunsch meiner *Nebet* Befehl: wenn sie wünscht, Euch zur Schwester zu haben, ist das rechtens!"

„Ich bin von Eurer Freundlichkeit überwältigt, mein Guter Gott!"

Jeden Moment mußte die königliche Barke in der Mitte des Flusses ankommen. Bent schaute zu Teje hin, die schön, wie eine leibhaftige Göttin, hinter Pharao stand. An seiner rechten Seite blickte Meretre gebannt über den im Sonnenlicht glitzernden, mächtigen Strom. Bent wurde stolz gewahr, daß sie an Pharaos linker Seite stand, direkt neben seinem Herzen!

Ihr eigenes tanzte bei dem prächtigen Anblick der vielen prachtvoll geschmückten Boote, deren jubelnde Insassen darauf warteten, daß Pharao in seiner Barke vorbeikam. Selbst an den Ufern drängten sich die Menschen, schwenkten Palmzweige oder Blütensträuße. Die ganze Stadt im Taumel, jeder in Festlaune.

Und jetzt hatte man den besten Blick auf das Haus der Isis. Und tatsächlich: die neuen Fahnen entrollten sich, blähten sich mit dem segensreichen *Imachyt* und Isis, die Große Mutter, begrüßte mit all ihrer göttlichen Zaubermacht Pharao, den Guten Gott, Herrscher von *Uaset*! Und, als sei der Gute Gott bei einer langweiligen Betrachtung gestört worden, richtete er sich unmerklich in seinem Sessel auf.

„Wer hat Euch dazu geraten, Dame Sahu-Re?"

„Niemand!"

„Daß Ihr nicht schmeichelt und buckelt wurde mir schon zugetragen."

Ich kann dir unendlich lange in die Augen sehen! Denn du meinst, was viele meinen: daß ich dich nicht sehe, daß ich blind bin. Dabei sehe ich mehr, als mir lieb ist! Du hast dich vor ihr verneigt! In deinem Herzen! Voller Ehrfurcht hast du vor der großen Göttin Isis stumm den Nacken gebeugt!

„Isis wacht über *Uaset*, deshalb wird es glückselig leben!", murmelte Pharao und Bent glaubte, einen grüblerischen Ton in seiner Stimme zu hören. Laut sagte er nun:

„Ihr steigt am *Ipet Resit* aus. Mit meiner Herrin und der Hohepriesterin Meretre. Zeuginnen werdet ihr sein, am Orte meiner Rechtfertigung, wenn ich, der Gute Gott, verjüngt erscheine und freudig aus dem Palast heraustrete. Die kosmische Ordnung wird wieder hergestellt sein, jubeln werden die Menschen, und ich werde sagen: *Freue dich du ganzes Land! Die gute Zeit ist gekommen! Der Herr – er lebe, sei heil und gesund – ist erschienen in allen Ländern. Die Maat ist an ihren Platz gerückt, die Bösen auf das Gesicht gefallen, die Habgierigen verachtet. Das Wasser steht hoch und versiegt nicht. Die Tage sind lang, der Mond kommt zur rechten Zeit. Die Götter sind besänftigt und zufrieden. Lebt alle in Lachen und Wundern!*"

„Das werdet Ihr sagen, mein Herr. Wenn ihr aus dem Schoß der Mutter, mit Eurem neugeborenen *Ka* als Amun-Re vor das Volk tretet. So soll es sein! Isis wird es bezeugen!"

„Isis wird über *Uaset* wachen?"

„Solange es lebt!"

„Reicht mir Eure Hand, Dame Sahu-Re. Höchstpersönlich wird meine

Majestät Euch von der königlichen Barke geleiten. An meiner Seite *Sia* und *Schai*! Jeder in meiner Stadt wird sehen, daß ich Isis achte und ehre! Genauso wie ich Sachmet und Hathor achte und ehre!"

Bent bekam kalte Hände. Das war ein öffentlicher Affront gegen die Priester des Amun! Hiermit machte der Gute Gott deutlich, daß er die Machenschaften der übermächtigen Amunpriester mißbilligte. Sie griff nach ihrer Lotosblüte und der Weidenrute und hielt Pharao die Hand hin. Warm und kräftig umfing seine Faust ihre kleine Hand; sicher geleitete er sie über die Planken des Decks zum Anleger hin.

Da stand sie vor dem schönen *Ipet Resit*, wie vor Jahren, als sie dumm und unwissend seine Farben und seine Prächtigkeit zum ersten Mal bewunderte. Doch heute wußte sie es besser. Ja! Hier wohnte ein Gott! Das Blau kam gradewegs aus dem Himmel! Das Grün vom heiligen Nil und das Braun just von den fruchtbaren Äckern. Re, der Allvater, die Sonne selbst, goß das Gelb darüber!

Uaset!

Die Stadt des Glücks!

Hier stand sie, in der Stadt, die sie liebte. *Uaset*, die Stadt des Königs! Sie funkelte im Festtagsgewand, leuchtete in ihrer Pracht, pulsierte wie ein wonnetrunkenes, fröhliches Herz.

Doch plötzlich schwankte Bent, griff fester Pharaos sichere Hand. Oh, wollte in diesem erhabenen Augenblick sich der Wahnsinn ihrer bemächtigen? Die *Medu Netjer* juckten und brannten, ihr wurde glühend heiß und es flimmerte vor ihren Augen. Und sie erblickte die Stadt, die Stadt des Königs:

Uaset lag vor ihr in Schutt und Asche! Die Straßen verwaist, voller Unrat. Blätter und abgerissene, dürre Zweige jagten durch die leeren Gassen. Ein heißer, unbarmherziger Wind pfiff mit unheimlichem Brausen durch unbewohnte Häuser. *Aton*, die funkelnde Sonnenscheibe, brannte unbarmherzig auf die verdorrten Palmen und Weiden am Ufer, versengte erbarmungslos das blühende Land, ließ es austrocknen, ausbluten … Die leuchtenden Farben des *Südlichen Harems* verblaßt, abgeblättert; seine majestätische Erscheinung jetzt einer Ruine gleich …

Nur eine alte Hexe, listig und verschlagen, schlich in den öden, einsamen Straßen umher …

Bloß ein paar Herzschläge lang erblickte Bent dieses grauenvolle Bild sinnloser Zerstörung. Dann schwand ihre Schwäche schnell und heftig wie sie über sie gekommen war, und die Stadt des *Was-Zepters* glänzte wieder in ihrer vollkommenen Schönheit im Sonnenschein, sie selbst stand sicher auf den Bohlen des Anlegers. Pharao ließ ihre Hand los.

Diesen Dämon kann ich nicht allein durch die Worte meiner Lippen vertreiben! *Uaset* wird sterben! Und ich werde seinen Untergang miterleben. Das kann ich nicht zulassen! Sachmet, Schwester, steh mir bei! Mir, Bent, umströmt vom Isislicht, der Göttin magischer Kraft! Du und ich sind die Nacht und der Tag. Höre mich an, mächtige *Nebet Sedau*! Du Göttin der Schmerzen! Bei meiner Pein im Angesicht des Kommenden erflehe ich deine Hilfe. Ich schwöre bei der Göttin der Gerechtigkeit und der Wahrheit und der Weltordnung, Maat: *Uaset* wird nicht sterben! Solange ich lebe nicht! Tochter des Re, sei mein *Medu*, auf den ich mich stützen kann! Wut soll mich führen! Gib mir deine Kraft, Göttin des Blutes, reich mir deinen Arm, damit ich stark genug bin, diesem Dämon entgegenzutreten!

27. Tag des Pa en Ipet
12.09.2020

Überarbeitete Auflage, Schemu, 25. Tag des Pa en Inet
10.05.2022

Die Göttinnen	Ihre Ehegatten
Sachmet: *Die Mächtige*	**Ptah:** *Der Bildner*
Beider Sohn **Nefertem:** *Vollkommen an Sein und Nichtsein*	
Isis: *Thron, Herrin des Lebens*	**Osiris:** *Stätte des Auges*
Nebethat (Nephtys): *Herrin des Hauses*	**Seth:** *Anstifter der Verwirrung*
Neith: *Die Schreckliche, Herrin des Wassers*	**Chnum:** *Der Widder/Schaf (Verbindung zu Neith unter Vorbehalt)*
Selket: *Die, welche atmen läßt*	
Maat: *Wahrheit und Weltordnung*	**Thot:** *Melden oder Erschlagen*
Mut: *Mutter*	**Amun:** *Der Verborgene*
	Re oder Ra: *Die Sonne* *Der wichtigste, oberste Gott des alten Ägypten*

Real existierende Personen zur Zeit dieser Geschichte:

Amenhotep III.	Pharao
Amenhotep IV. /	Sein Sohn und Nachfolger
Echnaton	
Amenophis Hapu/	Baumeister, Seher, Schreiber, Berater unter
Amenhotep Sa Hapu	Amenhotep III.
Bakenamun	Tejes Koch
Bek	Vater des Tutmosis
Cheruef	Tejes Vorsteher des Palastes
Eje	Pharao, zuvor Großwesir unter 4 Pharaonen
Iaret	Große Königliche Gemahlin von Thutmosis IV., dem Vater Amenhoteps III.
Juja	Vater der Teje
Men	Vater des Bek
Mudjemet	vermutlich Tochter des Eje
Mutemwija	Mutter von Amenhotep III.
Nofretete (Taduchipa)	vermutlich Tochter des Eje, Große Königliche Gemahlin Echnatons
Sitamun	Tochter von Amenhotep III. und Teje
Teje	Große Königliche Gemahlin von Amenhotep III.
Tie	Gattin des Eje
Tuja	Mutter der Teje
Tutmosis	Königlicher Bildhauer unter Echnaton, Erschaffer der Nofretetebüste

Der ägyptische Kalender (Die Monate beginnen immer am 15.)

Achet (Zeit der Überschwemmung)
Juli - Oktober, **Herbst**, umfaßt die Monate:
Djehuti: Juli,
Pa-en-ipet: August
Hut-heru: September
Ka-her-ka: Oktober

Peret (Zeit der Saat)
November - Februar, **Winter**, umfaßt die Monate:
Ta-abet: November
Mechir: Dezember
Pa-en-Amenhotep: Januar
Pa-en- Renenutet: Februar

Schemu (Zeit der Ernte)
März – Juni, **Sommer**, umfaßt die Monate:
Pa-en- Chonsu: März
Pa-en-inet: April
Ipip: Mai
Mesut-Re: Juni

Dazu kommen fünf Zusatztage, die *Heriu-renpet*:
Vom 30. Juni – 04. Juli die Geburtstage des Osiris, Horus, Seth, der Isis und der Nebethat

September 2020

In dieser Geschichte legte ich mein Augenmerk auf den Isistempel und seine Aufgaben. Bent muß hier lernen. Sie soll sich in die Gemeinschaft einfügen und gleichzeitig die geistige Führerin des Hauses sein.

Ich selbst mußte auch einiges wieder lernen, liegt doch meine Tätigkeit als Drogistin schon etliche Jahre zurück. Doch *Renate Germers* Buch *Die Heilpflanzen der Ägypter* half mir bei vielem. Da meinen Geschichten aber immer eine Portion künstlerische Freiheit und eine Prise Phantasie innewohnen, sind die Rezepturen aus ihrem Buch nicht eins zu eins übernommen – bei unklaren Pflanzennamen oder wenn nicht deutlich hervorging, ob die alten Ägypter diese oder jene Pflanze tatsächlich so verwendeten, (z. B. die Alraune) wägte ich ab, ob es möglich gewesen sein könnte. Auch ist nicht überliefert, daß Hygiene damals eine große Rolle gespielt hat, aber man sollte den gesunden Menschenverstand nicht außer acht lassen. Gänzlich verzichtet habe ich auf Beschreibungen der sogenannten *Drecksapotheke*, bei der selbst Exkremente zur Behandlung eingesetzt wurden, wenn auch manchem Dung antiseptische Wirkung nachgesagt wird.

Bedanken möchte ich mich bei dem *Medicus* der *Villa Borg*, der mir 2000 Jahre alte, medizinische Instrumente in die Hand drückte und mir ihren Zweck erklärte. Ein solch bemerkenswertes, antikes, chirurgisches Bronze-Besteck in eigenen Händen zu halten hat mich schwer beeindruckt!

Rizinusöl, gemixt mit verschiedenen Zutaten wie Mandelmilch, etc. wird heute noch zum Einleiten der Wehen genutzt. Eine Warnung sei hier angebracht, tatsächlich die Samen des Wunderbaumes/Rizinus zu essen – sie sind schön, rot und stachelig und genauso tödlich wie beschrieben!

Fleisch – insbesondere Kalbfleisch – auf Wunden legen mag befremdlich klingen, aber es bildet Collagen und unterstützt dadurch die Heilwirkung. Die alten Ägypter wußten natürlich nichts von Collagen und dergleichen, hier beruhte das Wissen wohl auf Erfahrung und Ausprobieren.

Tatsachen (manchmal auch Betonungen) habe ich im Buch immer in *kursiv* gesetzt, oder nochmal zusätzlich mit Fußnoten erklärt. Die „Briefe" dagegen immer in der Schriftart Papyrus geschrieben. Der schwülstige Wortlaut der Briefe soll an die tatsächlich in diesem Stil geschriebenen Texte der damaligen Zeit erinnern. Eine Ausnahme sind lediglich die *Unschuldsbekenntnisse*, die damals genauso aufgesetzt wurden.

Ich möchte betonen, daß die Ansichten meiner agierenden Personen das Lebensgefühl der damaligen Zeit und nicht mein eigenes Wunschdenken wiederspiegeln. Der tiefe Glaube an alles Göttliche, die unantastbare

Göttlichkeit Pharaos, Aberglaube, Zaubersprüche, Ernährung, medizinische Versorgung, Schamgefühl, Möbel, Mode, der dazugehörige Firlefanz gehörten selbstverständlich zur damaligen Lebensweise und sind nicht meiner Einbildungskraft entsprungen. Göttliche Aspekte, religiöse, medizinische und politische Standpunkte habe ich anhand überlieferter Fakten genauestens recherchiert.

Joann Fletcher überzeugte mich in ihrem *Tagebuch eines Pharaos* u.a. sogar davon, daß man frottee-ähnliche Badetücher verwendete und Amenhotep III. erstmals Hühner aus Syrien importierte.

Bier, egal in welcher Brauart – es gab dünnes gefiltertes und dickes ungefiltertes, süßes, mit Datteln versetztes Bier, saures, mit Essig versetztes Bier – gehörte, wie bei uns im Mittelalter – zur natürlichen Nahrungsaufnahme. Sich zu betrinken, vor allem bei den unzähligen religiösen Festen und bei Beerdigungen gehörte bei den alten Ägyptern anscheinend zum guten Ton. Wein, überwiegend den Vornehmen vorbehalten, war ein teures Gut, wurde wie heute noch, zu besonderen Anlässen getrunken, aber auch als Arznei verwendet. Sprüche wie, z. B. *Millionenmal* wurden geäußert, um große Dimensionen zu beschreiben. Die Wortwahl meiner Ausführungen mag hier und da gestelzt klingen, aber „moderne" Worte passen nicht in das altertümliche Bild und stellen mich manchmal vor gewaltige Herausforderungen, da ich versuche sie zu umgehen. Daher *schick* statt chic, *affig* statt extravagant u.v.m. Da meine Handlungsorte in einem Wüstenland liegen, verbieten sich selbstverständlich auch Ausdrücke wie „schneeweiß" u.ä. Auch Aussagen wie z. B. „im Bruchteil einer Sekunde" wirken unglaubwürdig bei Menschen, die keine Uhr zu Verfügung haben. Deshalb helfe ich mir gern mit Aussagen wie „in einem Atemzug" oder „einen Herzschlag lang".

Der *Isis-*, *Hathor-* und der *Bastettempel* in Luxor sind reine Fiktion. Den Luxortempel – *Ipet Resit* – und den imposanten Karnaktempel – *Ipet Sut* – kann man heute noch besuchen und bestaunen.

Mehr Infos über die fantastische, exotische Welt des alten Ägypten und über die Autorin natürlich auch auf Katharina Remys Internetseite:
http://www.amhorizontdersonne.de

Alle bisher von Katharina Remy erschienenen Ägyptenromane sind sowohl in den Buchhandlungen wie in jedem Online-Buchshop verfügbar. Alle Romane sind selbstverständlich auch als E-Book erhältlich

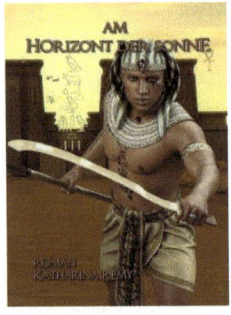

Am Horizont der Sonne
ISBN: 9783749497249
Historischer Roman um Pharao Tut-Ench-Amun

Tut-Ench-Amun lebt!
Jedenfalls in der Erinnerung der Menschen und in meinem Roman. In dieser Geschichte lebt Pharao Tut-Ench-Amun, Sohn der Sonne, Starker *Stier, vollkommen an Wiedergeburten,* sein nicht erfülltes, allzu früh beendetes Leben weiter!

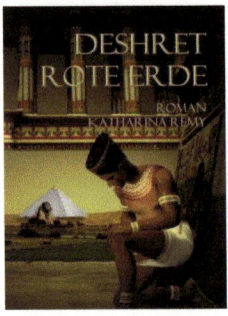

Deshret Rote Erde
ISBN: 9783839183243
Historischer Roman um den Bau der
großen Pyramide von Giza und dem Bau der Sphinx

Baumeister Chenu haßt Pharao Chufu von ganzem Herzen. Doch beide sind durch das Wissen um brutale Morde und Familiengeheimnisse auf Gedeih und Verderb aneinander gebunden …

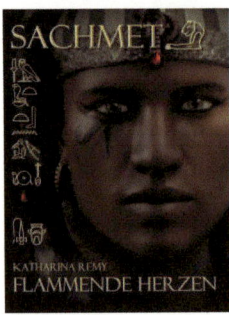

Sachmet Flammende Herzen
ISBN: 9783752667547

9 Kurzgeschichten rund um die Helden der Sachmet-Reihe
Nur als E-Book erhältlich

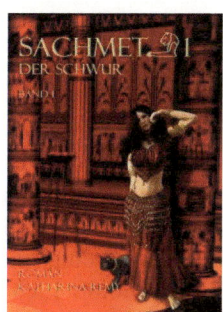

Sachmet Band 1 Der Schwur
ISBN: 9783752848717
Historischer Roman um die Hohepriesterin Sahu-Re

Das Mädchen Bent schwört im Zorn der grausamen und tückischen Sachmet, der mächtigsten und gewaltigsten Göttin Ägyptens einen blutigen Schwur ...

Sachmet Band 3 Die beiden Herrinnen
ISBN: 9783751907408
Historischer Roman um die Hohepriesterin Sahu-Re

Grausame Morde geschehen in Uaset! Selbst auf den Stufen des Isistempels findet man ein Mordopfer. Doch Bent, obwohl sie bereits ein Jahr dem Tempel der Isis als pflichtgetreue Hohepriesterin Sahu-Re vorsteht, vergißt selbst über all diesen Sorgen niemals ihren schmerzvollen Leidensweg ...

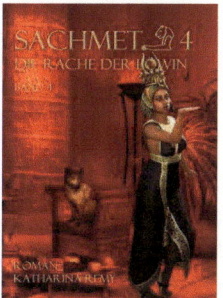

Sachmet Band 4 Die Rache der Löwin
ISBN: 9783751929813
Historischer Roman um die Hohepriesterin Sahu-Re

Ranofers Tod wäre vielleicht zu verkraften gewesen. Doch daß er Bent und ihrer beider große Liebe einfach vergessen hat, stürzt die ehrbare Hohepriesterin der Isis in tiefste Betrübnis. Von diesem erneuten Schicksalsschlag grausam getroffen, im Herzen kalt, fühlt Bent sich außerstande ihr Leben weiterzuführen ...

Sachmet Band 5 Der Zorn des Seth
ISBN: 9783752658330
Historischer Roman um die Hohepriesterin Sahu-Re

Von *Uaset* bis hinunter in das entfernte *Swenu* führt ihr Weg, hinein in unbekannte Regionen, zu fremden Städten und prächtigen Tempeln. Bent lernt Kemet, *Das Schwarze Land*, mit seiner betörenden Schönheit auf eine völlig neue Weise kennen. Und sollte auf dieser Reise ihrer beider Liebe tatsächlich erneut aufflammen, Ranofer wieder zu ihr finden ...

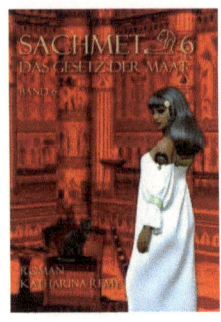

Sachmet Band 6 Das Gesetz der Maat
ISBN: 9783755716341
Historischer Roman um die Hohepriesterin Sahu-Re

Bent in ihrer Position als Hohepriesterin des Isistempels ist zu einem prunkvollen Fest geladen: Die Hochzeit des Kronprinzen! Doch hat nicht Sachmet selbst vor Jahren einst prophezeit, mit Bents Hilfe den Prinzen töten zu wollen? Aber eine Absage läßt Pharao Amenhotep nicht gelten ...

Mit Freude stelle ich Ihnen hier die Romane meiner Schriftsteller-Kollegin Ilona Arfaoui vor. Illustriert mit ihren phantastischen Bildern sind ihre Bücher neben dem Lesegenuß auch ein Fest für die Augen!

Der König der Schatten
Phantastischer Roman
ISBN: 783749408054

Schon seit vielen Jahrhunderten herrschen die Dunklen über einen der letzten heidnischen Clans Irlands. Regelmäßig werden von ihnen magisch begabte Kinder als ihre Schüler auserwählt

Cahal, einer ihrer Schüler und Sohn des Königs, will sich ihnen allerdings nicht mehr unterwerfen und zettelt eine Meuterei an. Zusammen mit seinen acht Gefährten gelingt es ihm, die verhaßten Dunklen Herrscher in das "Schwarze Land" zu verbannen. Er ahnt nicht, welche Tragödie er damit auslösen wird.

512 Seiten, davon drei Seiten farbig illustriert

Ilona Sonja Arfaoui, Jahrgang 1950, lebt mit ihren drei Katzen in Stuttgart. Sie arbeitete als Werbeberaterin und Grafik-Designerin in der Werbeabteilung eines Verlages. Sie hat die Fortsetzung des Schattenkönigs „Der Hexenmeister, die Macht und die Finsternis" herausgebracht und im ersten Halbjahr 2022 wird die Trilogie mit „Die Anderen - Chroniken aus dem Schwarzen Land" beendet sein. Außerdem ist von ihr eine kleine Katzengeschichte „Die Katze, der Traum und der Pharao" mit 9 farbigen Illustrationen erschienen.
www.ilonaarfaoui.com